にせ者が看護師になる方法

アマンダ・スケナンドール　佐藤満里子 訳

The Nurse's Secret

by Amanda Skenandore

コージーブックス

THE NURSE'S SECRET
by
Amanda Skenandore

Published by arrangement with Kensington Books,
an imprint of Kensington Publishing Corp., New York
through Tuttle-Mori Agency, Inc., Tokyo

挿画／中島梨絵

にせ者が看護師になる方法

主な登場人物

ウーナ・ケリー……………………看護学生。元スリ
バーニー・ハリス…………………新聞記者
マーム・ブライ……………………故買人
デイドラ……………………………ウーナのスラムでのルームメイト
シムズ………………………………巡査
ミス・パーキンズ…………………看護学校の校長
ユージニア・ハットフィールド…看護学校の看護師長
ドルーシラ・ルイス………………看護学生。ウーナの看護学校でのルームメイト
ミス・カディ………………………看護学校の二年生
ピングリー…………………………医師
エドウィン・ウェスターヴェルト…研修医
アレン………………………………研修医
コナー・マクレディ………………救急馬車の御者
マッジ………………………………精神科病棟の世話人

1

一八八三年　ニューヨーク市

到着したばかりの汽車からどっと降りてきた乗客は、側溝にあけられた汚物のように、そこここでつっかえている。彼らの声がプラットホームの屋根に反響し、機関車が蒸気を出す音と車輪の金属音と混ざり合う。駅のガラス天井に積もった雪や煤（すす）汚れの隙間を縫って、日光が構内に射し込んでいた。だがウーナは陰の方が好きだった。屋根を支える装飾付きの壮大な三角形の骨組みの後ろから、旅客をじっと見つめた。見つめて、待った。

初めに降りてくるのはいつもビジネスマンだ——銀行家、投資家、石油業者、工場経営者。彼らはホームを自分専用のロビーだと言わんばかりに闊歩（かっぽ）し、不快な人混みに煩わされてもひるんだりはしない。彼らにとって、時は金なり、だ。ぷんぷんする香水とえらそうな態度さえ我慢すれば、せっかちで傲慢（ごうまん）な彼らはいいカモになる。だがウーナは彼らに手を出す気分ではなかった。

ビジネスマンたちの次に出てくるのは二等席の乗客だ。くたびれた表情の女性とスカートにしがみついて目を丸くしている子ども。都会で一花咲かせようと出てきた若い女性と、重い荷物を持たされたポーター。商品を入れたスーツケースを革バンドで留めた行商人。ニワトリの入った荷車を引いたり、鳴き続ける山羊を連れたりした田舎者。彼らはたいてい袋ひとつでやってくる。中身は替えの下着、食べかけのパン、遠縁の親戚の住所と名前が書かれた紙を挟んだ古い聖書など。どれもウーナには用がない。

ようやく――ウーナが待っていたとおりの男が来た。身なりはよいが、洗練されていない。頬が赤く、若々しい顔立ち。中西部出身、間違いない。たぶん、インディアナ州。オハイオ州。イリノイ州。正確な州はどうでもいい、大切なのはニューヨークの人間ではないこと。人混みのなか目を見開いて案内の標識や掲示を確認しているから、新参者に間違いない。ウーナは自分の帽子がピンでしっかりと留まっているか確認すると、赤みがさすよう唇をぎゅっと噛んだ。旅行鞄の留め金を外し、開いてしまわないよう持ち手をしっかり握る。

例の男はきょろきょろしながらぎこちなくホームを進んできて、四十二丁目への出口を示す吊下げ標示に目を留めると、胸を張り、足を速めた。ウーナは人混みを縫って近づいた。彼はまた顔をあげ、今度はホームの終わりにある中央塔に据えられた大きな時計に目を奪われている。ウーナが一歩前に出ると、彼は勢いよくウーナにぶつかってきた。小さく悲鳴をあげて旅行鞄を落とすと、中身がふたりの足元に散らばった。

「いけない、失礼、お嬢さん」

「いいえ、こちらこそ。よそ見をしていて」

「ぼくもです。こんなに大きな駅に来たのは初めてなものだから」

ウーナは散らばった荷物を拾うために屈むと、隣で同じように屈んだ男に恥ずかしそうに微笑んでみせた。仕立てのいいチェスターフィールドコートから微かな煙草のにおいがする。

「世界で一番大きい駅なんですって」彼女は言った。「聞いた話ですけど」

リボンで縁取りされたボンネットとウーステッドのショールを手渡してくれたので、ウーナはきちんと畳んで鞄にしまった。「手伝ってくださらなくてもいいのに」

「せめてこれくらい」彼はもうひとつ拾おうとして、ぴたりと手をとめた。首すじと耳が頬と同じくらい赤くなる。ウーナは素早くシルクのスリップを拾い上げると、彼の手袋をした指先をなめらかな布地とレースの縁でさっと撫でてから鞄に押し込んだ。狼狽(ろうばい)しているふりをして、下を向き、帽子の広いつばと羽根飾りで顔を隠す。

「いや……ええと……」男は屈んだままうろたえ、コートの裾が汚れた床につく。

ウーナは最後の服を拾い上げて鞄にしまった。「ありがとうございました」そう言って、鞄の留め金をかけて立ち上がる。

男も立ち上がった。「本当に、失礼しました」コートの汚れを払って、改めて時計を見上げる。「馬車まで送りましょうか?」

ウーナは純朴で誠実そうな顔を見つめた。また控えめに微笑む。「ご親切にどうも。でもわたし、これから汽車に乗るんです。着いたのではなく」

「え?」

「そうなんです。メイン州へ帰るところで。こちらには病気の友人のお見舞いに来ただけなんです」

「そうでしたか」声が明らかに落胆している。

「本当にありがとうございました」ウーナはお辞儀をすると出発ホームへと急いだ。並んだ汽車の列の先で線路を横切り、それから混雑した待合室に滑り込んだ。待合室の隅に落ち着いてから、そっと周りを見渡す。向こう側に巡査がひとり立っていて、時刻表を振り回す年配の男に何やら質問されている。ウーナは満足そうに微笑んで鞄を開けた。ショールに包まれているのは、先ほどの中西部男の煙草入れだ。見たところ純銀で、繊細な模様が彫刻されている。後ろにはイニシャルが彫られていた。ＪＷＣ。イニシャルは簡単に消すことができるだろう。マーム・ブライがまるごと溶かすと言い出さなければ。

巡査の方をもう一度確認してから煙草入れを鞄から取り出し、たっぷりしたスカートのひだに仕込んだ隠しポケットにしまう。男がウーナの散らばった服にあたふたしている間に盗むのは、笑ってしまうくらい簡単だった。彼女を手伝うために屈んだ男のコートから勝手に滑り落ちてきたようなものだ。コートの内ポケットに手を入れるのは気づかれやすい。だがレースのスリップは毎回うまい目眩(めくら)ましになった。男が狼狽しているうちに、内ポケットに手を滑り込ませて財布から数枚の札を引き抜き、銀貨も二枚ほど頂戴した。

ウーナは鞄を閉じると待合室を出てヴァンダービルト街へとゆっくり歩き始めた。昼間でも日差しは弱く、一月の空気を温めるのは難しい。グランドセントラル駅には四つの鉄道会社が乗り入れていて、それぞれに手荷物預かり所と待合室がある。コートの袖に複数枚の偽の乗車券を入れておけば、ウーナはホームを行ったり来たりしながら、待合室から待合室へと簡単に渡り歩くことができた。

毎日百本以上の汽車が駅に到着し、いいカモを都会に大量に放してくれる。賢くやれば、いくらでもスリを働くことができた。ウーナは決してひとつの場所に長く居座ったりしない。一日に二度同じ待合室を使ったりしない。うまく隠せる以上の物をすったりしない。賢い泥棒はルールを持ち、それを守るものだ。

中西部男のＪＷＣ氏は銀の鎖のついた時計を身につけていたし、ウーナが数枚を抜いたあとも、革の財布には十枚以上の札が残っているはずだ。親切心からではない。盗めば盗むほど、カモが駅を出る前に被害に気づく可能性は高くなる。ウーナが大量の戦利品を持って帰ることはほとんどないが、警察に捕まったこともなかった。正確に言えば、滅多になかった。捕まるたびに保釈金は高くなる。マーム・ブライはきっと記録をつけているはずだ。

ウーナの空っぽの胃が鳴った。駅の地下には女性用のレストランがあったが、仕事中はほとんど食べないことにしている。相手に気づかれた瞬間、いつでも全速力で逃げなくてはいけないし、ハムやキャベツ、牡蠣(かき)のシチューでお腹がいっぱいになっていたら速く走れない。だが、レストランの並ぶ地下は仕事をするのに、もってこいの場所だった——髭を剃(そ)って香水をつけて床屋から気取って出てくる男性、化粧室へ急ぐ女性、酒場からまろび出てくる鉄道員——ウーナは家に帰る前にもうひと仕事することにした。

別の鉄道会社の待合室を通り、目立たないようにメインロビーへ戻る。地下への階段に向かう途中、擦り切れたズボンに継ぎを当てたコートを着て、汚れた帽子をかぶった少年が目に入った。立派なトップハットをこれ見よがしにかぶった身なりのいい男にじりじりと近づいていく。ウーナは天を仰いだ。やめなさい、へたくそ。少年は辺りを見回すと、男のオーバーコートに手を伸ばした。じきにここは巡査だらけになるかもしれないというのに、ウーナは階段の入口でぐずぐずと立ち止まっていた。やめなさいってば。

彼女もかつてはあんなふうに未熟だった。そして同じように馬鹿だった。ランドールズ島の孤児収容所に入らずに済んだのは奇跡だった。

少年は垢染みた手を男のポケットに滑り込ませた。ウーナは頭を振った。のろま。すぐに、少年の手が出てきて、その手には鎖のついた金時計が握られていた。百ドルの値打ちがあるだろうが、少年は故買人からせいぜい二十ドルしかもらえないだろう。親玉のもとで働いているとしたらもっと少ないはずだ。だが気づかれずに時計を盗んだのはたいしたものだと褒めてあげないと。それほどのろまではなかったみたいね。

少年はそっと体を引き、ウーナも改めて階段を降り始めた。だが、ほんの数段降りたところで怒鳴り声が響いた。「泥棒！」全身の筋肉がこわばる。逃げようと、駆け出しそうになる。肩越しに振り返ると例の身なりのいい男が少年の手首をつかんでいて、少年の手の先には鎖にぶら下がった金時計があった。

これで孤児収容所行きが決定だ。かわいそうに。あれだけ痩せていたら、収容期間が終わる前に凍え死ぬだろう。ウーナは理性がとめる間もなく階段を引き返し、騒ぎ始めた野次馬を押しのけて少年の方へ向かった。絨毯(じゅうたん)生地の旅行鞄を脇に抱え、大げさに両手を掲げる。

「こんなところにいたの、ウィリー！　あんたの母さんがすごく心配してる」それから、男に言った。「この子が何か迷惑をおかけしましたか？」

「こいつは泥棒だ。わたしの懐中時計を盗もうとした」

ウーナは自分の胸をドラマチックにかき寄せた――多少やりすぎたかもしれない。だが男の注意をそらすためだ。「なんですって？　ウィリー、本当なの？」

「おれ……えっと……」少年はウーナの顔から自分の手首をつかんでいる手に視線を移すと、すぐにウーナの芝居に乗ってきた。「ごめん、メイおばさん、でも酔っぱらった母さんがどんなか知ってるだろ。おれはもう三日もなにも食べてないんだ」

ウーナは顔をしかめそうになった。酒より病気の方がずっと同情をひけるのに。この子は全くの素人だ。「そんなの言い訳にならないよ。うちに食事にくればよかったのに。すぐにこちらの紳士に時計をお返しして謝りなさい」

少年の手首をつかんでいた男の手がゆっくりと緩んだ。怒りにまかせて握ったのだろう、少年の手首には赤い痣(あざ)が残っていた。少年の目つきは粗野で用心深く、ウーナに責任を押しつけて逃げ出す可能性があった。擦り切れたコートの背中をつかんで揺する。「今すぐお返しなさい、さあ」

「わかったよ」少年は小さな声で返事をしたが、その前にウーナをにらみつけた。彼は差し出された男の手に時計を置くと、コートのポケットに戻されるのを名残惜しそうに見つめた。

「ごめんなさいは？」ウーナが言った。

「ごめんなさい。二度とこんなことしません」

「いい子ね」ウーナは少年のコートをつかんだまま男に向き直り、悲しそうな顔で微笑んだ。「本当に申し訳ありません。母親は善良な人間ですが、夫を亡くした悲しみから立ち直れないでいるんです。あなたは心優しい紳士ですから、分かってくださいますよね。これ以上お時間をいただくには及びませんわ」もう一度少年の背中を揺する。「この子には夕食前にたっぷりお仕置きをします」

男の表情は険しいままだ。ウーナや少年が近づいただけで汚れたとでもいうように、コートの袖を払った。「ぜひともそうしてくれ」

ウーナは素早くお辞儀をすると少年のコートをつかんだまま待合室の外へ出た。駅舎から出ると、彼女の手を振りほどいて逃げようとする少年をがっちりとつかんだまま、近くの高架線路を支える鉄柱の陰まで引っ張っていった。

「何やってるの」彼女は言った。「ランドールズ島までの一等切符が欲しいわけ？」

「あんたには関係ないだろ」

ウーナは少年のコートを離した。「関係ない。でもあなたみたいに頭と尻の区別もつかない子どもがいると、カモがみんな変に用心深くなって、時計や財布を確認したり、怪しい奴がいないか警戒したりするようになる。もちろん巡査もね。わたしや他のスリがあそこで仕事をしづらくなるの」

「おれはうまく逃げられたのに」

「あの男は万力みたいにあなたをがっちりつかんでた。子どもだからって大目に見てもらえるとでも思ってるの？　あなたなんか治安判事に一瞬で収容所送りにされる。奴らはわたしやあなたみたいな人間に余計な手間をかけたりしないの」

少年は肩をすくめただけだった。まったく、どうしようもないガキだ。

「ここでスリをしてるって、親は知ってるの？」

「親なんかいない」

「だったらファイブポインツにある救貧院に行くといいわ。がりがりのあなたに食べ物をくれるし、読み書きも教えてくれる」

「そんで他の孤児とまとめて、孤児列車で西部に送られるんだ」

「スリで生きていくよりましでしょう」忠告してやっているのにまた肩をすくめるだけだ。ウーナは少年の顔を覗（のぞ）き込んだ。頬は荒れて泥で汚れ、鼻は真っ赤で鼻水が垂れている。

「じゃあもっと頭を使って。高架鉄道の方が仕事をしやすいわ」頭上の線路を見上げる。「お巡りも少ないし。小さな獲物から始めるの——ポケットの小銭とかハンドバッグに入ったアクセサリーとか化粧品とか。ごっそり盗っちゃだめ。気づかれるから。欲をかきすぎると捕まるわ。都会の人間は時計がなくなったらすぐに気がつく。時計みたいな上物を狙うときは、相手がどこかに腰を落ち着けて新聞を読んだり、お酒を飲んだりするまで待った方がいいわ」

ハンカチを出して唾をつけ、少年の頰を拭く。「あと、もう少し小綺麗にして。いい泥棒は泥棒に見えないもんよ」

少年の身なりをざっと整え、自分のポケットから十セント硬貨を取り出す。「ほら、これでなんか食べて。それから救貧院のことも考えてみてね」

少年の手に硬貨をのせた瞬間、彼のもう片方の手がコートのポケットに入ってきた。「うん、いいじゃない。相手が他のことに気を取られているときがチャンス。でもわたしはあなたみたいな子の手が届くところに、大事なものをしまうほど馬鹿じゃない」

少年は小さく照れ笑いして手を引っ込めた。

「もっと素早く、そっとやらないと。鉄道馬車でスリをしている子たちの仲間になるのもいい。コツを教えてくれるはずよ」

「あんたには相棒がいるのか？」

「まさか、あたしは誰も信用しな……」

駅の出入口が騒がしくなりウーナの全身が耳になった。背筋を伸ばして周囲に鋭く視線を走らせる。少年が時計を盗もうとした男が外に出て巡査ふたりと大声で何か話をしている。ウーナは顔をしかめた。ふたりがあの場を離れたとき、男はまだ不機嫌だったものの怒りはおさまったように見えた。少年に向き直ると、ぐっと引き寄せ、あちこちのポケットを乱暴に探る。さっきの鎖のついた時計が出てきた。

「この考えなし、わたしまで刑務所行きになるじゃない」

ウーナは鎖のついた時計を少年のポケットに突っ込み――巡査に捕まったときに自分が持っているわけにはいかない――さっき渡した十セント硬貨を取り返した。「わたしは四番街を北へ逃げるから、あなたは四十二丁目を東に逃げて。走っちゃだめ。目立つから。二度とこの駅に来ないで。今度会ったら警察に突き出すからね」

ウーナが言い終わらないうちに少年が走り出した。しかも四十二丁目ではなく、ウーナが逃げるつもりだった四番街の方だ。くそガキ！　ウーナは鞄を腕にかけ、背筋を伸ばすと、鉄柱の陰から踏み出した。革の帽子とマフをつけた女性のふたり組が歩いている。ウーナは隣に並び、同じ歩調で歩き始めた。背後の騒ぎは大きくなっている。怒鳴り声。警笛。巡査は少年が駆け出すのを見て、ここぞとばかりに見事な推理力を発揮してあとを追い始めたのだろう。

ウーナは振り返らなかった。もう少しふたり組に近づくと、ひとりから不審そうににらまれた。ウーナの服は清潔で、ふたりの服と同じようにきちんとしているが、上等な服と並ぶと見劣りした。だが遠くから見れば子羊の毛も馬の毛も同じだ。シルクの縁取りも偽物と見分けがつかない。脳みそがピーナッツサイズの巡査にばれるはずがない。ウーナを二十歩うしろから見れば、友だちとそぞろ歩くどこにでもいる若い女性だと思うはずだ。そうでありますように、ウーナは祈った。ルールその五、その場に馴染むこと。

背後から分厚いブーツの足音が追いかけてくる。ひとり分。早足だが走ってはいない。ウーナはもう一歩ふたり組に近づいた。

「わあ、なんて素敵なマフ」ウーナは笑顔で隣の女性に話しかけた。「クロテン？」

女性は驚いている。「えっと、そうよ。父のヨーロッパ土産なの」

「ロシアでしょ。上等なクロテンの産地だって聞いたことがあるわ。帽子とよくお似合いよ」

「ええ、セットなの」

「スチュアート・アンド・カンパニーに、セイブルで縁取りされたクロテンの小さなハンドバッグがあるの。あなたのセットにぴったりよ」なぜウーナが知っているのかというと、ちょうど一週間前にマーム・ブライの店で取引があったからだ。持ち込んだ泥棒によるとマンハッタンのショッピング街レディス・マイルで三十ドルで売っていたそうだ。マーム・ブライはそれを七ドルで買い取り、ウーナにATスチュアートと刺繍されたラベルを丁寧に取り除かせたうえで、十二ドルで売り払った。

ブーツの足音が迫ってくる。振り向かなくても分かる。巡査だ。ばらばらに散って、逃げた少年を捜すことにしたのだろう。例の身なりのいい男が、人混みに紛れているウーナに気づいて巡査に知らせたのではなければ。

巡査はウーナに見向きもしないで通り過ぎた。ほっと息をつく。素早く女性ふたり組から離れて二番街へ向かう。もうひと仕事するために駅へ戻りたい気もしたが、危険すぎる。あの馬鹿。いっそ捕まってしまえばいい。おかげでこっちまで危ない目にあうところだった。

あんな子に十セントをあげようとしたなんて！

一ブロックも行かないところで、うしろから息切れ交じりに叫ぶ声がした。「いた！　あいつだ！」今度は振り返った。大男の巡査が突進してくる。ウーナは走り出した。

2

ウーナは果物の屋台、新聞売り、馬車の間を縫って走った。歩道から飛び出して高架鉄道の下を横切り、もう少しで鉄道馬車にひかれそうになった。巡査のブーツの足音がまだ追いかけてくる。

野菜の行商人の荷車につまずいて足首をひねったが、かまわず走り続けた。鞄を胸に抱えて人混みを押しのけ、よけながら進む。混雑した大通りから外れればもっと早く進めるだろうが、行き止まりに入り込むような危険はおかせない。ここはどこだろう。少しスピードをゆるめ、鳩になって上から見下ろしているつもりになって、チェッカーボードのように交差する通りを思い浮かべる。西に行って十四番街を渡ればレザヴォア公園に出る。あそこの複雑な散歩道と伸び放題の生け垣は、体の重そうな追っ手をまくのにうってつけだ。ウーナは公園へ向かおうとしたが、たどり着く前に捕まってしまう気がした。重たい足音はすぐ近くまで迫っている。

だめだ、追いつかれる。裏をかかないと。さらにスピードをゆるめる。もうへとへとで、息が続かないと思われますように。通りの地図をまた思い浮かべる。マディソン街から小さな中庭へと続く路地がある。その先には共同の屋外トイレと、三十八丁目に出る細い道がある。時間の余裕はほとんどないが、やるしかない。

巡査もスピードをゆるめた。太っちょめ。足を引きずる音が聞こえる。ウーナが近くの街路灯で立ち止まって息を整えると期待しているはずだ。コルセットは女の肺を圧迫すると思ってくれたらウーナの思惑通りだ。

路地が見えた。ウーナは人混みが切れるのを待ち、一気に駆け出して路地に飛び込んだ。両側の建物に渡されたロープにかかる洗濯物が、頭上ではためいている。小さな中庭を駆け抜けると屋外トイレの区画に出た。冷たい空気は腐ったジャガイモと汚物のにおいがした。隅には中身が溢れたごみの大箱がふたつ。ウーナはごみ箱の陰にしゃがむとコートを頭からかぶり、しわくちゃの新聞紙、しなびた食べ物、煤で汚れたぼろ切れなどの間に隠れた。

間髪いれず巡査が飛び込んできた。すぐにポケットからハンカチを出して鼻を押さえている。ウーナは笑い出さないようにこらえた。巡査は辺りを見回しながら、警棒でトイレのドアを少しだけ開けて中を順々に確認していく。それから急いで細い道の先へと走っていった。

足音が遠ざかると、ウーナは立ち上がってコートの裾を払った。一分、もしくは二分、巡査が戻ってくるまで時間があるだろう。ピンを外して帽子を取ると鞄にしまい、代わりにレースのスリップの下にしまったスカーフを頭にかぶる。汚れたエプロンをつけ、指先の破れた手袋をつけ、頬に煤をなすりつければ、変装はほぼ終了だ。コートを脱ぎ、こういう非常事態のためにいつも持っている擦り切れたベルトで鞄を背中にくくりつける。それらしく前屈みになると、腰が曲がって見える。それからコートを裏返しにして着る。上質のサテンの裏地の上に継ぎ合わせたぼろぼろの綿を縫いつけたら、マーム・ブライの店の新入りたちはびっくりしていたっけ。マーム・ブライに二十ドルも払って手に入れたコートだったから、なおさらだ。だがこういうピンチに陥ったとき、瞬時に変装できるかどうかが運命の分かれ道になる。おかげですぐに裕福な旅行者から腰の曲がったくず拾いに変身できた。

ルール、その十一。最良の隠れ場所は、隠れないこと。

思った通り、一分もしないうちに巡査が駆け戻ってきた。ウーナは腰を曲げたままごみ箱を覗き込み、中をあさっていた。

「この辺で女が隠れていなかったか？」巡査が尋ねた。

顔をあげて巡査の険しい目を見つめ返す。走ったせいで頬は真っ赤で、荒い息は白くなっている。

「どんな女？」ウーナはわざとドイツ語訛り（なま）りで言った。

「泥棒だ」

ウーナはごみ箱からぱさぱさになったパンの塊をつかむと、においを嗅ぎ、それから地面に放り投げた。「それだけじゃ分かんないよ。背格好は？」

「分からん。普通かな、たぶん」

「太ってる？　痩せてる？」

巡査はむっとして言った。「どっちでもない」

「服装は?」

「青いコートにベルベットの帽子だ」

寒さと悪臭のせいか、それとも昼食に食べたものがよくなかったのか、巡査はひどく気が短くなっているようだ。

「リボンとか飾りのついた帽子かい?」

「知らん」吐き捨てるように言う。

ピーナツの殻とイワシの缶詰の下に埋もれて、ジンのボトルがあった。拾い上げて振ってみる。わずかに残った液体が中で音を立てた。巡査にボトルを差し出して勧めると、嫌そうな顔をされた。ウーナは肩をすくめ、コートの袖でボトルの口をぬぐってから、ぐっと飲んだ。

「で、そういう女を見たか?」

「悪いけど、お巡りさん、町の半分はあんたが言ったような女だよ。なんとも言えないよ」

巡査はぶつぶつ言いながら乱暴な足音を立てて細い道に戻ろうとした。

「でもちょっと前に、このごみ箱のうしろに隠れていた女がいたよ」

「本当か?」

「あたしはびっくりして死にそうになったよ」

「なんですぐに言わなかった?」

「美人さんだ。黒い目。ここにほくろがあった」ウーナは鼻の横を指差した。「あんたはほくろのことを言わなかったから」

巡査は彼女を絞め殺しそうになるのを必死にこらえているようだった。「どっちへ行った？」

ウーナは三十八丁目の方を指差した。「あっち。右に曲がった。たぶんね」

巡査が駆け出していくのをほくそ笑んで見送る。たいていの巡査は簡単に騙される。ウーナは古新聞で両手をぬぐうと、トイレと悪臭の先にある細い道を通って三十八丁目に出て、巡査とは反対方向へと足を引きずりながら歩いていった。

3

数ブロック先まで老婆のふりを続け、木造の棟割長屋（テネメント）が集まった貧しい地区の、煉瓦造りの建物の陰で立ち止まった。背中の旅行鞄はおろしたものの、裏返したコートはそのままにしておく。道は一週間分のごみと馬糞、泥で汚れていた。騙したり見せびらかしたりしたい相手がいるわけでもないいま、上等なコートの表側を汚すような危険はおかしたくない。

変にゆっくりでも慌てるでもなく、落ち着いた足取りを心がける。他人の名前が刻まれた煙草入れや、くすねてきた化粧小物など、ブラックウェルズ島の矯正院への片道切符になるようなものを隠し持っていると思われてはいけない。駅にいた時から空腹だったが、またお腹が鳴った。少年の件がなければ、とっくにマーム・ブライの店で戦利品を換金し、ヘイマンの食料雑貨店で一パイントのビールを飲みながら夕食を済ませていたはずだ。あんなおせっかいを焼くつもりはなかったのに。この街で生き延びるためのルールその一。面倒に首を突っ込まず、自分のことだけを考えること。母はお人好しな慈善家で、その結果――焼きすぎたステーキみたいに丸焦げになった。それでウーナがどんな目にあったことか。

バワリー通りとグランド通りが交わる角でオマリー巡査に会ったので会釈をする。巡査には石鹸工場で働いていると言ってある。マーム・ブライは彼にそれを信じるよう、袖の下を渡していた。巡査は帽子を軽く持ちあげて挨拶を返すと、そのまま見廻りの仕事に戻っていった。なにも疑われなかったが、ポケットに忍ばせた煙草入れが重たく感じた。さっさとお金に換えて、ほっと一息つきたかった。

一ブロックと少し進んだところに、濃紺のフロックコートを着た背の高い男が、街灯の柱に寄りかかっていた。顔よりも先に、襟元で光る銀細工に目が留まる。バーニー・ハリスだ。上等な服を着た新聞記者がスラムをぶらつくのは普通のことだとでもいうように、彼はさりげなく――とてもそうは見えなかったが――雑誌を読むふりをしていた。体重を片足からもう片方に移すと、数秒ごとに顔の前に掲げた雑誌の上端からちらちらと辺りをうかがっている。近くの高架鉄道から急に甲高いブレーキ音がして、彼はびくっとしてのけぞり、雑誌もろとも、車道に転がり落ちそうになった。

ウーナはくすくす笑い、歩調をゆるめた。顔を合わせないように手前の路地で曲がっておくべきだったかもしれない。マーム・ブライは夕食に遅れるのを嫌う。ウーナもおしゃべりをする気分ではなかった。だがバーニーには借りがあった。先月、オペラハウスで印章つきの指輪を盗んだかどで捕まったとき、偽のアリバイ作りに協力してくれたのだ。

あの晩のソプラノ歌手は素晴らしかった。警察署に連れていかれて身体検査をされたら、指輪どころかその他諸々の盗品がスカートのひだのあちこちから出てきたことだろう。巡査に声をかけられたとき、ウーナはずっとミスター・ハリスと一緒だったと言った。バーニーとは最初の幕間でたまたま会い、照れくさそうにドレス（もちろん盗品で、しかも少しきつかった）が似合っていると声をかけられた。だから巡査に言ったことはまるっきり嘘というわけではない。ありがたいことにバーニーは巡査と近づいてきたウーナの表情から事情を察し、多少まごまごしたものの、彼女の言い分を裏付けてくれた。

彼に借りがある。そしてウーナは人に借りをつくるのが大嫌いだった。それはルールに反している。だからスカートが戦利品で重くても、引き返さずに彼のところまで行った。

「雪に落ちた煤みたいに目立ってる」声をかける。「また高架鉄道の一番街線を反対方向に乗ってしまったの？」

「ミス・ケリー！　会えて嬉しいよ。そろそろ通りかかるんじゃないかと思ってたんだ」

「新聞社通りからここまで、わたしに会いに来てくれたの？　喜んでいいんだか、おびえた方がいいんだか」

「どうぞ喜んで。花を持ってくればよかった。きみがそういう類いを好きなら」

「わたしが好きなのはゴールド、ダイヤモンド。それからフランス製のシルクよ」

「もちろん持ってくるとも。きみがそれを持って、マーム・ブライの店の裏口に直行しないと約束してくれるなら」

彼女は肩をすくめた。「女も食べていかないといけないのよ」

バーニーは唇をすぼめると、音を出さない口笛を吹いた。顔をしかめたので、灰色の瞳が細くなる。だが非難しているわけじゃない――ウーナは顔をしかめて責めるような視線を向けられることがよくあるので分かる――バーニーの瞳にあるのは当惑だ。骨董店にいる珍しい小鳥を見るように、ウーナを見ている。歌を忘れ羽もない小鳥。助けを待っている小鳥。自分はそんな小鳥を救える男だろうか？　そう自問する瞳だ。ウーナの不遇を打開することができるだろうか？

　バーニーはきちんとした男性だ。少年のような初々しさが残るハンサムだ。実家は金持ちで、いま身につけている銀のネクタイピンのように、ちょっとした装飾品を買うこともできる（〈ニューヨーク・ヘラルド〉紙の給料だけで買えるはずがない）。問題は、彼は彼で別の鳥かごを用意していることだ――今より大きくて、おそらくもっと上質なかごで――ウーナが彼の誘いに乗ったらすぐに入れてしまえるよう、扉を開けて待っている。

　だからウーナは睫毛（まつげ）をぱたぱたさせる代わりに控えめに微笑むと、軽く彼の肩を小突いて、さりげなくネクタイピンを頂戴した。「わたしに甘い言葉をささやくために、あなたがわざわざこんなところまで来るはずないじゃない。何が知りたいの？」

　彼は顔をしかめると雑誌を小脇に抱えた。「チェリー通りで先週土曜日に起きた殺人事件について何か知ってるかい？」

「でか鼻ジョーのこと？　それがどうしたの？」

「死因は？」

「首を絞められたって聞いたけど。詳しくは知らないわ」

　古いストッキングを手押し車いっぱいにのせた女が近づいてきた。「一足十五セント」通行人に声をかけていく。脂で汚れたラグを頭にかぶり、色褪せたショールを肩に巻いている。ウーナは一足取り上げると繕われた部分をじっくりと調べた。「五セント」

「十」女が言った。

ウーナは綿のストッキングのにおいをかいだ。洗濯したばかりだとわかる石鹸のにおいがした。ポケットから十セントを出して渡す。バーニーは行儀よく目をそらして、通りの向こう側にいる魚売りとそのぬるぬるした商品を見ていた。頬が真っ赤だ。

「顔が赤いのはウナギのせい？　それともストッキング？」ウーナはストッキングを彼の顔の前で振ってから鞄にしまった。ストッキングで赤くなるなら、スリップを見せたらどうなってしまうのだろう？　駅でやったのと同じように、バーニーの前でも鞄を落として中身をぶちまけてみようか。

バーニーは咳払いをしてポケットから鉛筆を取り出した。他のポケットも叩いて――メモ帳を捜しているのだろう――それからため息をつき、先ほど丸めた雑誌を広げた。「ストッキングはさておき、でか鼻ジョーは絞め殺されたって言ったね。誰にやられたと思う？」

ウーナは肩をすくめた。

「誰がやってもおかしくない。賭けトランプでだいぶ負け越していたみたい。スラム街マルベリーベンドの住人半分が、彼にお金を貸していると言ってるそうよ」

「警察が遺体安置所で作った所持品目録によると、彼は現金十ドルと金時計を所持していたそうだ。ギャンブルで貸した金を回収するために殺したなら、なぜ根こそぎ奪わなかったんだろう?」

「犯人は時間がなかったんじゃないかしら」

「だが首を絞める時間はあった。ナイフや銃で殺した方が早いのに」

「でも音がするわ」

「たしかに」彼は雑誌の表紙になにやら書きつけた。

「警察はなんて言ってるの?」彼女は尋ねた。

「賭けトランプで起きたいざこざだと公表している。いわゆる仕事上のトラブルだって」

「そうでしょうね」ジョーはくちばしのように突き出た鼻と同じくらい、気が短いことで有名だった。

「でもそうじゃなかったら? 先月、ウォーター通りで娼婦が首を絞められて殺された事件があっただろ?」

マーサ・アン。以前は高級売春宿の娼婦で、ウーナの一週間分よりもはるかに多くのお金を一晩で稼いでいた。だが今から数年前、常連客がほかの常連に嫉妬して、彼女の顔をハロウィンのかぼちゃみたいに切り刻んだ。それ以降は路上で客に声をかけて商売をするようになっていた。

ウーナは鞄を持つ手を替えて、喉に詰まったものを吐き出すように言った。「警察が言ったように、それも仕事上のトラブルでしょ」

「ふたりともロープかベルトのようなもので首を絞められている。同じ人物に殺されたとしたら？」

「いかれた殺人鬼がスラムをうろついているってこと？　だったら噂になっているはずよ」

「犯人はここらの人間じゃないかもしれない」

「犯人がここらの人間じゃないとしたら」ウーナは彼の銀のネクタイピンをつまみ上げて見せた。「言ったでしょ、よそ者は雪の上の煤みたいに目立つって」

バーニーは彼女に微笑んで、それからネクタイピンを取り返した。「確かにそうだ。でも、充分気をつけて。いいね？」

「いつもそうしているわ」

バーニーは鉛筆といっしょにネクタイピンをポケットにしまった。雑誌の表紙だけ破り取り、残りを投げ捨てる。

「ちょっと！」ウーナは急いで雑誌を拾い上げた。

「おっと、ごめん。だって……たいした記事はないからと思って。特にそんな……」

「わたしが読んで分かるような記事はないって言いたいの？　わたしだって字が読めるってことをすっかり忘れていたんでしょ」一番上のページから玉ねぎの皮を払い落とす。「ほんのちょっと前には、花を持ってくるとか調子のいいことを言っていたくせに」

バーニーの頬がまた赤く染まり、首のうしろをこすりながら言う。「ぼくは……えーと……」

ウーナは彼がまごつき、居心地悪そうな様子をしばらく楽しんでから、肘でつついて言った。「ちょっとからかっただけ。トイレに使える、こんな立派な紙を捨ててしまうのはもったいないと思っただけ」

彼はぎこちなく笑うと、ウーナの視線を避けるためにまた魚売りの方を見た。ウーナは彼のポケットに手を滑り込ませ、ネクタイピンを盗り、歩き出す。「またね、バーニー。ミステリアスな殺人鬼について、なにか耳にしたら知らせるわ」

少し進んだところで、バーニーの声がした。ウーナは振り返った。

「くれぐれも気をつけて」

4

バーニーの表情は——純粋な心配と懸念からくるもので——マーム・ブライの店に向かって騒がしい通りを縫うように進むウーナの胸を刺した。彼は世間知らずだが、優秀な新聞記者で、野心もある。それに、そろそろ誰かがスラムの住民に目を向けてもいい頃だ。親切さの陰にいつも罠を用意している退屈な社会改革者とは違う誰かが。

男たらしのふりをして彼に花でも買わせればよかったかもしれない。一年のこの時期、花はゴールド並みに高価だ。内ポケットに手を滑り込ませてネクタイピンを探ると、とがったピンの先が手袋越しに指に刺さった。

ウーナは悪態をついて先を急いだ。冷気と暗闇がじわじわと町を包み込もうとしている。オーチャード通りの角に差し掛かると、小汚い少年がこれ見よがしに箒を動かしながら、彼女の前を横切った。箒の先には一日分の塵と馬の糞がこびりついている。

「いくら足りないの？」ウーナは通りを渡りきった少年に尋ねた。黒い髪とオリーブ色の肌をしたその少年は顔見知りだが、名前は知らなかった。

「五セント」

ウーナはその子の苦境を知っていた。少年の父親（父親でも何でもない、最低の詐欺師）はその日ごとに、いくら稼いで帰ってこいと指示をしていた。もし足りないと、少年はその男に叩かれる。二十年近く前、ウーナは母といっしょに、まさにこの一角の路地で馬糞を箒でどかして通行人から駄賃をもらう少年たちとすれ違った。その頃のウーナと同じ年頃で、みんなウーナと同じアイルランド系だった。この少年のようなイタリア人ではない。母はウーナを連れて頻繁に慈善活動に出かけた。母は少年たちに一セント渡すのではなく、その日の朝に用意した食べ物を詰めたバスケットからパンをひとつ渡したものだ。母は大雑把な方向を指差し、ファイブポインツの救貧院に行けば、食べ物をもらえるだけでなく勉強も教えてもらえると彼らに教えていた。

「お金をあげてはだめよ、ウーナ」母は言ったものだ。「お金をあげても、どうせ他の誰かに取り上げられる。搾取が永遠に続くだけだから」

ウーナは自分がうなずいたことを覚えているが、そのたいそうな言葉の意味をほとんど理解していなかった。大人になったウーナは、自分のポケットから硬貨をつまみ上げた。一日のこの遅い時間、足りないのはせいぜい一、二セントだろう。正直な少年ならそう答えるはずだ。だが正直さでトウモロコシやミートパイを買うことはできない。スラムでは誰もが人を出し抜くことで生き延びているのだ。それこそ母が娘に教えるべきことだった。彼女は少年に五セント硬貨を放ると先を急いだ。

ウーナが帰ると、ブライ織物店の正面ドアには鍵が掛かり、窓の明かりは消えていた。いずれにしてもウーナが正面ドアから店に入ることはない。その代わり周囲を見渡し、店のすぐ脇の路地に滑り込み、ごみ箱、空のニワトリの運搬籠、壊れた手押し車の横をそっと通り抜けて裏口へ向かう。

扉を開けるとドアベルが鳴り、真珠がちりばめられたブローチを調べていたマーム・ブライが顔をあげた。初めて彼女——この大柄で、長く丸々とした指に、抜け目のない欲深な目をした女性——に会ったとき、ウーナは恐怖に震えた。ひとつ過ちを犯せば、この人はあたしをジャガイモのパンケーキ、ラートカみたいにぺちゃんこにするだろう。マーム・ブライが自身の知る盗みの術を惜しみなくウーナに仕込み、ブラックウェルズ島でのお勤めから救い出してくれたとしても、関係ない。ウーナはひいきされていると、店の他の者たちは文句を言っている。だからといって、この先、ウーナがぺちゃんこに叩き潰される可能性が消えたわけではない。

「こっちに来て見てごらん、シァイファレ」そう言って隣の丸椅子を軽く叩く。子羊。イディッシュ語だ。初めて会った時からウーナはそう呼ばれていた。

ウーナは鞄を下ろし、部屋の真ん中をほぼ占領している細長いテーブルに向かっているマーム・ブライの隣に腰をおろした。店はふたつある。ひとつは通りに面した本店で、磨かれたオーク材の机を構え、真っ当な商売の台帳を揃えている。もうひとつはウーナが今いる部屋で、作業場でもあり、訳有りの品物を扱う店でもある。床下には秘密の小部屋があり、大きな品物を地下へ下ろすための小型リフトも見えないところに完備されていた。

マーム・ブライがウーナに真珠のブローチとルーペを渡した。「もつれ足のトビーがそれに六十五ドル出せって。あんたはどう思う?」

ウーナはルーペで調べる前に、手のひらにのせたブローチを回し、重さを確認した。繊細な模様が刻まれた銀の台座に真珠がちりばめられている。裏側の留め金の横に、有名な高級宝飾店マーティン・アンド・サンズの刻印があった。

「いい品ね。六十の価値はあると思う」

「もっとよく見てごらん」

ウーナはルーペを目に戻してもう一度ブローチを調べた。初めは、特に変わったところは見つからなかった。マーム・ブライの小さくぜいぜいいう息が聞こえる。寒い季節は肺の調子が悪くなるのだ。ウーナはブローチを持ち上げてにおいを嗅いだ。金属のにおいはしない。純銀で、間違いない。重さもその証拠だ。もっと軽かったら、銀細工で厚みがある部分が空洞になっているのではと疑うところだ。もっと重ければ、安い金属を銀でメッキしたものだ。引っくり返して留め金を調べる。丁寧にはんだ付けされているが、留め金そのものは他の部分に比べてお粗末だった。ウーナはそばにあった布切れを手に取ると、マーム・ブライの仕事台の上の小さな容器に入った磨き粉をつけ、留め金をこすった。くすんだ灰色のままだ。

「留め金は銀じゃない。純銀にはほど遠い。それに、作りが安っぽい」

「あとは?」マーム・ブライが尋ねた。

ブローチを表に返して今度は真珠を調べる。真珠は凍った雨粒のように繊細な銀細工に周囲を支えられ、大きさと色が揃っている。揃いすぎている。ルーペで拡大されているのだから、もっと不揃いに見えるはずだ。それぞれの粒にごく小さな特徴があるはずだった。

「模造真珠。偽物ね」

「全部かい？」

「いいえ」ウーナはひとつひとつ引っ掻いてみた。本物の真珠だったら細かな粉が出る。それ以外は——ガラス玉の核に、魚の鱗をすりつぶした粉で作った真珠箔を塗り重ね、仕上げに蠟で固めたもので——引っ掻いても粉は出ない。「およそ半分」

マーム・ブライはブローチを差し出すウーナに、その通りというようにうなずいた。

「以前にどこかの故買屋に持ち込まれて、そこで誰かが本物の真珠を偽物とすり替えたと思うかい？」マーム・ブライは尋ねた。「元の留め金を溶かして今のものに付け替えたんだろうか？」

「かもしれないわ。そうだとしたら、頭のいい連中ね。それだけの技術も必要だし。素人が真珠を外して偽物を取り付けようとすれば、銀の細工に傷がつくわ」

ニューヨークには故買屋がいくつかあり——マーム・ブライを含めて——そういった技を持つ店もある。だが、ばらばらになった真珠や、わずかな銀を売り飛ばすには恐ろしく手間がかかる。「まさか……」

「あのマーティン・アンド・サンズが自分たちでやったのかって？　あたしはそうだと思う

ね。普通の客には見分けがつかないから」彼女は笑って、ウーナの膝を軽く叩いた。「ここででたらめな商売をしているのはあたしたちだけじゃないってことさ、シァイファレ」

「トビーにいくら渡したの？」

「十五」

妥当な金額だ。手に入れたら一転、それを五十ドルでよそに売ったとしても。マーム・ブライは作業台の上にある、ベルベットを敷いた箱にブローチを戻した。それからウーナに向き直ると、愉快そうにしていた彼女の目が鋭くなった。「今日は駅でちょっと危なかったそうじゃないか」

ウーナは丸椅子の上でもぞもぞ体を動かした。誰が告げ口したのだろう。駅ではマーム・ブライの店の仲間はひとりも見かけなかったが、彼女の手下にはウーナでさえ知らない監視役がいるのだろう。

「なんでもないわ」

「なんでもない？」

「わたしの手に負えないことなんてない。ほら、こうしてちゃんと帰ってきたでしょ？」

「ああ。遅くなったけど、あんたは帰ってきた」険しい目付きでもう一度ウーナを見据えてから、表情をやわらげた。ウーナの膝をまた軽く叩く。「料理人が夕食にウサギのシチューを作っている。ウサギが大好物って者はひとりもいないけど。さあ、今日盗ったものを見せてごらん」

ウーナはポケットを裏返して中身を作業台に並べた。金の指輪。子どもの手袋。しわくちゃの数枚の紙幣。銀の煙草入れ。だがバーニーのネクタイピンは隠しておいた。バーニーはスラムでは目立ちすぎる。簡単にカモにされるから気をつけろ、と警告するために盗っただけで、売るつもりはなかった。そのうち返すつもりだ。返さないかもしれないけれど。

マーム・ブライはまず紙幣を数え、それから残りの品物を調べた。金の指輪は、懐中時計につける金の鎖の横にぽんと置いた。あとで溶かす品々だ。手袋は新品ではないが仕立てがいい。マーム・ブライは自分の巨大な手にはめようとしたが途中までしか入らなかった。「まぁいいさ」そう言って布小物を集めたバスケットに投げ入れる。それから、銀の煙草入れに取りかかった。

「イニシャルがなければもっと金になるのに」

「そんなに深く彫られているわけじゃないから、ちょっと磨けば消すことができるわ」

マーム・ブライは唇を引き結ぶと、あとでまとめて溶かすものとして、金と同じように、銀の小物だけを集めている山を見つめた。「あんたの言う通りかもしれないね」煙草入れをブローチの横に置いて箱の蓋を閉め、首にかけた鍵で錠をする。

命じられる前に、ウーナは箱を持つと部屋の向こう側、壁際に置かれた色褪せた布張りの椅子まで運んだ。椅子をどかし、絨毯の角をめくり、緩んだ床板の下に箱をしまう。

「明日は一日、奥の部屋で仕事をしなさい」マーム・ブライはウーナにそう言って数枚の紙幣を手渡し、残りを自分のポケットにしまった。ウーナはもらった紙幣を数えなかった。希望よりは少なく、だが働きに見合った報酬に少し上乗せされた額のはずだ。

「でもわたしは――」

マーム・ブライは鋼のような視線で彼女を黙らせた。「ベッセル・フリーエル・ベヴォレント・アイデル・シュペーテル・ベヴァント」

ウーナはその言葉を何度も聞いていてすっかり覚えてしまった。意味はこうだ。あとで泣くより、いま用心した方がいい。

5

ウーナは重い足取りでマルベリー通りからスラム街の奥へと帰っていった。テネメントの急な階段をあがり、踊り場ごとに新しいマッチを擦って暗い足元を照らす。壁のペンキはとうにはげ、むき出しになった漆喰には所々穴があいている。踏み板には長年の汚れが染みついていた。

普段、ウーナは汚れやごみ――尿や腐った残飯――のにおいを気にしない。だが今夜はそのにおいが鼻につき、息が苦しかった。なぜ他の間借り人は簡易便器やごみ箱の中身を捨てるときに気をつけないんだろう？　なぜ入口でブーツの底をこすらない？　マーム・ブライは店の二階にある配管の整った部屋で快適な生活を楽しんでいる。店の裏口から持ち込まれた上質の布地で家具や窓辺を、大理石の彫刻や絵画で壁を飾っていた。それなのにウーナの足元は……得体の知れないねばねばだらけで、ウーナはそれを踏みながらみすぼらしい部屋に帰るのだ。ブーツの底にへばりついたものを階段の縁でこすりとると、ウーナはまた階段をあがった。

マーム・ブライがウーナにひどい仕打ちをしているというわけではない。故買人としてマーム・ブライが有能なのは誰もが認めるところだ。それにもう何年も前、ウーナを助けてくれたじゃないか？　スリの手管を一から仕込んでくれたじゃないか？　ウーナが自分の分け前にもっと執着したら、もっといいアパートに住めるだろう。だがいつも思い知らされる。〈ベーグルを独り占めしようとしたらね、シァイファレ、あんたのポケットは穴あき同然で何も残らないよ〉

ウーナはもうマーム・ブライに会った当時の、路上で暮らし始めて数ヵ月の十一歳ではない。だがあの数ヵ月は恐ろしく長かった。とてもつらかった。通りの店の窓に映った自分は痩せ細って薄汚く、自分じゃないみたいだった。

あの日の朝、目を覚ましたウーナの睫毛は凍っていた。ワース通りのパン屋は硬くなったパンを豚の餌にまわさずスラムの子どもに恵んでくれたが、ウーナが裏口に着いたときにはもうかけらも残っていなかった。バワリー通りを行ったり来たりするミルクの配達人は荷車から目を離さず、一口盗み飲むこともできなかった。冷えきった体と空腹でふらふらとユダヤ人街へ向かう。靴の代わりに両足に巻いた布切れは擦り切れていた。仕立屋のごみ箱から布の切れ端を見つけることができるといいのだけど。中心地の歩道には商人が集まり、野菜から鶏肉、ブリキ製品まで何でも売られていた。

ウーナは店番が留守にしているりんごの荷車を見つけると早足で近づいた。ひとつ手に取ったところで、手首をつかまれた。男の手だ、長く頑丈な指。だが見上げると、自分の手首をつかんでいるのは女だった。りんご売りではなく、朝の買い物に来た身なりのいい女だ。

そびえ立つような大女がウーナを見下ろしている。灰色の瞳は険しく、その手はウーナの手首をがっちりつかんでいた。

ウーナが言い逃れをする前に、売り子が戻ってきた。ウーナの顔がゆがむ。大女は決して見逃してくれないだろう。売り子は巡査を呼び、大女の太い指が手錠に変わるのだ。ところが、大女は売り子に言った。「そのかごの半分をおくれ。それとは別にひとつ、ここにいるシァイファレに」

大女はバスケットを売り子に渡すと、手首にぶら下げたシルクの財布からぴかぴかの硬貨を三枚取り出した。そのあいだもウーナの手首をがっちりつかんだままだ。売り子からりんごがたくさん入ったバスケットを受け取ると、その背の高い女は屈んでウーナにりんごをひとつ持たせた。「次はもっと用心してやりな」

ウーナはうなずいてりんごを受け取ったが、女の財布のなかで小さな音を立てる硬貨の誘惑に我慢できなかった。手首が自由になった瞬間、ウーナは財布をひったくって駆け出した。半ブロックも行かないうちに巡査に服の背中をつかまれた。そのまま宙に持ち上げられる。巡査はウーナを自分から遠ざけるように腕をいっぱいに伸ばしている。悪臭がする野良猫をぶら下げているみたいだ。「なにから逃げている?」そう言って、ウーナが手につかんでいるシルクの財布に目を留める。「なるほど。おまえみたいなみすぼらしい子どもの持ち物じゃないな」

ウーナは逃げようと身をよじった。心臓がばくばくする。巡査が自分をどうするつもりか分からないが、まずいことになるのは確かだ。絶望して、ウーナはりんごを巡査の鼻に叩きつけた。巡査は悲鳴をあげてウーナをつかんでいた手を離した。地面に尻から落ちたウーナは急いで立ち上がって逃げようとしたが、先ほどの大女が待ちかまえていた。また腕をつかまれる。大女がその気になれば、その太い指でウーナの腕の骨などぽきりとふたつに折ってしまえるだろう。

だが女はそうしなかった。そのかわり、また屈んで、ウーナの目をまっすぐ見つめた。

「欲張りな子だね」

心臓はまだばくばくしていて、涙で目がちくちくしたが、ウーナは目をそらさなかった。しばらくすると、大女は満足そうに微笑んだ。「度胸もある。賢いかどうかもみてみよう」大女はふたりの後ろでまだわめいている巡査をちらりと見てから言った。「孤児収容所のことを聞いたことがあるかい?」

ウーナはうなずいた。

「素敵な場所じゃないってことは知ってるね」

またうなずく。

「よし。じゃあすぐに財布を返しな。じゃないとあんたを後ろにいる巡査に突き出すよ。すぐに収容所に連れていかれるだろう」

ウーナはふんと小さく鼻を鳴らすと財布を大女に返した。

「いい子だ。さて、あんたの家族は?」

そうきかれて、ウーナは目をそらした。

「ああ」大女は言った。声が少し優しくなる。「だったらあたしとおいで、シァイファレ。泥棒になりたいかい？　ついておいで、どうしたら泥棒になれるか教えてあげよう。腕のいい泥棒。賢い泥棒だ。そうすれば、あんたはりんごを欲しいだけ手に入れることができる」

大女は体を起こすと財布からいくつか硬貨を取り出して巡査の手に押し込み、歩きだした。

「この子のことは忘れておくれ、お巡りさん」そう言ってから肩越しにウーナをちらりと見て、そのまま歩き続けた。

ウーナは一瞬躊躇して、それから彼女のあとを追った。りんごを拾い、巡査に捕まらないよう距離をとって通り過ぎた。

あれから十四年、過去を振り返ったことはない。

ウーナは自分の粗末な部屋のドアを開けた。中は暗く、石炭ストーブの火は消えている。ルームメイト――ウーナの他に三人、同じくマーム・ブライのもとでスリをしている――は留守だったが、そのうちのひとりが窓を開けっぱなしで出かけたようだ。冷たい風がフランネルのカーテンを揺らしていた。ウーナは腹立たしく靴音を立てて部屋を横切り、上げ下げ窓をぴしゃりと下ろした。部屋は凍えるほど寒かったが、ストーブをつける気力も、テーブルの上の灯油ランプをつける気力もなかった。そのかわり、蠟燭に火をつけて寝室として皆で使っている窓のない小部屋へ行った。

マーム・ブライの言うとおりかもしれない。明日は人目につかないよう店にいよう。巡査に姿を見られたのは確かだから。駅で出会ったカモの誰かが自分の正確な特徴を覚えているかもしれない。女。二十五歳かそこら。茶色の髪。白い肌。ウーナは自分の瞳が緑よりも青に見えるよう、色味の柔らかな服を着るようにしていた。最近はつばの狭い帽子が流行っているが、顔が隠れるようつばの広い帽子をかぶっていた。それに、巡査がウーナの言葉を信じるような単純な男なら、鼻の横にほくろのある女を捜すはずだ。嘘の証言。マーム・ブライに早い段階で教えてもらったトリックだ。

だが、あのくそガキ。あの子にはしっかり顔を見られた。警察に捕まったら、きっとぺらぺら喋るだろう。時計を盗んだのはウーナに命令されたと嘘をつくかもしれない。警察署にある、バーンズ警部ご自慢の犯罪者写真が壁一面に貼られた部屋に連れていかれるかもしれない。あの子はウーナの写真を見つけるだろうか？　何年か前の、フラッシュがたかれる前にわざとくしゃみをしそうな顔をして、はっきりと見分けがつかないように撮った写真。だが壁に女の写真はそう多くなかった。検死の時に撮った写真だという噂もある千枚もの写真のなかに、女の写真は数十人だけ。自分の写真が貼られていると武勇伝のように自慢する男たちもいる。だがウーナはそんなことを口にするほど馬鹿ではない。だが、密かに、誇らしく思っていた。

少年のことを考えるのはもうやめよう。懺悔してばかりのクエーカー教徒のように、誰もいないこの寒い部屋に一晩中いる気はない。マーム・ブライは、今夜は外を出歩いてはいけないとは言わなかった。

そうでしょ？　ウーナはルールをわきまえている。ウーナのルール――その七――はマーム・ブライのルールに従うことだ。だがウーナは言いつけを守ることにうんざりしていた。肩をすくめ鞄を床の隅に放る。バーニーからもらった雑誌をポケットから出すと、丸まってくしゃくしゃになっていた。でもトイレで使うだけだから、別にかまわない。そのまま鞄の横に放る。今日稼いだお金を数えて半分を取り分け、壁の下の穴を塞いだ新聞紙を慎重にはがした。穴の右側、壁の裏側に、小さな缶を隠してある。ウーナはそっと取り出して蓋を開けた。中には少しばかりの紙幣と硬貨、そして象牙のカメオのネックレスが入っていた。

ネックレスは母が身につけていたものだ。いずれ、マーム・ブライの店に持っていって売るつもりだ。カメオ細工がまた流行って、象牙の値段が上がったら。ウーナはバーニーのネクタイピンと今日の稼ぎの半分――いや――四分の一を缶にしまうと、秘密の隠し穴に戻した。

最初に二ブロック先の食料雑貨店に寄ってミンスパイとスパイス入りのワインを買った。そこでルームメイトのデイドラにばったり会った。長い赤毛につんと上を向いた小さな鼻。デイドラは馬鹿で美人――だから通りではいい相棒になる。デイドラがカモの気をそらしている間に、こっちは首尾よくカモのポケットに手を忍ばせることができる。彼女とウーナはマーム・ブライの店の新入りとして働き始めた幼い頃、よく組んで仕事をしたものだ。だが自分の意見が通るようになると、ウーナはひとりで仕事をしたいと言った。自分の身を守るのに精一杯なのに、誰かの面倒までみることはできない。鳩並みの脳みそしかない誰かだったら、なおさらだ。

だがたまに付き合うぶんには構わない。雑貨店から、ふたりは通りの向かい側にある、男女両方が入ることができるクラブへ行った。港や町で働く真っ当な労働者が、金庫破りやペテン師と並んで座り、もうじきある市会議員選挙や今夜の素手ボクシングの勝者について喋っている。男たちは喜んでウーナに一杯ごちそうしようとするが、たいていの場合、彼らはその見返りを期待している。愚痴を聞いてほしい、キスをひとつ、バーの上の個室でのお手合わせ。相手がよほどハンサムで、ウーナもそんな気分のときは誘いに乗るかもしれない。だが今夜のウーナは自分でウィスキーのお金を払い、男たちの相手は、頬紅をつけ胸元をあらわにした娼婦に任せた。

バーの奥の通路で賭けボウリングが行われていた。ウーナも何試合か賭け、煙草を吸いながら、ピンを外したプレーヤーに対して顔を真っ赤にして悪態をつく見物人に加わった。デイドラがチャーチ通りのダンスホールへ行こうと呼びにきたときには、一ドルを残してすっからかんになっていた。

ダンスホールでは、ウーナはずっと壁寄りの席でウィスキーをちびちび飲んでいたが、デイドラは次々に洒落男の腕のなかで回ったりのけぞったりして踊っていた。ウーナの方は、期待に満ちた瞳でテーブルに寄ってきて、汗ばんだ手を差し出しダンスに誘ってくる男たちに首を振り続けていた。ダンスはあまり好きじゃない。くさい息をかけられて、爪先を踏まれるだけだ。そのかわり、ウーナはマーム・ブライのことを考えて気を揉んでいた。いつまで、何年も前のりんごを盗もうとした子どもと同じように扱われなくてはいけないのだろう。いまやウーナはマーム・ブライの傘下では一番の腕利きのスリで詐欺師だ。そろそろひとり立ちしていいころかもしれない。

デイドラが隣に腰をおろした。頬が紅潮し、目が笑っている。「踊らないの？」

「踊らない」ウーナはウィスキーをぐっと飲んだ。

「でももしあの新聞記者がここにいたら、あんたはすぐに立ち上がってお尻を振るに決まってる」

「わたしたちは情報交換をしているだけ。それだけよ」

「本気のプロポーズをされても断る気？　断らないでしょ？」

プロポーズと聞いてウィスキーがまずくなった。バーニーは悪い相手ではない。スクープをものにすることはできないが根気があり、そんなところは好ましかった。だが彼の妻になってどうする？　料理をして掃除をして、小さな子どもたちのあとを追いかけて世話をする？　自分はジャガイモもろくに茹でることができない。彼にはお手伝いを雇うお金があるかもしれない――銀のネクタイピンをしているくらいなのだから――でも、それから？　セントラルパーク動物園の檻に入れられた動物のように、堅苦しい客間などで一日中座っている気には到底なれない。

「まさか。わたしに真っ当な暮らしは無理よ」

デイドラはくすくす笑った。「誰かの奥さまより、あの人たちみたいになりたいの？」デイドラは部屋の向こう側にいる女を顎で指した。観劇帰りの一団が入ってきて、その後ろに娼婦たちが続いていた。

ウーナは娼婦の女性たちを悪く思ったことはなかった。オダナヒュー神父が日曜日の礼拝で言うことなど気にしない。みんな食べていかなくてはならないのだから。しかも娼婦の仕事はウーナの仕事より危険だ。打撲の痕を見たことがある。病気で痩せ、精神を病んでしまった人も。マーサ・アンの身に起こったことはもちろん、五十年ほど前には頭蓋骨に斧を突き立てられたヘレン・ジュエットの例もある。

「わたしは今の生活に満足してるわ、お気遣いなく」ウーナはそう言ったが、賭け事の元締めに巻き上げられるよりも、秘密の缶にもっとお金を貯めればよかったと後悔していた。だが賭けですった分は次のスリでいいカモを見つければ埋め合わせができるだろう。

デイドラは首を振って、またダンスフロアに戻っていった。ウーナはウィスキーを飲み干したが、おかわりは飲まないことにした。アルコールで体が温まり、手足も軽く、ふわふわしてきた。もう一杯飲めばこのふわふわの感覚が消え、体が熱くなる。表情と仕草がおかしくなり、熱いどころか火がつく。飲みすぎて、翌朝目を覚ましたら、拳や目の下に怪我をしていたことが何度もあった。ケリーの家の者はかっとなりやすい。父がよく言ったものだ。だがたいてい、父は泣き上戸で終わった。お酒を飲むと陰気で感傷的になり呆然自失の状態になる。ウーナは父が死んでしまったのではないかと怖くなって、手をあてて父の胸がゆっくりと上下し、心臓が動いているのを確認したものだ。

ウーナが帰ろうとしたところに、先ほどの観劇帰りの一団がテーブルに近づいてきた。気障で尊大な若い男たちだ。『月明かりの結婚』だかのくだらない芝居を観たあと、妻や母親にユニオンクラブに寝酒をひっかけに行くと嘘をついて、気のおけない仲間とスラム街の夜を見物に来たのだ。彼らにとって、ここにいるウーナや低賃金の労働者は、劇の次の、単なる見世物に過ぎない。

「きみみたいに綺麗な娘は踊らなくちゃ」ひとりが声をかけてきた。

褒めているのではなく、命令だ。ウーナはむっとした。「わたしみたいに綺麗な娘は誰とも――」とくに、あんたみたいになよなよしためかし屋とは踊らない、と言いかけたところで、彼の袖のルビーのついたカフスボタンに目が留まった。「誰とも――誰とも踊る気はなかったけれど、あなたみたいに素敵な人からのお誘いは、まぁどうしましょう、断ることなんてできないわ」

男が手袋をした手を差し出すとウーナはすぐに応じ、とっておきの笑顔を見せた。男の問いかけに、母から教わったとおり礼儀正しく上品に答える。ありがたいことに、長く続ける必要はなかった。男に会話を楽しむ気はなく、彼の手はすぐに、ウーナの腰のくびれからそろりとお尻に向かったからだ。ウーナはそっと彼の手をどかしたが、また触ってもいいわよというように、媚びた目で彼の顔を見つめる。そして、慎重にカフスボタンを外した。解放されるまであと二回ダンスを踊るはめになった。踊りながら、ウーナは男に嘘をささやき続けた。チャーチ通りに売春宿があるの。そこで一杯飲んで、それからわたしの部屋に来ない？　隣で踊っていたカップルとぶつかったとき、ウーナは男のもう片方のカフスボタンも頂戴した。ちょっとごめんなさい、ウーナはそう言ってフロアの隅でブーツの紐を結び直すふりをして、男が目を離している隙に裏口からそっと抜け出した。

ハドソン川沿いの売春宿と工場の間を通って、アパートまで長い道のりを歩いていく。ダンスホールの男はちょろかった。女を食い物にしようとした愚かな男の鼻を明かしてやって、いい気分だ。カフスボタンが手に入ったのは上出来だった。マーム・ブライに出歩いたことがばれないよう、数日は手元に残しておかなくてはならない。

それとも、他の故買人に売ってみようか。川の上を通る冷たい風に急に吹かれながらも、ウーナは微笑んでいた。流しの故買屋トラベリング・マイク・シーニーは毎年この時期に、パブ〈シックスワード〉にやってくる。マーム・ブライには黙っていればいい。

6

ウーナは翌日マーム・ブライ織物店の奥で過ごし、金属製品を磨いて製造元の刻印を消す作業をした。退屈な仕事で、数時間経つと、もう通りに出たくてうずうずした。

しょっちゅうドアベルが鳴り、新しい買い手や売り手がやってくる。ウーナは部屋の隅からマーム・ブライがてきぱきと値切り交渉をする様子を眺めた。小さく、それほど高価でない品物は、店で合法的に買い入れた品物と同様に売られる。だが大きくて、珍しい、高価な盗品は溶かされたり、裏口専門の買い手に密かに引き取られたりする。

ウーナはマーム・ブライが全てを支配していることに不満を持っていたが、彼女の抜け目のなさを尊敬していた。実際、ウーナが毎日スリをして集めたお金や品物は市会議員や裁判官や巡査に流れ、彼らは――たいていの場合――ウーナやマーム・ブライ傘下の者を見かけても見て見ぬふりをしてくれる。

だがウーナは昨日、捕まらなかった。自分の機転で窮地を逃れた。そうだ、デイドラみたいな泥棒はマーム・ブライの庇護が必要だ。スリの技術は初心者並みだし、デイドラの野心は、ウーナがあきれるほどささやかだった。

ウーナはもっと欲しかった。何が欲しいのかはよく分からない。だがここにいては手に入らない、それは確かだった。金属製品を磨く、ただの指人形。幕が下りて帽子を取ったら、マーム・ブライに硬貨を総取りされる。

ふん。ウーナは今夜、自分の儲けを全部いただくつもりだった。昨晩スリとったカフスボタンは百ドル以上の値打ちがあるだろう。トラベリング・マイクは三十ドル以上くれないかもしれない。だが今後も戦利品を彼に売ると約束すれば、四十五ドルはくれるかもしれない。もらったお金はすぐに例の缶にしまう。お酒や賭け事などに一セントも使うものか。だが有名レストラン、デルモニコスでディナーをするのはいいかもしれない。フィレステーキにアスパラガスのオランダ風ソース、ナポリ風のデザート。美味しい料理は元気をくれる。ぼろの服から洒落た服に着替えるのだ。エスコートしてくれる男性がいないと店に入れてもらえないが、服と男性はどうにか用意できるだろう。ウーナは口いっぱいに豊かな風味が広がる気がした。

午後遅く、ウーナはゴブレットをきれいに磨きあげた。元の持ち主が見ても自分の物だと気づかないはずだ。

「あんたは細かいところまで目が届く、シァイファァレ」マーム・ブライが仕上がりを念入りに確認しながら言った。

「じゃあもう行っていい?」

「いつもよりえらく急いで帰るじゃないか」

「それは……あの……日暮れ前に市場に行きたいの。傷物の卵が格安で売りにでるから」

マーム・ブライは首を振り、手でもう帰っていいと合図した。ウーナはコートをつかむと、首の後ろに奇妙な、針で刺されるような感じがした。罪悪感？　カフスボタン一組だけだ。マーム・ブライの商売にひどい損をさせるわけではない。小さな声で肩越しに「よい安息日（グット・シャベス）を」と挨拶をすると、気持ちがくじける前に急いで外へ出た。昨日、少年が巡査に捕まりそうになったとき、彼女はすっかり忘れていた。ルールその一、自分のことだけを考えること。そのルールを二度と忘れてはならない。

外へ出ると、灰色の雲が空を覆い、小雪が舞っていた。万が一マーム・ブライか、その手下が後をつけている場合に備え、ウーナはヘスター通り経由で早足で家に向かった。箒を持った少年たちが寄ってきて、ウーナが通る歩道の泥混じりの雪を掃こうとするが、手を振って追い払う。歩道には行商人が並び、商品を宣伝していた。金属のカップが二セント。帽子が二十五セント。中古のコート——新品同様！——が一ドル。すりおろしたばかりの新鮮なホースラディッシュとほかほかのパンの香りが側溝から立ちのぼる悪臭と混ざる。救急馬車の鐘が激しく鳴り響いたかと思うと、横を猛烈なスピードで通り抜け、ウーナに泥を浴びせた。

「まったく、もう」ウーナはつぶやくと、コートとスカートから汚れをこすり落とした。十数年前、初めて病院の救急馬車を目にした時は驚嘆した。だがいまや、ただの迷惑な存在だ。帰宅すると、ルームメイトたちが、誰が灰を階下まで捨てに行く番かで揉めていた。「わたしの当番は先週だった」巻き込まれる前に先手を打って言った。コートを壁の釘にかけ、急いで寝室に行く。三つ目のマッチでようやく蠟燭に火がついた。ぱっと大きくふくらんだ火が落ち着くと、彼女はそっとドアを閉めた。ルームメイトとはもう長い付き合いだ。デイドラとはお互い十二歳のころから知っている。いっしょにお酒を飲みに行く。いっしょに喧嘩をする。いっしょに盗みにも行く。友だちに近い存在だ。だからといって、ウーナがルームメイトを信用しているわけではない。それぞれがどこかにお金を隠している——壁の中、はがれた床板の下、旅行鞄の秘密の仕切り板の裏。ウーナはブーツも履いたまま眠る。初めて実家から出て路上で眠ったときの教訓だ。

好きで親元を離れたわけではない。とんでもない。母が亡くなってまもなく、ウーナと父親は家から追い出された。父はまともな仕事を探す気もなく、時間とお金をすべてお酒につぎ込んだ。自宅にあった高価な品物は——クリスタルの花瓶、母方の曾祖母がアイルランドから持ってきた茶器のセットから、ほんの一年前のクリスマスに母がウーナの人形に縫ってくれたレースの服まで——すべて売られた。父娘は下宿屋に、それからファイブポインツのテネメントに引っ越した。そのころには、ウーナはパンやミルク、ジャガイモを買うために父のポケットを探って小銭を盗むようになっていた。

以前のウーナは学校に通い、ピアノを習い、クロスステッチの練習をしていたものだが、一日中路上をうろつき、石炭を恵んでもらったり、ごみ箱をあさったりするようになった。テネメントに戻ると、父は酒場かどこかへ出かけていて姿がない。ある日、みすぼらしい部屋のドアを開けると、自分たちのわずかな持ち物がすべて滞った家賃の代わりに運び出され、他の家族が住んでいた。かつての暮らしの名残として残ったのは、服の襟の下に身につけていた母のネックレスだけだった。彼女は夜通し父を捜し回り、ようやく裏通りの酒場で見つけたが、彼は酩酊していて事態を理解できなかった。ねぇ起きて、と父に懇願するウーナを、酒場の男たちは笑いながら見ていた。しまいに、ウーナはあきらめ、父のポケットに残っていた硬貨をすべて集め、暗い夜の町へ飛び出していった。

昼間のファイブポインツは荒っぽく騒々しい場所だが、日が暮れて暗くなると不気味な危険に満ちる。近くのテネメントの裏庭の隅、外からは見えない場所を見つけたが、一睡もできなかった。瞼が重くなるたびに、何かが軋む音や割れる音、悲鳴で目が覚めた。次の夜も同じだった。昼間のうちにうつらうつらしても、巡査のブーツの爪先や警棒でつつかれて起こされる。

経験は情け容赦ない教師だが、ウーナはすぐに術を身につけた。ブーツを脱いで眠れば盗まれる。それ以来、目を閉じるときは、大切なものはすべて隠すか身につけるようになった。川を通る船を狙う強盗団としばらくいっしょに過ごし、それから、他の路上生活をする子どもたちの仲間になり、喧嘩の仕方や食べ物の探し方を覚え、怒濤の勢いで悪態をつくようになった。それからマーム・ブライに出会い、スリの仕方を身につけた。

数年後、ウーナは偶然父親と再会した。酒場ではなく、父はアヘン窟にいた。ウーナは父に近づくのをためらった。娘だと分からないかもしれない。ウーナは清潔で小綺麗な服を着るようになっていた――マーム・ブライは手下たちに見苦しくない格好をするよう指導していたからだ――それに以前より頭ひとつ、背も伸びていた。初め、父の視線はウーナを通り過ぎた。それから一瞬、焦点が合った。「ウーナ！　おれの宝！」

おれの宝。そう呼ばれたのは小さな女の子だったとき以来だ。母が死ぬ前。南北戦争の前。家族三人が揃って元気で幸せだったころ。だがすぐに、父の目はぼんやりとうつろになった。ウーナがそっと父のポケットに数ドルの紙幣を入れると、彼はよろよろと立ち去った。

もう忘れよう。ルールその十四、過去は振り返らない。寝室のドアの向こうに耳を澄まし、ルームメイトたちがまだ灰を捨てる順番で揉めているのを確かめると、壁から缶を取り出した。蠟燭の明かりを受けてルビーつきのカフスボタンがきらりと光る。かなり上等な品だ。いい作りをしている。四十ドル以下で売るつもりはない。バーニーのネクタイピンと一緒に、スカートの隠しポケットにしまう。トラベリング・マイクの言い値によっては、ネクタイピンも売るかもしれない。ウーナは拳にはめるブラスナックルも念のため持っていくことにした――マイクが支払いをせずにカフスボタンを奪おうとするかもしれない。

ウーナが缶を壁のなかに戻してすぐ、ドアが開いて、デイドラがぶらりと入ってきた。

「くじ引きで負けちゃった」藁とぼろ布を重ねた自分の寝床にどさりと腰をおろす。ここにはベッドやマットレスなどない。だがウーナはいずれ買うつもりだ。ポケットに隠したカフスボタンは、もっといい生活への足掛かりになるはずだ。

「雪がひどくなる前に捨てに行った方がいいわ」ウーナは言った。

「五セントあげるから代わりに行ってくれない？」

「お断り」

「わかった。トイレで使える紙を持ってない？　ついでにトイレに行ってくる」

ウーナはバーニーにもらった雑誌から最初の数ページを破ると、デイドラに手渡した。

「ほら」

「これ、なんて書いてあるの？」

「なんでもいいでしょ？　おしりを拭くだけなんだから」

「だからって、世の中で起こっていることを知りたくないわけじゃない。あんたは字が読めていいね。あたしもいつか習わなきゃ」

「そうね、お金持ちの旦那を見つけてミリオネア通りの邸宅に引っ越したら、習うといいわ」

デイドラはページの一枚を丸めてウーナに投げつけた。「なによ、やけにとげとげしいじゃない。今日の帰りになんかあった？」

「べつに」ウーナは立ち上がると、ポケットのなかのカフスボタンが音を立てないよう気をつけてスカートを伸ばした。ふと思いついてもうひとつのポケットに雑誌をねじ込み――まだ泥を引っかけられたときに汚れを払うのに使えるかもしれない――それからデイドラに手を差し出し、彼女を寝床から引っ張りあげた。「言いすぎた。ごめんなさい」

「マーム・ブライに店にいるよう命令されると、あんたはいつも苛々するよね。意味がわかんない。あたしにも店にいろと言ってくれたらいいのに」

「あれは罰で、ご褒美じゃないわ。それに、あなたは注意力が足りない。覚えてる？　この前、毛皮のコートの内側に刺繍された名前を取り除くのを忘れたでしょ。マーム・ブライはすごく時間をかけて警察に申し開きをしたんだから」

デイドラは唇をとがらせた。「そんなの一回だけだよ」

「それにクリスタルをガラスと間違えたこともあったでしょう？　あのときあなたが——」

「もういい、降参！」

秘密のコレクションを隠した穴がきちんと塞がっているのを肩越しに確認すると、ウーナはデイドラに続いて寝室を出た。

「どこへ行くの？」ウーナがコートを手に取るとデイドラが尋ねた。

「どこへ行こうと関係ないでしょ」思ったよりきつい言い方になったので、つけ加えた。「卵を買いに行くだけ」ルールその二十七、一度ついた嘘は、つき通すこと。

「あたしも行く」デイドラが言った。

「だめ！」ウーナは思わず叫んだ。深呼吸をしてから続ける。「あなたは灰を裏庭まで捨てに行かないといけないでしょ。戻ってくるのを待つなんてごめんだわ。あなたにも買ってきてあげるから」

「ピクルスもお願い。グリュッツマッハーの店のソーセージも」

「そっちの方に行くつもりじゃなかったんだけど。わかったわ」ソーセージと声を合わせて連呼する、他のルームメイトふたりにも言い返す。

「ほんとは例のお気に入りの新聞記者に会いに行くんだと思うよ」デイドラがふたりにそう言って、にやにやする。「ここに連れ込むなら、あたしたち、しばらく出かけてあげるから」

ウーナは大笑いしている女たちに首を振っただけで、あえて否定しなかった。本当の理由を推測されるより、バーニーとベッドを揺らしに行くと思われた方がいい。くすくす笑うルームメイトを残して、ウーナはマフラーを首に巻いて出かけた。

外はまだ雪だったが、先ほどよりおさまっている。湿気のある大きな雪がちらほらと降っていた。雪雲を裏返して最後の雪を振り落としているみたいだ。ウーナは早足ながら慎重に歩いた。通りがかりの人と目が合って微笑む。夕暮れが忍び足で町を包み、街灯がともるまでの数分間、ウーナを陰に隠してくれた。

この辺りはウーナが子どものころと比べるとずいぶん様変わりした。古い木造のテネメントは、側面に非常階段がついた煉瓦造りに変わった。新しく建設されたゴム工場からは煙がたなびいている。通りに積まれたごみもそう多くない。いまではイタリア語がよく聞こえる。ギリシャ語や中国語も。そこかしこで聞く様々な国の言葉から、彼女の父親が話していたようなアイルランド訛りは消えた。アイロンをかけてシャツから消えたしわみたいだ。

だが決して変わらないものもある。スチーム暖房に群がるストリートチルドレン。小銭の入った缶を鳴らす物乞い。裏通りをそぞろ歩く、ならず者。選挙に強い民主党。ボクシングの試合、うまい話、火事は、今なお大勢の人を引きつけている。そして、泥棒は昔も今も嘘つきだ。

センター通りとパール通りが交わる交差点の角で、ウーナは立ち止まった。通りの向こうの酒場の、霜で凍った窓から青白い光が漏れている。さりげなく来た道を振り返り、マーム・ブライの手下の誰かがついてきていないかを確認する。数歩先に、小型の手回しオルガンを奏でている男がいた。ウーナは近づき、彼の歌を聴きながら、通りに怪しい人がいないかまたそっと見渡した。夜が更けて影が濃くなると、半ブロック先の人の顔を見分けることも難しい。もうこれ以上ぐずぐずする気はなかった。ウーナはオルガン弾きに紐でつながれた小さな猿の前に硬貨を放ると、通りを渡って酒場へ入っていった。

中の空気は暖かく、気の抜けたビールのにおいで満ちている。薄暗い店内をざっと見渡すと、一番奥のテーブルにトラベリング・マイクがいた。手元にはブランデーグラス、椅子の横の床には木製のアタッシュケースが置かれている。店の外では取引をしないマーム・ブライとは違い、トラベリング・マイクは盗品売買の取引を市内のあちこち、テネメントの裏庭、裏通り、打ち捨てられた地下室などでしていた。黒ずんだアタッシュケースに入るだけの品物を扱い、毛皮のコートや大理石の花瓶といった大きなものは扱わない。だが泥棒がとびきりの品——ダイヤモンドの指輪、ゴールドの時計、ルビーつきのカフスボタン——を持ち、すぐに売り飛ばしたいと願うなら、トラベリング・マイクほど頼りになる男はいない。スラムでは、彼は一年で数千ドルの取引をしていると噂になっていた。

酒場にいるウーナ以外の女性は、年配で肌の荒れた女給だけだった。トラベリング・マイクの方へ歩いていくウーナに、全ての視線が集まる。騒々しい話し声やグラスをぶつける音が小さくなり、ささやき声に変わった。救急馬車の鐘の音が外で鳴り響いている。雪で湿ったスカートの裾が、おがくずの散った床をなでる音がした。

マイクのテーブルにつく代わりに、ウーナは口髭にワックスを塗りすぎた中年男の隣に座った。「一杯ごちそうしてくれる?」

中年男は面食らって目をぱちぱちさせると、慌てて立ち上がり、自分の椅子につまずきそうになりながら急いでバーへ向かった。彼がこちらの声が聞こえない位置まで離れたところで、ウーナはささやいた。「興味を持ってもらえそうな品があるんだけど」

ウーナはトラベリング・マイクから視線を外していたが、小さな含み笑いが聞こえ、彼がウーナの話を聞いていることが分かった。

「ほう?」

「薄いビールと面倒な付き合いはすぐに切り上げるから」

また含み笑い。「あんたはマーム・ブライの傘下の娘だと思ってた。裏切り者は許されない。分かっているだろう?」南部出身者特有の、ゆったりと諭すような口調だ。そこに警告が含まれていることも分かる。

「それはわたしの問題で、あなたの問題じゃない」中年男がウーナの飲み物を持って戻ってきた。ウーナはあえてちらっとトラベリング・マイクの方を見て言った。「どうなの? 興味ある?」

マイクはブランデーを飲み干すと立ち上がった。「十分後、パール通りを半ブロック行ったところの路地で会おう」彼がアタッシュケースを持ちドアへ向かったところで、中年男が腰をおろした。テーブルの向かい側から半パイントの薄いビールをウーナに差し出す。けちな男。一パイントのビールを買えるだけのお金を持っているはずなのに。ビールはドブネズミの小便の味がした――ドブネズミの尿はこんな味だろうな、という味だ――味がどうだろうが、自分を奮い立たせる勢いにはなる。トラベリング・マイクの言う通り。マーム・ブライは裏切り者を許さない。

ウーナはたいして口もきかないまま十分が過ぎるのを待った――中年男は嬉しそうにべらべら喋り続けていた。ウーナは男の視線が自分の顔から胸のふくらみ、そしてスカートに包まれた太ももの辺りをさまようのを許してやった。だが彼が視線ではなく手で同じ場所に触れようとすると、ウーナはその手を振り払って立ち上がった。半パイントのまずいビールのお返しはもう充分。それに、もう行かないと。

外に出ると、まだ雪がゆっくりと降っていた。ウーナはトラベリング・マイクが指定した路地に向かう前に周りの通行人を見渡した。歩き出して、酒場のドアが開く軋んだ音がしないか、誰もついてきていないか、耳を澄ます。暗くなるにつれて気温もぐっと下がり、唇からもれる息が真っ白だ。帽子の縁には雪の結晶がたくさんついた。陰になった目立たない場所や家の出入口をうかがいながら、誰にもつけられていないことを確認する。路地の入口に着いたとき、うしろから伸びてきた手に腕をつかまれた。

7

ウーナはつかんできた手を振り払って反転すると、一歩下がって腰を落とし、防御の構えをとった。片手をポケットに突っ込みブラスナックルを握る。もう片方の手は上にあげて一撃に備える。薄暗がりに、襲撃者の姿が浮かびあがった。

「なんなのよ、デイドラ！　何してんの？」ウーナは上げていた手をおろした。マーム・ブライが雇うごろつきを警戒するあまり、デイドラが後をつけていたことに気づかなかった。

「ソーセージや卵を買いに来たんじゃないんでしょ」

「グリュッツマッハーの店は、わたしが行ったときにはもう全部売り切れだったの」

「店から三ブロックも手前で、なんで分かるわけ？」

ウーナはポケットのなかでブラスナックルをぐっと握った。デイドラを相手にブラスナックルを使ったことはなかったが、今こそ使ってやりたかった。「なぜつけてきたの？　ついてこないでって言ったでしょ」

「つけてきたわけじゃないよ」デイドラは下唇を噛んでうつむいた。「そんなつもりなかった。でもあんたがグリュッツマッハーの店とは反対の方向に行ったから、なんでかなって」

ウーナは一歩前に出るとデイドラの胸に指を突きつけた。「わたしがミスター・ハリスに会いに出かけたと思ったの？　覗き見しようと思ったわけ？」

デイドラはウーナを押し返した。「あんたがあの新聞記者に会いに行くはずない。それくらい分かる。あんたは誰にも、何にも、興味がない。利用したり売ったりできないものにはね」

「そんなこと――」ウーナは口ごもった。それは本当だ。口に出して言われると傷つくが、今は気にしている場合ではない。「そんなこと、今はどうでもいいでしょ。あなたには関係ないんだから、ついてこないで」

「じゃあ、あんたには関係があるから、トラベリング・マイクと同じ酒場でビールを飲んでたんだ」

ウーナは内心ひどく焦りながら、落ち着いた声で言った。「あら、彼もいた？　気づかなかった。わたしが会いに行ったのは――」

「白を切るのもいい加減にして。あんたが今夜出かけたのはマイクに会うため。卵のためでも例の新聞記者のためでもない。マーム・ブライが知ったらどう思うだろう」

ウーナは急に手足のあちこちに刺すような寒気を感じた。デイドラが密告したら、マーム・ブライはウーナをどうするだろう？　ウーナとトラベリング・マイクはまだ実際の取引はしていない。何もしていないと弁解できるだろうか？　マーム・ブライが信じてくれたとしても、今後はウーナを疑ってかかるだろう。だめだ。一番いいのは、デイドラを巻き込むこと。そうすれば、デイドラも沈黙を守るだろう。

ウーナはデイドラの腕をつかむと引き寄せた。「聞いて。盗んだカフスボタンを持って来たの。ルビーのついた純銀製」

デイドラが目を丸くした。「いくらになると思ってる?」

「二十ドル。黙っていてくれたら、二十五パーセントをあげる。だからここで待っていて」

「五十パーセント。それと、あたしもついていく」

ウーナは少し考えた。他の人間を連れていったら、トラベリング・マイクは取引を延期するかもしれない。交渉は難しくなるだろう。それにデイドラが取引の現場についてきたら、実際にもらった金額を知られてしまう。デイドラに本当に五十パーセントを渡すはめになる。

ため息をつくと、白い息が幽霊のようにたなびいた。ここで揉めている間に、トラベリング・マイクはしびれを切らして帰ってしまうかもしれない。ああ、もう帰ってしまったかもしれない。それに、デイドラの口の軽さという危険を放置しておくこともできない。「わかった。五十パーセント。絶対誰にも言わないで。それが条件よ」

ふたりは路地を進むと、小さな裏庭に出た。ふたりの足跡にまた雪が積もっていく。暗がりに浮かぶぼんやりした輪郭で、壊れた木箱と朽ちかけた樽が散乱しているのが分かった。煉瓦造りと木造の建物が四方を囲み、通りからの明かりを遮っている。破れたカーテンや細長いフランネルの布がかけられた窓が——それほど数はないが——裏庭に面している。薄明かりが漏れているので、屋内に火明かりがあるのだろうが、庭を照らすほどではない。ふたりの背後で、通りの騒音は遠く不鮮明で、人の話し声や足音も、凍った敷石の上を走る馬車の音と区別がつかなかった。いま来た路地の先にある通りも、ここからは細長い道の一部しか見えないが、同じようにかすかな音しか聞こえなかった。

「ああもう」ウーナはつぶやいて、ポケットからマッチを出した。デイドラと口喧嘩をしていたせいで、トラベリング・マイクは帰ってしまったにちがいない。

デイドラの方が先にマッチを擦った。小さな火が一瞬、庭を照らした。雪に覆われたがらくたが、白く輝いている。壁に染みついた煤や泥汚れとは奇妙に対照的で、不釣り合いだった。地上で何かがさっと動き、そこへ視線を向けたとたん、デイドラが悲鳴をあげた。デイドラはマッチを取り落とし、ウーナが自分が目にしたものを理解する前に、庭はまた真っ暗になった。男？　男が屈んでいた？　その横には別の男が、雪の積もった敷石の上に手足を投げ出して横たわっていた？　横たわっている男の首にはベルトか長いロープが巻きついていた？

ウーナは本能的に後ずさった。がらくたに足を取られてよろけ、壁に寄りかかる。背中に当たる煉瓦は硬く冷たかった。暗闇とデイドラの悲鳴にもかかわらず、屈んでいた男が立ち上がり、ふたりに近づいてくる気がして、ウーナは吐きそうになった。本当にそこに男がいたとしたら。ウーナはまだ自分が見たものが信じられなかった。

彼女はポケットを探った。ネクタイピン……カフスボタン……ブラスナックル……どうしようもない雑誌。マッチはどこ？　ついさっきまで握っていたのに。デイドラは悲鳴をあげるのをやめ、震える手でマッチをつけようとした。一度、二度、マッチを擦るが、火がつかない。そうこうしているうちにウーナが自分のマッチを見つけて火をつけた。

庭に残っていた男はひとりだけ――トラベリング・マイク。仰向けで地面に横たわり、血走った目を見開いている。死んでいた。呼吸をしているか口に耳を寄せてみたり、脈があるか手首を触ってみたりするまでもない。同じように何も映さない虚ろな瞳を何度も見てきたから、間違いない。周りの雪は汚れ、彼がひどく抵抗したことが分かる。首の皮膚が擦りむけて赤くなっているが、ベルトは――彼女が見たのがベルトだとして――どこにもなかった。

ウーナはまた庭をさっと見渡して、もうひとりの男が樽やごみ箱の陰に隠れていないか確認した。もうひとりいたはず。そうでしょ？　デイドラがマッチを取り落とす前にちらっと見えただけだけど。

「あいつ、どこ行った？」デイドラが言った。

ウーナはほっとしたが――デイドラももうひとりの男を見たのだ――すぐに肌を刺すような恐怖を覚えた。「早くここから離れないと」背中を預けていた壁から体を起こすとデイドラの腕をつかむ。恐怖で混乱していた頭の霧が晴れてきた。犯人のブーツの足跡が、庭の向こう側に出る路地へ続いている。ふたりのうしろには、いくつもの足跡――ウーナ、デイドラ、トラベリング・マイク、そしておそらく殺人犯の足跡――が路地から庭へ向かって残っている。路地に戻る足跡はない。ウーナはもと来た路地の方へデイドラを引っ張った。

「あたしたち……？」デイドラは弱々しい手でトラベリング・マイクを指した。

瞼(まぶた)を閉じてあげようって？ ねじれた手足をもっと楽な姿勢にしてあげる？ 彼のアタッシュケースを開けて中に入っている盗品を山分けする？ 最後のアイデアは悪くないが、そんな時間はない。「馬鹿なの？ 市内の半分の人にあなたの悲鳴が聞こえたはず。すぐに巡査が駆けつけてくるわ」

「ここにいて、あたしたちが見たことを巡査に言った方がいいと思うけど」

ウーナはマッチを擦った。温かく柔らかな明かりに照らして見ても、デイドラの顔は血の気が引いていた。ひどいことをさんざん見てきた。デイドラもスラム街で育った。だがこんなことは初めてだ。殺人なんて。ウーナはデイドラの頰を軽く叩いた。「表通りまで一気に走って、それから何でもないふりをするの。女性がふたり、夜の散歩をしているだけっていうふり。わたしたちは何も見ていない。いい？」

デイドラは頰をこすって、うなずいた。マッチが燃え尽きる瞬間、ウーナはトラベリング・マイクに最後の一瞥(いちべつ)を投げた。大通りに出るところで、細身ながら屈強な巡査が角を曲がって路地に入ってきた。

ウーナはつるつるの雪の上でどうにか立ち止まった。背中にデイドラが突っ込んできて、ふたりしてつんのめりそうになる。

「誰だ！」巡査は叫ぶと、ベルトにつけたランタンに手を伸ばす。

ウーナはデイドラを押しのけると、引き返して裏庭に向かって走った。殺人犯がそうしたように、庭の向こう側の路地から逃げることができるかもしれない。デイドラがついてきていたらいいけど。でも今は、それぞれ自分のことを考えるときだ。ウーナは暗い庭を走った。途中で木箱や半分壊れた箱につまずいた。なにやら柔らかいものにもつまずいた。腕かもしれない。細い路地の向こうに明かりが見える。もうすぐ大通り。だがウーナはスピードを緩めた。トラベリング・マイクのアタッシュケースのことがまた頭によぎった。数百ドルの価値のある盗品を持ち歩いていたはずだ。スラム街から抜け出して、マーム・ブライとも永久におさらばできる。

ウーナは肩越しに巡査からの距離を測った。反対側の路地の入口に見えるランタンの明かりは小さい。たぶんデイドラが適当な話をして巡査をはぐらかし、それからさりげなく逃げようとしているのだろう。アタッシュケースを取りに行く時間の余裕はある。だが引き返そうとしたとき、路地の途中で石の壁にぶつかった。

ウーナはよろけながら後ろに下がった。何が起きたのか分からなかった。石の壁じゃない。他の巡査だ。薄暗がりに浮かぶ姿は、背の高い、筋骨隆々のボクサーみたいだ。横をすり抜けて逃げようとしたら、コートの襟をつかまれた。体をよじってコートを脱いで逃げようとしたが、巡査のもう片方の、がっしりした手に腕をきつくつかまれた。

「お出かけですか？　お嬢さん」

ウーナはブーツのかかとで、彼の爪先を思い切り踏みつけた。巡査はしわのある顔をしかめもしない。

「そういうわけじゃなさそうだな」

8

警察署に着くと、ウーナは巡査部長の前に引きずり出された。巡査部長は柵に囲まれた、幅広の机の向こうに座っている。ガスランプが机の両端に置かれ、彼とその手元に広げた記録簿を照らしていた。口髭のバランスが悪く、片方はもじゃもじゃで、もう片方は薄い唇の端まで垂れ下がっている。酔っぱらって手入れをしたみたいだ。

彼はペン先をインク壺につけると、退屈そうに彼女を見上げた。「名前は」

ウーナは背中に回されて錆びついた手錠をかけられた両手をぎゅっと握った。路地でばったり出くわした巡査がまだ彼女の腕をきつくつかんでいる。太い指の痕がきっと青痣になって残るだろう。

「わたしは何もしていません」ウーナはトラベリング・マイクのように、ゆったりとした優雅な南部訛りで言った。「こちらのお巡りさんが帰宅途中のわたしに、特段の理由もなく声をかけてきたんです」

巡査は彼女の腕を離すと、自分のベルトにつけた小型の革鞄のなかを探り、一握りの品物を巡査部長の机に置いた。ブラスナックル、マッチ、しわくちゃの雑誌、バーニーのネクタイピン。だがルビーのカフスボタンはなかった。

路地の奥で、巡査はウーナを粗い煉瓦の壁に押しつけ、彼女の両手を頭の上で固定してボディチェックをした。煉瓦は雪で濡れ、腐った野菜のにおいがした。巡査は自分の革手袋を歯で引っ張って外すと、素手でウーナの胸と脚の付け根をまさぐり、それからポケットを探った。「ちょっと出歩くときの持ち物にしては妙だな」巡査はウーナの耳にささやいた。湿った白い息が肌にかかる。巡査はその姿勢のままウーナのスカートのひだや裾に縫いつけた秘密のポケットをすべて探り出し、中身を取り出した。もちろんカフスボタンも。最後にウーナの胸をぎゅっとつかむのも忘れなかった。

そのとき、まずいビールが胃からせりあがってきて、口が酸っぱいものでいっぱいになった。胃に押し戻すかわりに、巡査の真鍮（しんちゅう）のボタンのついた袖にぶちまけた。巡査は仰天して後ずさり、悪態をついた。彼にとって幸運なことは、ウーナが傷んだビールを一パイントではなく半パイントしか飲んでいなかったことだ。

いま思えば、あのときが逃げるチャンスだった。だがトラベリング・マイクと殺人犯、巡査のねばつく息と乱暴な手に動揺していた。そしてこわばった体が動けるようになる前に、巡査にまた壁に押しつけられ――煉瓦にぶつけた頬にも、きっと青痣ができるだろう――手錠をかけられた。

巡査部長はウーナの持ち物をペン先でつついた。何の興味もなさそうだ。「名前は」また言う。

「ドロシーア・ダビッドソン」ウーナは答えた。チャンスがあったのに路地から逃げそびれたのは失敗だった。だが、手錠をかけられて警察署まで歩いてくる間にこれからどうするかを考えていた。一番初めにしたのは、まだ使ったことがない偽名を考えることだ。「そして申し上げたとおり――」

「罪状は？」巡査部長はそう言って、ウーナのうしろにいる巡査を見た。

「秩序を乱した罪、浮浪罪、窃盗です」

ウーナは振り向いて巡査をにらんだ。たちの悪い巡査が娼婦に嫌がらせをするときに使う罪状だ。巡査が非番の日に、ほかの男たちと同じように娼婦と遊ぶのはかまわない。だがこの最低な巡査のように、非番だろうが勤務中だろうが、女性に嫌がらせをするのは許せない。

巡査部長に向き直ると、口から飛び出しそうな悪態を押しもどす。病気の友人を見舞うために都会に出てきたおっとりした南部の婦人は、悪態などつかない。「それは、おかしいわ！　わたくしは何も盗んでいません。ニューヨークの方々が、日没後のレディの一人歩きを犯罪と考えているなら別ですけど。わたくしは何の罪も犯していませんわ」

うしろの巡査が鼻を鳴らした。「じゃあ、あの銀のネクタイピンは？　あんたのようなレディが何に使うために持っていたんだ？」

「亡くなった夫のものです。おあいにくさま。いつも持ち歩いているの。大切な形見ですから」

「では、あのたくさんの隠しポケットは？」

「ニューヨークの犯罪は語り草ですもの。スリ、ストリートチルドレン、詐欺師。用心するためにメイドに隠しポケットを縫わせましたの」ウーナは路地からここまで自分を引きずってきた巡査の方を向いて言った。「悪質な覗き趣味の人に会うまでは無事でしたけど」

にらみつけてくる巡査に、ウーナは作り笑いを返した。彼がカフスボタンのことさえ言わなければ、ウーナにかけられた罪の根拠はほぼないに等しい。

巡査部長は雑誌の背表紙を手に取って振った。ページの間から何も――盗んだ紙幣や偽札も――落ちてこないと分かると顔をしかめ、雑誌を机に放った。「シムズ、この女性の手錠を外して、所持品も返してやりなさい」

「ですがパール通りの脇の路地から悲鳴が聞こえて駆けつけたら、この女が逃げてきたんで捕まえたんです」

巡査部長の興味なさそうな表情は変わらない。

「わたしの爪先を踏みつぶして、しかも袖にゲロを吐いたんですよ!」

怒りの訴えに、巡査部長はつまらなそうに笑った。「踏みつぶした。彼女が?」ウーナを頭のてっぺんから爪先まで眺めると、また小さく笑った。それからペンを置いて記録簿を閉じた。

巡査のシムズはぶつぶつ文句を言いながらも、命令通り、彼女の手錠を外した。無罪放免と決まれば、長居をする必要はない。ウーナは自分の持ち物を集めるとポケットに戻した。カフスボタンを失ったのは惜しいが、仕方ない。あやうく逮捕されるところだった。しかも殺人罪になるかもしれなかったことを思えば、今夜はうまく切り抜けた。巡査が彼女を警察署に引っ張る前に、路地の奥を調べなかったのは運がよかった。ビールを吐いたのも、巡査の気を散らすのによかったかもしれない。彼女はにやにやしながら、ドアへ向かった。

ほんの数歩進んだところで、部屋の反対側でベルが鳴った。小柄で眼鏡をかけた男性が、ベルの横の電信受信機に駆け寄る。ウーナは足を速めた。

「巡査部長！」眼鏡の男が電信受信機から出てきた細い紙を振りながら叫んだ。「殺人です。パール通り二七〇六のテネメント。そこの裏庭です」

「なんだって」背後でいけ好かないシムズ巡査の声がした。「おれたちがいた場所だ」

ウーナはまっすぐドアを見つめた。もうすぐだ。外に出たら一気に走ろう。話し声と立ち歩く音が大きくなる。ドアまであと数歩。

太い指にコートの背中をつかまれ、くるりと向きを変えて引き戻された。「まぁ待ちな、お嬢さん」

ウーナが壊れそうな柵と錆びついた蝶番（ちょうつがい）のついた独房に入れられてすぐ、独房の並ぶ地下へ降りてくる足音がした。自分を独房から出してくれる看守の足音だと期待するほど馬鹿じゃない。だが降りてきたのがデイドラで、ウーナの独房のはす向かいの独房に入れられたのを見ると、胃が痛くなった。デイドラの頰は血の気がなかった。赤毛はくしゃくしゃで、帽子もかぶっていない。看守はデイドラを独房に入れると、耳障りな音を立てて鍵をかけ、それから足を踏み鳴らして戻っていった。

「デイドラ」ウーナは独房のドアの鉄格子に顔を押しつけて、小さく呼びかけた。「デイドラ！」

デイドラが自分の独房のドアから顔を見せた。「ウーナ？ 逃げたのかと思ってた」

「あなたこそ逃げたと思ってた。何も言ってないでしょうね？」

「もちろん言ってない」だがデイドラの表情のどこかがウーナには引っかかった。

「ならいいけど」

独房はかび臭くて寒かった。錆びた鉄、汚れた床、そしてきつい汗染みた絶望の嫌なにおいがした。デイドラはコートを掻き合わせ、ひびの入った石の床を蹴った。「あんたのせいで面倒に巻き込まれた」

「わたしはついてこないでって言ったよね」

「マーム・ブライはきっと怒りまくるよ。ただじゃすまない。あんなことやろうとしちゃ――」

「しーっ」ウーナは遮った。他の独房がどれだけ埋まっているか、誰が聞いているか分からない。「何も言わなきゃいいの、だいじょうぶだから」

階段からまた軋んだ音がした。会ったことのない巡査がふたり降りてくる。ひとりがウーナの独房の前に立った。もうひとりはデイドラの独房の前だ。

「ミス・ダビッドソン？」ウーナの前の男が言った。

巡査部長の前で話したのと同じ南部訛りで答える。「そうですが？」

「いくつか質問をさせてください」

ウーナはデイドラの独房に視線を走らせた。あの子がついてきたばっかりに、今夜は何もかもうまくいかなかった。ここは落ち着いて切り抜けること。ウーナは自分に言い聞かせた。そうすれば明日にはふたりとも路上でスリをする生活に戻れる。デイドラと目が合った。デイドラの黒い瞳が、ウーナの緑の瞳を見つめ返す。こちらを安心させる目配せとは違う。だから、ウーナはいつもひとりで仕事をすることにしているのだ。

巡査はウーナの独房のドアを開けて中に入ると、デイドラの独房が見えないよう立ちふさがった。遅い時間にもかかわらず彼は頰をきれいに剃っていて、口髭は巡査部長とは違って、完璧に手入れがされていた。巡査の制服の代わりに、スーツを着ていて、襟には刑事のバッジが輝いていた。持っていたランタンをドアの横の木箱に置くと、光の条が暗い壁を照らした。「もうひとりの女性を知っていますか？」

「いいえ」ウーナは独房の奥のささくれた椅子に腰をおろした。スカートのしわを伸ばし、上品な女性がするように足首を交差させる。

「うちの巡査がパール通りの近くの路地で、おふたりがいっしょにいるのを見たと言うのですが」

「刑事さん、女性がふたり同じ方向に向かって近くを歩いていたからといって、知り合いとは限りませんわ」

「たしかに。では、なぜ巡査から逃げたんです？」

「暗かったので、お巡りさんだと分からなかったんです」

「ではそもそも、なぜ路地に？」

「迷子になって」

「迷子？」

「わたくしはよそ者で、ニューヨークには不慣れなんです。病気の友人のお見舞いに来ただけですから」

「よそ者で、そして容疑者でもある？」

ウーナはあきれたように小さく笑った。「わたくしが泥棒や流れ者に見えます？」

「大昔に肝に銘じたんですよ、お嬢さん。見た目に惑わされてはいけないと」彼は数歩ウーナに近寄った。「わたしが知る限りでは、あなたは冷酷な殺人犯かもしれない」

ウーナはまた笑おうとしたが、かすかなしわがれ声しか出なかった。「殺人犯？　まさか、どういうことです？」

彼はランタンを床に置いてウーナの座る椅子の前まで木箱を引きずり、そこに座った。

「なあ、これはきみの考えじゃないんだろ？　きみの友だちが考えたことだ。そうだな？」

彼は顎でデイドラの独房の方をさした。「彼女がなにか違法な物を売ろうとした。万が一に備えて、きみについてきてもらった。きみに儲けのいくらかをあげると提案したかもしれない。だがミスター・シーニーは興味を示さず、ふたりは揉めた。きみは何がなんだか分からないうちに、友だちが彼に襲いかかり、きみに彼の首を絞めろと言った」

本当にウーナは体を引いた。小綺麗な見た目のわりに、刑事の息はひどいにおいがした。まさかウーナとデイドラが殺人に関わっていると思っているのだろうか？

「それとも逆か？　きみが盗品を持っていて、友だちを連れていった。人数が多い方が安心だからな。女性ひとりでは心もとない。あの辺りはとくに。どうだ？　もしくはきみは仲間と組んで仕事をするタイプかもしれない。そもそも殺人はきみの計画で、ミスター・シーニーのアタッシュケースを独り占めするつもりだったかもしれないな。中には五百ドル以上の価値がある盗品が入っていたそうだ」

ウーナは刑事の冷酷な視線を受け止めた。視線を外せば罪を認めたと思われる。だが彼女はなにも言わなかった。ルールその二十三。嘘がうまくいかなかったからといって、真実を口走って、事態を複雑にしないこと。

刑事が上半身を引いた。「もういい。口を割らなくてもいいさ。きみの友だちがふたり分ぺらぺら喋っているはずだから」彼は立ち上がると、爪先で木箱をゆっくりと元の位置に押しやった。床をこする木箱の音――大きく、耳障りな音が、デイドラの独房からもれる切れ切れの話し声を遮り、向こうで何が起きているのか分からなかった。凍えるほど寒いのに、コルセットの縫い目に汗がじっとりと染み込んでいく。この刑事は、頭が切れる。

ウーナから南部訛りが消えた。「わたくしたちがトラベリング・マ――いえ――誰かが殺されたことに関係していると本当に思っているわけじゃないでしょ？」

「取引をしよう、ミス・ダビッドソン。本当の名前か知らないが。友だちが人を殺したと認めれば、わたしはきみを無罪放免にする」

ウーナは腕組みをしてそっぽを向いた。この刑事はわたしを馬鹿だと思っている。ふたりがトラベリング・マイクを殺した証拠はない。

刑事は肩をすくめてランタンを手に取った。「勝手にしろ。きみの友だちが同じくらい口が堅いといいな。そうでなければ、きみは島で、あのとき言っておけばよかったと、一生後悔することになる」

ブラックウェルズ島の刑務所のことを暗に言われて、ウーナの体は縮こまった。一度だけ、でっち上げの罪状で、腹の虫の居所が悪い判事に、十日間の収監を言い渡されたことがある（財布をすったのは本当だが、間抜けな巡査は証拠をつかめなかった。その代わり、彼はまともな女性は男性のエスコートなしに一時間も夜道をうろうろしないと主張して、ウーナを風紀を乱したという罪で逮捕し、判事もそれを認めた）。マーム・ブライが介入する間もなく、ウーナは有罪になって船で島へ送られた。気味の悪い虫がうようよしている矯正院で、命じられた労働作業をしながら十日間過ごし、ウーナは二度と島には戻らないと心に誓ったのだ。

だがデイドラが裏切るはずがない。もう何年もの友だちだ。もっと危険な窮地も切り抜けてきた。ふたりとも黙っていれば、警察は逮捕できないだろう。まして殺人なんてとんでもない。

ではなぜ、背中のぞくぞくする感覚がおさまらないのだろう？　デイドラの青ざめた肌と恐怖に満ちた瞳を思い浮かべる。悪寒が余計ひどくなった。

「わたしの同僚の方の尋問がどうなったか見てこよう。彼は凄腕でね。もう宣誓済みの証言を得ているかもしれない」刑事が扉に手を伸ばした。

ウーナは弾けるように立ち上がった。「待って！」

9

ルールその一、自分のことだけを考えること。デイドラが殺人罪でブラックウェルズ島に収監されて一生を終えることになったとしても、ウーナは自分のルールに従うつもりだった。口のなかが一気にからからになって、バケツ一杯の灰を飲んだように胃がよじれようが関係ない。独房のなかを歩き回りながら、刑事がペンと紙を手に戻ってくるのを待った。

マーム・ブライならデイドラを助け出せるだろう。市の検察官と判事の半分と通じている。もちろん警察とも。すぐに充分なお金を出せばいいだけの話だ。ウーナは両手をポケットに入れた。気を揉むのはもうやめよう。いざとなれば、脱獄を計画すればいい。それに手を貸してくれる人間も、マーム・ブライはよく知っている。トゥームズ刑務所でさえ例外ではない。ウーナはポケットのなかのマッチ、バーニーのネクタイピン、そしてひんやりしたブラスナックルを指先で探った。独房に入れられる前にボディチェックはされなかった。ウーナは素早いジャブと不意打ちのアッパーカットを得意としていたが、それで逃げ切れる状況ではないだろう。だめだ。刑事に彼が望む通りの証言をして、まっすぐマーム・ブライのもとへ戻ろう。

刑事は戻ってくると、奇妙な微笑みを浮かべていた。彼は何かを取り出そうとポケットに手を入れたが、ウーナはそれがペンでも紙でもないことに気づいた。

「わたくしの話を聞きたいのでは？」心のうちよりも堂々としているよう心がけて言った。

また奇妙な微笑みを浮かべる。刑事はポケットから手を出すと、手のひらに何か光るものをのせて彼女に差し出した。「説明してくれ」

「そんなもの初めて見たわ」

「そうか？　シムズ巡査は路地できみのボディチェックをしたとき、ポケットに入っているのを見つけたと言っている」

ウーナは笑いそうになるのを堪えた。殺人の取り調べが始まったとたん、シムズ巡査のポケットからカフスボタンが湧いて出るなんて、都合がよすぎる。カフスボタンを売って手に入れる金額よりも、今ここで出した方がもっといい褒美がもらえると考えたにちがいない。ルビーの価値を知らない愚か者だ。

刑事はカフスボタンを差し出したまま続けた。「同じ路地で、お忘れかな、故買屋として知られているミスター・シーニーが、きみが逮捕される直前に殺された」ウーナの独房の扉の向こうから、カチンという鍵の音と、金属の高い音がした。刑事が一歩横に移動したので、鉄格子越しに廊下が見えた。デイドラの独房のドアが開き、釈放されるところだった。

「でもわたくし……まだなにも話して……」

「きみから供述を取る必要はなくなった、ミス・ダビッドソン。知りたいことは全部、きみの友だちが話してくれたから。もちろん、彼女が証言した殺人事件を裏付ける供述をしてくれるなら別だが」

ウーナは刑事を押しのけて扉に駆け寄ると鉄格子をつかんだ。心臓が飛び出しそうなほど、喉の奥で恐ろしい勢いで早鐘を打っている。「デイドラ！」

デイドラはびくっとして、ウーナの独房の前を通り過ぎるとき、すまなそうに肩をすくめた。「悪く思わないで、ウーナ。あんただって同じことをするはずよ」

「わたしはそんなことしない！」ウーナは背中に向かって叫んだ。デイドラは振り返ることもなく階段をあがっていった。

一階に続くドアが音を立てて閉まると、ウーナは刑事に向き直った。「彼女がなんて言ったか知らないけど、全部嘘よ」

「で、きみがこれからする長話が真実だと？」彼は声をあげて笑った。「きみたち詐欺師なんてみんな同じさ。逃げるためなら、自分の母親さえ裏切ってナイフを突き立てる」

刑事の嫌な息のにおいが、独房のこちら側まで届いた。ナイフがあれば、彼に自分がどれほどの使い手か見せてやれるのに。まずは気障な笑顔に一生消えない傷をつけてやる。こいつのような男たちは、自分の動物的本能を実際よりも上だと見積もっている。凍え、腹をすかせ、スラムで生き抜く経験をしたことがない男たちは。暖かなコートと磨かれたピストルなしに、ひとりで悪徳歓楽街テンダーロイン地区や、スラム街のヘルズキッチン地区、マルベリーベンド地区で何度か夜を過ごしてみれば、自分のもうひとつの顔を知るだろう。誰かがブーツを脱いだ瞬間にそれを盗み、幼い子どもからパンを奪い、友だちを見捨てるようになる。

しかも、刑事は勘違いしている。裏切ったのはウーナではなく、母の方だ。デイドラの口の軽さのせいで、刑事が考えたふたりがマイクに会いに行ったくだりは、ほぼ合っている。だがトラベリング・マイクが殺された件については、とんでもない。ウーナは自分の考えを披露して反撃した。そう、わたしはカフスボタンを売りたくてミスター・シーニーを捜した――言っておくけど、カフスボタンは拾ったもので、盗んでないから。ちがう、デイドラを無理やり連れていったわけじゃない。むしろ、そもそも故買屋に売ろうと言い出したのはデイドラの方だ。ちがう、取引は揉めて終わったりしなかった。それもちがう、わたしはミスター・シーニーを殺してない。ここで、ウーナは真実を語った。裏庭はとても暗かった。トラベリング・マイクの横で屈んでいる人影を見た。

「その人影はどんな奴だった?」刑事はにやにやしながら尋ねた。

「分からない。とても暗かったから。そこが肝心なのに」彼女は目を閉じて、デイドラのマッチに火がついた瞬間を思い返した。「上下揃いの服を着ていて、帽子をかぶってた。黒、紺色かもしれない――それとボタン。明かりで光ったから覚えてる」

「黒人? 東洋人? 白人か?」

「白人……だと思う」

「背は高いか、低いか、太ってるか、痩せてるか?」

ウーナは目を開けた。「覚えてない」

「なるほど。つまり我々は白人で、黒っぽい上下揃いの服を着て帽子をかぶった、ありふれた人物を捜せばいい。そういうことか？」

「そう」

「ニューヨークにいる男の半分にあてはまる」刑事は鼻を鳴らした。彼はウーナの独房の椅子に座り、暖炉の前でくつろぐように両足を伸ばしている。ウーナが殺人犯についてではなく冗談を言うのを聞いているみたいだ。

ウーナは独房を行ったり来たりした。またポケットに手を入れて、ブラスナックルに指を滑り込ませる。刑事に殴りかかっても、この面倒から逃げ出すのは無理がある。だがほんの一瞬、想像するのは楽しかった。頭にガツンと一発。

「わたしの言ってることは本当よ」

「すまないね、ミス・ダビッドソン——本当の名前がなんであれ——きみの言う真実はどうも信用できない」

「本気でわたしが——か弱い女のわたしが——ひとりでミスター・シーニーを殺したと思ってるの？」ウーナは女だからと、弱くて無力だと判断されるのが大嫌いだった。その気になれば、男のひとりくらい——トラベリング・マイクのように背が高くて力のある男でさえ——殺せるだろう。だが、自分が窮地を脱するためなら、か弱い女のふりをするのは、別に問題ない。

「ほんの少しの力で、人を絞め殺すことができる。適切な状況のもとなら。そういうことだ」

ウーナは殺人犯が逃げ出す前に、トラベリング・マイクの首にベルトのようなものが巻きついていたこと、そしてバーニーがでか鼻ジョーとマーサ・アンの死について語っていたことを思い出した。三人とも同じように首を絞められて殺されている。

「同じ男よ」ウーナはつぶやいた。

「なにと同じ男なんだ？」

ウーナは刑事を見た。「最近、殺人事件が二件あったでしょ。スラムで。ふたりとも首を絞められて殺されている。トラベリング・マイ――えっと――ミスター・シーニーを殺した犯人が、他のふたりも殺したんだと思う」

刑事はげらげら笑って、椅子からずり落ちそうになった。ウーナはブラスナックルをぐっと握りしめる。刑事にとって、既にそれらしい容疑者を確保した今となっては、真実や本当の殺人犯など、どうでもいいのだ。犯人はひとりいれば充分。

「話を聞い――」

彼は片手をあげてウーナを制すると立ち上がった。「ほら話は判事にとっておけ。警告しておくが、判事はわたしよりもずっと、きみたちみたいな連中に容赦しないからな」

10

ウーナは独房で眠れない夜を過ごした。目を閉じるたびに、ブラックウェルズ島での絶望的な人生に自分を送り込む小型蒸気船が瞼に浮かんだ。治安を乱したという例の言いがかりの罪で、十六歳のときに島に送られて見た、うっすらと氷で覆われた矯正院の壁が忘れられない。他の囚人の汚物で泡立ち、濁った湯での入浴。ぎゅうぎゅう詰めの雑居房の床に寝床として敷かれたノミだらけの藁。冷たくかじかんだ手で絨毯を織る労働作業の時間。看守に口答えをして入れられた窓のない〈闇の独房〉。

そこで過ごした十日間のうちに、女性がふたり死んだ——ひとりは赤痢で、もうひとりは寒さで。数ヵ月ごとに島に戻ってくるという犯罪常習者が教えてくれた。冬もきついが夏もまたきついよ。太陽が建物に照りつけ、そこらじゅうにゴキブリがいるんだ。島の端にある重罪刑務所は、殺人など重い罪を犯した者たちが送られるが、そこの環境はさらにひどいと噂されていた。

でも、わたしが島に着く前に、マーム・ブライがきっと助けてくれる。硬く狭いベンチに横たわり転々としながら、自分に言い聞かせる。裏切り者のデイドラがマーム・ブライにウーナの運命について報告しなかったとしても、マーム・ブライは朝になれば事情を知るだろう。高い謝礼金を求める山の手の弁護士たちを従えて駆けつけてくれるはずだ。彼らはウーナにかけられた嫌疑を簡単に晴らしてくれるだろう。そもそも、なんの罪も犯していないのだから。

だが夜が明けて、独房の高窓の鉄格子の隙間から淡い朝日の光が射し込んでも、マーム・ブライは来なかった。まだ安息日の時間帯だから。ウーナは自分に言い聞かせた。看守がおぼつかない足取りでやってきて、嫌なにおいのする室内便器のバケツを回収すると、しばらくして朝食代わりの水の入ったレードルを持ってきた。ウーナは独房のなかを歩き回り、地階に続くドアが開く音を聞くたびに立ち止まった。高窓の外に見える太陽は少しずつ移動しながら明るくなり、窓の外に積もった雪の結晶が解けていった。

日没からずいぶん経って、ようやくマーム・ブライがやってきた。ひとりだ。弁護士たちはこちらへ向かっているところなのだろう。もしくは既に上の階で巡査部長と交渉しているのかもしれない。ウーナは独房のドアに駆け寄った。

「シアイファアレ」マーム・ブライが首を振りながら言った。「賢い（クルーグ）、賢い（クルーグ）子だ。そして、結局は馬鹿だった（ウン・フォールト・アナール）」

「デイドラが言ったことは——」

マーム・ブライが手で制した。「全部聞いた」

「殺人のかどで捕まってるの」

「そうらしいね」

「でも、ここから出してくれるでしょ？　少なくとも、保釈金を払ってくれるでしょ？　告訴が取り下げられるまで。そうしてくれるでしょ？　ずっとあなたのもとで働いてきたんだから」

「出してやることはできるよ、シァイファレ。でも、やらない」

ウーナは慌てた。聞き間違い？

「デイドラが言ってた。盗品を売るためにトラベリング・マイクに会ったそうじゃないか。ルビーのカフスボタンだったかね」

「ちがう――」

「お黙り(シュヴァイグ)！」鋭い声で一喝される。ウーナは黙った。しばらくして、マーム・ブライはまた頭を振ると少し穏やかに続けた。「手下の女の子たちのなかでも、ウーナ、おまえはあたしの気に入りだった。それだけ見込みがあると思ってた。だが、辛抱が足りなかったね。忠誠心もない」

「たいしたことじゃないの。わたしはただトラベリング・マイクがいくら出すと言うか、きいてみたかっただけ。彼に売るつもりなんか――」

「腐ったりんごひとつが、残りのりんごをだめにする」背を向けて階段へ向かう。「さよなら、ウーナ」

「ちっぽけなカフスボタンひとつを理由に、わたしを置き去りにして殺人罪の裁判にかけようというの？」ウーナは背中に向かって叫んだ。

マーム・ブライは振り向かず、ただ肩越しに言った。「おまえは利口な娘だ、ウーナ。利口すぎて、私欲に走った。自分でどうにかするんだね」

ウーナはぞっとした。独房の扉の鉄格子を激しく揺さぶると、錆びた蝶番が甲高い音を立てた。もう何年もマーム・ブライに全てを捧げてきた。絹のハンドバッグ、金時計、銀のブレスレット。すべてウーナが盗んだものだ。その報酬に受け取ったのは、ほんの僅かなお金。そうしている間に、マーム・ブライは上等な陶磁器の皿（もちろん盗品だが）で食事をし、仲間の殺し屋や弁護士の手を借りて身の安全を確保してきた。ウーナにも手を差し伸べるべきだ。それが道理じゃないか。

看守が階段の上からウーナに静かにしろ、じゃないとひどい目にあわせるぞと怒鳴った。ひどい目？　殺人の濡れ衣を着せられて、すでに散々な目にあっている。だが鉄格子から手を離し、ドアから一歩さがった。ルールその四、目立たないこと。それに、考えないと。この最悪の状況からどう逃げるか。トゥームズ刑務所に向かう囚人護送馬車（ブラックマリア）の後部座席からより、ここから逃げる方が勝算がある。

だがどうしても考えがまとまらない。マーム・ブライの言葉は、馬に腹を蹴られるのと同じ威力があった。まだまともに息をすることができない。これこそ、ウーナが人を信用しない理由だ。だからひとりで仕事をし、ひとりでトラベリング・マイクに会いに行こうとした。マーム・ブライはわたしに脅威を感じたに違いない。わたしの能力に。いいわ、見せてやろうじゃないの。ここから抜け出して、もっと腕を磨き、そこらの故買屋よりももっと儲けの多い詐欺師、金持ちのカモを相手にする一流の詐欺師になってやる。ウーナが売りさばく品を妬(ねた)んで、マーム・ブライの顔が青くなったら、いい気味だ。

ウーナは両手で頬をぴしゃりと叩いた。金持ちになるのと、復讐は、またあとの話だ。まずは自由の身にならないと。独房のなかをゆっくりと歩き回る。持ち物は？　ブラスナックル、マッチ、トイレに百回も行けそうな雑誌の紙、それからバーニーのネクタイピン。なんの役にも立たない。喉から手が出るほど欲しいのはお金だ。看守に渡す賄賂や、詐欺師に支払うお金。だがそんなお金を持っていたとしても——秘密の缶にだって、そんなお金はない——鉄格子の内側からどうやって手に入れる？　無理だ。どうにか逃げ出すチャンスを見つけ、あとのことは、身を隠してから考えよう。

夜が過ぎて朝が近づいてきたが、まだなんの確実な方法も思いつかなかった。ウーナを刑務所へ移送するために、シムズ巡査が足音を立てて階段を降りてきた。手首にはめられた冷たい鉄の手錠を見つめていると、心のなかである考えがひらめいた。バーニーのネクタイピンは繊細な作りで、独房の鍵や囚人護送馬車の太い南京錠には使えない。だが手錠の鍵を外すには使えるだろう。しかも間抜けなシムズ巡査は、ありがたいことにウーナの両手を体の前にして手錠をかけてくれた。後ろ手に手錠をかけられていたら、手元を見ることはできない。

手錠はあとでゆっくり外すことにして、ウーナに必要な時間は、ほんの少し——三十秒で充分——見張りが目を離した隙や、護送馬車の後部扉が閉まる前にチャンスがあればいいのだけど。

だがシムズ巡査はウーナの腕をつかむと、指を食い込ませたまま独房から出し、階段をのぼり、待機していた護送馬車まで引きずっていった。ソーセージ並みに太い、底意地の悪い指のせいで、両腕それぞれに青痣ができるだろう。警察のロビーで乱闘騒ぎや、通りでいざこざがあれば逃げるチャンスがあるかもしれない。だが期待していたような酔っ払いや浮浪者、おかしな叫び声をあげる男は現れなかった。通りを埋める露天商は口喧嘩をするわけでもなく、馬も人を嚙んだり声高くいなないたりしない。普段はいたずらをしかけてくる新聞売りの少年たちも、シムズ巡査の気をそらそうとはしなかった。

「裁判で会うのを楽しみにしているよ」彼はそう言って、ウーナを腐った玉ねぎが入った袋のように護送馬車の後部に放り投げた。「おれは裁判所の照明の下で、もじもじする悪党を見るのが好きなんだ」

投げ入れられたウーナは、護送馬車のなかで四つん這いになった。いま逃げないと。倍の人数の巡査が警備にあたっているトゥームズ刑務所では逃げ出すチャンスはほとんどない。周りで騒ぎが起こるのはもう待てない。自分で騒ぎを起こすしかない。ひびの入ったベンチにどうにか体を引き上げると、ポケットに手を突っ込む。シムズ巡査が扉を閉めようとした瞬間、ウーナは取り出したブラスナックルを足元に落とし、ブーツの爪先で扉の蝶番に向けて蹴った。重いドアがぎしぎし揺れて、半開きのまま完全に閉まらなくなった。シムズ巡査がもう一度閉めようとする。彼の押す力で、今度は馬車全体が揺れた。ブラスナックルが木製の扉の枠の下にはまり、完全に閉まるのを邪魔している。

シムズ巡査は悪態をついてウーナをにらみつけた。扉を全開にして、トラブルの原因を調べようと扉の枠を見下ろした巡査の顔を、ウーナは思い切り蹴った。後ろによろめいた彼の鼻から血が噴き出す。ウーナは馬車から飛び降りると走った。後ろを振り向かない。今いる場所を確かめるためにスピードを緩めることもしなかった。

よそ行きを着て教会へ行く人々が歩道にあふれていた。二輪馬車や四輪馬車が通りを行き交っている。解け始めた雪で地面がぬかるんで滑りやすい。ウーナは時に足を滑らせ、時に邪魔者を避けて横にとびのき、突き進んだ。両手に手錠をかけられたままでは、これ以上スピードを上げるのは難しかった。

数分経つと、脇腹が鋭く痛んだ。ぜいぜいいう息は血の味がする。後ろから叫び声と笛の音がした。

途中で曲がって違う通りへ入り、また別の通りで曲がる。一瞬、追跡者のどよめきが遠のいたが、すぐに倍のどよめきが迫ってくる。じきに完全に囲まれてしまうだろう。

早く隠れ場所を見つけないと。だが酸素不足の脳は足に追いつかず、開け放してある窓や伸び放題の茂みに気づいたときには、もうそこを通り過ぎていた。通りの両側には洗濯物がぶら下がった路地がいくつもあるが、ウーナはあえて路地には入らなかった。土地勘のない路地に入るのは危険だ。袋小路に入ってしまうかもしれない。

ふくらはぎの筋肉が麻痺して、足が動かなくなった。はやく治さないと、せっかく稼いだ追っ手との距離が縮まってしまう。ウーナは立ち止まるとふくらはぎを揉みほぐし、息を整えた。ここの空気は、腐った卵のにおいがした。ガスハウス地区だ！

ウーナは足を引きずって進んだ。だが今回はやみくもに進んでいるわけではない。近くのガス工場から吐き出された分厚い灰色のスモッグが空を覆っている。ここではスモッグが全てに染みついている――荒廃したテネメント、街灯と電信柱、店とその日よけにも。人があえて長居するような場所ではない。それがウーナに味方してくれるといいのだが。

急いで大通りに出て、それから交差点を渡って川へ向かう。通りの標識を見なくても、自分がどこにいるか分かった。アヴェニューAまで来て、躊躇する。通りの向こうはトンプキンス・スクエア公園だ。木々や茂みがたくさんあり、隠れるにはもってこいの場所だ。だが通りを渡って広大な公園に逃げ込むかわりに、ウーナは左へ曲がり、それからまたすぐ左へ曲がった。ウーナがトンプキンス・スクエア公園を完璧な隠れ場所だと考えたということは、警察もそう考えるはずで、じきに公園は巡査でいっぱいになるだろう。

その代わり、十一丁目沿いの錆びたフェンスの破れ目から、カトリック教徒が眠る古い墓地に入った。マンハッタンではもう何年も前から新規の埋葬は禁じられているので、墓地は時が止まったまま荒れ果てていた。ひびの入った墓石が傾き、完全に倒れている墓石もある。ウーナの足元でごみと落ち葉ががさがさ音を立てた。彼女は十字を切って先を急いだ。ガス工場のスモッグと、周囲のテネメントと酒場の影の間で、墓地はすでに夕方の風情だ。だが、実際はまだ正午を回った程度のはずだ。

ウーナが子どものころ、父は彼女の頭を死者の物語と警告でいっぱいにした。墓地で最後に埋葬された亡骸(なきがら)の霊には気をつけろ。そいつは亡骸を見張りながら、天国に召される順番が来るのを待っている。墓石につまずいて転んだら、一年以内に死んでしまうぞ。墓地で口笛を吹くと悪魔を呼び寄せる。そんなことは大昔の迷信だと分かっているが、どういうわけか腕に鳥肌が立つ。ウーナは転ばないよう、細心の注意を払って歩いた。

いつか、怒りに満ちた霊を巡査たちのところへ送り込んでやる。墓地の奥に、陰に隠れることができるほど大きな墓石を見つけた。ここなら通りから覗いても見えないだろう。ウーナは墓石の陰にしゃがむとバーニーのネクタイピンを取り出した。

11

ウーナが閑静な住宅街マリーヒルの近くにあるいとこの家に着いたのは、翌日の夜明けすぎだった。手錠の鍵はバーニーの銀のネクタイピンを使って一時間少しで外すことができた。だがその後も墓地にとどまり、巡査のブーツの音がしないか耳を澄ました。夜が更けて通りの喧騒が静まるのを待ち、思い切って墓地から出る。それまでに、霊をよけるためのロザリオの祈りを五回唱え、おおまかな計画を考えていた。

警察がウーナの住処を知らないとしても、部屋に戻ることはできない。マーム・ブライの店に近すぎるし、きっと警察に密告されるだろう。信用できないのはマーム・ブライだけじゃない。あの界隈のウーナの知り合い——雑貨店、道路掃除人、マッチ売り、くず拾い、ルームメイトの他のスリ、そしてとくにデイドラ——はもう信用できない。部屋の壁の内側に隠したお金と細々した品物も、あきらめるしかない。

ポケットには一セントもなく、訪ねていける友だちもいない。母のカメオのネックレスを失ったことを思うと胸が痛んだが——消化不良のせいだ、気にしてはいけないと自分に言い聞かせた。持っていたところで、今はなんの役にも立たない。母がウーナに残したものは他にもある。いとこだ。ウーナは血は水よりも濃しといった戯言(ざれごと)は全く信じていないが、利用できるものは全て利用する主義だ。ルールその十六。相手が死ぬまで、使える縁は切らないこと。

ウーナは道路の向かい側の陰に隠れ、いとこの夫が壁紙工場の現場監督の仕事へ出かけるのを待ち、それから家に近づいた。いとこの夫はウーナを嫌っている。ラルフ――リチャードだっけ？　前回ここを訪れたとき、彼のペンをくすねて帰ったから仕方ない。彼は話すたびに太い軸に金線細工が施された派手なペンを振り回した。部下の女性より十倍稼ぐ二流の現場監督というだけなのに、まるで国王気取りだった。しかも彼は、ウーナは字が読めないだろうとほのめかした。ウーナの記憶が確かなら、教養のない愚か者、そう言った。もちろん、面と向かって言われたわけではない。彼らは閉じたドアの後ろで、人を笑ったり憐れんだりする。新中産階級の気取ったアイルランド人のやり方だ。一方、こちら下層のアイルランド人は面と向かって言いたいことを言う度胸がある。だからウーナはラルフだかリチャードだかのポケットから金線細工のペンを頂戴し、彼の机にあったイニシャルが刻印された紙に、きれいな字で大きく、ご親切にペンをありがとうと書き、さよならも言わずに帰ってきた。

六年前のことだ。時間も経ったし、怒りが多少おさまっているといいのだけど。ウーナはよく磨かれたオーク材の玄関ドアを叩き、待った。返事がないのでまた叩く。通りに背中を向けて立っていると苛々してくる。昨晩、目立たないように市内を移動しているとき、非常階段に古いショールが干してあるのを見つけた。まだ洗濯から完全に乾いていなかったが、肩に巻きつけた。変装とまではいかないが、何もないよりましだ。だが今、恐ろしく明るい朝の日差しのなかでは、ほつれた裾や煤だらけのショールは、気取ってお高く留まった住宅地では余計に目立った。彼女はショールを外して、三度目のノックをした。

ようやく、中から足音がした。ドアが薄く開いて、かろうじていとこの顔が見えた。髪にはまだカールをつけるための布が巻かれ、目頭に目やにがついている。いとこは何度かまばたきをして、それから顔をしかめた。「ウーナ?」

「教皇さまじゃなくて残念だったわね、クレア。もちろん、わたしよ。なかに入れて」ウーナはいとこの返事を待たずにドアを押しあけると中へ滑り込んだ。ドアの両側に薄手のカーテンのかかった窓があり、そこから朝日が射し込み、玄関ホールを淡く照らしていた。

クレアは驚いて後ずさると、鼻にしわを寄せ、顔をしかめた。「勘弁してよ、ひどい格好。においもひどい」

留置所で二晩過ごせばどんな女性もそうなる。やっとここまで逃げてきたのだから。それとも荒れた墓地で過ごしたせいだろうか。だがクレアに話すつもりはなかった。子どものころ、ふたりは仲がよかった。姉妹のようだとよく言われたものだ。だがいまは他人同然だ。

クレアの母親は自分の妹が選んだ夫を、なんの見通しもなくアメリカに移り住んできた田舎者だと言って認めなかった。南北戦争が終わり、ぶらぶらして酒ばかり飲むようになると、ますます認めなくなった。ウーナの母親が死んだとき、ふたつの家族はすでに疎遠で、経済的にも感情的にも遠い存在になっていた。伯母さんはウーナを引き取ろうとしたが、ウーナの父は断った。クレアの家族は鼻をつんと上げ、頭を振りながら立ち去った。それ以来、ウーナは彼らと顔を合わせたことがなかった。ただ六年前、ウーナはクレアを捜して会いに来た。何かを盗むつもりはなかった。いとこであり友だちでもあったクレアがどうなっているか単純に知りたかったからだ。

クレアの冷たい応対にも驚かなかった。その夫の傲慢さにも。だがうっすらと見え隠れする彼女のウーナへの同情心が、当時のウーナの癇に障った。だがその同情心しか、今のウーナには頼るものがなかった。汚れたスカートのしわを伸ばして、クレアの用心深い目を見つめ返す。

「ちょっと困ったことになっていて、しばらく泊まるところが必要なの」

「泊まる？　いつまで？」

ウーナは肩をすくめた。ここに来て、それからどうするかは考えていなかった。「一週間。二週間かも。せいぜい一ヵ月」

「なに言ってるの？　あなたを一秒でもこの家に入れたとランドルフが知ったら、きっと癇癪を起こすわ。あれは彼のお気に入りのペンだったのよ」

「あなたが中に入れてくれないなら、わたしは押し入るしかない。いとこなのに冷たいじゃないの」

「物乞いがうちのドアを力任せに叩いていると思ったら、あなただったからびっくりした」

ウーナは寒くてカチカチいう歯で無理に微笑んだ。物乞い。確かに！　向こうの壁に寄せられた大理石のテーブルの上に掛かっている鏡に映る自分を見つめる。ゆがんだ帽子から髪が羽根のはたきのように突き出している。襟は泥だらけだ。唇はひび割れ、鼻は寒さで真っ赤。「でも、もう物乞いじゃないって分かったでしょ。ずっと会っていなかったいとこが困っているの。泊めてくれるでしょ？」

クレアは部屋着のまま胸の前で腕を組んだ。深い赤ワイン色のベルベットで、毛皮の縁取りがついている。ウサギに間違いない。現場監督の給料では、ランドルフが白テンやミンクを妻に買ってやるのは難しい。それでも、今までウーナが身につけたことがあるもののどれよりも、柔らかそうだった。

「なにがあったの？」クレアが尋ねた。「旦那に追い出されたの？」

「結婚してないわ」

「じゃあ、嫉妬深い恋人から逃げてきたわけ？」

思わずウーナの口からため息がもれた。いったいどんなくだらない物語をクレアは読んでいるんだろう？　壁沿いに置かれたつやのある長椅子に座り、ブーツの紐をほどき始める。豆や水ぶくれのできた足がひどく痛んだ。「ちがう」

「ちょっと！　泊めるとは言ってないわよ」クレアが甲高い声で言う。腕は胸の前で組んだままだ。「なんか法に触れることをしたの？」

「するわけないわ」

「あのね、ランドルフに見つかったら大変よ」クレアは腕を下ろして、小さな玄関広間をうろうろし始めた。「お金が欲しいの？　そうなの？　いつかこんな日が来ると思ってた。ママがあなたは悪い家系の血をひいているって、いつも言ってたもの」

「わたしたち、同じ家系でしょ」ウーナはそう言って、ブーツを片方ずつ引っ張って脱ぐと、まとめて床に落として大きな音を立てた。

「あなたのお父さんの方の家系のこと。そういえば、なぜお父さんに助けを求めないの？」

「もう死んだから」ウーナは嘘をついた。実際は、半分嘘だ。ウーナはクレアに会っていなかったのと同じくらい、父にも会っていなかった。酒浸りのうえにアヘンを吸うようになった父のことだ、今ごろ死んでいるだろう。チャイナタウンに行ってモット通り沿いのアヘン窟を一軒ずつ覗いていくわけにはいかない。指名手配されている今ではなおさらだ。

クレアはわずかな同情心を掻き集めて神妙な顔になると、また歩き回り始めた。「やっぱり、泊められない。ランドルフは工場で昇進候補にあがってるの。いま何か問題を起こすわけにはいかないのよ。それに、近所の人に見られたら何て言われるか。誰にも見られてないでしょうね？」クレアは確かめるように薄手のカーテン越しに外を見渡した。「それに市会議員補佐にも立候補していて――」

「誰にも見られてない。誓うわ。それに、これから姿を見られることもない。隠れるから」

ウーナのストッキングは血や破れた水ぶくれで湿っていた。口の中はからからで、お腹が鳴っている。胃が胃をかじって穴を開けても驚かない。ウーナは立ち上がってクレアの両手を握り、歩き回ろうとするのを引きとめた。「お願い。昔のよしみだと思って。他に行くところがないの」

クレアが黙っているので、ウーナは素早く何度かまばたきをして涙を堪えるふりをし、それから消え入るような声で、切れ切れに言った。「いつもあなたが羨ましかった。わかるでしょ。きれいな髪の毛。大きな家。愛情深くてよく面倒を見てくれるお母さん。火事があってから、わたし……」ウーナはくすんと鼻を鳴らし、目をそらした。クレアが餌に食いついてくれるといいけど。

「ああ、もう」彼女はそう言って、ウーナの手から自分の手を引き抜くと、大げさにため息をついた。「数日だけ泊めてあげる。数日だけよ。地下室で眠ってちょうだい。ランドルフに絶対気づかれないようにして」

12

ウーナはドブネズミになった気がした。いとこの家の地下室でジャガイモと玉ねぎの袋に囲まれ、ランドルフが出かけた時だけそっと上の階にあがる。だが、刑務所よりずっといい。クレアは事態を快く思っていないことを隠そうともしなかった。ウーナが地下室から出てくると、用心深い店員のようにウーナの後ろをついて回った。クレアは食べ残しや冷たくなった余り物を恵んでくれたが、それは嫌悪を内在した偽善で、ウーナが少女のころにファイブポインツの救貧院で感じたものと同じだった。施しには冷たいスープで充分、というわけだ。ウーナは一晩過ごしただけで救貧院を出た。次の行き先の目途が立ち次第、ここから出ていこう。

着いて三日後、ウーナはぼろ布と小麦粉の袋を掻き集めて作った間に合わせの寝床で横になったまま、眠れずにいた。一階の静けさで、まだ夜が明けていないことが分かる。ふだんはランドルフが着替えや仕事へ行く準備をするためにうろうろする足音で目が覚める。だが今日は、シューターから落ちてきた石炭の雷のような大きな音で目が覚めた。地下室の床にたまった石炭から塵が舞い上がるのを、目をつぶったままでもにおいで、そして落ちてきた塵が肌に降ってきたことで感じた。

大きな音で起こされたせいで、また眠りに戻ることもできず、ウーナは蠟燭をつけ、湿気を含んだ寒さに——今日は塵にも——対抗するため、コートを掻き合わせた。居心地のいい姿勢を求めて寝返りを打つと、体の下でポケットに入っている物が音を立てた。中身を出して床に並べる。バーニーの銀のネクタイピンは曲がって傷だらけだ。手錠の鍵を外すために格闘したからで、故買屋に持っていったところで——そうするつもりはないが——一ドルにもならないだろう。

ニューヨークを離れるにはもっとお金がいる。汽車の切符と移動に必要なものを買うために、少なくとも十ドルは必要だ。それでも警察の手から無事に逃げきれるかどうか分からない。ニューヨークを離れると思うと胸が痛んだ。通りは汚れ、人で溢れている。夏は暑くて湿気がひどい。冬は空気が刺すように冷たい。道で転べば他の通行人は手を差し伸べるより、転んだ人を踏みつけていきそうな場所だ。ひどいにおいで吐きそうになることもある。だがウーナはニューヨークを愛していた。細い路地と崩れそうなテネメント。ウーナはニューヨークで生まれ、ニューヨークで育った。ニューヨークで死ぬつもりだった。だがニューヨークを離れなければ、ニューヨークで行ける場所はブラックウェルズ島しかない。

雑誌を手に取って丸まったページを伸ばす。表紙はぼろぼろで雑誌名も汚れて読めなくなっているが、中身はずっとましだった。〈女性の新しい職業〉という記事に目が留まった。

ウーナはくすりと笑い、コルセットやボタン工場であくせく働く女たちを思い浮かべた。家で蠟燭の明かりを頼りにシャツを縫い、一週間でほんの数セントを受け取る女たち。ミリオネア通りの邸宅で昼夜を問わず働くメイドや家政婦。記者のいう新しい職業がそういう類いのものなら、大きなお世話。ウーナはスリの方がよかった。

だが興味をひかれ、記事を読んだ。

ベルビュー病院は長年にわたり、ニューヨークで誰もが利用できる主要な公共機関として、内科と外科の高い技術と、多くの優秀な医師がいることで知られてきました。これから先は、一八七三年に創設されたベルビュー病院看護学校の成果の賜物、アメリカ女性の新しい職業である看護師の、高度な看護方法でも広く知られることになるでしょう。

看護師？　看護師と聞くと、険しい顔で病人を叱り飛ばして放置し、患者の気つけ薬用の酒をくすねて酔っ払う、なんの役にも立たない女たちが頭に思い浮かんだ。子どものころ、父の戦時中の怪我がまた悪くなったときや、父がウィスキーを飲みすぎたときに訪れた陰気な病院で、そんな女たちをたくさん見てきた。だが記事に載っている女性たちはそういうタイプではないようだ。ウーナは最後まで興味深く記事を読んだ。

どうやら、ニューヨークの裕福な女性たちが病院改革を思い立ち、まずはぞんざいで不注意な看護師を変えることにしたようだ。看護学校の創設を決め、イギリスの有名な看護師にアドバイスを求めた。その看護師の指導と、鉄道王の妻からの莫大な寄付金をもとに、ベルビュー病院看護学校は誕生した。学生が学ぶ二年間は、寮と食事が無料で提供され、わずかながら給料も出る。卒業すると、アメリカ全土の病院や個人宅での仕事に就くことができるそうだ。

ウーナは背筋を伸ばすと、近くの棚の袋からリコリスをひとつ頂戴した。クレアからは食料の棚から何かをくすねるのは許さないとはっきり言われていたが、なにかを噛むと考えごとに集中できる。ひょっとしたら、ニューヨークを離れなくて済むかもしれない。古き良きルールその十一。最良の隠れ場所は、隠れないこと。

その日の晩までに、ウーナは計画を見直した。ボストンやフィラデルフィアなど、行ける限りのどこか遠くへ逃げる代わりに、ニューヨークに残ってベルビュー病院看護学校の学生として潜伏する。警察も看護学校にウーナを捜しに来ることはないだろうし、自分の容疑もそのうち忘れられていくだろう。マーム・ブライと彼女の手下と顔を合わせることのないよう気をつければ、もとの仕事に戻れるはずだ。しかも前よりもっとうまく盗みを働くことができる。もう人混みのプラットホームでカモを待たなくていい。大切な家族の看病のために、誰もがウーナを喜んで家に招き入れてくれるだろう。それなら、いつでも完璧な盗みの計画を立てることができる。もちろん、慎重に。泥棒看護師がいると噂になるかもしれない。だが忍耐、用心、人の注意をそらすことはウーナが得意とするところだった。

その前に問題がひとつ。入学を許可してもらえるか。記事によると入学に必要な条件はとても厳しかった。理想的な志願者は二十一歳から三十五歳まで、独身、読み書きができて、信心深いこと。ウーナにとって、ここまでは問題ない。実際、もう何ヵ月ご無沙汰か分からないほどミサに行っていないが、母が生きていたころは、日曜日の礼拝を欠かしたことがなかった。当時礼拝に行った全ての聖日と聖パトリックの祝日を足せば、最近のずる休みの埋め合わせになるはず。ウーナは体力もあるし、勤勉で、健康だ。服従は得意ではないが、できないこともない。だがそれ以外、必要な書類を巧妙に偽造しなくてはいけないのが厄介だ。ちゃんとした教育を受けたという証明書と、彼女が〈誠実で思いやりのある〉人物だという推薦書をでっち上げる必要がある。

その日はほとんどの時間を地下室で行ったり来たりして過ごし、クレアのリコリスをほぼ噛みつくしながら、いかに書類を用意するかを考え出した。警察から逃げたり、マーム・ブライの一味から追い出されたりしていなければ、偽造書類を揃えるのは簡単だった。マーム・ブライは偽造書類の取引に通じた人物を三、四人知っていた。だが今のウーナはマーム・ブライのツテを使うことができない。自分自身のツテを頼るしかない。クレアにしつこく頼み、それでウーナを地下室から追い出すことができると説得すれば、偽の紹介状を書いてくれるかもしれない。汚れた指の爪先をきれいにしようと銀のネクタイピンを手に取ったとき、もうひとり思いついた。バーニーだ。

ニューヨークを横断して新聞社通りへ出かけるのは大変だった。クレアに服と高架鉄道の運賃二十セントを貸してくれるよう説得するのに二日間かかった。だが清潔できちんとしたドレスを身につけ、髪を洗い上品にセットしても、ウーナは自分がひどく目立っている気がした。地下室で一週間近く過ごしたせいで、外の世界は刺激が強く、落ち着かなかった。眩(まぶ)しい太陽の光にひるみ、荷馬車のベルの大きな音にびくっとする。後ろを振り返ったり、足を速めたりしたいという衝動と、十何回も闘った。ちょっと散歩に出てきた普通の女の人よ。ウーナは自分に言い聞かせた。自分がそう思えば思うほど、周りもそう思うようになる。

そぞろ歩きを楽しむ他の女性たちにうまく紛れていたとしても、ウーナは逃亡中の殺人犯だ。失敗や不運な遭遇のひとつで、また手錠をはめられることになる。クレアの地下室の安全な場所に早く戻ること、それに越したことはない。バーニーの新聞社への最短ルートを頭に描き、巡査たちが昼休憩に入る時間を見計らい、ウーナはクレアの家を正午に出た。バーニーのところで用件がうまく済めば、ウーナは偽造書類を手に、夕方のラッシュ時間が始まるころにクレアの家へ戻ることができるだろう。人混みはいつだって紛れ込むのに都合がいい。もちろんランドルフの問題があるが、毎週火曜日は区の民主党の集会があり、今日も仕事帰りに四十九丁目のバーに寄るからだいじょうぶだと、クレアが請け合った。おかげで、彼が帰宅する数時間前に、ウーナは余裕を持って地下室に戻ることができるだろう。

問題なく高架鉄道の駅に到着し、料金を払い、プラットホームまでの鉄の階段をのぼる。汽車が到着すると、新聞を読んでいる男性の隣の席が空いていた。隣に座ってもこちらを気にすることなく、大きく開いた腕や脚を閉じようともしない。完璧なカモだ。ウーナは思った。コートのポケットに手を入れて、なかにあるお宝をいただくのは簡単だ。うまい考えが頭に浮かぶと体が反応するのは、第二の天性だった。脈が速く、筋肉は締まり、感覚が鋭くなる。ウーナは過去の生活で覚えたお酒や煙草、賭け事よりも、この感覚が懐かしかった。だが膝の上で、両手をきつく握り合わせた。いま盗みを働くのは危険すぎる。

その代わり、車内や、かすんだ窓の外を眺め、それからまた隣の男をちらりと見る。すると新聞の一番下の記事の見出しが目に留まった。ついさっき覚えたスリルは一瞬で消えた。両手が冷たくなり、床についた両足が震えた。〈殺人容疑で逮捕の女が第六分署から逃亡〉と書いてあった。

ウーナは記事を読むために、あえて男性の方へ身を寄せた。ウーナが途中まで読んだところで、彼は次のページを読むために新聞をめくってしまった。だが充分だ。ウーナは体が二回り縮んだ気がした。狡猾で凶暴。記事はウーナをそう描写していた。これまで使った四つの偽名と、警察本署で撮影された写真が掲載されていた。シムズ巡査が壁に貼られた写真に目を通して、ウーナの写真を見つけたのだろうか？　それともあの息がくさい刑事が？　それともマーム・ブライの手下が教えたのだろうか？　いずれにしても、開放的なニューヨークの通りが、急に危険に満ちている気がした。

高架鉄道は軽く揺れながら、恐ろしくゆっくりと進んだ。駅に着いて新しい乗客が乗ってくるたびに胃がきりきりする。巡査が乗ってきてウーナに気づいたり、おせっかいで注意深い誰かがウーナと新聞の女を結びつけたりするかもしれない。後者のようなことはありえないだろう。記事の後半で彼女の風貌を詳しく描写していたとしても、記事を読んだ人は、不潔で薄汚れた、目つきの悪い、こそこそした態度の女を想像するだろう。

ウーナはゆっくり深呼吸をして気持ちを落ち着かせた。目的の駅に到着すると、頭を高くあげて汽車を降りた。彼女は人々の予想、先入観と偏狭な思い込みの隙を突いて、生活の糧を稼いできた。懸賞金がかけられているとしても、やることは同じだ。

それでも彼女の心臓の鼓動がふだんのリズムに戻ったのは、バーニーの机の横にある、背もたれがまっすぐな簡素な椅子に座ってからだった。バーニーは専用の部屋を持たず、新聞社の二階、十人以上の新聞記者が働く窮屈な編集室にいた。頭上のガスランプが部屋を照らしている。紙、煙草の煙、焦げたコーヒーのにおい。記者たちの話し声の向こうでは、電信受信機が甲高い音で鳴り、タイプライターがカタカタ音を立てている。ウーナが入ってきても誰も気にせず、驚いたのはバーニーだけだった。彼はウーナに気づくと、食べていたハムサンドイッチを膝に落とした。

「ウーナ……ここでなにを?」自分の机まで彼女を引っ張ってくると、バーニーは尋ねた。

「いつもと……違うね」

違うとは、上品な服装をしているということだろう。そう思うのは当然だ。最後に会ったとき、彼女はくず拾いの変装をしていたのだから。バーニーの机は人で混み合った部屋の角にあった。背後の大きな二重窓から隙間風が吹き込み、タイプライターの横に積まれた紙の束がぱらぱらとめくれる。ズボンにはマスタードがつき、パンくずが散らばっていた。ウーナは彼の膝からパンくずを床に払い落とした。バーニーの耳たぶが赤くなる。

「あなたの助けがいるの」昼食に出かけているようで、周りの机は無人だったが、ウーナは小さな声で言った。

「なんの？」

ウーナはためらい、また室内を見渡した。バーニーのことは信用しているが、彼にも他の人にも、知られることは少なければ少ないほどいい。ルールその六、秘密は必要最小限だけ明かすこと。「いくつか書類を作ってほしいの」

彼は顔をしかめた。「どんな書類？」

「違法なものじゃないわ。ざっくり言えば。ただの学校の成績表と推薦状」

「誰の？」

「わたしの」

彼の表情はまだ警戒している。「ぼくみたいな下っ端の記者に推薦状を書いてほしいなんて、どんな仕事なの？」

「まあ、バーニー、自分を低く見積もっちゃいけないわ。でも、あなたからの推薦状じゃないの」

「よく分からないな」

「メイン州オーガスタの聖マリア教会のコナリー神父からの推薦状と、同じ教区にある聖アグネス女子学校で優秀な生徒だったという成績表が欲しいの」

「きみがメイン州出身だったとは知らなかったな」

「嘘だもの」

「悪いけど、まだよく分からない。いったい何のために？」

ウーナはため息をついた。記者のひとりがやってきて、すぐそばの棚で何かを探している。彼がタイプライター用の新しいインクリボンを持って自分の席に戻るのを待ってから、ウーナは言った。「ベルビュー病院の新しい看護師訓練プログラムについて聞いたことある？」

バーニーはうなずいた。

「応募するの」

「看護師になりたいのかい？」まさかそんな、というように彼は眉根を寄せた。

ウーナは背筋を伸ばした。「看護師のどこがいけないの？」

「いけなくないよ。ただ……看護学校の女性は、ほら、すごく型通りの人ばかりだから……」

「だから？」

「えーと……だから……きみには向いてない」

「必要とあれば、わたしはいったい、どんな型にもはまるわよ」

「ウーナ、これにはいったい、どんなわけがあるんだ？　きみが急に心を入れ替えて、スラムに住む泥棒から看護師になるなんて、ぼくが信じると思うかい？」彼は声をあげて笑った。

「ねえ、あの女性たちを見たことがあるかい？　厳しい顔で病室を歩き回って、びしっとアイロンのかかった制服を着て、小さな声で『はい、ドクター』『いますぐに、ドクター』って言ってるだけ。きみが行きたいとは絶対に思わないところだよ」

「だからこそ応募するの。わたし」——ここでまた声を落としてささやく。「しばらく警察から隠れたいの。誰もわたしを捜そうとしない場所に」

「ねえ、もし困ったことになっているなら、助けてあげることができる弁護士を知ってるよ。大学時代の友だちで」

ウーナは首を振った。「弁護士は嫌い」

「だったら、ぼくになんとかできるかもしれない。しばらくうちに来て、それから——」

ウーナは彼の両手を握った。インクとマスタードで汚れている。「あなたの人生に、わたしみたいな女が関わっちゃいけないでしょ、バーニー。自分でなんとかできる、信用して」

彼は握り合ったふたりの両手を見つめ、口ごもった。

「書類をお願いできる？」

しばらくして、バーニーはうなずいた。

手を離す前にウーナは彼の手をもう一度ぎゅっと握った。「ひょっとすると、看護学校に、いつかあなたの記事になるネタがあるかもよ？」

13

ベルビュー病院はイーストリバー沿いに高くそびえ、刑務所のように人を誘い込む不気味さがあり、その巨大な灰色の輪郭は薄暗い冬の空と混ざり合っていた。そして病院の影が伸びる二十六丁目の通りの向こう側に、白い石で仕上げを施した沢山の窓がある堂々とした建物があった。四二六番地――看護学校だ。ウーナは玄関までの階段をあがり、ノックをする前にシャツの袖を引っ張った。クレアから借りた、以前のものとは別のスカートはウエストがきつく、肺の一部でしか息ができない。裾はかろうじて足首を隠せるかどうかだし、袖は手首にほとんど届いていなかった。だがこれはクレアが貸すと言ったなかで一番良い服で、ウーナの自前の服よりずっと面接にふさわしかった。

ドアが開き、ウーナより少し年上の女性が出てきた。シンプルな青いウールのドレスに、同じ布のキャップをかぶっている。明るい茶色の髪はうなじの低い位置で丸くまとめ、美人の類いに入るのだろうが、目は冷酷で、唇はにこりともしないで固く引き結ばれていた。

「ミス・ケリーかしら」なんの感情もこもっていない、むしろうんざりしたような口調だ。

ウーナはこれまででっち上げてきた話と同じように、できるかぎり真実を語るのが最善だと考えていた。本名を使うのもそうだった。とはいえ、ニューヨークで唾を吐いたら必ずケリーに当たるほど、よくある姓だ（相手のケリーも唾を吐き返してくるから、注意が必要だ）。それに既に警察で使った偽名に似た名前を名乗るわけにもいかなかった。

「ええ。看護師訓練プログラムの面接に来ました」

女性はウーナを頭の先から爪先までじろじろ見た。マーム・ブライが偽物の疑いのある宝石を調べるときと同じ目つきだ。それから横に一歩動いてウーナを中へ通した。「二分前。遅刻するところでしたね」ウーナが遅刻しなくてがっかりしたみたいだ。遅刻してくれたらわざわざドアを開けに来なくて済んだのに、と思っているみたいだ。「時間に正確なのが、看護学生に不可欠な資質ですよ」

あなたのお尻に正確なキックをお見舞いしてやろうか。ウーナはそう思ったが代わりに言った。「ありがとうございます。よく覚えておきます」

彼女の後ろについて玄関ホールを抜けて、広い廊下を歩いていく。よく磨かれた床板には毛足の長い東洋風の絨毯が敷かれ、壁には郊外の景色を描いた水彩画がかけられていた。

「わたしはミス・ハットフィールド。看護学校の看護師長のひとりです」女性はそう言って、ウーナを書棚が並んだ広い部屋へ案内した。「面接はこの図書室で行います。パーキンズ校長と理事会のミセス・ホブソンがすぐに来ます」

彼女はウーナに手振りで、お茶のセットが用意された小さなテーブルを囲んでいる四つの袖椅子に座るよう促した。ウーナはドアに一番近い椅子に腰をおろした。いつ急いで逃げ出すはめになるか分からない。深く腰かけると、ビロードのクッションに背中が沈んだ。柔らかなビロードを指先でなでると、口元がゆるんだ。警察がスラム街で彼女を捜しているあいだ、暖かく静かなこの場所で、毎日くつろいでいる自分を想像した。願っていた以上の隠れ場所だ。

ミス・ハットフィールドはウーナの向かい側に座った。ミサのときの修道女のように椅子の手前に浅く腰かけ、背筋を伸ばし、腕は体の両側につけている。ウーナはすぐに姿勢を正した。子どものころに母に教わったとおり、足首を交差して、両手を膝にのせる。明らかに、面接はもう始まっている。しかもこれまでのところ良い評価はもらえていない。

「素敵な図書室ですね」気まずい沈黙のあと、ウーナは言った。新鮮な切り花──冬の贅沢品──がテーブルに飾られ、いい香りがする。カーテンの揺れる大きな窓が部屋を明るくしていた。書棚の上から大理石の胸像が見下ろしている。

「あなたみたいに平凡な教育しか受けていない女性は、卒業までとても時間がかかると思いますよ。入学できたら、の話ですけど」

平凡な教育！　ウーナがバーニーと捏造(ねつぞう)した学校の成績は、立派なものだった。「だいじょうぶです。聖アグネスはとても厳しい学校でしたから」

ミス・ハットフィールドは唇をとがらせ、窓の外を見た。「そうね、自分ではそう思っているんでしょうけど」

ウーナは笑顔のまま歯を食いしばった。もしスラムでこんな癪(しゃく)に障る女に出会ったら、ポケットの中身を全部いただいて、足を踏み鳴らして彼女のスカートに泥をはねかけてやるのに。だがここはスラムではないし、ウーナは喉から手が出るほど学生の身分が欲しかった。だからウーナはにっこりして、とっておきの無邪気な声で言った。「あなたはどちらですか?」

「バサーカレッジで二年間学んだあと、キーンブリッジ・アカデミーに行きました」

ウーナはどちらの名前も聞いたことがなかったが、ミス・ハットフィールドは神さまがその校長をしていたような口ぶりだった。ありがたいことに、そこへふたりの女性が図書室に入ってきて、ウーナは感心するふりをしないで済んだ。ひとりは絹ビロードのレース飾りのついたドレスを着ている。ベニスから輸入するような布地で、マーム・ブライなら一メートル十二ドルで売るだろう。ふくよかな顔で、しわがあるものの愛らしく、名門の家柄特有のおっとりした気品がある。もうひとりはもっと静かな物腰だった。年齢のせいかもしれない(ウーナは少なくとも五十歳だろうと見積もった)。彼女のドレスはミス・ハットフィールドと同じようにシンプルで、非の打ち所がなくアイロンがかかっていた。灰色の瞳は銀行の金庫を狙う金庫破りのように油断なく鋭いが、ウーナを落ち着かせる温かさもあった。

ふたりはウーナとミス・ハットフィールドと一緒にテーブルを囲んで座ると、自己紹介をした。絹に包まれた女性はミセス・ホブソンで、学校設立当初からの理事会メンバーだ。眼光鋭い方の女性はミス・パーキンズで、校長だ。雑誌の記事で紹介されていた女性で、ウーナが入学にふさわしい人物か最終判断する人物だ。

ミセス・ホブソンがお茶をいれ、ウーナが受けてきた教育について簡単な質問をした――どこで生まれ育ったか、家庭や学校はどうだったか、どんな趣味や特技があるか。ウーナはこの数日をリハーサルに費やしてきたので、すらすら答えることができた。ルールその十二に沿い、嘘はシンプルに、できるだけ真実を交ぜて話す。嘘は少なければ少ないほどいい。覚えておきやすいからだ。カトリックの教会の学校に通っていたのは本当だ――メイン州ではなくニューヨークで。十二年間ではなく五年間だけだったが。コナリー神父も実在する。だがずいぶん前に亡くなっているし、彼はウーナに推薦状を書くくらいなら北アイルランドの秘密結社オレンジ党員になった方がましだと思うだろう。

ウーナ自身の本当の人生が素朴で上品な生活から外れると、母の人生を拝借して語った。母方の祖父はガラス商人だった。たまに日雇い、終日飲んだくれという父より、祖父の職業の方が尊敬できる。だが父が南北戦争に従軍したことは言った。ミセス・ホブソンとパーキンズ校長はうなずいたが、ミス・ハットフィールドはあくびをしただけだった。

三人の自然な態度と表情から、ウーナの話を信じていることが分かる。熱心に耳を傾けているわけでもないミス・ハットフィールドでさえそうだ。さあ、ここが勝負所だ。「母は、慈善活動に熱心な女性でしたが、わたしが九歳のときに火事で死にました。消防士が駆けつけたときには、もうできることは何もなかったそうです」ウーナは口ごもると、窓の方へ顔をそむけ、何度かまばたきをしてから話を続けた。「それで、わたしは人の役に立ちたいと思うようになったのです。助けを求めている人たちの苦痛を和らげたい。こちらの看護学校の記事を読んで、看護師はそれを成し遂げる素晴らしい仕事だと思いました。それに……」女性たちに視線を合わせる。ウーナはうまい具合に涙で潤んだ目で、三人と視線を合わせた。

「それに、母の遺志を引き継ぐことができると」

ミセス・ホブソンはナプキンで涙をぬぐった。ミス・ハットフィールドも今度ばかりは居心地悪そうに椅子の上でもぞもぞした。ウーナにまっすぐ見つめられて、自分の態度が横柄すぎたと気づいたのだろう。だがパーキンズ校長の表情は読めない。校長はティーカップを置き、ミセス・ホブソンがおかわりを注ごうとするのを手で制した。

「ミス・ケリー、あなたの高邁（こうまい）な決意は素晴らしいと思いますが、看護は過酷な仕事だと理解しなくてはいけません。善意だけでできる仕事ではないのです。看護師は勤勉で、よく訓練され、聡明でなくてはいけません。どんな状況においても、自分の仕事を冷静に、正確に、そして効率よくやり遂げなくてはいけません。素早い観察眼と強靭な心身が不可欠です。自分にはそういう資質が備わっていると思いますか？」

「はい、自信があります」

パーキンズ校長は確信が持てないように唇を引き結び、椅子に深く座ってウーナをじっと見つめた。「今年は千人近い応募がありました。選ばれるのはほんの一握りです。そのうち三分の一が、見習い期間の最初の一ヵ月で退学するでしょう」

ウーナは肩甲骨の間に汗が伝うのを感じた。ティーカップを戻すと皿に当たり大きな音がした。そんなにたくさんの女性が応募しているとは思いもしなかった。

「多くの応募者が、面接で不合格になっています」パーキンズ校長は続けた。「能力不足や体の弱い人、もしくは無学で教養のない階級の人も」

「育ちの悪い人もです」ミス・ハットフィールドが付け加えて、ウーナを見据えた。

「性格の問題もあります」パーキンズ校長が言った。

ウーナは喉がからからだったが、お茶を飲むわけにはいかなかった。カップを手に取ったら、中身をこぼしたり、優雅なカップを割ったりしてしまうだろう。

「病人の看護をすることほど、キリスト教精神が求められる天職は他にないでしょうね」ミセス・ホブソンが言った。「信心深いとおっしゃったわね、ミス・ケリー?」

ウーナはうなずいた。

「カトリック教徒ですよ。学校の成績表と推薦状によると」ミス・ハットフィールドがウーナを玄関で迎えたときと同じようにうっすらと軽蔑を込めて言った。

「そうですが」

ミス・ハットフィールドは今のウーナの有罪を認める返事を聞いたかと確かめるように、ほかのふたりの顔を見た。

「ですが……わたしが読んだ募集広告には、全ての教派のキリスト教徒を歓迎するとありました」

「そうね」ミセス・ホブソンが少しぎこちなく言った。「とはいえ、今までカトリック教徒が入学したことはないのよ」

ウーナは自分が馬鹿だったと心のなかで悪態をついた。失敗した。嘘を並べたリストに、プロテスタントと書いておけばよかった。

「もちろん、ベルビューのドアは万人に開かれています。どんなに下品で貧乏な人にも」ミス・ハットフィールドが言った。「患者の多くはあなたと同じ宗派の人だし。でもどうかしら、あなたが職員や他の学生とうまくやっていけるか、わたしには分かりません」

短すぎる袖の下で、ウーナの腕の産毛が逆立った。耳の奥で脈を打つ大きな音がする。それでもどうにか微笑む。「わたしはこれまで多くの教派の友人や知り合いに恵まれてきました。ここでもそうあるべきだと願っています。イエスさまはユダヤ教徒や異教徒をお見捨てになるのですか?」

ミセス・ホブソンがウーナの膝を優しく叩いた。「うまいこと言うわね。わたしたちは信仰のことであなたを悪く言うことは決してありませんよ」

だがミス・ハットフィールドを見ると、その気取った顔は不満そうで、ウーナは不安になった。ウーナは校長に向き直った。自分の入学を許可するかどうか最終的に決めるのはパーキンズ校長に間違いない。校長は椅子に身を乗り出して座り、腕は組まず、両手を軽く握っている。いい兆候だ。だが校長の体の角度はかすかにウーナを避けているし、まだ一度も微笑んでくれない。校長の瞳は、腕利きの強盗でも破ることができない銀行の大金庫みたいだった。

ウーナの耳の奥で波打つ脈はおさまることがなかった。どちらかというと、一秒過ぎるごとに、さらに大きくなり、自分が呼吸する音もほとんど聞こえないくらいだった。入学を断られたらどうすればいい？　既にクレアはウーナを追い出したくてうずうずしている。このままではニューヨークで潜伏するという計画は頓挫し、ブラックウェルズ島で終わりを迎えることになるかもしれない。この状況で成功の確率を高く見積もるのは、経験不足の赤ん坊だけだろう。

「募集人数をはるかに超える応募者がいることは分かりました」ウーナは言った。快活に、穏やかな声を保つよう心がける。「そのなかには、おそらく、わたしよりずっと素晴らしい能力を持つ人がいるでしょう。ですが、わたし以上に、心の底からこの学校に入りたいと願っている人はいないはずです」

しばらく経っても、誰も何も言わなかった。ウーナの耳の奥でうるさかった脈拍が、少し穏やかになってきた。これ以上なにができる？　床に身を投げ出して懇願する？　ウーナはそんなことをしたことがなかった。人生で一度も。一セントも、食べ物のかけらもなしに、初めて家を出たときでさえ。だがそれでどうにかなるなら、ウーナは今ここでそうしてもいいと思った。

「よい気概です。気に入りました。ミス・ケリー」ようやくパーキンズ校長が口を開いた。「看護師には勇気が必要です。ですが覚えておきなさい。ベルビュー病院看護学校の訓練プログラムは非常に厳しいものです。何時間もの座学と実習。反抗的な態度をとったり、規律違反をしたりしたら、すぐ退学処分にします。よろしいですか？」

「はい」ウーナはためらいなく返事をした。パーキンズ校長が他のふたりの女性に視線を送るのを、ウーナは息をつめて見つめた。ミセス・ホブソンはうなずいた。ミス・ハットフィールドはため息をついて肩をすくめた。

かすかな微笑みがパーキンズ校長の唇の端に浮かんだ。「ようこそ、ベルビュー病院看護学校へ」

14

四日後、ウーナは二十六丁目にある大きな灰色の石造りの建物に、今回は本物の看護学生として戻ってきた。正確に言えば見習いだが、ウーナは肩書きを気にするタイプではなかった。それに、すぐに見習い期間を終えるつもりだった。

いま手に提げている旅行鞄に、彼女のわずかな持ち物すべてがおさまっている。二度と頼ってこないという条件で、クレアがくれた旅行鞄だ。ウーナは了解したが、残りのリコリスを鞄に忍ばせ、それから帰りがけにペンをもう一本――今度は純銀製のものを――ランドルフの机の上から頂戴してきた。

ほっとしたことに、ノックに応えてドアを開けたのは背の高い中年女性で、あの高慢ちきなミス・ハットフィールドではなかった。ふたりのうしろで玄関ドアが閉まると、トラベリング・マイクが殺された夜以来、ずっと緊張していたウーナの背中の筋肉がほぐれ始めた。

「できるだけ、自分の家だと思ってもらえるように工夫しているの」ミセス・ブキャナンと名乗った寮母は言った。「お嬢さんたちは病院で恐ろしいものをたくさん見て帰ってくるから、ほっとできる場所が必要でしょう」

立派な建物はウーナが住んだことがあるどの家とも違った。とくに母が死んでから住んだところとは全く違う。分厚いベルベットのカーテン、温かな色合いの羽目板、ドアの外の騒音を吸収する毛足の長い絨毯。隣接する玄関ホールと応接室は設備が整っていた。ウーナが以前、いわゆる高級住宅街で窓からなかを覗いたときに見たような、過剰な装飾はない。クレアの家はもっと狭いが、小さな敷物やレースの縁飾りのついたクッション、ぴかぴかの置物でごちゃごちゃしていた。

クレアの家でも、ミリオネア通りをぞぞろ歩いた時も、ウーナはとくに何とも思わなかった。もちろん、金の置時計や大理石の壺には目を引かれた。だがそれは値踏みをしただけで欲しいと思ったことはなかった。あの金の彫像はいくらで売れる？　飾り羽根は？　クリスタルの花瓶は？

この看護学校、もしくはミセス・ブキャナンが〈看護師のホーム〉と呼ぶ場所では、装飾はごく控えめだった。救貧院ほど禁欲的ではないが、気取ってもいない。それでも全ての調度品を売り払ったら、かなりの額になるだろう。だがウーナはここに泥棒に来たわけじゃない。デイドラや他の泥棒仲間は、壁の水彩画やランプの真鍮の取っ手、戸棚に入った磁器のティーセットにひどくそそられることだろう。上の階にある看護師たちの寝室に忍び込めば、あるもの全て盗んでいくだろう。だがウーナは違う。ウーナのゲームは始まったばかりだ。それに、ルールその十に反している。相手に先に盗まれるまで、同居人のものは盗まないこと。

ミセス・ブキャナンが一階を案内してくれた。ほとんど人のいない部屋を案内しながら、ミセス・ブキャナンは他の看護師見習いは今日のもっと早い時間に到着していて、今はそれぞれの部屋で荷解き(にほど)きをしていると言った。残りの看護学生は病院にいるそうだ。非番の日を楽しんでいる数人の二年生ともすれ違った。読書や編み物から顔をあげて笑顔を見せてくれる学生もいたが、誰もウーナに特段の興味を示さなかった。好都合だ。友だちをつくりに来たわけじゃない。ウーナに注意を向ける人間は少なければ少ないほどいい。

応接室に加え、看護師が食事をする広い食堂があった。食堂の奥には厨房があり――そこは調理人のプリンの領域だが、間食用に自由にビスケットとミルクを持っていってもいいと言われた――裏庭には蛇口がひとつあり、洗濯ロープが何本か張られていた。

「屋外トイレはどこに？」ウーナは尋ねた。どこか近隣の裏庭まで歩いていかなくてはいけないのだろうし、ひどいにおいと溢れた便器に辟易(へきえき)することになるだろう。看護学校の学生だけでなく近隣の住人も利用するのだから。

ミセス・ブキャナンはにっこりするとウーナを連れて屋内に戻った。裏玄関から離れたところにある小さな部屋のドアを開けると、ウーナが中を覗けるよう横に一歩移動する。小部屋の向こうの壁沿いに凝った造りの木の箱があり、蝶番で開く蓋がついていた。木の箱はかなり高い位置にある別の箱と二本のパイプでつながっていて、その横には木のハンドルがついた真鍮の鎖がぶら下がっていた。その仕掛けのそばに、磁器をかぶせた腰の高さの棚があり、はめこまれたボウルの上に蛇口がふたつあった。

「これは？」ウーナは尋ねた。

ミセス・ブキャナンがくすくす笑った。「トイレですよ」

ウーナはほんの少し中に入ったが箱の蓋を開ける前に躊躇した。屋内トイレのことは何かで読んだことがあったが、実際見るのは初めてだった。蓋の下には穴のあいた磁器のボウルがあり、穴の先は地面へつながっているようだった。ウーナは蓋をばたんと閉めると袖で鼻を覆って急いで小部屋から出た。

「汚物から発生するガスはだいじょうぶなんですか？」ドアを閉めて、鼻を覆っていた腕をおろすと、ウーナは尋ねた。「ガスで気持ちが悪くなったりしません？」

ミセス・ブキャナンは手をひらひらさせた。「まさか。寒い冬の日は、屋内トイレは天からの贈り物ですよ」

ウーナは弱々しく微笑んでうなずいたが、次の場所を見学するために、トイレの小部屋と毒ガスから離れたときは心底ほっとした。

次に行ったのは実習室だ。ウーナが住んでいたテネメントの二倍の広さはある四角い部屋で、包帯、おまる、そして様々な形と大きさの栓のついた瓶があった。その次は図書室だ。四日前にここで座っていたときは、面接でへまをしないよう必死だったので、周りを見る余裕がなかった。テーブルと肘掛け椅子がいくつかあり、数十人の学生が居心地よく過ごすことができそうだ。だが今はほんの数人しかいなかった。ウーナは個人宅の書斎に置かれた本は単なる飾りではないかと、常々疑っていた。だがこの図書室に大きさやテーマごとにきれいに並べられた本は、飾りではなかった。背表紙が割れ、表紙も擦り切れている。蔵書は医学書だけではなかった。子どものころに母が読んでくれた物語や詩の作者の名前もいくつも見つかった。彼女はそっと手を伸ばして指先で背表紙を撫でた。

「棚の本は好きに読んでいいですよ」ミセス・ブキャナンが言った。「読み終わったら元の場所にちゃんと戻してくださいね」

ウーナはさっと手を引っ込めた。架空の物語を読んで何になる？　それでお腹がふくれるわけでも、靴が買えるわけでもない。「部屋に案内していただけますか？」

「ええ、もちろん。早く落ち着いて、ルームメイトにも会いたいでしょうね。洗濯したてのリネンを取ってくるから、ちょっとここで待っていて。それから部屋に案内しましょう」

ウーナは書棚から暖炉の方へ移動した。火格子の奥で炭が真っ赤に燃えている。ルームメイト。ミセス・ブキャナンはそう言っていた。ひとりだ。ふたりではなく。ウーナは学生全員が同じ部屋を使うものだと想像していた。数十人ではなく、ルームメイトはひとりだけ。すごく贅沢な気がする。トラベリング・マイクの殺人事件騒ぎが落ち着くまでの数ヵ月、ここで過ごすというのは、そう悪いことじゃなさそうだ。

暖炉の右の壁に、額に入れられた手紙が飾られていた。ただの手紙をわざわざ額に入れて、芸術作品のように壁に飾るなんて変な気がした。アーサー大統領からの手紙なら、また話は別だけど。ウーナは近づいて、誰からの手紙なのか見ようとした。だが飾られているのは手紙の最初のページで、続きのページは後ろに重ねてあるようだ。宛名は〈サー〉だけで、

〈皆さんの成功を心から願っています。改革という務めを……〉という文章で始まり、それから看護師の本分と教育について論じている。〈看護師は医者ではありません〉そう書いてある。〈別の見方をすれば、看護師は、内科医や外科医の指示を遂行するだけでなく、衛生、換気、栄養など、患者の回復のために必要な全てを遂行するために、まさにそのために存在するのです〉手紙では看護師を聡明で、才能がある、道徳的な女性だと述べていた。無知で愚かな女性は常に強情だと、手紙の差出人は言っていた。

ウーナはくすくす笑った。ウーナは強情だと何度か言われたことがある。だが、自分は育ちが良く道徳的だという根拠のない考えにしがみついている人たちの方が強情だと思った。

小さく軽い足音がうしろから聞こえて、ウーナは振り返った。足音の主は、壁に飾られた水彩画の素朴な郊外の景色から出てきたみたいだった。質の高いウールの生地を使っているが、ドレスは簡素で、絵に描いたような地方出身者だ。都会の女性の肌は——色はともかく——くすんでつやがないものだが、彼女の肌は正反対だ。やわらかなピンク色と、太陽で焼けた赤褐色の瑞々しい肌。温かく、いつも微笑んでいるような顔をしていて、なんの裏表もない性格だと分かる。もし公園や駅で会ったら、ウーナに身ぐるみをはがされるタイプだ。

「これが本当にあの方からの手紙だなんて、信じられる？」

「あの方？」

「ミス・フローレンス・ナイチンゲール。設立委員会がこの学校を創設しようとしたとき、彼女にアドバイスを求める手紙を書いたの。これは彼女からのお返事。ロンドンにあるナイチンゲール看護学校は五千人の看護師を養成して、卒業生たちは世界中で活躍しているって知ってる？」

この女性は地方の出身なのだろうが、ニューヨーカーと同じくらい恐ろしく早口だった。そしてその甘ったるい情熱に、ウーナは歯が痛くなった。ウーナは一歩下がって——彼女がウーナのポケットに手を入れることができそうなくらい近づいてきたからだ——暖炉の横の灰を入れるバケツにぶつかった。運のいいことに、ウーナもバケツもひっくり返らないで済んだ。

「わたし、ミス・ルイス。ドルーシラと呼んで。わたしたち、きっといい友だちになれるわ。わたし、ここにいることが嬉しすぎて、パチンと弾けてしまいそう」

暖炉と壁の間で身動きすることもできず、ウーナは顔をしかめた。ドルーシラが興奮を抑えられず、本当にパチンと弾けてしまったらどうしよう。

「ずっと看護師になりたかったの」ドルーシラは続けた。「あなたは？　わたし、十歳のときにミス・ナイチンゲールの『看護覚え書』を読んで。あなた、信じられるかしら——」

ミセス・ブキャナンがリネンを抱えて戻ってきて、ウーナを助け出してくれた。「お話し中にごめんなさい、ミス・ルイス。プリンに夕食の準備の手伝いに呼ばれる前に、ミス・ケリーをあなたたちの部屋へ案内したいのだけど」

「わたしたちの部屋？」ウーナはドルーシラの後ろを見回した。

「そう、おふたりはルームメイトですよ」

「ルームメイト！」ドルーシラはきゃっと叫んだ。ウーナの腕に自分の腕をからめ、ミセス・ブキャナンからリネンを受け取る。「わたしが上の階に案内します」

ミセス・ブキャナンは微笑んで感謝を示すと、ドルーシラに腕をとられたウーナを残して行ってしまった。ドルーシラはナイチンゲールとかいう女性についてずっと喋りながら、階段をあがり、長い廊下を進んだ。壁には短い間隔でランプが取り付けられていたが、ウーナはこれまでの習慣でついマッチに手が伸びた。人がぎゅうぎゅう詰めで互いに押し合いへし合いしながら暮らしているテネメントの狭い通路とちがい、ここの廊下は女性三人が横に並んで歩くこともできるほど広かった。そのせいでウーナはドルーシラがからめている腕を外す言い訳を見つけることができなかった。

ふたりの部屋は、ウーナがスラムでデイドラや他のふたりと暮らしていた衣装部屋サイズの窮屈な部屋の二倍の広さだった。つやつやした木枠にふっくらとしたマットレスがのったベッドがふたつ、居心地よく置かれている。それぞれのベッドの脇には小さなテーブルと、足元には木製の荷物入れがある。向かいの壁、ふたつのベッドの間には、ウーナよりも背が高く幅が二倍はあるクローゼットがあった。

ドルーシラがウーナのためにベッドメイクをしているあいだ、ウーナは入口にぼんやりと立っていた。ここがわたしの部屋？　なんかの罠じゃないの？　壁を見渡して傷や裂け目を探すが、漆喰はなめらかで汚れひとつない。大きく息を吸い込み、もう一度また吸い込む。おかしなにおいがする。石鹸、たぶん。花のような香りもした。

「がっかりしてないといいんだけど」ドルーシラがウーナを心配そうに見ながら言った。「ほかの見習いの人たちが、設備が質素すぎるって小さい声で文句を言ってたの。わたしは充分だと思ってる。あなたもそう思わない？　ここは学校だもの。ニューポートの休日を楽しむための別荘じゃないし」ベッドの上にキルトを広げ、枕を叩いてふくらませると、まだ入口に立っているウーナに振り向いて言った。「どう？」

ウーナは一歩なかに入ると、ドアの後ろをさっと確認した。壁にフックがふたつあり、ひとつには既にドルーシラのコートがかかっている。それ以外、ドアの後ろの狭く細いスペースには何もなかった。誰も潜んでいない。自分は何を疑ったんだろう？　ここは、待ち伏せしていた殺し屋がふいに飛び出してくる路地とは違う。それとも、実はドルーシラはふたり組の強盗のひとりだとでも？　ウーナをこの部屋におびき寄せ、ドアの後ろからもうひとりが飛び出してきて、ウーナを殴り、身ぐるみをはがすとでも？　そんなことありえない。ウーナは笑い出しそうになるのを堪えた。その手の強盗をする女たちがいるのは知っていた。ドルーシラにその気があったとしても、彼女が強盗なんてありえない。実際、ドルーシラはさっきから一方的にウーナに向かって喋り続けているが、彼女からは狡猾さのかけらも感じなかった。

それでも、ウーナは自分のコートを壁にかける前にポケットの中身を確認した。荷物入れの横に旅行鞄を置き、ベッドを指先で押してみる。マットレスのバネが指を押し返してきた。中身がどうなっているか分からないが、藁やぼろ布でないことは確かだ。もう一度指先で押すと、ベッドに体を投げ出し、仰向けになって両手と両足を伸ばした。木枠が軋んだ音を立てたがびくともしない。マットレスが心地よくウーナの体を受け止める。

ドルーシラは少し驚きながらもくすくす笑い、ウーナの向かい側、自分のベッドに座った。女性らしい座り方だ。ウーナは面接でミス・ハットフィールドが家柄や育ちについて言っていたことを思い出し、広げた脚を閉じ、投げ出した両手の指をお腹のうえで軽く組んだ。ドルーシラが先生たちに告げ口しないといいのだけど。

ウーナが驚いたことに、ドルーシラもスリッパを蹴るようにして脱ぎ、ベッドに寝転がった。「夕食までお昼寝しましょ、ね？」自分とウーナは同じゲームを楽しんでいる仲間だというように、ドルーシラは子どもみたいにいたずらっぽく言った。

ウーナは目を閉じた。様々な策を練り、どうにかここまでたどり着いた。実際、くたくただった。

だが一分も経たないうちに、またドルーシラが話しかけてきた。「ブーツを脱がないの？お馬鹿さん」

しぶしぶ、ウーナはブーツを脱いだ。ドルーシラが目を閉じるのを待ち、それからブーツを自分の枕の下に押し込む。目が覚めたらブーツが盗まれているなんて、二度とごめんだった。

15

翌日、ウーナはコートの袖に腕を突っ込み、頭に妙な白いキャップをピンで留めながら、二十六丁目の通りを急いで渡ろうとしていた。ドルーシラも隣であたふたしている。ウーナは自分を待たずに先に行くよう言ったのだが、彼女はいっしょに行くと言い張り、慌てて制服に着替えるウーナの横でぐずぐずしていた。うっかり骨をあげた迷い犬に、すっかり懐かれてしまったみたいだ。

その朝、ウーナは予定通りの時間に目が覚めた。ドルーシラの大きな足音とひっきりなしのお喋りを聞かされたら、眠り続けるのは不可能だ。だがドルーシラが朝食をとるために一階へ降りていくと、ウーナは二度寝してしまった。早朝はウーナと縁のない時間だ。夜明けから出かける憐れな労働者のポケットは狙っても仕方がないし、もっと遅い時間に出かけた方がスリの仕事には好都合だ。

ドルーシラがコートを取りに部屋に戻ってくると、ウーナは飛び起きた。そして今、ふたりは初日から遅刻することになるかもしれないという最悪の事態におびえながら、とっくに寮を出た他の見習い仲間のあとを追いかけていた。さらに悪いことに、ドルーシラは数歩進むたびに立ち止まって脇に寄り、ごくゆっくり進んでくる荷馬車にも道を譲った。ようやく通りを渡り終えた時には、ウーナは自分たちのあまりにも遅いペースに苛立っていた。ドルーシラが周りの人に連発する「すみません」「ごめんなさい」「どうぞ、お先に」にも、我慢ならなかった。ウーナはルームメイトの手をつかんで引っ張ると、人混みのなかをすり抜けていった。

ベルビュー病院は灰色の巨大な建物で、イーストリバー沿いに二ブロック分の幅を占めている。中央の建物は五階建てで、そこから不格好なTのように両翼が伸び、先端は二十八丁目に面している。川と、二十六丁目に面した場所以外は、背の高い煉瓦の塀に囲まれている。二十六丁目側は、守衛詰所を兼ねた新しいゲートハウスが建設中で、今は仮設の木の塀が築かれている。

「なんて素敵な建物」ドルーシラが一部だけ完成しているゲートハウスを過ぎ、雪の積もった芝生の途中で立ち止まって言った。

要塞みたいだ。ウーナはブラックウェルズ島にある、よく似た灰色の石造りの建物を思い出した。身震いして、ドルーシラを前へ引っ張る。普通より二倍の幅がある両開きドアまで、なだらかな曲線の鉄柵の手すりがついた階段を一段飛ばしであがる。メインホールに入ると、パーキンズ校長が集まった見習い学生に静粛を求めているところだった。

「ベルビュー病院にようこそ」校長が話し始めた。「今日、皆さんは困難ながらも素晴らしい旅に乗り出しました。鍛錬、規律、そして不屈の精神が不可欠な旅です。ここにいる全員がこの旅を全うできるわけではないでしょう。ですが、やり抜くことができれば、この先の役に立つ生計の手段を得るだけでなく、天職という崇高な目的を神から授かることができるのです」

ウーナはちくちくする制服の襟の内側に指を入れて掻いた。天職？　校長は、ウーナたちは女子修道院に入ると考えているのだろうか。ウーナはパーキンズ校長から他の見習いたちへと視線を移した。何人かはドルーシラのようにうっとりと耳を傾けている。ほとんどの人は、これから闘鶏の試合の真ん中に放り込まれるとでもいうように、不安そうな顔をしている。だが、ほくそ笑んでいる人もいた。ミス・ハットフィールドと同じように、輝かしい家系にうぬぼれているのだろう。

ウーナには既に生計の手段があった。人の役に立たないが、ウーナにはとても役に立つ技だ。崇高な目的と言うが、刑務所に入ることなく生き抜くというのも、充分立派な目的だ。それに、ウーナの母親は他人に尽くすという神に授かった崇高な目的に邁進したあげく、どうなった？　ここにいる女性たちも、大いにその旅とやらに乗り出せばいい。ウーナの目的はただひとつ。目立たないよう顔を伏せ、警察の手が伸びてこない場所にい続けることができるように、退学処分にならないことだ。路上でも使える多少の看護の技を身につけることができれば、ポケットだけでなくカモの家にも潜り込むことができる。今までよりずっといい、新手の商売方法だ。

パーキンズ校長の挨拶が終わると、校長は横に並んでいる看護師長たちを紹介した。そのうちの三人は内科病棟の担当で、残りの三人は外科病棟の担当だ。ミス・ハットフィールドは外科担当だった。

「こちらの尊敬すべき女性たちが、皆さんの日々の訓練と、病棟での実習を監督します。六人とも皆さんと同じように見習いから始め、厳しい勉強と実習を乗り越えて看護師長になりました。彼女たちの言うことに真摯に耳を傾け、指示に従いなさい。一年以内に、皆さんのうちで特に優秀な方は同じ肩書きを得ることになるでしょう」

隣のドルーシラを見ると熱心にうなずいているので、ウーナは思わず天を仰いだ。

パーキンズ校長が出ていくと、五人の看護師長も自分たちが担当する病室へと戻っていった。ウーナと他の見習いたちは、ハットフィールド看護師長の有益な指導を受けるために残った。

校長が階段をあがって執務室に戻るのを待ってから、ハットフィールド看護師長は言った。

「周りをご覧なさい」面接の時と同じように取り澄ました声だ。見習いたちの頭がこっちを向いたりあっちを向いたりしている。互いの顔を見ればいいのか、今いるホールを見ればいいのか分からない。同じ青と白の薄い綿の制服を着た他の女性たちや、白い漆喰の壁と大理石の床に、注目に値するようなものはなかった。右側の壁に三枚の肖像画がかかっている――三人とも格式ばった男性で、金のプレートの説明書きによると、医者だった。左の壁には内科と外科の勤務表が貼られている。彼らの名前と肩書きを覚えるよう言われたら困る。スラムでは「ちょっと、あんた」で済んだ。礼儀を重んじるタイプならあだ名で呼ぶ。だが肖像画のような、もったいぶった表情の男性を呼ぶのに「ちょっと、あんた」や「ねえ、やぶにらみジョー」というわけにはいかないだろう。

ありがたいことに、再び口を開いたハットフィールド看護師長は、医者の名前のリストには触れなかった。「あなたたちは看護師ではありません。看護学生でもない。まだ、ただの見習いです。下品で頭の悪い床磨きの女たちより、かろうじて上なだけ。それに少なくとも十人は」彼女は言った。「十五人かもしれないわね、一ヵ月も経たないうちにいなくなるでしょう」見習いたちの前を行ったり来たりして言う。ブーツのかかとが大理石の床でこつこつ立てる音が響く。「見習い期間を終えるのは簡単ではありません。怠慢や規律違反」――視線をウーナに向ける――「遅刻は許しません。分かりましたか？」

見習いたちはうなずいた。

「辞めたい人がいたら、あれこれ考えずに今すぐ辞めてください。隣にいる人たちより劣っていると感じたり、前へ進む挑戦に耐えられないと思ったりしたら、どうぞ辞めてください」ハットフィールド看護師長の青い瞳がまたウーナに留まった。

ウーナは冷たい目で見返した。ハットフィールド看護師長などスラムで対峙してきたギャングや詐欺師、巡査に比べたらどうってことない。だがウーナの手はじっとりと汗ばみ、心臓の鼓動が速くなった。顔を伏せ、目立たないようにしなくては。

「辞める人はいませんか？」重々しい沈黙のあと、ハットフィールド看護師長は言った。

「よろしい。では始めましょう」

ハットフィールド看護師長の予言は二時間もしないうちに的中した。まだ病院内の見学さえ終わっていない。第二十五病室で、一行は製鉄工場の事故で運ばれてきたばかりの男性のベッドの横を通った。三人の医者とひとりの看護師が患者を取り囲んでいる。医者の指示で看護師がモルヒネを取りに慌てて出ていくと、その看護師がいた隙間から、患者の傷が見えた。右脚の下が不自然な角度に曲がっている。顔は腫れあがり、ナスみたいだ。だが一番おぞましいのは彼の腕だった。前腕が切断され、血まみれの断面から砕けた骨が覗いている。

ウーナの周りの数人がはっと息をのんだ。ひとりが近くのバケツに駆け寄って吐いた。ひとりは気絶して、倒れた拍子に頭を床にぶつけた。ドルーシラはウーナの腕にすがりついて、患者から目をそらしている。いつもは血色のいい頬が真っ白だ。ウーナはドルーシラも気絶するのではないかと心配したが、だいじょうぶそうなので、腕をつかんでいる彼女の冷たい指をそっと外し、怪我人のベッドに近づいた。男性の命を救うために医者が何をしているのか知りたかった。ずたずたになった傷口には出血をとめるための止血帯が巻かれている。ふたりの医者がすぐに手術をした方がいいか、それともバイタルが安定するのを待ってからにした方がいいか話し合っている。もうひとりの医者は患者の悲鳴をものともせず、彼の頭を調べていた。頭蓋骨にひびが入っていないか確認しているようだ。

ウーナは血でぐっしょり濡れたシーツや、血まみれの傷口を見ても平気だった。スラムでもっとひどい怪我を見たことがある。だが患者の悲鳴はウーナの肌の下にまで鳴り響き、体の内側がぞわぞわした。なので、看護師がモルヒネを持って戻ってきたときは心底ほっとした。

医者——仕立てのいいスーツを着て、穏やかで真摯な目をしている若い男性——が、患者の腕に注射をしようとすると、痛みで意識が朦朧(もうろう)としている患者が注射器を払い落とした。注射器は床に落ちて音を立て、ウーナの足元に転がってきた。

「ミス・ケリー」後ろで誰かの声がした。

振り返るとハットフィールド看護師長がにらんでいる。「下がりなさい。先生方の邪魔をしないで」

ウーナは医者の邪魔になるほど近づいていたわけではないし、いつ手術をすることにしたのか、彼らの決断の結果を知りたかっただけだ。だが、ハットフィールド看護師長の指示通り、他の見習いがいる位置まで下がった。さきほど気絶した女性は意識を取り戻したが床にへたり込んでいて、顔色はしなびたキャベツみたいだし、こめかみにはガチョウの卵くらいの大きさのたんこぶができていた。

ハットフィールド看護師長は病室の掃除の手伝いをしていた女性を呼んで、気絶した見習いを寮へ送るよう頼んだ。それから残りの見習いを連れて次の病室へ行く。間違いなく、気絶した彼女はウーナたちが夕食に戻る頃には、もう荷物をまとめて出ていっているだろう。

「時間がもったいないわ、さあ」ハットフィールド看護師長はそう言って、青ざめてうしろでふらついている女性を見て、それからウーナを見た。ウーナもふらついていればいいのに、というような目つきだ。「すでに予定の時間から遅れているのだから」

「あなたのことが好きじゃないみたいね」歩きながらドルーシラが小さな声で言った。「どうしてだろう？」

ウーナはただ鼻を鳴らした。ウーナのアイルランド系の名前もその理由のひとつだろう。たいしたことがない学校の成績も。だが何かもっと他の理由、初めて会った時から彼女にはウーナを嫌う理由がありそうだ。それが何であれ、どうにかしなくてはいけない、しかもすぐに。そうしないと、ハットフィールド看護師長は今後もウーナを目の敵にするだろう。彼女にやりたい放題をされたら、ウーナの先は短い。

16

最初のローテンションでは、ウーナは外科の第六病室に配属された。監督はハットフィールド看護師長だ。初日は足りない衛生用品の補充、嘔吐物の片付けとモップ掛け、汚れた包帯を裏庭の樽まで運ぶごみ出しの繰り返しで頭が朦朧とした。十二時間のシフトが明けると、ウーナはよろよろと寮に向かった。並んで歩いているドルー（ウーナは疲れすぎて彼女の名前を最後まで言えず、あだ名で呼んでいいかときく気力もなかった）は甘いものを食べすぎてのぼせた子どものように興奮していて、自分が今日したことを喋り続けている。ウーナは時々うなずいたが、全く聞いていなかった。

くず拾いの老婆の変装をして腰を曲げ、足を引きずって歩きながら、マーケット通りで丸一日スリをしたときよりも、足と背中が痛い。連邦裁判所の執行官の財布を盗み、巡査から逃げるために街を二往復したときよりも痛かった。病院から寮までのほんの僅かな距離が一マイルもある気がするし、ようやく着いたときには、ウーナは飢え死にしそうだった。スラムの悪童のように夕食に飛びつき、プリンが出してくれたスープをボウルに口をつけて流し込み、パンにかぶりついた。何口か食べたところで我に返ると、みんなが目を丸くして自分を見ていた。

「食事の前のお祈りをしようとしていたんだけど、ミス・ケリー」ひとりが言った。「よかったら一緒にいかが？　それとも、カトリックの人は食事の前に感謝のお祈りをしないの？」

しぶしぶ、ウーナは皿にパンを戻した。「もちろん、カトリック教徒だってお祈りをするわ。ただ、これ見よがしにしないだけ」両手を握り、頭を垂れる。先ほどの高慢ちきな女性がお祈りを終えると、ウーナはゆっくり十字を切った。「神さまはもう食べていいって？」

誰も返事をしないのを見て取ると、ウーナはパンに手を伸ばしたが、考え直してスプーンを手に取った。ドルーもスプーンを手に取った。それからすぐに全員が静かにスープを飲み始めた。

翌日は多少ましだった。ウーナは屋内トイレの珍奇なからくりと、そこから発生する毒ガスを浴びる危険が嫌で、朝食後に寮を抜け出して三軒先の屋外トイレに行った。ふたつある個室は両方とも使用中だった。庭の隅でさっと用を足すのは彼女にとって何でもないことだが、ベルビュー病院の看護学生がスカートをめくりあげて地面で用を足しているところを人が見たら、何でもないこととは思わないだろう。だが個室が空くのを待っていたせいで朝の講義に遅刻した。普通に考えたら遅刻でもなんでもない。スラムでは人が何時に来ようが気にしない。日曜日の礼拝でさえ、オダナヒュー神父が福音書を読む前に滑り込めば、時間通りに来たと見なされ、その週の分の神さまへの義理は果たしたといえる。だがハットフィールド看護師長はオダナヒュー神父ほど寛大ではなかった。ウーナがドアを開けて実習室に滑り込むと、彼女は講義を中断した。

「ようこそ、ミス・ケリー」他の学生の間をすり抜け、教室の後ろの空いている場所に落ち着くとすぐに、ハットフィールド看護師長に声をかけられた。「ちょうど病室を清潔に保つ重要性について話し合っていたところです。あなたなら他の学生に埃(ほこり)が何でできているか教えることができるんじゃないかしら」

埃？　これって何かの冗談？　だがミス・ハットフィールドの目には茶目っ気のかけらもなかった。「埃は……あのう……埃でできています」

数人の学生が笑ったが、彼女たちだってこんな馬鹿馬鹿しい質問に答えられるはずがない。

「不正解」ミス・ハットフィールドはすぐそばの衛生用品が入った棚の上を人差し指でなでると、指先を学生たちに見せた。「埃は有機不純物と病原菌の混合物なので、注意深く完全に取り除くことが重要です。それでは、どう清掃すればいいでしょう？」

少しの沈黙のあと、ウーナはまた自分が質問されているのだと気づいた。「羽根ばたき？」

「また不正解。わたしがあなたくらい清掃について無知だったら、講義に間に合うようにもっと努力しますけどね」

ウーナは屋外トイレの列に並んでいたこと、屋内トイレを敬遠していることで、これ以上笑いものになるのはごめんだったので黙っていた。

「ミス・ケリーに埃の掃除に最適な道具を教えてあげられる人はいますか？」ウーナをにら

んでいた視線を外して他の学生を見渡す。「どうです？」

ウーナはふんと鼻を鳴らし、それから咳をしてごまかした。ほらごらん、埃の掃除について無知なのはわたしだけじゃない。

するとドルーがおずおずと手を挙げた。

「どうぞ、ミス・ルイス」

「雑巾かスポンジですか？」

「まさにその通りです。理由は？」

「埃が巻きあがるのを避けるためです」

「正解。丁寧な清掃をするには、柔らかい塵箒がいいでしょう。この方法でドアなどの木造部分や窓は週に一度、埃を払い、床は少なくとも週に二度掃除します。必ず石炭酸を混ぜた水を使います」

ミス・ハットフィールドはその後も、清潔な病室を保つために必要な面倒な仕事についてだらだら話し続けた。そして、これからベッドメイクの手本を見せると言った。

ウーナはまたふんと鼻を鳴らしそうになった。ベッドメイクの仕方を知らないほど馬鹿な学生がいるわけがない。だが周りを見渡すと、みんな熱心にミス・ハットフィールドの手本を見つめている。馬鹿ばっかりだ。看護学校の応募者は家柄がよく上品な人物がいいとほざく代わりに、常識と基本的な家事を身につけた人物を集めた方がいい。

午後になると、ウーナたちは一列になって病室に行き、その日の朝にハットフィールド看護師長が披露して彼女たちを飽き飽きさせた技術を実践するよう命じられた。ウーナは窓の下枠の埃を拭き、おまるを洗い、シーツの交換をした。ハットフィールド看護師長が言った半分も難しくない。のんびり屋外トイレに並んで、午前中の講義を欠席したとしても問題ないくらいだ。講義を欠席していればハットフィールド看護師長にちくちく嫌みを言われなくて済んだのに。石炭酸を混ぜた消毒液の作り方はもう忘れてしまったが、どうってことない。蛇口の水で充分ことたりる。それに、どのシーツを一番下に敷くかなんて気にすることない。ウーナはもう何年も藁の山にシーツ一枚をかけた上で寝ていたが、五月の生け垣のように生命力に満ち溢れていた。

三時にハットフィールド看護師長が病室を巡回してウーナの仕事ぶりを点検した。ウーナはそれまでに、おまるを洗って棚の定位置にしまい、机と窓の埃を拭き、病人のいないベッドのベッドメイクを終わらせていた。ミス・ハットフィールドは高いところや低いところに、あちこちに指先を滑らせ、埃が残っていないか確認しているが、指先はきれいなままだった。ウーナはそばに立ち、心のなかでにんまりした。だが看護師長は満足していないようだ。指先を鼻に近づけてにおいを嗅いでいる。

「水と石炭酸の割合は？」

「それは――」二年生の看護学生が駆け寄ってきて、ウーナは助かった。手術室から運ばれてきたばかりの男性が血を流し始めたのだ。ハットフィールド看護師長はすぐに患者の傷を調べ、ウーナと二年生が彼女の後ろから患者を覗き込んだ。血が包帯をぐっしょり濡らし、お腹をつたい、ベッドの上に流れていく。ハットフィールド看護師長が包帯をほどくと、血まみれになったぎざぎざの縫合跡が見えた。

「ミス・ケリー、石炭酸を混ぜた水を持ってきて」冷静で落ち着いた声だ。「石炭酸と水の比率は一対四十。もちろん、今朝の講義を聴いていればご存じでしょうけど」

ウーナは物品庫へ急いだ。背後で、ハットフィールド看護師長が二年生に患者の症状について尋ね、それから医者を呼びにいかせるのが聞こえた。ウーナは石炭酸の結晶が入った瓶を探し、半オンス分を量ってすくい、二十オンスの水に溶かした。たらいから微かに、鋭いにおいが漂った。今まで嗅いだことがないにおいだ。だからハットフィールド看護師長は指のにおいを嗅いだのか。

ウーナがたらいを持ち、途中でスポンジと柔らかな布の束も取って患者のベッドに戻った。ハットフィールド看護師長はまず石炭酸を混ぜた水で手を洗った。それからそこに柔らかな布を浸して患者の傷をぬぐった。縫合跡から新しい血が漏れ出ているが、二年生が恐れたような内部の大量出血ではなかった。

「血液の凝固が遅れている単純な事例でしょうね」ウーナに聞かせるためというより、独り言のようだ。すでに流血はゆっくりとおさまってきている。

「じゃあ彼は死んだりしませんね」

「それは経過を見ないとなんとも言えません」彼女はウーナに向き直った。「さっき持ってきたスポンジはどかして。傷口を洗ったり包帯を巻いたりするにはまったく不適切です」

「そうだ、なんで気づかなかったんだろう」言葉遣いに気をつける前につい口に出た。

「スポンジは傷から有害な物質を運び、他の傷に害を与える可能性があります。水に浸した麻や脱脂綿の方が、有毒な物質に有効です」

「役に立てばと思っただけで……」

「清潔の原則と、その感染症防止の役割を理解するまで、あなたはなんの役にも立ちません」

ウーナはスポンジをつかみ、腹を立てながら大股で歩いて物品庫に向かった。スポンジ、雑巾、布、脱脂綿——そんなものの違いを知って、なんになる？　ウーナが何をやっても、ハットフィールド看護師長は満足しない。布だって持っていった。それは文句なく使ったくせに——しかも自分から。スラムではあるものを使う。シャツの袖はハンカチ代わりになるし、トウモロコシの芯はトイレットペーパーの代わりになる。

ウーナが物品庫から戻ると、二年生が先ほどの患者の下から、血で汚れた横シーツをはがそうとした。だが横シーツが敷かれていなかったので、血はそのまま下シーツを濡らし、マットレスにまで染み込んでいた。両方とも洗って滅菌消毒をしなくてはいけないし、患者も他のベッドへ移動させなくてはいけない。ハットフィールド看護師長はウーナがベッドメイクした他の空きベッドに行き、毛布をはがした。どれも看護師長の及第点に達していなかった。

ミス・ハットフィールドはウーナにやり直しを命じた。まずは下シーツ、それから防水シーツ、幅の狭い横シーツ、上シーツ、最後に毛布だ。胸の前で腕を組み、ウーナの作業を見つめ、シーツのしわひとつ許さず、マットレスへの折り込み方の間違いを指摘した。ようやく満足すると、ウーナに汚れたシーツと藁の詰まったマットレスを洗濯室へ運ぶよう命じた。

「それが済んだら」彼女は言った。「三階に行きなさい」

「何のために？」ウーナは汚れたシーツをかき集めながら尋ねた。

「自分の口で、パーキンズ校長に申し開きをするために」

17

ボイラー棟、洗濯室、調理場は、病院本館裏の芝地にある。高い塀で遮られ一番街や近隣の他の通りを見ることはできないが、塀越しに馬車の車輪の音と馬のいななきが聞こえた。露天商たちがマッチやボタン、ローストしたクルミを売ろうと通行人に呼びかける声。ロバの鳴き声。手回しオルガンの音色。おぼろな音はとても身近で馴染み深いが、いま聞くと別の世界の音みたいだ。ウーナの世界の音。

ウーナは片方の腕でリネンを縁まで入れたバスケットを、もう片方の腕で藁の詰まったマットレスをふたつ折りにして抱え、よろよろ歩きながら、数歩進むごとに立ち止まり、ずり落ちるバスケットとマットレスのバランスを調整した。いったい自分はここで何をしているのだろう？　想像していたのと全く違う。夜明けの忌々しい時間に起き、メイドのように埃を拭いて回る。ハットフィールド看護師長に棘（とげ）のある目でにらまれ、彼女の言うとおりにするまで威圧される。居心地のいいベッドと調理人のプリンが作る温かな食事を足しても、この苦痛を帳消しにすることはできない。ああ、もう。ブラックウェルズ島に行った方が楽ちんだ。

だが洗濯室のドアを肩で押し開けて中に入った瞬間、その考えは間違いだと思い知った。六人の女性が背中を丸めて洗濯板と絞り機に向かっていた。髪は汗でもつれている。他の女性たちはリネンを煮沸消毒する大鍋をかき混ぜていた。高温の湯気を浴びて頬が真っ赤だ。痩せて骨と皮だけになった体、うつろな目、ノミに食われた痕だらけの肌。矯正院の女性たちだ。トゥームズ刑務所からは荷車で、ブラックウェルズ島刑務所からはフェリーでやってくる。命じられた労働作業をして——汚れものを洗濯し、濡れた洗濯物を絞り、リネンの煮沸消毒をする鍋をかき回す——どの女性も今すぐ死んでしまいそうだ。

ウーナは汚れた寝具を手渡すと急いで外へ出た。喉がきゅっとなって、脇の下に汗が流れた。洗濯室の蒸し暑さと、灰汁（あく）をこしたアルカリ溶液の洗剤のにおいのせいだけではない。警察に捕まったら、死ぬまで過酷で単調な労働を強いられるのだ。洗濯室の女性たちのように。首回りがちくちくする制服、お喋りが止まらないルームメイト、気取り屋で癪に障る看護師長。だがここでしくじったら何が待っているか、ウーナは肝に銘じておかないといけない。

三階に着くと、ウーナは校長室のドアをノックする前にエプロンのしわを伸ばし、キャップの位置を整えた。中に入ると、ハットフィールド看護師長は同席していないと分かってほっとした。だが、看護師長は校長の耳にウーナを退学に追い込むに充分な毒を吹き込んだはずだ。ここにいたいなら、ウーナは全力で校長を説得しなくてはいけない。

校長室は想像していたより広かった。よく磨かれたオーク材のデスクと、いくつかの書棚。

応接用のスペースにはつやのあるティーテーブルと詰め物をした椅子が置かれている。壁にはありふれたものが飾られていた。刺繍、絵画、昔ながらの木版画、簡素な彫刻が施された十字架。病棟の壁にも同じようなものが飾られている。旧約聖書のイザヤ書やエレミヤ書からの引用句に、賛美歌集。大きな窓がいくつかあって、裏の芝生と、街の様子を見下ろすことができる。だが、よろい戸が開いている窓はひとつだけだった。

パーキンズ校長はウーナに背もたれがまっすぐな椅子に座るよう手で示した。校長の机の正面だ。ウーナは腰をおろすと両手を膝の上に重ねた。上品に見せるためというより、手の震えを抑えるためだ。それから無邪気な表情でパーキンズ校長の視線を受け止める。

「今日のあなたには少々問題があったと、ハットフィールド看護師長に聞きました」校長は言った。面接のときと同じように、声、姿勢、表情からは、校長が何を考えているのか読み取ることができない。校長は腕利きの詐欺師になれるだろう。

「今朝は実習室の後ろにいて、看護師長のお手本がよく見えませんでした。そのせいでいくつかの手順を混同しました。ですが今はきちんと理解しています。もう二度とあたふたしません」

「実習室でお手本がよく見えない位置にいたのは、遅刻したせいではないでしょうか」

「遅れたのはほんの一、二分です。ルームメイトのキャップが見当たらず、それで――」

「ですがミス・ルイスは遅刻していませんね」

「キャップを見つけたときはもうぎりぎりの時間で、彼女は急いで講義に向かいましたが、わたしはまだ自分の――」

「ミス・ケリー、あなたの弁解を聞くためにここへ呼んだわけではありません」話すにつれ、校長の眉根の溝が深くなる。「あなたがこの看護師訓練プログラムに適しているのか適していないのか。今日のふるまいを考えると、わたくしには後者としか思えません」

ウーナは座ったまま身を乗り出した。失敗だ。だがどう話をもっていくのが正解なのか分からない。ご機嫌とり？　卑屈に懇願する？　洗濯室で感じたのと同じように喉が締めつけられ、脇の下に汗が流れる。「校長先生、お願いです。もう一度チャンスをください」声が震えた。演技ではない。「わたしはこの訓練プログラムにふさわしい人間です。お約束します」

パーキンズ校長は背もたれに背中を預け、デスクの上で両手の指先を合わせた。数秒経ったが、校長はすぐに口を開くつもりはないようだ。ウーナは身じろぎもできず、校長が彼女の絶望と切実さを読み取ってくれるよう願った。

自分はなんて馬鹿だったのだろう。看護学校でぶらぶらしていれば人目につかないと考えていた。ハットフィールド看護師長のウーナへの悪意を低く見積もっていたのも誤算だった。もしここで退学処分にならずに済んだら、二度と同じ失敗はしない。

ようやく、パーキンズ校長が口を開いた。「看護は暇を持て余した若い女性のための気晴らしではありません。専門職です。神から授かる天職です。無知と反抗は許容できません。あなたをこの一ヵ月の見習い期間中にまたここに呼び出すことになったら――理由がなんであれ——即刻退学処分にします。よろしいですか？」
「はい、ありがとうございます。はい」ウーナは校長の気が変わる前にと、慌てて立ち上がった。「決して後悔させません。お約束します」

18

翌朝、ドルーが起き出す音を聞こえると、ウーナも嫌々ながらベッドから出た。数ブロック先の屋外トイレに行くかわりに、寮のトイレを使った。使用中はずっと鼻をつまみ、息をとめていた。便座の頭上にある箱からぶら下がっている妙な鎖を引っ張ると、水が流れて便器がきれいになる。純粋な好奇心から鎖を三回引っ張って水が流れるのを見物したが、めまいでふらふらしたり毒ガスにやられたりすることもなかった。

ウーナが講義に出席すると――時間通りに到着して、集中して講義を聴いていると――ハットフィールド看護師長は腹立たしそうに彼女をにらんだ。明らかに校長がウーナを退学処分にしなかったことにがっかりして、ウーナの次の失敗を見逃すまいとうずうずしている。だがウーナは三階に呼び出されるような口実を与えるつもりはなかった。

だが、言うはやすく行うはかたし。どの基本原則も、見習いたちは午前中の講義で――病室の汚れた空気の原因と換気の重要性、適切な温度、脱臭の方法、吸収剤と防腐剤と消毒剤のちがいなどを――学んだが、ハットフィールド看護師長は午後の巡回までにウーナが完璧にできるようになっていることを求めた。ウーナが換気のために新鮮な空気を入れようと窓を開けると、看護師長は病室を行ったり来たりして患者が寒くないよう毛布が充分にかかっているか、隙間風が直接患者に当たらない場所に衝立が置かれているか、これ見よがしに確認する。ウーナが窓を閉めてストーブをつけて煙を通気管から排出しようとすると、看護師長は廊下から自然に入ってくる冷たい空気は新鮮か、適切に排出されているか、ウーナに質問する。ウーナが病室の空気に漂う有害物質を吸収させるために木炭の入ったボウルを置くと、看護師長はなぜ多孔質粘土を使わないのか詰問する。看護師長自身が朝の講義で、そのふたつは互換性があるので、どちらを使ってもかまわないと言ったのに。

ハットフィールド看護師長が巡回に現れたとたん、ほんの少し前まで静かに休んでいた患者が、揃って急におまる、飲み水、温湿布を要求するのは抑えようもなかった。二年生が知識や技術が必要なことを担当するが、一般的な雑用はすべてウーナに回ってくる。そこに看護師長が消毒剤の種類について質問してくるので、ウーナは水差しやリネン、嘔吐物や尿がちゃぷちゃぷしているたらいやおまるを落としそうになる。たまにコンディ消毒液とクロラルム消毒液の違いを間違えたり、十八度から二十度までと定められている病室の温度が一、二度上下したときには怠慢だと叱責されたりしたが、校長室に呼び出されることはなかった。

二週間経つと、ウーナはこの規律正しい病院という奇妙な場所で、ようやく足掛かりをつかんだ気がしてきた。それほど難しいことじゃない。つまるところ、患者を観察するのは狙ったカモを観察するのと同じだった。患者の頰が緑色になってきたら、すぐにたらいを取りに行って嘔吐物を受ける。乾いた唇を舌でなめ始めたら、水が飲みたいという合図だ。かたい表情と内気な目を見れば、おまるが欲しいが恥ずかしくて言えないのだと分かる。

ハットフィールド看護師長がいつ巡回に来るかも予測できるようになった。路上でも、決まった時間に同じ行動をする人は狙いやすいカモだ。師長は看護学生に講義をしたあと、昼前に医者たちと一緒に病室を巡回する。それから午後にもう一度、各病室にやってくる。パーキンズ校長や他の看護師長とお茶を飲んでから、ハットフィールド看護師長は二時に二階の病室から巡回を始める。第七病室と第八病室を視察し、病院の北側の左端にある階段を降りる。そこから第一病室から番号順に見てまわる。各病室の視察に平均二十分かけるので、ウーナのいる病室に来るのは四時だ。一分前に来ることも滅多にない。だから壁の時計が三時半に小さな音で一度鳴らす鐘の音は、ウーナには警告に聞こえた。病室の中央に置かれた大きなセンターテーブルの上を整え、患者の毛布のしわを伸ばし、はみ出たシーツの端をマットレスの下にたくし込み、悪臭のするたらいの中身を片付ける。ハットフィールド看護師長のきびきびした靴音が聞こえるころには、ウーナは準備万端で、本心ではないにしても、笑顔で迎えるようになった。

ウーナは病室を清潔に保ち、ハットフィールド看護師長を怒らせないことで頭がいっぱいで、病院の他の人々に注意を払う余裕がなかった。定期的に患者の様子を診に来る医者、ベッドサイドの見舞客、食事を運んでくる調理場スタッフ、床と窓を磨く矯正院の女性。床を磨くモップの先につまずいたり、ベッドサイドで取り乱す患者の妻にハンカチを差し出したりしてきたが、ウーナは忙しすぎて、あまり気にしていなかった。医者たちは二年生に指示が整えたばかりのベッドなのに。

を出すし、ウーナのことは眼中にないようだ。医者が押しのけた衝立を患者に隙間風があたらない位置に慎重に戻しているのはウーナで、医者が無造作に汚れた器具を置くのはウーナが整えたばかりのベッドなのに。

ある日、朝の講義のあと病室に行くと、患者のひとりが汗をかいて震えているのに気づいた。何かの手術を受け、二日前にこの病室に運ばれてきた男性だ。寒いのか、気分が悪いのかと尋ねるウーナに、彼はわけの分からないことを言った。外国人だったのかと肩をすくめて放っておくところだったかもしれないが、ウーナはその患者と昨日、英語で普通に会話をしていた。それに、ウーナはその兆しを見分けることができるほど、父親と長い時間を過ごしていた。二年生は他の患者の包帯を替えるのに忙しかったので、ウーナはそっと患者にコップ一杯のブランデーを飲ませると、自分の仕事に取りかかった。

しばらくして、数人の医者がハットフィールド看護師長と一緒に朝の巡回にやってきた。ベッドから次のベッドへと移動していく。他の誰かより自分たちのことしか考えない、テネメントの家賃集金人と仲間の悪党みたいだ。彼らが先ほどわけの分からないことを言った患者のところへ行くと、またそこでも白髪交じりの口髭を整えた年寄りの医者が講義をして質問し、若い医者たちが答える。医者のひとりが患者に気分はどうかと尋ねると、彼は以前のようにはっきりした英語で返事をした。だがその時、年寄りの医者が患者の鼻に自分の鼻を寄せ、においを嗅いだ。

「彼に酒を飲ませたのは誰だ？」年寄りの医者が叫んだ。

医者たちのうしろで処分する包帯を集め、診察の終わった患者たちを寝かせていた二年生が駆け寄った。「誰も飲ませていません、先生」

「患者の息からブランデーのにおいがする。明らかに一時間以内に酒を飲んでいる。そんな患者に予定していた残りの手術ができるか？」医者の顔が怒りで赤く染まり、患者に向かって言った。「誰が今朝、あんたに酒を？」

患者はゆらゆら首を振った。「さあ、誰だったか。きっと天使だ」

「天使」医者は鼻を鳴らした。「その天使は青と白の服を着ていたか？」

「はあ」

「ふくらんだキャップをかぶった？」

「だと思います」

医者はまた二年生を見た。彼女は縮こまり、一歩さがった。ウーナは病室の反対からその様子を見て、洗濯のバスケットをつかむとこっそりドアへ向かった。

「わたしは何も飲ませていません」二年生は言った。「誓います。見習いの子がやったんだと思います」

全員の視線がウーナに集まる。あと三歩で逃げ出せたのに。

「おまえ」医者が言った。「こっちに来い」

ウーナはバスケットをおろすとエプロンで手を拭き、考えをまとめる時間をかせいだ。心臓が口から飛び出しそうだ。どうやってこの状況を切り抜けよう。医者の顔はますます赤くなっていた。ハットフィールド看護師長は校長室に呼び出されるウーナの姿を思い浮かべているのだろう。抑えきれずににんまりしている。

「早く来い。わたしは忙しいんだ」

医者の乱暴で尊大な声に、ウーナは腹を決めた。背筋を伸ばし、頭をしゃんと上げる。

「おまえが今朝この患者にブランデーを飲ませたのか?」

「そうです」

医者はぎょっとした。

「患者は恐怖で頭がおかしくなっていたんです」

「恐怖?」

「彼女はせん妄のことを言っているんじゃないでしょうか、先生」若い方の医者のひとりが言った。

ウーナはうなずいた。「そのままにしておいたら、発作を起こしたと思います」

医者はウーナを不愉快そうに、にらみつけた。「なぜおまえにそんなことが分かるんだ」

経験からよ、くそじじい。ウーナはそう言いたかった。だがそのかわり、患者がひどい汗をかいて震えていたこと、意味の分からないことを口走っていたことを伝えた。

「せん妄だけでなく、他の病気の可能性もあるだろう」

「はい。ですが患者の白目が黄色くなっていたので、わたしは彼が酒浸り——あのう——強いお酒を無茶に飲む生活をずっとしていたのだろうと考えました。お酒を絶つ時間を待たずに手術を受けたせいで、恐怖で頭がおかしくなったのは――せん妄のことですけど――ありえると思います」

医者はぐっとウーナに寄ってきて、他の人たちは彼から一歩さがって安全な距離をとった。「おまえは看護師だ。いや、看護師ですらない見習いだ。医者でもなんでもない。今回の件はおまえの役割を超えている。身の程をわきまえろ。知識はともかく、診断と治療は医者の仕事だ。おまえの仕事は、もしくはおまえの仕事だったものは」――ここで医者はさっとハットフィールド看護師長を見て、またウーナに視線を戻した――「わたしの指示に従うことだ。黙って。さっさと。質問も意見もするな」

胸ぐらをつかんで殴ってやろうか。もう退学確定なら、殴ってもかまわないでしょう？ウーナがぐっと拳を握ると、若い医者のひとりが言った。「ぼくが彼女に指示をしたんです、先生」

ウーナと年寄りの医者は振り返って、その声の主を見た。それは、〈恐怖で頭がおかしくなる〉というのを、上等な言葉に言い換えると〈せん妄〉だと理解するセンスがあった、先ほどの若い医者だった。ウーナは彼を一度か二度病室で見かけたことがあったが、普段は他の医者のグループに入って巡回していたはずだ。口髭をきちんと切り揃えているが、若々しく、鼻の周りにかすかなそばかすがある。髪は少し長めで、桜材のような濃い茶色、ポマードをつけているのに毛先があちこちぴょんと跳ねている。瞳は、人生で様々な苦難にあい、耐え抜いてきたような静けさをたたえている。その瞳がなければ、ウーナは彼を医者にしては若すぎると思っただろう。

「ぼくは……ええと……今朝、手術室へ行く前にこの患者の兆候に気づきました。今後の最善の治療方針を話し合うまで、この看護師にブランデーを飲ませるよう指示したんです」

年寄りの医者は苦い顔をした。「なぜすぐに報告しなかった？」

若い医者の顔が、鼻の先から耳まで赤く染まった。彼が答える前に、年配の医者はもうひとりの若い医者に問いかけた。「せん妄患者への対処方法は他になにがある？」

「クロラール水和剤かアヘンです」気取った調子で言う。

「その通りだ、ドクター・アレン。どちらも有効な選択肢だ。しかもブランデーのように、予定していた手術を妨げることもない」彼はそばかすの若い医者に言った。「きみの判断ミスだ。きみのお祖父さまなら、そんなミスはしなかっただろう」

「申し訳ありません、先生」叱責された医者は小さな声で言ったが、彼もウーナ同様、年寄りの医者をぶっ飛ばしたいと思っているみたいだった。

その患者にはクロラール水和剤が処方され、医者たちは巡回を続けた。ハットフィールド看護師長も彼らに続いた。ウーナをにらみつけはしなかったが、彼女の目は、次はそうはいかないわよ、そう言っていた。二年生がウーナの脇腹を肘でつついた。「医者に何を言われても、投薬はわたしに任せて。見習いさん」

ウーナはうなずいた。心臓はまだばくばくしていて、喉までせりあがっている気がする。あやういところで警察から逃げることができたときみたいに、手足が痛んだ。頭のなかを整理し、先ほどの窮地に陥った自分の軽率な行動を思い出すのに、少し時間がかかった。患者のベッド脇の机を拭き始めても、彼女は先ほどの若い医者のことが頭から離れなかった。それにしても、彼はどういうつもりだったのだろう? ウーナをかばって何の得がある? なにかを企んで、彼女に貸しをつくったに違いない。

気がつくと、ウーナはずっと同じ机を拭いていた。力を込めて何度もこすったせいで、ニスがはげている。頭を振って、次の机に移ったが、まだ例の若い医者の魂胆について考えていた。

数分後、頭の固い年寄りの医者が昼食の休憩に行くというのが聞こえた。ハットフィールド看護師長と医者たちが解散する。医者がいなくなって、ウーナの緊張していた筋肉がゆるんだ。だが例の若い医者が残り、ひとりの患者のベッドサイドでぐずぐずしていた。ウーナは二年生が物品庫へ行くのを待ち、それから彼にそっと近寄った。

「どういう魂胆?」彼女は小さな声で言った。

彼は患者から視線をあげた。「え?」

「わたしたちふたりとも、あなたがわたしにブランデーを飲ませる指示なんかしなかったって、分かっているわよね」

「きみは、責任をとって退学になった方がよかった?」

「そうよ。いや、ちがうけど」ウーナはむっとした。「でもかばってもらったからって、あなたの言うことをきくつもりはないから」

医者は声をあげて笑った――ウーナの敵意を取り除く、感じのよい、裏表のない笑い声だった。

「きみは他の看護学生と違うね。名前は？」

一瞬ためらったが、信用したわけじゃないと分かるように顔をしかめて言う。「ミス・ケリー」

「ねえ、ミス・ケリー。きみの鋭い観察眼があの男性の命を救ったよ。手術中に発作を起こしたら、どんなことになるか誰にも分からない。急に暴れられて医者の手が滑り、メスでまずいところを切ってしまうとか。まさに手術室で死んでしまうかもしれなかった。もちろん窒息のリスクもある。発作を起こした本人の胆汁と唾液だけで窒息してしまうことがあるんだ。だがコップ一杯のブランデーのせいで人が窒息するわけじゃない」

ウーナはベッドの列を見渡し、横になって休んでいるその男性を見つめた。今まで誰かの命を救ったことなどない。胸の内側がふわっと広がって、ぽっと明かりがともったような不思議な気がした。だが彼女は顔をしかめた。おせっかいをすると余計な面倒に巻き込まれる。ウーナは自分に思い出させた。しかも、自分のルール全てに反している。

「ぼくが自分で気づくべきだった」医者は続けた。「ぼくの父も何度もアルコールを断とうとしていたんだ」

ウーナがまた彼を見ると、彼の視線はウーナから離れ、ぼんやりと床を見つめていた。

「医者は立派な家柄の人ばかりだと思ってたわ。エリート中のエリートだって」彼の頬が赤くなったので、ウーナは失礼なことを言ったと後悔した。「わたしはそんな豚の餌みたいなでたらめ、信じない。立派な家柄の人だって、そうでない人と同じようにお酒を飲むものよ。みんなそれぞれ、お酒を飲む理由があるもの」

彼は顔をあげるとまたウーナを見て、礼儀正しくにっこりした。入れ歯みたいに真っ白できれいな歯並び。どれだけお金がかかっているのだろう。

「他の訓練生の誰よりも、きみは病室でのびのびやっているみたいだね」

ウーナの胃がきゅっとなった。豚の餌みたいなでたらめなんて言葉を使うなんて、彼に気安くしすぎた。もっと慎重にならないと。できるだけ目立たず、きちんとした家庭から来た女性のふりをするのだ。だがウーナの警戒を解いたのは彼の笑い声だけではなかった。彼は他の医者とは違う。だが、はっきりとした違いがあるわけではない。高価で格式のある、茶色いウールのスーツ。自信に満ちた、たたずまい。それでも、彼はどこか、ちぐはぐだった。

「わたしはおとなしくしてないってこと?」

「たしかに。きみはおとなしく黙ってなんかいない。ドクター・ピングリーはそれこそ発作を起こしそうだったよ。きみがつかつか歩いていって、自分がブランデーを与えたとはっきり認めたとき。先生のあんな顔を見られただけでも、きみをかばった甲斐があった」

二年生の足音が病室の向こう側から聞こえ、物品庫から衛生用品を腕いっぱいに抱えて戻ってきた。ウーナは一歩下がり、近くのベッド脇の机を熱心に拭き始める。研修医と馴れ馴れしくお喋りをしていたと、悪行一覧表につけ加えられたら大変だ。「かばってもらわなくても、わたしは自分でどうにかできた。おあいにくさま」

彼はまたくすくす笑った。癪に障る笑い方だ。「そうだね、きみならできた。ぼくもそう思うよ、ミス・ケリー」

19

翌朝は、狭い実習室に集まったり、まっすぐ病室へ急いだりするかわりに、ウーナと他の見習いは図書室に連れていかれた。家具は一方の壁に寄せられ、空いたスペースに車輪のついた移動式の黒板が置かれ、黒板に向かって椅子が並んでいる。ウーナは隠れてもう少し眠ることができる後ろの席がよかったが、ドルーに引っ張られて一番前の席についた。

黒板の横にはテーブルがあり、ベルベットの布の上に十数個の骨が並んでいた。ウーナは鳥肌が立った。骨そのものにではなく、骨を見て、ガスハウス地区近くの墓地で長い時間を過ごしたことを思い出したのだ。彼女は十字を切ろうと額に手をあて、そこで手をとめ、代わりにキャップをまっすぐに直すふりをした。古い骨を前に十字を切っているところを見られたら、他の見習い学生にうぶで迷信深いと思われてしまう。

「あの骨は墓地から掘り返して盗んできたものだと思う？」ウーナの後ろに座っている女性たちのひとりが小さな声で言った。

「まだそんなことがあるの？」他の女性が尋ねた。「それでいくら支払われるのかしら？」

ウーナは座ったまま体をねじって後ろを向いて言った。「墓地荒らしにお金を払うのは、もう禁止されてるの」

お喋りをしていた女性ふたりは目を丸くしてウーナを見た。売れ残って三日目のパンを見るような目だ。「なぜ知ってるの？」ひとりが尋ねた。

「それは……」知り合いに墓地で掘り返した遺体を医学校に売って生計を立てていた男がいたとは言えない。いい時代だったなぁ、彼は言ったものだ。悪評高い、ボーン・ビル法ができる前までは、亡くなったばかりの遺体一体につき三十ドルが支払われていた。

ドルーがさりげなく口を挟み、ウーナを窮地から救ってくれた。「一八五四年、ニューヨークの立法府は、医学の向上と墓地の保護をするための決議をしたの」振り向いて肩越しに説明するドルーは楽しそうで、お茶菓子の話をしているみたいだ。「身寄りも友人もいない浮浪者の遺体は全部、医学校などに提供されて内科や外科を教える解剖に使われることになったのよ」

ふたりはドルーのことも売れ残って三日目のパンを見る目で見たが、ドルーはただにっこりしてすぐに黒板の方へ向き直った。だが、ウーナは正面へ向き直る前に、ふたりに向かって得意そうににやりとした。今日は運がいい。何か失敗したとしても簡単に乗り越えられるだろう。ドルーとその百科事典並みの脳みそと、いつも一緒にいられないのは本当に残念だ。でもそうなったらドルーの際限ないお喋りで耳がおかしくなるだろう。それでもかまわない。どうせ病室ではふたりとも死体のようにずっと黙っていないといけないのだから。

運がもう一度ウーナの味方をした。ハットフィールドとは違う、他の看護師長が前に出てきて、学生たちに挨拶をした。「皆さん、おはようございます。病院のお医者さまがたに様々なご講義をしていただく、今日がその一回目です。講義は幅広い分野のテーマに及びます。最初の今日は解剖学。第二外科のドクター・ピングリーが講義をしてくださいます」

昨日顔を合わせた尊大な年寄りの医者がこちらに歩いてくるのを見て、ウーナは顔をしかめた。ウーナが持っている運なんて所詮、この程度だ。生徒たちは拍手で迎えた。嫌々ながら、ウーナも同じように拍手をした。かなり年配で、しかも自分の考えに固執しているから、ウーナのことなど覚えていないだろう。自分にそう言い聞かせる。それに、看護師の制服とキャップを身につければ、学生はみんな同じに見える。誰に区別がつくだろう？　だが彼は図書室を見渡すと、すぐにウーナに目を留め、何か酸っぱいものでも食べたかのように、唇をなめた。

それから、前口上なしにいきなり授業を始めた。人体は複雑な機械で、骨格はその基礎であり、そのうえに様々な器官が機能していると説明する。複雑な血管、骨髄、海綿状の組織について言及するときもあった。だがそういう時はすぐに話を切り上げて、これは講義の範囲と、きみたちの理解力の限度を超えているなと言った。どの骨がどこにあるか分かれば充分だ、とも。

ウーナの横で、ドルーの肩が落ちた。ドルーがもっと詳細に教えてもらいたいと思っているのは明らかだった。ウーナも自分の体のなかにある骨が、外側を支えるただの硬い骨組みではなく、複雑で、自分の体の一部として生きていると思うと、興味深かった。長骨、短骨、扁平骨、不規則骨という分かりやすい分類。だがそこにいる学生の何人かは明らかに飽きていた。ドクター・ピングリーの、のっぺりした単調な声と規則的なチョークの鋭い音を聞き続けていたら仕方がない。

ウーナの視線は窓の方へと漂った。どっしりとしたベルベットのカーテンは左右に寄せられ、残った白い薄いカーテンからうっすらと外の様子が見える。こんなに何日も屋内で過ごしたのはいつぶりだろう。冬の空気に体を縮め、道が泥と雪でぐちゃぐちゃでも、ウーナはとりとめもない街歩きが好きだった。好きな時に起き、お腹がすいていればパンとコーヒーを買い、その日ねらい目の場所へ向かう。そう、ウーナにはウーナの理屈があった――土曜日は駅でスリをしてもあがりが少ないが、セントラルパークで散歩をしている人を狙えば分厚い財布を頂戴できる――自分で決めたルールもある。誰かに後ろから、あの騙されやすそうな奴を狙えと指示をされたり、スリの技術を視察されたりしたことはない。マーム・ブライはウーナが盗んだ品を届け、自身が面倒に巻き込まれることがなければ、ウーナが何をしようが気にしなかった。

あのカフスボタン。忌々しいデイドラにトラベリング・マイク、そして警察。関わらなければ、今ごろ自分は外のひんやりした空気を満喫しながら街を動き回っているだろう。こんな座り心地の悪い木の椅子に座って、この憎らしいじじいが……えらそうに話しているのを……しまった！　いま何について話しているのか、まったく分からなくなっていた。

ウーナはまたドクター・ピングリーの話に集中した。それほど聞き逃していないといいのだけれど。彼はテーブルの横に移動して、骨をひとつ持ち上げている。短くてずんぐりした骨で、真ん中に穴があり、両側が翼上に高く盛り上がっている。

「椎骨は三十三個あり、頭骨とつながる唯一の骨でもある。それぞれ脊柱のどの部分にあるかによって五つの群に区別して呼ばれる。頸椎が七個、胸椎が十二個、腰椎が五個、仙椎が五個、尾椎が四個だ。この椎骨はどの部分にあるか分かる者はいるか？」ドクター・ピングリーはざっと部屋を見回し、そのまま話し続けた。明らかに誰かが答えるとは思っていない。「頸椎と呼ばれる部分だ。他の部分より小さく、横幅が奥行よりも長い」

ドクター・ピングリーはそれぞれの群に属する椎骨を掲げて、へこんだり出っ張ったりしている部分について、ついきゅうこん、ついきゅうばん、きょくとっき、など聞いたこともない専門用語を言った。ウーナは覚えなくて済むよう願った。それから彼は黒板に細長いSを書き、背骨の正しい湾曲について説明した。

「背骨の異常による疾患についてわたしに説明できる者はいるか？」

ドルーが手を挙げた。「脊柱側彎症です。背骨が正面から見て左右に曲がっています」

「その通り。程度によっては痛み、麻痺、心臓や肺に損傷を与える場合もある。他に分かる人は？」

何人かが手を挙げて答えた。それからドクター・ピングリーがウーナを見た。「きみはどうだ？　脊柱に関係する病気の名前を挙げられるか？　昨日、きみはとても積極的に自分の意見を言うタイプのようだったが」

ウーナは彼のしたり顔を無視して、スラムでのこれまでの生活を思い返した。スラムには不格好な体をした人間がたくさん集まっていた――異常に腫れた足、縮んだ手足、ねじれた背中――だがウーナは彼らの病気の正式な名前を知らなかった。

「知らないか？」満足そうに言う。「知らないだろうとも」絹のベストをことさらに引っ張ると学生たちに言った。「では頭蓋骨について説明しよう。頭蓋骨は八つの――」

「ハンチバック」ウーナは出し抜けに言った。

ドクター・ピングリーは振り返った。「なんだね」

「背骨の病気です。ハンチバック」

「脊柱後彎症（せきちゅうこうわんしょう）のことを言っているとしか思えないが、いくつかの疾患による症状で、それ自体は病気ではない。さて、わたしが言いかけたのは、頭蓋骨は八つの骨で構成されていて……」

またしても、ウーナは彼を殴りたくなった。痩せていて、身長もウーナより少し高いだけだ。彼の半分ほどの年齢の男と喧嘩をして、余裕で勝ったこともある。だが想像で満足するだけにした方がいい。彼の方に向かって顔をしかめるのも危険だ。医者にウーナを退学処分にする権限はない。あるのはパーキンズ校長だけだ。だが彼はウーナのほんの僅かな反抗的な態度をとらえ、校長に言いつけるかもしれない。

だからウーナは膝の上で両手を握りしめ、無理に平静な顔を装った。ただ講義を聴いているように見えるだけでもいい。そうすればドクター・ピングリーは彼女を非難できない。

だが、ドクター・ピングリーがようやく長々しい話を終え、看護師長に試験のために学生たちに石板とチョークを配るよう言うのを聞いて、ウーナの平静な顔は消えた。試験? もし落ちたら、医者はパーキンズ校長にウーナの退学を進言する正当な理由になる。

ウーナは石板とチョークを手に、小学生に戻った気がした。算数のテストや、地理の授業で先生に質問されたときと同じように、お腹が緊張でざわざわしている。当時は優秀な生徒で、勉強と素行の両方で一番になったものだが、今はなんの助けにもならない。他の見習い学生なら試験に一度落ちたくらいで退学にはならないだろうが、自分は一発で退学になるだろう。

「わたしが骨を掲げたら、名前と分類、そして体のどこにあるかを書きなさい。そのあと五分やるから見直しをして、石板をわたしのところへ持ってくるように。採点をするから。質問は?」

あります。ウーナは言いたかった。いったいなぜ、講義の最初にあとで試験をすると誰も言わなかったの? 知っていたら聴くふりではなく、真剣に講義を聴いたのに。試験があると言わなかった医者に、一本取られたことは認めるしかない。詐欺師が使うのと同じ、ずる賢い手口だ。だからといってウーナのこの医者に対する嫌悪感は消えないし、彼女のお腹のざわざわも鎮まらなかった。

だが幸運なことに、隣にはドルーが座っている。ドクター・ピングリーが最初の骨を掲げると、ウーナは答えを書くふりをしながら、ドルーの石板をさっと見た。鎖骨、長骨、肩の辺り。ウーナが自分の石板に答えを写す前に、ドクター・ピングリーが次の骨を掲げた。仕方なく手をとめて顔をあげる。そうしないとカンニングがばれてしまうからだ。

十二個の骨が次々に掲げられていく。医者がくどくど言っていた椎骨などは、ウーナは自分で答えを書けたが、ほとんどドルーの答えを写さなくてはならなかった。長年スリをしてきたので、ウーナの目は素早く動く。一度で読み取れなかった答えは、五分間の見直しの時間に写せばいいだろう。だが医者が最後の骨をテーブルに戻すと、ドルーは自分の石板をざっと見直しただけで、すぐに採点してもらうために立ち上がってしまった。

ウーナは悪態をつきそうになるのを堪えて、自分の石板を見下ろした。半分しか書けていない。ひとつかふたつは見当がつきそうだ。後頭部の骨は扁平骨だろう……それとも不規則骨だろうか……いや、扁平骨、場所は頭蓋骨の一部で間違いない。だが残りのほとんどは思い出せず、体のどこにあるかもさっぱり分からなかった。座ったまま少し姿勢を変え、ドルーとは反対側の隣に座っている学生の石板を盗み見た。だが彼女の方がウーナよりも答えを書けていなかった。他の人の石板を見るしかない。だが誰の？　ドルーに一番前の席に連れてこられたせいで、前に誰もいない。斜め後ろを見るのはできるかもしれない。くるりと振り向いて後ろの学生たちの石板を見るのは論外だ。

いま必要なのはちょっとした騒動だ。ドクター・ピングリー、看護師長、それに優等生ぶった学生など、ウーナのカンニングを見つけたら大騒ぎをしそうな人たちの気をそらすことができるような何か。だが人や何やらがいつも騒ぎ立てて慌ただしい駅と違い、看護学校は明らかに騒動に欠けている。

「あと一分」ドクター・ピングリーが言った。

ウーナのお腹のざわざわがひどくなった。目の焦点がおかしくなって、空欄と半分ほど書いた答えがぼやけて見えた。それでも、いくつ書けたか数えるまでもない。石板の黒に対して、あまりにも少ないチョークの白。時間もほとんどない。待っていても騒動が起きるのは期待できない。自分で起こすしかない。

採点を待つ列ができ始め、骨が置かれたテーブルと最前列の席の間の狭い空間が学生で混み合っている。ウーナはにんまりした。人混みは完璧な目眩ましになる。騒動を起こすなら今だ。ひとりまた学生が後方から石板を持ってやってきて、テーブルのそばに近づいた瞬間、ウーナはさっと自分の足を出した。その学生はつまずいてよろめき、前へ倒れ、テーブルにぶつかった。転ばずに済んだが、テーブルが倒れ、木の床に当たって大きな音を立てる。骨が転がって散らばった。

ウーナは飛び出してその学生を支えた。「だいじょうぶ?」

「ええ、わたし……」周りの惨状を見回して、頬がビーツのピクルスみたいに真っ赤になる。「何かにつまずいて……ああ、恥ずかしい」

「絨毯がよれたところに足を引っかけたのね、きっと」ウーナは励ますように彼女の腕をぎゅっと握った。その前に彼女が力なくぶら下げている石板を見るのを忘れなかった。「さあ、全部拾うのを手伝うわ」

顔をして見ている。ドクター・ピングリーはふたりがテーブルを起こすのを、ぶつぶつ文句を言いながら苦い顔をして見ている。「なにも壊れていないか、確認してくれよ」

つまずいた学生はうなずき、真っ赤な頬がさらに赤くなった。彼女は石板をテーブルに置き、ウーナとふたりで骨を拾い始めた。ウーナは肋骨や椎骨、それからまだ習っていない骨をいくつかゆっくり拾い、丁寧にテーブルに並べながらこっそり石板を覗き見た。全ての骨を並べた時には、ウーナは必要な答えをすべて暗記していた。女性はウーナにあふれんばかりの礼を言い、列に並んだ。ウーナも時間ぎりぎりながら自分の石板の空欄を全て埋め、採点の列に並んだ。

ドクター・ピングリーの近くに来ると、煙草と樟脳（しょうのう）のにおいがした。白髪交じりの口髭に朝食のパンのかけらが絡まっている。学生たちの石板を見ては、合っている答えにはチェックをつけ、間違っている答えには上から線で消すだけの、ぞんざいな採点をしている。その間ずっと、自分には女に割く時間などないとでもいうような冷淡な表情をしていた。ひとりの生徒が不合格になって再試験を受けさせてくださいと懇願したが、彼は心を動かされることもなく、ただ手で追い払った。

だがウーナの番が来ると、彼はじっくりと石板に見入った。そして間違えた答えをことさら太く濃い線で消した。チョークが折れるとウーナが思うほどの力だった。

「でも確かに椎骨でした」ウーナはそう言って、彼が消した三つのうちひとつを指さした。

「そうだ。だが分類が間違っている」

他の生徒の同じ手抜かりは見逃していたくせに。だがウーナは口答えしたい気持ちを堪えた。その問題が正解にならなくても、じゅうぶん合格できる成績だ。それに、仕返しするなら他の方法がある。返された石板を受け取るとき、ウーナは反対側の手を彼の上着のポケットに滑り込ませ、懐中時計を頂戴した。

その晩、ウーナはベッドに仰向けに寝転がって、ドクター・ピングリーの懐中時計の鎖を持ち、顔の上で時計をぶらぶら揺らした。ドルーは階下の図書室でなんやかんやの医学書を読んでいる。ガスランプが消される消灯時間の十時まで戻ってこないだろう。懐中時計は特に上等な品ではなかった。凝った装飾品というより実用的なもので、蓋もなく、背面にＣＪＰとイニシャルが彫られていた。売っても十ドル、よくて二十ドルだろう。売るために外を出歩くような危険を冒すつもりはない。しかし、だからといってここに置いておくわけにもいかなかった。もしミセス・ブキャナンがウーナの持ち物を探って、これを見つけたら？ルールその十九に反することをしてしまった。売れないものは盗らないこと。それに新しく作ったルールにも反している。潜伏中は何も盗まないこと。

ウーナはため息をつくとベッドから重い体を起こした。ドクター・ピングリーのポケットに手を滑り込ませてしまったのは、第二の天性のようなものだ。それに、彼は不公平な採点をしたのだから当然の報いだ。だが今後は慎重に行動しなくては。もっと必要なのは、勉強だ。今日だって間一髪で退学をまぬがれた。正解を知りたいときに、いつもドルーがそばにいるとは限らない。

ウーナは旅行鞄の蓋を開けると、内張りの布の四辺のひとつに小さな切れ目を入れた。そこに懐中時計を滑らせる。時計は内張りの布と木製の本体の間を滑り落ち、底に当たって小さな音を立てた。完璧な隠し場所ではないが、少なくとも人目にはつかない。ウーナは旅行鞄を閉じて、のろのろと階段を降りた。本当は寝る支度をしたかった。

図書室には十数人の女性が散らばって座っていた。雑誌を読んでいる人。チェスやトランプをしている人。暖炉の小さくなっていく火のそばで静かにお喋りをしているふたり組。ドルーはひとりテーブルに向かい、分厚い教科書を開いている。ウーナは柔らかなベッドを思い浮かべた。暖炉の火の前で足を伸ばしたらどんなに気持ちいいだろう。だが意志の力で部屋を横切りドルーのところへ行った。胸骨と胸郭の図解を見ている。今日はさんざん骨を見たのに、まだ足りないの？　ウーナはそう尋ねたかったが、そのかわりに言った。「いっしょに勉強してもいい？」

ドルーは顔をあげて嬉しそうに言った。「もちろん」

20

二日後、ウーナが朝六時に第六病室に行くと、二年生が丸椅子に座り、両手で頭を支えていた。膝の間にバケツを挟んでいる。顔をあげて充血した目でウーナを見て、それから顔をゆがめてバケツに吐いた。ウーナがすぐに雑巾を取って駆け寄ると、彼女はまた吐いた。

「だいじょうぶですか？」ウーナは尋ねた。「少し横になった方が」

二年生は首を振った。

「ハットフィールド看護師長を呼んできましょうか」

「だめ！」

鋭い声にウーナは一歩下がった。この二年生がささやき声を超える大きな声で話すのを聞くのは初めてだった。

「なんともないから」少し声を落として言う。「すぐおさまるから。ちょっと休めばだいじょうぶ」

顔は真っ青で、汗が浮かんでいる。バケツを挟んでいる膝が震えていた。なんの病気か知らないが、すぐとかちょっと休んだくらいでおさまるようには見えなかった。だがウーナは彼女をそっとしておき自分の仕事に取りかかった。

ふたりは同じ病室に配属されていたが、あまり話をしたことがなかった。ウーナは彼女の名前さえ知らなかった。ミス・カディ？　ミス・キャトソン？　ミス・カーライル？　この二年生の名前が何であれ、彼女ははっきりとウーナをただの見習いと見なしていた。病室にいるが、矯正院から派遣されてくる雑用担当の女性たちや、嫌なドブネズミと同じだと思っている。ウーナの仕事は埃を拭き、ベッドを整え、包帯を巻き、患者の体を拭く手伝いをし、あとは邪魔にならないところでおとなしくしていることだ。見習い期間を終えないと、自分の存在を認めてもらえない。

そうはいっても、ウーナは彼女のことが気になった——思い返してみると——この二年生はここ数日様子がおかしかった。頻繁に手をとめて休んでいた。食事も少ししか手をつけていなかった。しょっちゅうトイレに行っていた。

三十分ほど経つと、彼女はどうにか立ち上がって数人の患者の世話をしたが、すぐにまたバケツに駆け戻った。空嘔（からえずき）を何度かしたあと、彼女は弱々しく手をひらひらさせてウーナを呼んだ。「四番ベッドのミスター・ケプラーは一時間後に手術の予定なの。わたしは彼に付き添わないといけないんだけど」顔をゆがめてお腹をつかむ。また吐きそうだ。「わたしがまだ調子が悪くて付き添えなかったら、代わりに行ってちょうだい」

「はあ？　手術室で何をすればいいか、さっぱり分かりません」

「医者の手伝いは、そこにいる別の看護師がするから。あなたは彼を担架に乗せて二階に運ぶ。あとは、そこに待機して足りなくなったものを取りに行くだけ」

「でも、わたし――」

「膀胱結石を取るだけの手術で、一時間もかからないから」

「ハットフィールド看護師長がそんないかれたこと、許すはずがないわ」

「バレなければ平気よ。午後の巡回の前に余裕で戻ってこられるわ」

ウーナは胸の前で腕を組み、二年生を頭の先から爪先までじっくり見た。「なぜ具合が悪いことをハットフィールド看護師長に知られたくないんです？　伝染病じゃないでしょうね？」

「もちろん違うわ。もうおさまったし――」彼女はまた顔をゆがめた。「多少おさまったし」

ウーナは突然ひらめいた。「腹ぼてなのね！」

「なんですって？」

ウーナは顔を寄せてささやいた。「妊娠してるのね」

「そんなんじゃないわ」だがすぐに喉から額まで真っ赤になったので、嘘だと分かった。

看護学校在籍中の男女交際は厳しく禁止されている。浮かれてにやにやしているだけでも充分、退学の理由になる。妊娠などしたら即刻、退学だ。お腹がふっくらしてコルセットの紐をゆるめる日を待つまでもない。

「遅かれ早かれ、ばれるに決まってるわ」ウーナはそう言ったが、意地悪な言い方ではなかった。ウーナは同じ窮地に立たされた女性たちをたくさん知っていた。みんな、好きで妊娠したわけじゃない。「中絶するつもりはないんでしょ」

二年生が手をあげてウーナにしっと合図した。「あと四ヵ月で、看護師の資格が取れるの。あなたさえ黙っていてくれたら、知られないで済む。誰にも言わないでくれたら、わたし――」

「誰にも言わないわ。看護師長たちが口を挟むことじゃないもの」

彼女はほっとしたようだ。「ミスター・ケプラーの手術の付添いもしてくれる?」

「残りの見習い期間中、わたしはよく働いているって、ハットフィールド看護師長に報告すると、あなたが約束してくれるなら」

彼女はうなずいた。

「わかった、じゃあ行きます。あなたが言ったように、足りなくなったものを取りに行くだけで済むなら」

だが具体的に何をするのかを教えてもらえばもらうほど、ウーナ自身の胃の具合が悪くなってきた。まず、患者を風呂に入れ、手術室ですぐに脱がせることができる、ゆったりとした手術着を着せる。それから担架を用意して、患者を二階へ運ぶ。彼を手術台へ移したら、ウーナは手元に必要なものが揃っているか確認する。タオル、手を洗うためのたらい、石鹼、お湯と水、石炭酸水、石炭酸油、取り出した結石を受けるための小さなボウル、スポンジ、様々なサイズのフランネルとモスリンの包帯、脱脂綿、麻くず、圧縮リネン、ピン、針、そして糸。

「スポンジに砂とかがつかないよう気をつけて」二年生はウーナに念押ししながら、ミスター・ケプラーを担架に乗せる準備をした。「手術中、医者の助手をする看護師が血を吸ったスポンジを渡してくる。それを水で洗って、水分が残らないよう力いっぱい絞るの」彼女はウーナの首のリボンをいじり、ウーナのキャップをまっすぐに直した。「お願いだから、有能で経験たっぷりに見えるようにして。見習いだなんて誰にも言っちゃだめよ」

これだけ指示を出す元気があるなら、自分で患者を手術室に連れていけるんじゃないの？ウーナがそう言おうとした瞬間、二年生はバケツに駆け寄り胃に残っていた朝食の残りを吐いた。

病棟職員がふたり来て、ウーナがミスター・ケプラーの下に敷いたキャンバス地の担架の布の両側、筒状の部分に長い木の棒を差し込んだ。彼らは患者を乱暴にベッドから持ち上げると病室から運んでいった。ウーナは不安でいっぱいになって、振り返って二年生を見た。これは無茶な計画だ。だが、へまさえしなければ、いい援軍を得ることができる。ハットフィールド看護師長とドクター・ピングリーがウーナを退学させたがっているなか、ウーナは喉から手が出るほど協力者が欲しかった。

だがもし失敗したら、ウーナはこの二年生と共に即退学になるだろう。それに、患者の命を危険にさらすことになるかもしれない。スリとはまったく別の話だ。ウーナが狙うカモは地方から出てきた金持ちばかりだから、多少の金品をいただいたところで、彼らが困窮することはない。だが、ミスター・ケプラーの場合は、命がかかっている。自分のせいで彼を死なせるわけにはいかない。とくに、トラベリング・マイクに起きたことに多少の責任を感じている今は。あの路地で彼の遺体を見つけたときのことを考えると腕に鳥肌が立った。殺人には全く関わっていないが、ウーナと会う約束をしていなければ、彼があの路地に来ることはなかったのだから。

ウーナは頭を振った。二年生は早く行けと手をひらひらさせている。彼女の表情は――絶望でこわばっていて――ウーナに自信をつけてくれるものではなかった。ウーナは深呼吸をすると、急いで担架のあとを追い、連なった病室を抜け、メインホールを通り、小部屋に駆け込んだ。

「ドアを閉めて」病棟職員のひとりが言った。

ウーナは周りを見回したが、どれがドアか分からなかった。病棟職員はため息をついて、アコーディオンのように畳まれた鉄の格子を顎で示した。ウーナが引っ張ると、天井から床まである鉄の格子が広がって、彼らを小部屋の中に閉じ込めた。

でもこんな小さな部屋で何をするのだろう？　手術をするには狭すぎるし、なんの道具もない。それに、入学初日にベルビュー病院の中を見学したときのことをウーナが正確に覚えているとしたら、手術室は五階だった。一階じゃない。

すぐに、答えが分かった。頭上で軋んだ音がして、小部屋ががくんと揺れて上昇を始めた。ウーナは息をのんで壁にすがりついた。病棟職員のふたりがくすくす笑う。

「エレベーターは初めてかい？」ひとりが尋ねた。

ウーナは背筋を伸ばしたが、念のため、片手は壁にぴったりつけたままでいた。「いいえ、何度も乗ったことがあるわ」彼女は嘘をついた。「ちょっと油断していただけ」

エレベーターの騒々しく軋む音に心臓の鼓動が速くなり、体が上昇していく不思議な感覚が、既に具合が悪くなっているウーナの胃をさらにかき乱した。洒落たホテルや店に上昇する小部屋があると聞いたことがあったが、数本のロープと滑車で重い小部屋全体を引き上げることができると信じている人はどうかしている。死の箱に乗ろうとしていると分かったら、喜んで階段を使ったのに。

エレベーターがようやくとまると、鉄の扉が開く前に、ウーナは扉の向こうにしっかりした床があることを確認した。初めてエレベーターに乗った。エレベーター！　ファイブポインツの刑務所で周りの囚人に言ったら、ウーナは伝説になるだろう。

だが偉業を成し遂げた喜びに浸る時間はなかった。病棟職員がエレベーターから短い廊下へと担架を出し、大きな長方形の部屋へ入っていく。正面にある背の高い二重窓から、太陽の光が射し込んでいた。手術室には急勾配の階段状の座席が半円を描くように連なり、ぽつんと置かれた手術台を見下ろしていた。

ウーナの口は教会で聖パンを受けたときみたいにからからだった。大勢の男性が互いの肩がつくほど詰めて席に座っていて、階段にもはみ出ている。二年生から、医学生が数人見学に来るかもしれないと警告されていたが、床から天井まで観客がいるとは思ってもいなかった。

病棟職員はミスター・ケプラーを手術台に乗せ、担架の布から棒を引き抜くと帰っていった。ミスター・ケプラーはエレベーターと広い手術室と見物人の騒々しさに圧倒され、恐怖で目を見開き、すがるようにウーナを見た。ウーナは近づいて彼の手を握った。冷たく、汗で湿っている。それともウーナの汗だろうか？

ウーナは看護師として、患者を安心させるようなことを言わないといけないと気づいた。だが自分の声が震えていないという自信がなかった。そこで彼の手をもう一度ぎゅっと握り、顔をゆがめているのではなく笑顔に見えますようにと願いながら歯を見せた。

「あなたは？」うしろで女性の声がした。

ウーナが振り返ると、ぽっちゃりした、ハート形の顔をした看護師が立っていた。

「わたしは……ええと……看護師のケリーで……代理で……」ああもう、またあの二年生の名前を忘れてしまった。

「ミス・カディの？」

「そうです！」

「手術室で働いたことはある？」

ウーナはただうなずいた。イエスと口に出したら、どんな声になるか分かったものではない。

その看護師はじっとウーナを見つめた。彼女は目を――既に顔に対して小さすぎる目を――どこにあるか分からなくなるほど薄くして言った。「それなら、いいわ。始めましょう」

ウーナはまたうなずくと、辺りを見渡して物品庫を探した。手術台から少し離れたところに、ドアが開いている小部屋がいくつかあった。そのうちのひとつに目星をつけると、胸を張ってそこへ向かう。結局のところ看護師だろうがなんだろうが、変装するときの心得は同じだ。うまくやれば、ばれない。ウーナが最初に選んだ暗い小部屋には箒がしまってあった。そっとドアを閉めて、次のドアに向かう。今度はドアの向こうに棚があり、様々なサイズのたらい、スポンジ、タオル、あらゆる種類の包帯が揃っていた。ウーナはミス・カディが挙げた長いリストのなかから覚えているもの全てと、念のために他のものいくつかを、腕いっぱいに抱えた。

手術室に戻り、長いテーブルに持ってきたものを全て並べる。石炭酸と水を混ぜ、スポンジを洗うためのたらいを用意しているうちに、ウーナの手の震えがおさまった。さらに血を受けるためのボウルをいくつか用意し、おがくずを入れた木のトレーを手術台の下に置く。血で濡れた床で医者が足を滑らせるかもしれないからと、ミス・カディが注意するよう言っていた。

上から聞こえる見学の医学生たちの小さな話し声を気にしないよう、準備をしながら自分に言い聞かせる。小さな鉄製のコンロに置いたケトルの水が沸いて小さな音を立てている。早鐘を打っていた心臓の鼓動も徐々に静かになった。

手術助手の看護師が自分のテーブルにぴかぴか光る金属の手術用具を並べ終えると、ウーナのテーブルを確認し、スポンジをもう少しとフランネルをもう一枚持ってくるよう指示を出した。それから、埃が舞わないよう空気に湿気を含ませるために、ケトル用の水をもっと持ってくるよう言った。

ウーナが水を持って戻ってくると、医者たちが入ってくるところだった。先頭はドクター・ピングリーだ。ウーナは固まり、すぐそばでケトルがビーッと音を立てた。タオルとたらいと包帯がどれだけ必要かということで頭がいっぱいで、誰が手術をするのかまで考えていなかった。彼女は背中が壁につくまで後ろに下がり、どうにか漆喰に溶け込めるよう願った。ドクター・ピングリーは必ずウーナに目を留め、ただの見習いだから手術室に用はないはずだと気づくだろう。

だがドクター・ピングリーはウーナを見ても、ただの壁の飾りのようにとくに注意を向けなかった。血の染みのついたスモックを壁のフックから取って上着の上に着ると、ウーナが手の消毒のために用意した石炭酸水の前を通り過ぎた。中央の手術台の横に立ち、医学生の一群に呼びかける。

「諸君らは今日、膀胱結石を摘出する切石術を目の当たりにすることになる。わたしはこの手術をまず……」

ウーナや他の見習い相手に講義をした時と違い、彼の声はよく響き、快活だった。長々と症状について話し、ミスター・ケプラーの方を指し示したが、患者自身に実際に視線を送ることはなかった。ミスター・ケプラーを、見習いたちに見せた骨ののったテーブルと同じだと思っているみたいだ。

ドクター・ピングリーと一緒に入ってきたふたりの医者はスモックを着ることもなく、上着を脱いでシャツの袖をまくりあげただけだ。そのうちのひとりがあの不運なブランデー事件のときにウーナを退学から救ってくれた若い医者だと分かり、ウーナは顔をしかめた。自分は彼に気づかないでほしいのか、それとも気づいてほしいのか、どっちだろう？

ふたりは石炭酸水で手を洗ってから、手術台の横にいるドクター・ピングリーに合流した。ドクター・ピングリーがこれから行う手術についての壮大な説明を終えると、ふたりの若い医者は自分が指導している、シニア研修医のドクター・アレンと、ジュニア研修医のドクター・ウェスターヴェルトだと紹介した。ウェスターヴェルトという名前を聞いて、見学の医学生たちのなかで小さなざわめきが広がった。ドクター・ウェスターヴェルトの耳が赤くなる。ウェスターヴェルト。その名前はどこかで見たことがある。だが、どこで見たか思い出せなかった。

ウーナはケトルに水を足すと、目立たないように壁に沿って自分のテーブルに戻った。気づかれないよう、足音を立てないようにそっと歩く。

ドクター・ピングリーは観客からミスター・ケプラーに視線を移すと、顔をしかめた。「なぜ患者は膀胱結石の手術を受けるための決まった体勢になっていないんだ？」叱責された手術助手の看護師は、ウーナをにらんだ。ウーナは申し訳なさそうに微笑みかえす。

ドルーと毎晩勉強しているものの、ウーナは膀胱結石の切石術とは具体的に何なのか、さっぱり分からなかった。手術助手の看護師が手術台の末端の左右から上に高く突き出た棒にぶら下がる鐙のような妙な仕掛けに、ミスター・ケプラーのそれぞれの足を押し込んだ。足が持ち上がり、股を大きく開く体勢になる。ドクター・ピングリーは観客に向き直った。「女が医者になれない理由はこれだ。飲んだものがすぐに小便になって出るように、言われたことも右から左だ」医学生たちがげらげら笑い、助手の看護師がまたウーナをにらみつけた。

「さあ」ドクター・ピングリーはそう言って手術台に向かったが、まだ観客に聞こえるように大きな声で話し続けた。「ようやく準備が整った。若い方の研修医が準備と管理をし、ドクター・アレンが手術の助手をする」

ドクター・ウェスターヴェルトではなく、〈若い方の研修医〉。ウーナでさえその呼び方に侮蔑が含まれているのを感じた。ウーナがマーム・ブライにシァイファレと呼ばれ、マーム・ブライの言いなりになるしかなく、抑圧され、真価を認められていないと思ったように、彼も同じように感じているのだろうか。だが彼は平然とした顔でウーナのテーブルにやってきた。ウーナを見ることなく、タオルと脱脂綿を手に取って手術台へ戻っていった。ウーナはほっとすると同時に、彼が自分に気づかなかったことにがっかりした。

ウーナが見つめるなか、ドクター・ウェスターヴェルトはタオルと畳んだ新聞紙で円錐形をつくり、なかに脱脂綿を詰めた。助手の看護師が彼にエーテルの瓶を手渡す。円錐形の広がっている方でミスター・ケプラーの鼻と口を塞ぎ、深くゆっくり呼吸をするよう言った。同時に、円錐形の先から脱脂綿にエーテルを垂らしていく。じきに、ミスター・ケプラーの固く握っていた拳がゆるみ、全身から力が抜けた。眠っている人みたいだ。
「もうだいじょうぶだろう」ドクター・ピングリーが言って、手術が始まった。

　血で汚れたスポンジを洗う以外、ウーナにはほとんどすることがなかった。立ち上がって、ドクター・ピングリーの手元が見えるところまで、そっと移動する。ちょうどミスター・ケプラーの陰嚢（いんのう）に小さな切れ目を入れるところだった。ウーナは血を見ても顔をしかめることはなかったが、ドクター・ピングリーが散々もったいぶった末に、桃の種くらいの大きさのぎざぎざした黄色い石を取り出したときには、びっくりした。ドクター・ピングリーがつまんで高く掲げて観客に見せると、顔をゆがめて身もだえする学生もいた。

　ドクター・ピングリーが自分の襟のボタンホールから蠟引きした縫合糸を引き出して、切り口を縫い始めると、ウーナの意識はまたドクター・ウェスターヴェルトに戻った。彼は手術の間ずっと余念なく手術台の先端に控え、時々エーテルを少しずつ追加していた。ウーナは育ちのよい男性をハンサムだと思ったことはほとんどなかった。彼らの肌は青白く、手指もまっすぐすぎる。胸を張って肩を怒らせ、ふんぞり返って歩く。だが良い家柄の男性にしては、ドクター・ウェスターヴェルトは見ていて不快なところがひとつもなかった。見かけの洗練さの下に、ウーナは確かな気概を感じた。

　彼がテーブルからふと顔をあげ、目が合った。ウーナは慌てて目をそらす。急に首が熱くなった。手術が終わると、ドクター・ピングリーは落ち着きのない医学生たちを解散させ、来た時よりさらに血がついたスモックをウーナのいるテーブルに放り投げると、たらいの水で手を洗った。

「傷口から出た膿(うみ)はすぐにきれいにするように」彼はウーナを見もしないで言った。「小便をした回数を厳密に数えておけ」それからドクター・アレンとドクター・ウェスターヴェルトを引き連れて手術室を出ていった。ウーナはエレベーターに乗ってから初めて、ほっと息をついた。やり遂げた！　ウーナ・ケリー、潜伏中の泥棒が看護師に変装して、手術を最初から最後までやり過ごした。これをやり遂げたのだから、見習い期間が終わるまでウーナを阻むものはないだろう。

21

　手術室をうまく切り抜けたウーナの上機嫌は二日間続いた。夜明け前の暗いうちに起きるのを、ぼやくこともなかった。早く食事を始めたくて、食前のお祈りが終わるのを待ちながらきょろきょろすることもなかった。ドルーが今日一日の出来事をぺちゃくちゃ喋る間、大っぴらにあくびをすることもなかった。自分の計画の素晴らしさ――スラムでの出来事が忘れ去られるまで学校に身を隠すこと――は文句のつけようがなかった。ほんの数日前まではハットフィールド看護師長とドクター・ピングリーに辟易して、自ら手錠をつけて最寄りの警察署に直行しようかと思っていたことなど、すっかり忘れていた。

　だがそれからさらに三日経つと、固い覚悟なしでは、自分の意気軒昂さを保つのが難しくなってきた。つわりは今なおミス・カディを苦しめ、朝だけでなく日中も続くようになった。そのためウーナは自分の普段の仕事に加えて、湿布の準備をしたり、医療用のヒルに患者の血を吸わせたり、傷に包帯を巻いたりして、病室を走り回った。手術室でミス・カディの代わりを務めたことで自分が得られると思っていたこと――ミス・カディの秘密を知ったうえでの同盟関係――はややこしくて、ウーナの方の利益は少ないと分かった。ウーナはミス・

カディの秘密を知る共犯者だ。ミス・カディはそれを利用してウーナを陥れることができるし、実際にするかもしれない。「でも、ミス・ケリーは全部知ってました」ミス・カディがそう言えば、ウーナは校長室に逆戻りして、すぐに路上にポイだ。だがウーナがミス・カディの秘密を誰にも言うつもりがないのには、もうひとつ理由があった。ひとつ増えても気にならないほど、ウーナはたくさんの秘密を抱えていたからだ。

新しい患者が昼過ぎにやってきた。「考えごとをしてたら急にどっからか一頭立ての馬車が来て、おれの脚をひいたんだ」ベッドに寝かせると、男性はウーナにそう言った。だが彼の息からははっきりとウィスキーのにおいがするし、服装もひどくだらしなく、おそらく昨晩飲みすぎて道路の側溝で酔いつぶれ、ごみと区別がつかなくて馬車にひかれたのだろう。車輪の通り道にあったのが頭ではなく、脚でよかった。そうはいっても、彼の脛――ドルーの個人指導によると脛骨（けいこつ）や腓骨（ひこつ）――は粉々に砕け、明日、切断手術を受けるはめになった。

ウーナは彼のズボンを鋏（はさみ）で切ると、泥だらけの上着とシャツを脱ぐ手伝いをした。お酒のにおいだけでなく、汗と、馬の小便のにおいがした。どこの毛もシラミだらけだ。ミス・カディは彼を一目見ると急に、しかも都合よく具合が悪くなり、入浴の介助をウーナに任せ、自分は彼のわずかな所持品のリストを作り始めた。ウーナは石鹸と水を取りに行って、彼の体を洗った。

汚れをこすりながら、ウーナは子どものころを思い出した。母が死んで、父が自分の嘔吐物にまみれたまま酔いつぶれたことがあった。ウーナは究極の選択を迫られた。嘔吐物を片付けるか、酸っぱいにおいを一晩中嗅いで過ごすか。そういう時はいつも、ウーナは父を憎んだ。南北戦争を憎み、無傷で帰ってきた他の兵士全てを憎んだ。ウーナの父親は彼の長所を全て戦場に置いて帰ってきた。ウーナは母を憎んだ。どうしようもない父のもとにウーナを残して死んだことを憎んだ。

テネメントの火事で母が死んだのは、ウーナが九歳のときだった。一階のパン屋が目を離した隙に、オーブンから出火したのだ。そのテネメントは築三十年ほどの木造で、あっという間に炎に包まれた。その年、火事よりも前に、ニューヨーク市は全てのテネメントに非常階段をつけるという法律を可決したが、ほとんどの大家は無視していた。そのため、消防士が梯子（はしご）を持って駆けつけるまで、ウーナの母と、母が慈善のために訪れていた貧しい家族には逃げる手立てはなかった。

母の慈善活動について、両親は言い争いをしていた。火事があった日の前の晩だ。

なぜ市街のなかでも特に劣悪な地域に行くことにこだわるんだ、と父は母に言った。奴らは自分でなんとかするべきだ。なぜおれたちが食べ物を減らし、節約しなきゃいけないんだ？

「善い行いだからよ」母は答えた。それから——とても小さな声で、ウーナは寝室の壁に耳をつけて聞いていたので、ほとんど聞こえなかったが——母は言った。「いずれにしても、わたしのお金だもの。あなたはもう何週間も働いていないでしょ」

それから壁に瓶がぶつかって割れる音がして、ウーナは慌ててベッドに戻った。玄関ドアが音を立てて閉まる。しばらくして、箒で掃く音、ガラスのかけらが立てる小さな音、そして母のすすり泣く声が聞こえた。

ウーナは頭を振った。ここ数年、こんなことを思い返したことはなかったのに。ウーナの神経が、肌の下で残り火のように小さくはじけている。もう済んだことや死んだ人のことを考えても仕方がない、と自分に言い聞かせる。だがウーナはずっと、自分は自分の怒りに対して不公平だったかもしれないという気持ちを捨てることができなかった。

ウーナが男性の体をきれいにすると、ミス・カディに彼の所持品の入った袋を渡された。

「ぼろぼろの服と、悪魔の手先だけ。外のごみ収集樽に持っていって」

悪魔の手先？　結婚もせず妊娠している女性の口から出るにしては、辛辣（しんらつ）な批判だ。だがウーナは何も言わなかった。足が疲れたと不平も言わず、文句も呑み込んだが、気に障った。その日の朝、ウーナはすでに二度も外にごみを捨てに行っていた。袋を受け取り、階段へ向かう。悪魔の手先がどんなものか、ウーナは知りたくなった。

裏庭にある溢れかえったごみ収集樽に向かうかわりに、ウーナは病院の建物の正面、イーストリバーを見渡す芝生へ出た。子どものころ、この川でよく泳いだものだ。カリブ海から到着した船の甲板からこぼれ落ちたバナナや珍しい果物を拾うためだ。父親から離れ、ひとりで生きていくと決めてから、彼女は豪胆な泳ぎを認められ、川を行き交う船を狙う海賊団の仲間に加わった。夜や霧に紛れ、波止場に沿って音もなくボートを漕ぎ、川沿いに係留している船に向かう。良さそうな船を見つけると、仲間の少年たちがよじ登り、片手で持てるだけ積荷をつかんで、縄梯子で降りてくる。ウーナの仕事は彼らが川に落としたものを拾ってくることだった。危険な仕事だ。警察の巡回と船員の両方に気をつけないといけない。ある少年は、ウーナとほとんど同じ年齢だったが、腹を立てた船長に甲板から放り出され、ウーナたちが助ける前に溺れて死んでしまった。

ウーナは木に寄りかかって、袋のなかを探った。ウーナがほんの数日でその海賊団を出て、他の盗みの手段を探すことにしたのは、その少年の死でも、警察に捕まることへの恐れでも、氷のように冷たい水のせいでもなかった。出ていくのを決めたのは、男たちの馬鹿げた計算では、子どもと女には戦利品の分配を受ける資格がなく、もらえてもほんの僅かだということに気づいたからだ。

ウーナの指が冷たくなめらかな瓶に触れた。患者の息から察するに、ウィスキーだ。袋のなかで瓶を振ってみる。一口か二口分だけしか残っていない。それから煙草の入った小袋もあった。まさに悪魔の手先だ。ウーナはにやりとして、ウィスキーと煙草を楽しむために隠れることができそうな場所を探した。

病院の北翼の下に、幅の広い入口があるのが目に留まった。なかを覗いてみる。川沿いの広い敷地に、金属製の屋根のついた馬車（ハードトップワゴン）が八台、隣り合ってずらりと並んでいた。黒く塗装されていて、側面に鮮やかな金色で〈救急（アンビュランス）〉とかいてある。そのうちの一台――馬車の前面にペンキでかかれた表示によると三号の馬車――には既に一頭の馬がハーネスで引き具に固定されていた。救急馬車の駐車場の先に黒い制服を着た男性がひとり椅子に座っている。

足を低いスツールにのせ、帽子を目深にかぶっている。ウーナが引き返そうとしたら、奥の壁に取り付けられた、火事を知らせる鐘が突然鳴った。眠っていた男性が飛び起きて、電信受信機がのっている小さなテーブルに急ぐ。鐘は十二回鳴って、それから電信受信機から高く短い音が一度聞こえた。

ウーナの背後で、どたどたと重い足音が聞こえた。入口のすぐ内側の壁にぴったりと体を寄せ、暗い陰に隠れる。医者が病院の正面階段から、大きな黒い鞄をさげて急いで降りてきた。医者が救急馬車の後部座席によじ登ったときには、電信受信機のメッセージを受けた男性はすでに御者のベンチに座り、手綱を握っていた。

御者が手綱を振ると、救急馬車がスピードをあげて飛び出していった。その勢いでウーナのスカートがはためく。馬車は病院の前庭を突っ切り、まだ建設途中のゲートハウスの下を抜けて、鐘を鳴らしながら二十六丁目の方へと曲がった。通行人は慌ててよけていることだろう。

ウーナは救急馬車が見えなくなるのを待ち、それからもっと奥へと入っていった。辺りは静かで、今は誰もいないようだ。壁のずっと高いところに巨大な時計が掛かっていた。ミス・カディはウーナが長いあいだ戻ってこないと苛々しているだろう。かまうもんか。ウーナは並んだ救急馬車の前を通り過ぎた。朝からずっとミス・カディの分も働いたのだ。一息つく時間があってもいいはずだ。

厩舎(きゅうしゃ)が隣接していた。ブーツの下で干し草が乾いた音を立て、ウーナが前を通ると馬がいないた。

いい気分転換だ。

ウーナは空いた馬房を見つけるとなかに滑り込み、馬糞をよけて進んだ。周りの馬房をそっと見渡してから、袋からウィスキーの瓶を取り出す。なかの汚れた服からノミがぴょんと出てきてウーナのシャツの袖に乗った。ノミを払い落とし、袖で瓶の飲み口をぬぐう。ぐっと飲み干すと喉が焼けるようだった。

トラベリング・マイクとの待ち合わせまでの残り時間を数え、まずくて薄いビールを飲んだときから一ヵ月少し。だが、一生の半分もの時間が過ぎた気がした。ウーナはウィスキーの最後の数滴も無駄にせず、舌の上でじっくり味わってから飲んだ。

警察から逃げて身を隠すのに必死で、お酒を飲まないでいる悪影響に気づかなかった。そんなものがあれば、の話だが。ウーナはお酒に溺れたことはなかった。知り合いの詐欺師たちとは違う。お酒のせいで父がどうなったかを目の当たりにしたからだ。だがいま飲んだウイスキーは、腐りかけだったが、まさに神から賜った味がした。かつての生活に戻ったみたいだ。彼女は瓶をもう一度ひっくり返すと、名残惜しそうに、開けた口の上で揺すった。それから袋から煙草を取り出し、残っていた煙草の葉を紙で巻いて潰したところで、マッチを持っていないことに気づいた。袋を逆さにして中身を地面にぶちまけ、屈んでマッチを探す。必ずどこかにしまってあるはずだ。

「どうしました？」

ウーナはびっくりして尻もちをついた。馬糞の上じゃなくてよかった。馬房の入口に、明るいオレンジ色の金髪の男性が立っている。黒いズボンは、先ほど見かけた救急馬車の御者と同じだったが、真鍮のボタンのついた上着は着ておらず、フランネルのシャツとサスペンダー姿だった。

「わたし……あのう……」ウーナは散らばった服や空っぽの瓶を掻き集めて袋にしまった。さっきの煙草は？　散らばった干し草を見渡したが、見つからない。「ごみを捨てに来たんだけど、ちょっと迷ってしまって」

彼は手を差し伸べて、ウーナを立ち上がらせた。「そうですか。新しい見習いの人？」

ウーナはうなずいた。彼が発音する母音には、かすかなアイルランド訛りがあった。子どものころにアイルランドを離れ、どうにか訛りを隠そうとしている人特有の、わずかな訛りだ。「すぐに出ていきます」エプロンで手を拭きながら言う。「ごみ箱がどこにあるかさえ教えていただければ」

彼は身動きしなかった。肩幅の広い大きな体が馬房の入口をふさぎ、薄い青い瞳でウーナを船の帆についたタールの染みのように、じっと見つめている。ウーナは震え出すのを堪えた。

「じろじろ見て、すみません。どこかで会ったことがある気がして」

ウーナの心臓がすとんと胃まで落ちた。スラムで会ったたってこと？　なにかの機会に警察署で壁一面に貼られた泥棒の写真を見たことがあるんだろうか？　立派な体格の男で、肩と腕はボクサーみたいな筋肉がついている。働く男らしい手は逞しく、手のひらにはたこがあった。ウーナが人の顔を忘れることはほとんどない。一度じっくり見れば、彼の顎の切り傷と曲がった鼻は、何年経ってもすぐに思い出せるだろう。間違いない。この男に会ったことはない。それなのに、彼が自分を知っているようなので、余計に不安になった。

ウーナは彼を迂回して、救急馬車が並んでいる方へ向かった。

「待って、何か落としましたよ」彼が煙草をつまみ上げて、追いかけてきた。

ウーナは煙草をつかむと袋のなかに突っ込んだ。「ここの患者は、なぜこんな悪魔の手下を持ち込むんでしょうね」ウーナの口調は敬虔とは程遠い言い方だったが、彼は深くうなずいた。

「まったくです。ニューヨークは悪魔のサーカス小屋ですよ」

ウーナも熱心にうなずき、また出口に向かった。彼はウーナについてきた。「名前は？もしきいてよければ」

「ミス・ケリー」まっすぐ前を向いたまま。彼の顔を見ずに言う。どこでウーナを見かけたか知らないが、顔をもう一度見せて、その記憶と結びつける機会を与えたくなかった。

「ケリー？」名前を聞いて、さらにじっくり思い出そうとしているようで、ウーナはうまく欺けるよう祈った。救急馬車の駐車場の半分まで来たところで、彼は立ち止まって自分の太ももを叩いた。「そうだ。あそこできみを見かけたんだ」

ウーナも立ち止まった。心臓がもっと下に落ちて、今度は爪先の辺りでばくばくしている。

救急馬車の駐車場から病院の入口までは二百ヤード近く。走れる距離だが、通りに出る前に彼に捕まるだろう。逃げるかわりに、ウーナはゆっくりと振り返った。

「聖ステファン教会だ」彼はそう言って、にっこりした。

「なんですって？」

「ケリーって名前さ。きみはアイルランド人。そうでしょう？　先週の日曜日、聖ステファン教会のミサできみを見かけたんだ。おれの記憶が正しければ、後ろから二列目の席にいたんじゃないかな？」

ウーナはため息をついた。先週の日曜日、ウーナは確かに聖ステファン教会にいた。今年になって初めてミサに出席したのだ。寮の学生で、病棟勤務がない他の女性たちは、それぞれ聖公会や会衆派やオランダ改革派の教会へ出かけていった。ウーナも同じように教会に出かけないと怪しまれそうだったからだ。お香の煙が目にちくちくした。薄いワインと硬くなった聖パンで胃がむかむかした。もしくは、母の幽霊が隣でミサ曲、わたしは唯一の神を信じますという〈クレド〉と、〈神の子羊（アニュス・デイ）〉を歌っていたのかもしれない。

「おれはコナー・マクレディ」彼はそう言って手を差し出し、ウーナが握るまでそのままでいる。手のひらは温かく、見た目ほどごつごつしていなかった。「看護学校がアイルランド系の人を受け入れるようになったと知って嬉しいです」

ウーナはどうにかうっすらと微笑んだ。ハットフィールド看護師長は少しも嬉しいと思っていないだろうし、不愉快に思っている人はもっといるのだろうとウーナは密かに思っていた。「あなたは……あのう……ここで働いているの？」

「救急馬車の御者です」彼は誇りに満ちた顔で言った。「見せてあげましょうか」

ウーナはとまどった。そろそろ病室に戻ってミス・カディの手伝いをしなくてはいけない。だが好奇心が勝った。スラムで何度、救急馬車の鐘の音を聞き、ぴかぴかの黒い馬車がウーナを猛スピードで追い抜いていったことか。ウーナは馬車のなかで何が起きているんだろうと、いつも不思議に思っていた。

彼女は壁の時計を見上げた。ハットフィールド看護師長の巡回まであと二時間。「ええ、じゃあ、ちょっと覗くだけ」

ミスター・マクレディは――コナー、彼はそう呼ぶよう言い張った――ウーナをすぐそばの救急馬車に案内し、最高かつ一番軽い素材で作られていると説明した。でこぼこ道の上でも患者が揺り動かされないように、キャビンは車輪の高い位置に据えられている。ガスランタンと反射板は夜の出動の役に立つ。ウーナをクッションのついた御者台に座らせ、道をあけるよう警告する鐘を鳴らすペダルも踏ませてくれた。鐘の音は駐車場と厩舎に響きわたり、馬たちがいななきながら足を踏み鳴らした。

ウーナが御者台から降りると、コナーは馬車の後ろを見せてくれた。キャビンの床は動かすことができ、患者を乗せるときは外側に引き出せる。彼は中に乗り込むと、ウーナに手を差し出した。ウーナは手を振って断った。

「ご遠慮した方がいいみたい」彼女は恥ずかしそうなふりをして言った。「パーキンズ校長が許してくれないと思うから」

彼の色白の頬が少し赤くなった。「ああ、うん、そうだね」

パーキンズ校長はウーナが御者台に座って、鐘を鳴らしたことも許してくれないだろう。ここにいること自体、許してもらえないはずだ。だが胃がしくしく痛むことが――きっと酸っぱいウィスキーのせいだ――彼とキャビンに並んで座らないで済む言い訳になってよかったと思った。

ウーナは地面から、コナーが医者の座るベンチと、患者の具合がよくて座ることができる場合の患者用のベンチを指差すのを見上げた。キャビンには担架と木箱も積まれていた。木箱には副木（そえぎ）、麻をほぐしたオーカム、手錠、胃を洗浄するポンプ、拘束服、そしてブランデーが二パイント入っていた。他の備品、包帯や止血帯などは医者の鞄に入っているそうだ。きちんと整頓された棚、泥ひとつ付いていない車輪、よく磨かれたキャビンの側面を見れば、コナーが救急馬車に大きな誇りを持ち、その手入れに細かいこだわりがあることは明らかだった。

降りてくると馬車の後ろの扉にかんぬきを掛け、自分よりニューヨークの建物の配置や道を知っている御者はいないと自慢した。「おれたちが知らない通りや路地、環状交差点はありません。しかもすごく速いんです。一マイルを五分で走ることができるんですから。商業地域でなければ、もっと速く走れますよ」

ウーナがそれほど感心しているように見えなかったのか、コナーはすぐに言い足した。

「あなたが旅行で乗るような大型四輪馬車やブルーム型馬車では、どう見積もっても一マイルを十分で走ることもできないと思いますよ」

警察の護送馬車を除けば、ウーナはもう何年も乗り物に乗っていなかった。法外な運賃を取る豪華な大型四輪馬車なんて乗ったことがない。だがウーナは彼にそうは言わなかった。

「そうなの？　正直に言って、今まで旅行のとき、自分がどれくらいの速さで移動しているかなんて、気にしたこともなかったわ。でも、あなたってすごいのね。とても高潔な目的のために馬車を走らせているのだから」

彼の頬がまた赤くなった。

「もう病室に戻らなきゃ。馬車を見せてくれてありがとう」

「こちらこそ、ミス・ケリー。日曜日に聖ステファン教会で会いましょう。会衆席にいっしょに座ってもいいかもしれませんね」

ウーナは顔をしかめそうになるのを堪えて、うなずいた。本音を言えば、みんなが教会へ出かけたら、すぐに寮に引き返してまた一時間ほどベッドに潜り込んで眠りたかった。だが、ずる休みはもう卒業した。それに、コナーとは友好的な関係を保っておいた方がいい気がした。ウーナには既にたくさんの敵がいるのだから。

22

ウーナは図書室のテーブルに向かっているドルーの隣に、どしんと座った。「今夜のテーマはなに？」

「ドクター・ヤンセンが明日、血管系の講義をするの。だからちょっと入門書を読んでおいた方がいいと思って」

ウーナは椅子に背中を預け、ブーツの紐をゆるめた。血管系がどういうことか見当もつかないが、ドルーが教えてくれるだろう。勉強のペースが落ちて、ウーナに教える手間が増えても――二度、三度と繰り返し教えてもらうことも度々あったが――ドルーは嫌そうな顔はひとつも見せなかった。いつもウーナをひとり残して図書室を出ていき、蜂蜜入りのホットミルクを作って戻ってくる。ふたりでそれを飲みながら勉強する。本当はブランデーか、せめて濃いコーヒーの方がよかった。だが、幼いころは別にして、ウーナのためにわざわざ飲み物を作ってくれる人はいなかった。だから、文句を言うつもりはなかった。

他の見習いたちはウーナには親切だったが、ドルーには素っ気なかった。ドルーは投票日当日の民主党系政治団体タマニー派並みにお喋りで、うるさかった。それに、ナイフではなくパンで、エンドウ豆をフォークにのせる。いかにも地方から出てきた人がやる作法だった(でも、指でつまむよりましだ。上品に食べようと思わなければ、ウーナは指でつまんで食べるだろう)。それに、ドルーはやたら陽気だった。だがみんながドルーに冷たい本当の理由は嫉妬だろう。純粋かつ単純な理由だ。ドルーが質問に正しく答えたり試験で満点をとったりするたびに、ほかの女性たちは不愉快な顔をしていた。

みんな心の狭い馬鹿だ――だがウーナにはその方が都合がよかった。ドルーとその優秀な頭脳を独り占めできるのだから。

だが今夜、ドルーはいつもと様子が違った。微笑んではいるが、思い詰めたように唇を引き結んでいる。普段のあっけらかんとした明るさがない。視線はそわそわと部屋をさまよっていた。いつもは医学書『グレイ解剖学』の該当ページを開き、必要な他の参考書も用意しているのに、今日は閉じたまま遠くに押しやっている。解剖学書を開くかわりに、ドルーは自分のミルクをスプーンでくるくる、くるくる、かき混ぜている。蜂蜜はとっくに溶けているだろうに。スプーンが規則的にカップに当たる音がウーナの神経に障り、部屋の向こう側にいる見習い学生たちの視線を集めた。ドルーはようやくスプーンを置いたと思うと、飲まずにカップを受け皿ごと押しやった。

ウーナは『グレイ解剖学』を手にとると、目次を指で追った。血管系、概略紹介、七十五ページ。最初のページには管状のものの絵がいくつか描かれていた。まっすぐだったり、より集まっていたり、木の根っこのように枝分かれしたり、よじれたりしている。ドルーは絵を見るとすぐに目をそらした。

「ああもう、いったいどうしたの？」ウーナは言った。「なんでもない。ごめんなさい。どこだっけ？」

「うん？」

「いつものあなたとちがう」

ドルーは背筋を伸ばし、半端に微笑んだ。「なんでもないでしょ」

「まだ始めてもいないわ」

ドルーは『グレイ解剖学』に手を伸ばしたが、ウーナが先に自分の方へ引き寄せ、開いたページの上に両肘をついた。「なんでもなくないでしょ」

「気をつけて、しわになっちゃう」ドルーが言った。

ウーナはページを一枚めくると、本の中央から破り始めた。「だめ、やめて……ただ、そのう、血管のせいなの」

「血管になんかわだかまりがあるわけ？」

「血管そのものじゃなくて。ただ……ええと……血なの」

ウーナは笑い出しそうになったが、ドルーのつらそうな顔に気づいて、咳でごまかした。

「血？」

「しーっ」ドルーは向こう側に座っている見習い学生たちの方を見てから、ウーナに顔を寄せた。「血を見ると気持ちが悪くなるの。一回、気を失ったことがあって」

「でもあなたは農場育ちでしょ。そこらじゅう血だらけなんじゃないの？　豚の血、ニワトリの血、山羊の血、それから──」

ドルーはまたしーっと言ったが、今夜最初の、本当の微笑みが唇の端に浮かんだ。「動物の血はだいじょうぶ。問題は人間の血」

「だから初日の病院見学のとき、ずっと顔色が悪かったのね。あれからどうしてたの？　病室にいたら、しょっちゅう気持ちが悪くなるはずよ」

「そんなに血は見てないもの。もちろん、まったく見てなかったわけじゃない。近くで見てないだけ。あなたは？」

ウーナは手術室を思い返した。汚れたスポンジ、医者の濡れた手、手術台からゆっくりとおがくずを入れた桶に滴る血。ミス・カディがバケツに顔を埋めて吐いているあいだ、血に染まった包帯を何度も取り替えた。ウーナは気づいた。ほとんどの見習い学生はこの三週間、掃除しかしていないのだ。「ええと、そんなには。シーツについてるのを、たまに見るだけ」

「そういうのはわたしもだいじょうぶなの。いったん体から出ちゃってるのは。体から噴き出てくるのを見るのがだめなの、そういうのを──」彼女は言葉を切り、息をのんだ。「あ、ウーナ。どうすればいい？　仕事中に気持ちが悪くなって気絶したら、きっと退学になる」

そうなるとは限らない。ウーナは顔をしかめた。でも、ミス・カディの具合が悪いのは一時的なものだが、ドルーの問題はちがう。「看護師に応募したとき、このことを考えなかったの？」

「もちろん考えた。でも絶対看護師になりたかったから。わたし思ったの……期待したの……看護学校に入っちゃえば、治るんじゃないかって」

今度ばかりは、ウーナは声をあげて笑った。「血をもっと見たら、急に平気になると思ったの？」

「ええ……まあ。芽キャベツを何度も食べたら、あのひどい味にも慣れるでしょ？」

ウーナは芽キャベツなんて聞いたことがなかったが、食べないことに決めた。いつもは、まずかったらすぐに吐き出して二度と食べないことにしている。だがドルーの言うことはもっともかもしれない。ブラックウェルズ島でのお勤めといっしょだ。最初の晩、ノミだらけの藁の上で眠り、そこらじゅうを食われて痒くてたまらなくなった。かみそりがあれば皮膚を全部けずってしまいたいほどだった。だが刑期が終わりに近づくころには、ノミに食われたと気づくこともなくなっていた。

「恥をかく前に、パーキンズ校長に退学届を提出した方がいいかもしれない」ドルーは泣き出した。

ウーナはポケットからハンカチを探して、ドルーに差し出した。「馬鹿なこと言わないで」だがドルーは今では本格的に泣きじゃくっている。本気でそう思っているようだった。ドルーがいなくなったらどうしよう？　誰の答案をカンニングすればいい？　誰がこのちんぷんかんぷんな医学用語をウーナに教えてくれる？　気にくわない女が新しいルームメイトになるかもしれない。

ドルーの退学は阻止しなくては。ウーナは椅子の位置をずらしてドルーと顔を合わせ、ためらいがちに手を伸ばした。おいおい泣いている相手に、どうすればいいのだろう？　落ち着かせるためにはどうすればいい？　泥棒は泣かない。泣くのは相手を騙すときだけ。男だろうが、女だろうが、子どもだろうが、泥棒は泣かないものだ。ウーナは馬車の御者が馬をなだめるときにやっていたのを思い出して、ドルーの肩をぽんぽんと優しくたたいた。

ドルーはそれをハグの誘いだと思ったようで、ウーナの首にすがりつき、ウーナの襟を涙でびしょびしょにした。困った。部屋の向こうにいる人たちがぽかんとして、ひそひそ何か言っている。ウーナは彼女たちの冷たい視線を受け止め、向こうが目をそらすまでにらみつけた。ウーナは病気のときに母がしてくれたように、ドルーの背中をゆっくり、円を描くようにさすった。最初、ドルーはますます声をあげ、激しく身を震わせて泣いたので、ウーナは間違えたと思った。だが数分かそこら経つと、ドルーは落ち着きを取り戻し、涙がおさまってきた。

やがてドルーは体を離し、頬の涙をぬぐった。「看護師になれなかったら、どうすればいいか分からない。ずっとなりたかったから。初めて――」

「知ってる、分かってるって。初めてミス・ユウグレナキドリの――」

「サヨナキドリ（ナイチンゲール）よ」

「ナイチンゲールの本を読んだときからね。彼女だって初めから何でもできたわけではないと思わない？　ほら、初めて看護をした――」

「クリミア」

「そう、クリミアで。そうよ、彼女だって最初は上シーツと下シーツの意味が分からなかったに違いないわ。ハットフィールド看護師長だってシーツをマットレスの角にたくし込むのが苦手だったはず」

ドルーはくすくす笑った。目元をもう一度ぬぐってから、ウーナにハンカチを返す。「ありがとう。あなたみたいな友だちがいて、わたしは運がいいわ」

ドルーがくっついていた耳から肩までの緊張がほどけ始めたところだったのに、ウーナの両肩がまた緊張した。「そんな……なにもしてないわ」

「でもわたし、本当にどうしたらいいか分からない」

「何回、気持ちが悪くなったことがあるの？」

「二回」

「二回だけ？」

「十三歳のときに気絶して、その時から血を見たらすぐに目をそらすことにしているの」

「十三歳！　もう十年も前のことを言ってるわけ？」

ドルーは恥ずかしそうにうなずいた。

「くそ――ええと――あらまあ、もう治ってると思うけど」

「そう思う？　治るようなものではないと思ってた」

「確かめる方法がひとつだけあるわ」

ウーナはドルーの手を引いて厨房に行った。誰もいなかったが、調理人のプリンが地下の食品倉庫で歩き回っている音がした。ということは、儀式に使える時間はわずかだ。ウーナはドルーを低い丸椅子に座らせると——気絶してひっくり返った時のために、床との距離は近い方がいい——引き出しと戸棚のなかを探した。

「なにをしているの？」ドルーが後ろで尋ねる。不安そうな声だ。

「今に分かるわ」ウーナはナイフを見つけ、切れ味を試してから、自分の小指の腹を切った。痛かったが、たいしたことはない。深い傷じゃない。ここで肝心なのは、血が止まることなく少しずつ流れ出ることだ。振り返って、ドルーに小指を突き出す。

「ウーナ、あなた、自分の指を——」ドルーは立ち上がり、ふらつき、すぐにまた座った。顔が真っ青だ。目をそらそうとする。

「だめ。ちゃんと見て」

ドルーは顔をゆがめたが、それでもウーナの指先を見つめた。六秒経って——ウーナは声に出さずに数えていた——ドルーは顔をそむけ、胃を押さえた。

「絶望的」ドルーが荒い息を吐きながら言う。

「なに言ってるの」ウーナはシンクで血を洗い流した。冷たい水で指がまた痛かった。確かに誇れるような結果ではないが、まだほんのスタートだ。

ナイフを探していたときに戸棚で見つけた料理用のシェリー酒を小さなグラスに注ぎ、ドルーに手渡す。一口飲むと、ドルーは立てるまで回復した。ふたりは実習室に忍び込み、ウーナは棚から麻の包帯を取り出して、ドルーに渡した。「巻いて」

「無理よ」

「もう血は出ないから。それに、看護師になりたいって言ったでしょ。ちがう？」

しぶしぶ、ドルーは片手で包帯を受け取り、もう片方の手でウーナの小指を持った。ドルーの手は汗で湿っぽく、小刻みに震えている。酔っ払った牡牛に包帯を巻いてもらっているみたいだ。

ウーナは仕上がりをつくづくと眺めると、声をあげて笑った。これぞドルー。人体の骨を全て暗唱でき、冷水浴と温水浴の温度差を正確に知り、学校の誰よりも早く消毒液を作ることができるのに、ほんの小さな傷に、包帯を巻けない。

「絶望的、言ったでしょ」

ウーナは包帯を巻いてもらった指を突き出した。ほどけた包帯がだらりと垂れている。

「見方を変えれば、芸術的よ」

ドルーの瞳が揺らいだ。しまった、また泣かれるかも。その代わり、ドルーは笑い出した。ウーナも笑った。笑いすぎて、肋骨が痛くなるほどだった。

「もう退学するなんて言わないで。わかった？」くすくす笑いがおさまると、ウーナは言った。「血を見ても平気になるまで、どうにか頑張りましょ」

「あなたの指が全部なくなる前にね」

そうなったらどうしよう。

23

それからの三日間、ウーナとドルーは夜になると厨房に忍び込んで同じことを試した。六秒が八、十、そして十五秒に伸びた。ドルーはそのたびに、自分のためにウーナが指を切るなんて正気の沙汰ではないと反対したが、最後はいつもウーナに盛大な感謝の言葉を降り注ぎ、ウーナほど良い友だちはいないと言った。

ウーナはこの友だちごっこを早くやめたかった。憂鬱（ゆううつ）だった。これは友情なんかじゃない。ビジネスだ。ウーナが看護学校に残るためには、ドルーがいないと困るからだ。

だが細い指先の傷から流れる血を十五秒見るのと、機械で脚を切断された男性を看病したり、手術室で医者の手伝いをしたりするのは、まったく別物だ。じきに全ての指に切り傷がつくだろうが、ウーナは指以外の場所を探して、ナイフで切るつもりはなかった。もっと極端な、一度限りのショック療法が必要だ。

ウーナは翌日、ドルーのショック療法について考えを巡らせながら、つわりがおさまってきたミス・カディの手伝いをしていた。今は患者の肛門から栄養物を注入する準備をしている。ドルーとふたりで、手術室に潜り込むことができるかもしれない。だがふたりの余計な看護師は——見学の医学生に紛れ込んだり、手術台の横の壁に背中をくっつけて立ったりしていたら——人目を引くだろう。コナーの救急馬車に乗って外出してもいいかもしれない。だが救急の呼び出し先で流血が見られる保証はない。バワリー通りやヘルズキッチン地区のバーにこっそり出かけるのはどうだろう。客たちが酔って調子があがれば、必ず殴り合いの喧嘩が始まる。だがウーナはそのどちらの場所でも、姿を見られるわけにはいかなかった。それに、ドルーは酒場に足を踏み入れるくらいなら学校をやめた方がいいと言うだろう。

「しっかり押さえて」ミス・カディの声に、ウーナは考えごとから引き戻された。ふたりで患者を脇腹が下になるよう寝かせ、両膝を抱えさせる。ウーナが患者を押さえているあいだ、ミス・カディが口からほとんど栄養を取ることができない彼の肛門に、でんぷんで濃いとろみをつけたミルクと卵を注入した。

そのすぐ後にドクター・ピングリーと研修医が巡回に来た。彼らがミス・カディにそれぞれの患者の異常に高い心拍数や、膿の詰まった傷について質問しているあいだ、ウーナはひっそりと自分の仕事——掃除とベッドメイクと包帯巻き——をした。だが視線はついあの男性、ドクター・ウェスターヴェルトへと漂ってしまう。彼は先週、手術室でウーナに気づいたはずだ。なぜドクター・ピングリーやハットフィールド看護師長に言いつけないのだろう？　誰かの弱みを握ったのに、それを利用しない人間がいるなんて信じられない。とはいえ、ウーナを退学にして、彼になんの得がある？　言いつけなかったのは、ご立派な世界にいる彼にとって、見習いのウーナなど取るに足らない存在だからだろう。

ウーナは雑巾を乱暴に消毒液のボウルに突っ込んだ。思ったよりも派手に石炭酸水が飛び散り、エプロンにかかった。後ろから小さくくすくす笑う声が聞こえ、振り向くとドクター・ウェスターヴェルトが彼女を見つめていて、握ったこぶしで笑い声を押さえている。

彼以外は、誰もウーナの失態に気づいていなさそうだ。医者の三人は近くのベッド脇で、昨日ようやく起き上がり回復の兆しが見えてきた患者の青白い顔を見下ろしていた。「初期の膿血症（のうけつしょう）だ」ドクター・ピングリーが言った。「きみもそう思うか？　ドクター・ウェスターヴェルト？　……ドクター・ウェスターヴェルト？」

彼は咳払いをして、視線を患者に戻した。「そうですね……はい……そうだと思います」

「きみならどの治療法を勧める？」ドクター・ピングリーの声は鋭かった。

「そうですね……壊死した組織を除去して、五パーセントの石炭酸を溶かした消毒液で、傷口を洗浄します」

「皮膚の表面から血液を吸引する吸角法（カッピング）や、静脈から血液を抜き取る瀉血法（ブリーディング）ではなく？」

ウーナは雑巾を持って医者のいる方へ近づき、近くの机を拭きながら彼らの会話に耳を傾けた。もしこの患者にブリーディングを施すなら、ドルーの血液恐怖症を治すのにぴったりの機会だ。こっそりドルーを連れてくるだけで済む。だがふと例の医者、ドクター・ウェスターヴェルトの顔を見ると、勇気をかき集めようとする人のような、ぎこちない息をしていた。

「はい」彼は言った。「そのどちらもお勧めしません」

ドクター・ピングリーは毒キノコみたいに膨らんだ。自分を否定されることに慣れていないのだろう。「まったく。きみも、近頃流行りの治療法も！　きみのお祖父さまは大勢の膿血症の患者を治したぞ。しかも、リスターみたいな知ったかぶりの偽医者に、いちいち意見を求めることもしなかった。まあ一方で、きみの父親は……」ドクター・ピングリーは途中でもごもご言って、それからミス・カディに言った。「皮膚表面だけのドライカッピングを三十分間。それで患者は劇的によくなるだろう。今すぐ取りかかれ」

父親のことを言われたとたん、ドクター・ウェスターヴェルトの首は赤くなった。ボウリングに興じているときの会話なら、殴り合いで終わったはずだ。ウーナは思った。だがふたりとも、裏通りにいるタイプではない。

ドクター・ピングリーは上着のあちこちを叩きながらぶつぶつ言った。「まだ時計が見つからん」

「十一時半ですよ」ドクター・ウェスターヴェルトが近くの壁の時計を指差して言った。

「時計くらい、わたしだって読める。昼休憩にしよう。きみたちふたりとも、今日の午後の輸血の見学をしたいだろうから」

「はい、ぜひ。よろしければ」

ドクター・ピングリーは返事をしないドクター・アレンの方を見た。彼は返事をする勇気もないのか、ただうなずいている。

「よろしい。だがいいか、よく聞け。病人に必要なのは、血を減らすことだ。増やすことじゃない」

彼らの会話を聞きながら拭き掃除をしていたウーナは、また血という言葉を聞いて活気づいた。無茶だろうがなんだろうが、その輸血がなんであれ、ドルーといっしょに見てみたかった。

ドクター・ピングリーが病室から出ていき、ドクター・アレンもそれに続いた。ドクター・ウェスターヴェルトは病室に残って、患者の傷をもう一度確認して包帯を巻き直した。

「もし患者が飲めそうなら、牛肉を煮出したビーフティーを与えて」ミス・カディに言う。「それから、傷には木炭湿布を。もちろん、ドライカッピングが終わってからで、かまいません」

ミス・カディはうなずくと、物品庫へ急いだ。ドクター・ウェスターヴェルトも病室から出ていこうとする。

「先生」ウーナは小さな声で呼んだ。近くにいた患者がびっくりして目を覚まして以来、ウーナはネズミサイズの看護師のような小さな声で話をするように気をつけていた。

彼はドアのそばで足をとめ、憂鬱そうだった表情がぱっと明るくなった。「ミス・ケリー、何かぼくにできることが？」

まずい、名前を覚えられている。そこらじゅうにいる看護師のひとりとして、顔も見分けることができない存在でいたいのに。だが勇敢にもドクター・ピングリーに意見し、手術室に忍び込み、エプロンに石炭酸水をぶちまけていたら、目立たないでいるのは難しい。

「ドクター・ピングリーと輸血の話をしていましたよね。輸血ってなんです？」

「ひとりの人から血液をとって、他の人にその血液をあげるんだよ」

「全部？」

彼は笑った。例の完璧すぎる白い歯がきらりと光る。「まさか。ほんの少しだよ」

「どうやって？」

「ふたりの静脈に金属の管を刺して、チューブでつなぐ。提供者の血液が患者の血管に流れ込むようにするんだ」

ウーナは顔をしかめた。ドクター・ピングリーは正しいかもしれない。『フランケンシュタイン』の話に出てきそうな実験だ。「ふたりとも死んでしまう？」

彼はまた笑った。「死なないさ。請け合うよ。どっちも死なないよ」

恐ろしげに聞こえるが、ドルーの荒療治にぴったりだ。「それが今日の午後、あるんですね？」

「おや？　手術室でしたみたいに、また潜り込もうとしているのかい？」

馬鹿にしたような口調だが、微笑んでいるので、本気ではないことが分かる。ウーナは彼が自分に好意を抱いているのか、それとも単に変わった看護師だと思っているのか分からなかった。だが今は、頼れるツテがあるなら何であれ活用するべきだ。ウーナはうつむいて自分の足元を見つめ、それから恥ずかしそうに潤んだ瞳で彼を見上げた。「そうなんです。連れていってくれませんか。わたしと……あのう……わたしのルームメイトのミス・ルイスを。

ハットフィールド看護師長は決して許してくれないだろうから。でもわたしたち、わたしとそのルームメイトは、血液にとても興味があるんです」

ドクター・ウェスターヴェルトは疑わしそうに彼女を見つめた。「そうなの?」

ウーナは媚びを売る芝居を続けた。片足の爪先で床板をなぞり、ふと目をそらし、そしてまた大胆に視線を合わせる。「先生みたいに立派なお医者さまと一緒に輸血の見学をしたら、とても勉強になると思って」

「立派な?」表情が暗くなった。「きみが言ってるのは、ぼくの祖父のことかな」

ウーナはうろたえた。気に障ったようだ。下手を打ったかもしれない。「わたし……」

彼は病室を出ていこうとした。

「ドクター・ウェスターヴェルト、わたし、あなたの家柄なんか、まったく興味がありません。馬のお尻にいるノミと同じくらい、どうでもいい」ウーナは喩えの選択を間違えたことに顔をしかめたが、続けて正直に打ち明けた。「わたし……どうしても輸血を見たいの。それにほら、医者っていけ好かない奴ばかりだけど、あなたは一番ましだから」

彼は立ち止まったが、振り返らなかった。ウーナは心のなかで悪態をついた。口を滑らせたのは失敗だった。彼はまだ研修医だけど、医者をいけ好かない奴と呼ぶなんて。パーキンズ校長が望む看護師の行動からかけ離れている。彼はゆっくりと頭を振った。ウーナはまた心のなかで悪態をつき、最悪の気分になった。だが、振り向いてウーナを怒鳴りつけたり、階段をどしどしあがって校長室に行ったりするかわりに、彼はまたくすくす笑った。

「よくわかったよ。輸血の見学は、ぼくからハットフィールド看護師長に話しておく」肩越しに言う。「でもその代わり、ぼくの頼みも聞いてくれ」

ウーナはためらった。ルールその十五、他人に自分を売らないこと。だがドルーには輸血の見学が必要だし、ウーナにはドルーが必要だ。「わたしとルームメイトに輸血を見せてくれたら、何でもする——あなたの言うことを——礼儀をわきまえた範囲内で」

「よし、商談成立だ。ミス・ケリー」彼はそう言って大股で歩いていき、ウーナはぽつんと残された。頼みって何だろう。

ドクター・ウェスターヴェルトは約束を守り、二時間後、ウーナとドルーは二階の小さな部屋で彼の隣に立っていた。厚地の長いカーテンが左右に寄せられ、太陽の光が部屋を明るく照らしている。窓際に置かれたベッドには、真っ青な顔をした、具合の悪そうな男性がひとり横たわっていた。もうひとりの男性は上着を脱いでシャツとズボン姿で、ベッドから少し離れたところに座っている。近くのテーブルの上にはきらりと光る医療器具の他に、水の入った磁器製のピッチャーがふたつ、よく磨かれた鉄製の水盤がひとつ置かれていた。六人の医者とふたりの看護師が忙しく立ち働いていて、ベッドのシーツを伸ばしたり、病人の脈をはかったり、芝居の小道具を確認する俳優のように道具を調べたりしていた。

「こんな大勢の人の前で気絶したらどうしよう？」ドルーがウーナにささやいた。

この少し前、ウーナがふたりで輸血の見学をすることになったと伝えると、ドルーは十個いけないとも行けない理由をひねり出した。まだ拭かないといけない窓がある。洗わないといけないおまるがある。換気ができているか確認しないといけない。ドルーの担当する病室が、床から天井まで埃が舞ってきらきら光り、風の通り道が確保されていないとしても、構うものか。ウーナは彼女を引きずって連れてきた。

ウーナは手を伸ばしてドルーの冷たい、震える手を握った。「気絶なんかしないわ。それに、みんな忙しすぎて他の人のことなんか見ていないわよ」

「でも、もし――」

「壁に寄りかかって、慌てないこと。わたしが倒れないよう支えるからだいじょうぶ」

ドルーはうなずいたが、納得しているようには全く見えない。

「きみの友だちって本当に輸血を見たがってるの？」ドルーが荒い息をし始めて数分後、ドクター・ウェスターヴェルトがウーナに尋ねた。「これ以上、顔色が悪くなったら、医者は患者と間違えて彼女に輸血をしちゃうよ」

「だいじょうぶ。興奮しすぎているだけ。まだ始まらないの？」

ちょうどその時、ドアが開いて、男性がもうひとり入ってきた。大きな黒い箱と、木製の三脚を持っている。彼は脚の部分を広げて床に立てた。

「写真家が来るのを待たないといけなかったんだ」ドクター・ウェスターヴェルトが来たばかりの男性を見て言った。

ウーナは急に寒気を感じて鳥肌が立った。カメラを見たのは警察署で写真を撮られたのが最初で最後だった。なるほど、医者と看護師がそわそわしていたわけだ。だがウーナとドルー、ドクター・ウェスターヴェルトは壁際、カメラの大きなレンズの後ろにいるから安全だ。

写真家はひょろっとしており、わし鼻に落ちくぼんだ目をしていて、部屋のなかを大股で歩き回っては、光と影の相互作用を観察し、物の場所をあれこれ調整した。そのうち、ふたりの医者が座っていた男性を体重計に連れていき、彼の体重を書き留めた。

「血液の提供者だよ」ドクター・ウェスターヴェルトがウーナに言った。「輸血が終わってから、また体重をはかるんだ。どれくらいの血液をとったか分かるように」

「彼から患者に血液が流れたって、どうして分かるの？　逆に流れたりしない？」

「重力を利用するんだ。輸血装置には栓がいくつかとゴム製のバルブがひとつついていて、血液の流れも調節できる」

「血液提供者は？　輸血の最中に具合が悪くなったりしない？」

「血が抜かれるのを見て気を失ったり、感染症にかかったりすることがある。でも体格のいい元気な若い男性なら、ほぼ問題ない」

「そんな危険があるなら、どうして動物の血や死んだ人の血を使わないの？」

「過去には動物から人間への輸血も試されたけど、一度も成功しなかったのよ」ドクター・ウェスターヴェルトよりも先に、ドルーが答えた。「子羊の血、犬の血、牡牛の血。どれも患者は死んでしまった。亡くなった人の血も使えないの。凝固してしまうから。心臓がとまるとすぐに、血液は固まり始める。抗凝固剤としてリン酸塩を使う実験について読んだことがあるけど……」

ウーナは凝固や抗凝固と聞いてもさっぱり意味が分からなかったが、ドルーが本来の調子を取り戻してぺらぺら喋り始めるのを聞いて安心した。ドクター・ウェスターヴェルトもドルーの知識に感心しているようだ。ふたりが静かに話をしているうちに、写真家が準備ができたと言い、いよいよ輸血が始まった。

血液の提供者がシャツの袖をめくり、むき出しになった腕を突き出す。医者はテーブルからメスを取ると、彼の肘の内側に浅い切り傷を数本つけて血管を探した。突き出した腕の下の床には金属製のたらいが置かれている。切り傷から出た血が肘の内側を伝い、それから下のたらいに滴り落ちた。ぽた、ぽた、ぽた。

ドルーがウーナにも聞こえるくらい大きくはっと息をのむと、さっと顔をそむけ、床を見つめた。

ウーナはお互いの肩がくっつくほどドルーのそばに寄り、手を握った。「目をそらしちゃだめ」

「ちゃんと見て。さあ。これから血管に何かを刺すみたいよ」ドルーが頑なに見ようとしないので、ウーナは言い足した。「あれは大腿部の血管だと思うんだけど。それとも足の血管だったっけ」

「馬鹿なこと言わないで。足のはずないでしょ。上腕の静脈を使うはずよ」ドルーは自分が言ったことが正しいか確認するために、顔をあげて患者をちらりと見た。

「じゃあ、医者が持ってるのは？　わたしには襟につける飾りのピンみたいに見えるけど。それとも、あのお医者さんは奥さんの刺繍針を持ってきたとか」

ドルーは苛立って、ふんと鼻を鳴らすと、輸血の様子を見つめた。「あれはカニューレ。片方の先端だけ刺繍針みたいにとがっているけど、血液を通すために中は空洞になっているの」

ふたりは医者がそのカニューレを血液提供者の血管に刺すのを見つめた。カニューレのとがった先端が刺さると、反対側から血が噴き出した。ドルーはふらついたが、目をそらしはしなかった。医者がカニューレにチューブをつけると、半透明チューブの色が濃くなり、なかを血が通っていくのが分かる。チューブの途中にある栓を閉め、一時的に流れをとめる。

患者の血管にも同じようにカニューレが刺さっていた。それぞれのカニューレにつけたチューブの末端をつなぎ、また栓を開ける。輸血が始まった。時々医者がゴム製のバルブを握って、血液の量を調節する。ウーナはすぐにドルーの手を握った。ドルーの顔は青ざめたまままで、額に玉の汗が浮いている。だが気を失いはしなかった。

「驚きだろ？」ドクター・ウエスターヴェルトがウーナにささやいた。

うなずいたが、このときまで、ずっとドルーの様子を見ていたので、自分たちが目の当たりにしていることの重大さをよく分かっていなかった。死にそうな人がひとり、青白い顔で力なく横たわっているが、ほかの人の血のおかげで持ちこたえるかもしれない。輸血でどれほど多くの人の命を救うことができるのだろう。ふと母を想った。というより、もとは母だった黒こげの遺体を想った。炎に呑まれた人も治すことができる日が来るのだろうか。ウーナ自身がその治療に携わることができるとしたら？　ウーナはそんな馬鹿げた考えを頭から押しやった。自分はただ看護学校に身を潜めているだけ。泥棒稼業。ずっとそうだった。これからも。

医者たちがふたりの男性の周りでうろついている間に、看護師ふたりが垂れた血をぬぐい、輸血に使わなかった他の切り傷をガーゼで覆う。処置がいったん落ち着くと、写真家がカメラの後ろの黒い布の下に頭を入れた。「カメラではなく、輸血のふたりを見て」黒い布の下から指示をする。医者と看護師が患者に視線を戻す。写真家は何やらカメラをいじり、それからまた黒い布から頭を出した。「もっと厳粛さが欲しいな」彼はウーナとドルー、ドクター・ウェスターヴェルトを指差した。「そこの三人、みんなの後ろに立ってくれるかな」

ウーナは固まった。

「いや、ご遠慮します。ぼくたちは見学しているだけなので」

「だったら、みんなの後ろから見学して」写真家は苛々しながら、医者たちと、その後ろの壁との、狭い隙間を指差した。

ドクター・ウェスターヴェルトは、患者と血液提供者をつなぐチューブのバルブを調節している医者を見た。医者がうなずく。ドクター・ウェスターヴェルトは部屋を横切って後ろに立った。

「きみたちは？」写真家は動こうとしないウーナとドルーに声をかける。「早く。その人だって永遠に血を出し続けられるわけじゃない」

「いいえ」ウーナは言った。「わたしたちは――」

「かまわないわ」ドルーが小さな声で言った。「もう気絶なんかしないから」ウーナを引っ張って、医者たちがポーズをとっている場所の後ろに行く。

「いいですか、輸血のふたりを見てくださいよ」そう言って、また黒い布をかぶった。

ウーナの脈拍が激しくなった。ドクター・ウェスターヴェルトとドルーに挟まれて、背中を壁につけていると、野良猫に尻尾を押さえつけられたネズミになった気がした。写真を撮られるのは嫌で仕方がなかったが、どこにも逃げ場がない。

「じっとして！」写真家が叫んだ。

ウーナは顎を引き、ドクター・ウェスターヴェルトに体を寄せて――少々不自然なほど近づいて――彼の陰で自分の顔がはっきり見えないようにした。カメラのシャッターが音を立てて開き、一瞬後、また閉まり、輸血という不思議な光景とウーナを永遠に記録した。

24

日曜日のミサのあと、ウーナは高架鉄道の三番街線に乗ってアップタウンへ向かった。ドクター・ウェスターヴェルトとの約束を果たすためだ。かつては都会の雑踏を楽しんだものだが、今のウーナの肌はシラミが巣くっているようにぞわぞわした。セントラルパークに行くには六番街線の方が便利だが、三番街線の方がウーナに気づく可能性のある人が少ない。だが、ウーナが深く息をつくことができたのは、七十六丁目駅に着いて、ガタガタと音をたてる車両からようやく解放されたときだった。

ウーナの変装——裕福な堅気の女性の変装——に警察が気づくはずがない。自分にそう言い聞かせた。かつての仲間たちもうんと近くで、よほど目をこらして見なければ、気づかないはずだ。ミセス・ブキャナンはウーナのコートに奇跡を起こした。染みを抜き、ほころびを繕ってくれたのだ。縫い合わせた裏地やたくさんのポケットを不思議に思われたかもしれないが、とくに何も言われなかった。ドルーの毛皮の帽子、ストール、マフを身につけると、ウーナは裕福で気取った女性にしか見えない。それでも、看護師の制服を着て、ベルビュー病院の分厚い石の壁のなかにいた方がずっと安全だと思った。

マイナーズゲートから公園に入り、ぬかるんだ小道を通ってベセスダの噴水に向かう。頭上には楡の冬木立の枝。小道の両脇に寄せられた昨日の雪。腕を絡ませて歩くカップル。おくるみに包まれた赤ちゃんを乗せたベビーカーを押す女性。そりで滑って競争する少年たちのグループ。垂れ込める灰色の雲とひんやりした空気にもかかわらず、誰もが都会の喧騒が届かない屋外にいることを楽しんでいるようだった。

ウーナは喧騒の方が好きだった。紛れ込んでこっそり逃げることができるから。だがウーナはドクター・ウェスターヴェルトからの頼み事を、必要以上に先延ばしにするつもりはなかった。いつまでも頭にちらつくのはまっぴらだ。貸し借りをゼロに戻すために、さっさと済ませてしまった方がいい。たとえそれがセントラルパークという広く開放的な場所で彼に会うことだとしても。

輸血の翌日、彼は他の医者が次の病室の巡回に向かい、ミス・カディが薬品庫に行くのを待ってから、ウーナのそばに来た。日曜日の午後にベセスダの噴水で会おうと言われて、ウーナは驚いて言葉が出なかった。これまで、誰かに見返りを求められるときは、たいてい、見つかったら不都合なものを預かって隠したり、自分の儲けを半分渡したりした。もっと親密な見返りを要求されたら、膝で股間を蹴りあげるだけだ。

「見習いは気晴らしをするような場所に行くのは禁じられているの」ショックから立ち直るとウーナは言った。

「手術室だって、見習いには禁じられた場所だと思うけど」

「あれは行きたくて行ったわけじゃないわ。ミス・カディの具合が悪くて——」

「それに、輸血室にもいたよね。ぼくの手引きで」

ウーナは顔をしかめて薬品庫の方を見た。ミス・カディはまだ昼の薬を測っている。「噴水で会ったあと、どうするの？　男性と付き合うのも禁止されている。相手が医者だろうが関係ない。知ってるでしょ」

彼は彼女を安心させるように微笑んだ。「だったら誰にも言わなければいい」

「あなたは簡単に言うけど。見つかって退学になるのはわたしよ」

「あの公園は日曜日はいつも人でいっぱいだから、誰もぼくらに気づかないよ。絶対だ。ただきみと午後を過ごしたいだけなんだ」

疑わしい言葉だが、股間を蹴るほどじゃない。まだ。「わかった。日曜日に噴水でね」

いよいよ、噴水の上の天使の像が見えてくると、ウーナは他の頼み事に変えてくれと言えばよかったと後悔した。警察に見つからないようにするだけでなく、病院関係者にも見つからないようにするなんて。三十分ほど付き合ったらそれでちゃらにしてもらおう。

彼が気づく前に、ウーナはドクター・ウェスターヴェルトを見つけた。森を思わせる緑のチェスターフィールドコート、手袋、山高帽を身につけている。ズボンの前には、ついさっきアイロンをかけたみたいな折り目がついている。だが、公園を気取って歩いている他の多くの金持ちと違って、ステッキは持っていないし、シルクハットもかぶっていない。その代わり、革の鞄を肩にかけていた。

くつろいだ様子で、ゆっくりと噴水の周りを歩いている。病院で見る彼とは違った。ドクター・ピングリーと巡回するときは、盾のように自信を前面に押し出している。だが今はその負担から解放されているようだ。尊敬に値し、少年のように規律を守る人物として、今も背筋を伸ばし自信に満ちて見えるが、動きはずっとのびのびしていて、硬い殻のようなものは感じられなかった。

ウーナは自分が最後にそういう気分でいられたのは、いつだったろうと思い返した。うわべを取り繕う重圧なしに、自由だったのは。トラベリング・マイクが死んでからもう数週間が経つ。だが、その時からじゃない。

ドクター・ウェスターヴェルトがウーナに気づき、微笑んだ。ウーナの方へ歩いてくると、その表情がさらにリラックスしていく。彼女が本当に来るか不安だったのだろう、ウーナは気づいた。ウーナは急に、自分の服装が心配になった。毛皮の帽子とマフは大げさだったかもしれない。彼のためにお洒落をしたと思われたくなかった。

「ミス・ケリー、会えて嬉しいよ。いい天気だね。そう思わない？」

ウーナはストールを掻き合わせ、周りを見渡した。雪に覆われた芝生ではなく、周囲に知っている顔がないかを見渡し、誰もいないと確認する。

「少し寒いけど」ドルーの毛皮のおかげで充分暖かかったが、ウーナは言った。

「ちょうど切符を買ってきたところなんだ」噴水の先の凍った湖を手で指し示す。「アイススケートをしたら血行がよくなって温まるよ。どう？」

ウーナはためらった。たくさんの人が氷の上を滑っていた。ほとんどが二、三人連れのグループで、適度に散らばっている。湖はとても広く、細長い入江が木立の奥へと延びていた。噴水や周辺の散歩道にいる人が、ふたりに気づくことはないだろう。氷の上にいる人たちは自分たちのスケートに夢中で、他の人のことなど気にも留めないはずだ。ここよりも人目につかずに時間を過ごせる場所を、彼も思いつかなかったのだろう。

だがウーナがスケートをしたのは子どもの頃で、しかも一回か二回だけだ。

「危なくないよ。保証する」ドクター・ウェスターヴェルトはベルベデーレ城の上ではためく赤い旗を指差した。「あの旗は、スケートをしてもだいじょうぶなくらい氷が厚く張ったときしか揚げられないんだ」

「道具を持ってないわ」

「母のスケートをきみのために持ってきた」彼は鞄からスケートを取り出してウーナに見せた。「ちょっと古いけど修繕してある。今朝、ぼくが自分で刃を磨いたんだ」

ほかの言い訳を考え出すことができず、ウーナはうなずき、ふたりで噴水から湖の端へ行った。目の前を子どもの一団が雪を蹴散らして全速力で、それから年配の紳士がひとり陽気な口笛を吹きながらゆったりと滑っていった。子どもやお年寄りがひっくり返らないでいるのなら、ウーナにできないはずがない。ウーナは自分のブーツにストラップでスケートを巻きつけると、深呼吸をひとつして、氷に足を踏み出した。

薄い刃の上でバランスを取ろうとすると、足首がぐらぐらするし、両腕が不格好に回ってしまう。五歳のときはもっと簡単にできたはずなのに。だが、母が死ぬ前の記憶はどれも漠然としていた。体が安定するのを待って、思い切ってもう一歩踏み出す。

後ろでドクター・ウェスターヴェルトがストラップを留める音がして、風が通ったと思うと、白鳥のように優雅にウーナの横を滑って通り越していった。震える片方の足に体重をかけ、もう片方の足を蹴る。同じように颯爽（さっそう）と彼を抜かすことができるといいのだけど。だがその代わり、ウーナはつんのめってニワトリみたいに頭と肩を前に突き出す格好になった。バランスを取るために後ろに体重をかけると、今度はスケートをつけた足が体の軸から外れて前へ滑ってしまう。

ドクター・ウェスターヴェルトがくるりと旋回して、ウーナが倒れる寸前に彼女のばたばたする両腕を持って支えてくれた。

「ごめん。滑り方を知っているかきけばよかった」

「やり方を思い出すのにちょっと時間がかかるだけ」

「うん、そうだと思うけど、ぼくも勝手に思い込んでいて……」ウーナの足のがくがくはもうおさまっていたが、彼は手袋をした手で、まだ彼女の前腕をつかんでいた。ドルーのマフが、ふたりの間、ウーナの腰の辺りでぶらぶら揺れている。

ウーナはうつむき、熱くなった頬を冷やす時間をかせぐと、それから顔をあげて彼の視線を受け止めた。彼の瞳のなにかが彼女に刺さった。真面目さ。傷つきやすさ。それが何であれ、ウーナを狼狽させた。体を引いて言う。「ありがとう、ドクター。もう自分でバランスが取れると思う」

だがまた氷を蹴ろうとすると、ふたりのスケートの刃がぶつかって、ウーナはまた転びそうになった。それでもドクター・ウェスターヴェルトの素早い反応と頼もしい手のおかげで、転ばずに済んだ。

「エドウィンと呼んでくれないかな」ウーナが少し慣れたところで、彼はそう言い、彼女にスケートの基礎を教えた。彼の教え方は、看護学校で消化の原理や包帯の応用について講義する医者たちと違った。昔からの友だちに話しかけるようで、ウーナはすぐにリラックスして滑ることができるようになった。

「きみの地元では冬にスケートはしないの？」湖の中央へ向かいながら彼が尋ねた。ウーナが追いつけるようにゆっくりと滑っている。氷の上ではなく普通の地面の上を歩いている速さだが、べつに咎（とが）められることではない。

「なぜ都会の出身じゃないと思うの？」

「都会？　ニューヨーク？　だってきみはここの女性とは全く違う」

「そう？　ニューヨークの女性は、よその女性とどう違うの？」

彼は少し足をとめ、考え込んだ。「品行方正でいようとひどく気にしている。そうだと思う。滅多に声をあげて笑わない。思ったことを言う勇気がない」

「都会の男性が女性にそうさせているとは思わない？」

「きみの言う通りかも。男は自分たちの方がえらいと思っていて、礼儀にこだわっている」

「それに、ニューヨークの女性がみんなそうだと思う？　洗濯女や工場で働いている女性は？　果物売りやシャツを縫うお針子は？」

「女性労働者のこと？　彼女たちのことはほとんど知らないから」

「わたしは、ドクター・ウェスターヴェルト――」

「エドウィン」

「エドウィン、わたしだって女性労働者よ。訓練を無事に終えたらだけど」

「違うよ。看護師はちゃんとした階級出身の女性がする、尊敬すべき職業だ。看護師を女中やくず拾いと同じだと思っちゃいけないよ」

今度はウーナが立ち止まり、スケートの刃が氷をこする音を立てた。「そう？　看護師ってわたしたちを必要とする貧しい患者さんたちと、そんなに違うの？」

エドウィンは肩越しに振り返って、半円を描いて戻ってきた。とまどっている。首をかしげ、唇を固く引き結んでいた。女性は思っていることを口に出さないと不満げに言ったくせに、実際に意見されると、どう反応したらいいのか分からなくて途方に暮れているようだ。

ウーナは挑戦的な気分で、両手を腰に当てた。脚はまだぐらぐらするが、たいしたことはない。彼が貧しい人たちを嘲笑する言葉を口にするのを待った。スラムに群れをなしてやってくる新聞記者や教会関係者、そして慈善団体の女性たちに百回は言われた言葉だ。反抗的。不道徳。汚らしい。

だがその代わり、彼の表情は神妙で、馬車に石を投げたり、妹のおさげを引っ張ったりしたのを見つかった少年みたいだった。「全くきみの言う通りだ。ぼくは時々礼儀を忘れ、祖父の考えを受け売りで言ってしまうことがある」山高帽を取って頭を掻く。きれいに櫛を入れて整えた髪がくしゃくしゃになって、赤みを帯びた茶色の房が所々カールしたり波打ったりした。今の髪型の方が普段よりもっとハンサムだ。ウーナはそう思い、彼がまた帽子をかぶった時はがっかりした。「次の入江の一番奥に鷺の巣があるんだ。まだ見たことがなかったら、とても感動するよ。でも……うん……もう帰りたかったら、それでもいい」

彼女は振り返って遠くの岸を眺めた。約束は果たした。長くいればいるほど、誰かに見つかる危険が増える。だが彼といっしょに氷の上にいるのは爽快だった。ずっと外に出たかったし、冬の清々しい空気、重なる様々な音やにおいが懐かしかった。なによりも、エドウィンといっしょにいるのは全く苦にならない。自分が間違っていたと率直に認める男性は、彼が初めてだった。

「鷺の巣を見に行くくらいの時間はあるわ」

彼がにっこりして、その眩しい笑顔で——彼の歯は本物、ウーナはそう結論づけ——ふたりで入江に向かった。これまでと同じように、彼はウーナのペースに合わせて滑り、せき立てることも甘やかすこともなかった。

「メイン州」沈黙のあと、ウーナは言った。

「メイン州がなに？」

「わたしの出身地。メイン州のオーガスタ」

彼は声をあげて笑った。「河畔の都市なのに、スケートをしたことがなかったの？」彼は元気づいてウーナに色々と尋ねた——父親はどんな仕事をしているのか、きょうだいはいるか、なぜベルビューに来ようと思ったのか。もう五、六回は話しているから、ウーナの口から作り話がするする出てくる。だが会話をもっと安全な分野へ導こうとしても、エドウィンは質問を繰り返した。ニューヨークをどう思う？　セントラルパークのことは？　コニーアイランドを知ってる？　春になってそこの遊園地が始まったら行ってみたい？

「これだけ質問を思いつくなんて、ピンカートン探偵事務所の探偵になれるわね」

「アメリカ初の探偵事務所か。病院でうまくいかなかったら、そっちの道も考えるようにするよ」

ウーナは彼の生い立ちを尋ね、自分が時間や周りでスケートをする人たちを気にすることもなく、熱心に耳を傾けていることに気づいた。彼の家は代々ニューヨークに住む名門——ウーナの父親がそこから抜け出すためにアイルランドを離れたような名門だった。だが立派なことに、エドウィンは自分の家柄を自慢しないし、その話にならないよう用心しているみたいだった。医者になるのは義務のようなもので、選んだわけではなく、それから祖父はベルビュー病院の外科医だったと打ち明けた。

ウーナは初めてウェスターヴェルトという名前を聞いたとき、知っている気がした理由に思い至った。「病院のメインホールにある肖像画は、あなたのお祖父さんなのね？」

エドウィンはうなずいたが、自慢するというより、恥ずかしそうだった。肖像画が壁のあんな目立つ位置に飾られるなんて、よほどのお偉いさんのはずなのに。

「お父さんもお医者さん？」

　エドウィンのスケートが音を立てて氷を削り、初めて、ウーナはついていくのに苦労した。

「ちがう。父は新しい事業を始めるために医学校をやめたんだ」そう言った彼の声はつっけんどんで、ウーナはその先を無理強いしなかった。だがしばらくすると、彼は話を続けた。

新しい事業――その言葉を軽蔑するように、彼は小さく笑った――のために、父親はエドウィンが子どものころ、あちこち飛び回っていて、ほとんど家にいなかった。酒を飲みギャンブルに明け暮れ、ニューオーリンズに愛人がいた。利益があったのは南北戦争の数年間だけで、綿花の密輸でぼろ儲けした。

　これに、ウーナの肌の下で怒りの火が弾けた。ウーナの父親は戦争で心も体も傷ついて帰ってきたのに、彼の父親はポケットをお金でぱんぱんにしていたのだ。戦争に行かなかった腰抜けの人でなし。そう呼んでやりたかった。だがエドウィンの声に恥ずかしさと苦々しさを感じ取って、ウーナは黙っていた。戦没将兵追悼記念日（メモリアル・デイ）に、父と並んでユニオンスクエアまで歩いたのを思い出した。父の青い制服はカビのにおいがして、色褪せていた。だが、その日は脚の痛みも少ないようで、いつもよりしゃんとして歩いていた。息もウィスキーくさくなかった。父親との数少ない幸せな思い出だ。そういった幸せな思い出が、エドウィンにはひとつもないようだ。

「お父さんは今どこに？」

「死んだ。ニューオーリンズのスラムで酔っ払って気を失い、自分の嘔吐物で窒息したんだ」

「お気の毒に」ウーナは自分が心からそう思っていることに驚いた。気づいていたよりも、ふたりに多くの共通点がある。そしてウーナの厄介な部分は、彼がウーナにしてくれたように、自分も彼に正直になれたらいいのにと思っていた。

「ごめん。せっかくの気持ちのいい午後に、こんなどうしようもない話をして」

「どうしようもないってことはないわ。新鮮な空気が帳消しにしてくれるし」

「どうしてだろう……」帽子を取って、先ほど自分でくしゃくしゃにした髪を撫でつけようとするが、効果はなかった。「もう何年も、こんなことを人に話したことはなかった。でも、きみなら聞いてくれるんじゃないかと思ったんだ」彼は髪を整えるのをあきらめて、また帽子をかぶると、横目でちらりとウーナを見た。「ぼくはもっと魅力的にもなれるんだけど」

「それはすごい。きっと謙虚にもなれるんでしょうね」

ふたりともくすくす笑い、それから心地よい沈黙のなか、入江の奥まで滑っていった。エドウィンはじっと岸を見つめた。「ほら、あそこ」彼は枝が重なり合っている木々の、よく見分けがつかないかたまりを指差した。

ウーナは顔をしかめて首を振った。「どれか分からない」

すると彼は滑ってウーナの隣に来ると、白い息でウーナの頬が温まるほど顔を寄せ、また指差した。近づいてくる汽車の下の線路みたいに、ウーナの全身に震えが走り、頭がくらくらした。彼の息はクローブとミントの香りがした。唇はどんな味だろう。

ようやく、三本に枝分かれした太い枝の根元に、細い枝を幾重にも積み重ねた巣が見えた。想像していたよりずっと大きく、幅は五フィート、厚みも数フィートはあるだろう。雪が王冠のようにへりを縁取っている。これほど人を感動させるものがあるだろうか？　ウーナがニューヨークで見たことがある鷲は、硬貨の裏側に描かれたものだけだった。目が急に潤み、喉が締めつけられた。「都会でこんなもの、見たことないわ……あのう……これまで行った、どの都会でも」

「昔のニューヨークでは禿鷲（ボールドイーグル）を普通に見ることができたんだけど、狩猟と卵の乱獲で数が減ってしまったんだ」

ウーナはマーム・ブライの店に、隠し持っていた鷲の羽根を売りに来た男の顔をうっすらと覚えていた。マーム・ブライは彼に五セント硬貨を一枚渡していた。白い尾羽根なら十セント。ウーナは気分が悪くなった。涙をぬぐってからエドウィンを見る。「この巣を作った鷲は行ってしまったの？」

「季節ごとに居場所が違うんだ。冬の間はひらけた水辺にいる。でも四月に戻ってきて、また卵を産むんだ。公園で働いている人たちが、鷲が安心して子育てをできるよう見守っている」

「毎年、同じペアが戻ってくるの？」

「そう。鷲は一生同じ相手とつがう」

ウーナは自分たちが体を寄せ合って立っていることに気がついて、またどぎまぎしてきた。周りを見渡す。一番近くにいるスケーターでも十数ヤード離れていて、笑ったり、滑ったり、くるくる回ったりして、湖の上の他の人のことなんか気にもしていない。自分と同じだ。ウーナはすっかり周囲の警戒を怠っていた。ウーナには自分のルールがある。彼とこうしてここにいて、ウーナの心を乱すことを許すのは、いくつものルールに反していた。

もう少し体を離そうと後ろに下がると、片方のスケートの刃の端が氷に引っかかった。転ばないようについ、エドウィンの両襟をつかんだ。

「ごめんなさい、わたし——」

この機会を逃さず、エドウィンはウーナにキスをした。ウーナは驚いて固まったが、ほんの一瞬だ。すぐに彼を引き寄せ、キスを返した。キスは素晴らしかった。彼のにおいよりも、ずっと。

25

ウーナは上の空だった。ミス・カディに夕ラ肝油を頼まれたのに、亜麻仁かすを持っていった。患者を風呂に入れようとしたものの、お湯を足すのを忘れ、その患者は水に足を入れたとたん悲鳴をあげた。吸血ヒルを回収しようとしたが、患者の皮膚に食いついて離れない。ヒルがたっぷり血を吸って満腹になり、自分からぽろりと落ちるのを待つしかなかった。その時初めて、ウーナは自分がヒルに塩ではなく砂糖をかけていたことに気づいた。最終的に、ミス・カディはウーナに掃除を命じた。その日の掃除はもう終わっていたが、ぼんやりしていても被害を最小にとどめておくことができるからだ。

今日、パーキンズ校長が見習い一人ひとりと面談し、訓練プログラムを続けることを認めるかどうかを告げることになっていた。ウーナの順番は最後で、午後三時まで待たなくてはいけない。順番が最後なのは、良い兆候なのか悪い兆候なのか、分からなかった。パーキンズ校長は退学させる学生を先に済ませるか、最後に取っておくか、どっちだろう？　ドルーはかなり早い時間に面談すると知り、後者なのだろうと考えた。もちろん、順番はなにか他のやり方や、適当に決めている可能性もあるが、いずれにしてもウーナは胸が締めつけられる気がした。

警察に捕まってから一ヵ月半しか経っていない。警察がウーナを忘れてくれるほど長い時間ではない。パーキンズ校長に学校から追い出されたら、振り出しに戻るしかない。だが行くところもなければ、どこかへ行くお金もなかった。

ここ数週間は表立ったトラブルはなかったが、ハットフィールド看護師長はいつもウーナの仕事に駄目出しをした。わずかな隙間風。窓枠の角の小さな埃。ぴんとした張り具合が足りないシーツ。ドクター・ピングリーもウーナに冷たかった。ウーナのたったひとつの願いは、ドクター・ピングリーがウーナを取るに足らない小物だと考え、放っておいてくれることだった。

あれこれの考えごとと、自分は退学に違いないという確信から一時的に解放されたのは、エドウィンと医者たちが朝の巡回に来たときだった。すると今度は、違う方面の考えごとでウーナの頭はいっぱいになった。二日前に公園でしたキス。唇が重なったのはほんの一瞬だったが、全身に震えが走った。今まで経験した、陳腐でおざなりなキスとは全くちがった。自分とエドウィンのどちらが先に体を離したのか覚えていなかったが、すぐにまた彼の唇に触れたくてたまらなくなった。だがふたりは礼儀に押しとどめられ（ウーナの場合は、分別かもしれない）、はにかんで黙ったまま滑って岸へ戻った。

彼にキスをしたのは失敗だったとは全く思っていなかったが、もし何かの奇跡のおかげで無事に見習い期間を終えることができたとしても、それでどうなる？　秘密の恋を続けるのは難しいだろう。とくに、看護学校に身を隠している今はまずい。彼に話しかけたというだけで退学処分になるわけにはいかなかった。

問題は、ウーナが彼と湖で過ごした午後を楽しんだことだ。今までで一番楽しかった。新鮮でひんやりした空気。雪をかぶった鷲の巣。心地の好い会話。キス。つかの間、ウーナは自分が警察から逃げていることを忘れていた。マーム・ブライとその仲間に見捨てられたことを忘れていた。自分が貧しい、スラムに住むアイルランド系だということを忘れていた。だが、忘れるわけにはいかない。

エドウィンがどんな思いを胸に抱いているか分からないが、彼はそれを表に出さなかった。巡回のあいだ、彼はほとんどウーナを見なかった。ウーナも彼を見ないようにしていたから、実際はどうか分からない。そしてようやく目を合わせたとき、彼の唇は固く結ばれたままで、でも目は微笑んでいるようだった。とても素敵な瞳。ウーナは気づいた。煙草の葉のような深い茶色。危険な、人の心を迷わせる瞳だ。今日も、いつもと同じように、ウーナはすぐに目をそらした。医者たちが次の病室へ向かうと、ウーナはほっとして、今度はパーキンズ校長との面談についてまたくよくよ考え始めた。

いよいよ三時が近づくと、ウーナは三階へ向かった。階段で他の見習いとすれ違った。名前は知らないが、ドクター・ピングリーの骨の講義の時に隣に座っていた女性だ。彼女の石板をカンニングしようとしたが、ウーナと同じくらい空欄だらけだった。いま、足早に階段を降りていく彼女は、泣いていた。間違いなく退学だ。ウーナは立ち止まって慰めの言葉をかけようとしたが、舌がもつれて間に合わなかった。

三階に着いたとき、ウーナの心臓の鼓動は聖ステファン教会の鐘のように大きく鳴り響いていた。さっきの女性と同じ運命が待っているのだろうか？　校長室のドアまでゆっくりと、慎重に廊下を渡った。ノックをする勇気を掻き集めるまで優に一分かかった。

「どうぞ」パーキンズ校長の声がした。

ウーナはなかに入ると、棺の蓋をそっと下ろすように、ごく静かにドアを閉めた。メイン州にいる家族が全員、先週インフルエンザで死んだと言ったら、校長はウーナを憐れんで学校に置いてくれるだろうか？　凶暴な狼にかみ殺されたと言った方が効果的だろうか？　それとも吹雪のなか取り残され、生きるために殺し合って互いの肉を食べるしかなかったというのは？　うん、それがいい。あまりにも悲惨で、きっと二度目のチャンスをくれるだろう。

ウーナはパーキンズ校長の机の前に置かれた、背もたれがまっすぐの椅子に腰かけ、ハンカチを取り出した。これから泣くなら、絶対必要な小道具だ。

だがウーナが共食いと狼（追加すれば、さらに効果的）のお涙頂戴の話を始める前に、パーキンズ校長は机の上から手を伸ばしてウーナに一枚の紙を渡した。

「おめでとう、ミス・ケリー。合格です。こちらは契約書。二年間の訓練を終える前に学校をやめることになった場合――」

「合格？」

パーキンズ校長の生真面目な表情がほんの少し緩んで、かすかな笑みが浮かんだ。「あら、そうですよ。そうでないと思っていたのですか?」

ウーナは半分うなずき、半分首を振った。

「最初は何かとうまくいかなかった。それは確かです。ですが、試験では申し分のない点数をとりましたし、ミス・カディは病室でのあなたの手際は素晴らしいと褒めていました。そしてなにより患者さんから、とても評判がいい」

「患者さん?」

「見習い期間中、あなたはきちんと感じ取っていましたね。ここベルビュー病院の患者は……内気な人が多いと。清潔好きで上流気取りの看護師に見下されていると感じる患者もいます。ですが、わたくしがあなたについて話を聞いた患者は、誰もそんな不平や不満を言いませんでした。むしろ、多くの患者が言ったのは、あなたの存在に癒やされると」

ウーナは自分がそう思われていることに驚いて、つぶやいた。そうなの?

「プログラムはこれからますます厳しくなります。引き続き、あなたには最大限の規律と服従が求められます。それこそ、ベルビュー病院看護学校を卒業し、学校のバッジをつける看護師が信頼される非凡な特徴です。卒業生はアメリカ中で活躍しています。ですがそれを授かるために、あなたは二年間の訓練プログラムを修了し、最終試験に合格しなくてはなりません」

校長はウーナにインク壺とペンを差し出した。契約書は簡潔な言葉で書かれていた。プログラムの期間、求められるふるまい、与えられるものとして寮の部屋と食事、それにひと月に十ドルの給料も。契約書の紙の一番上には学校の紋章――ポピーの花輪の中央に鶴が一羽――が型押しされている。卒業生がつけるバッジは、青い背景に同じデザインが描かれ、〈ベルビュー病院看護学校〉という言葉で囲まれている。

ウーナは指先でさっと紋章をなでた。バッジをつけるのは卒業生にとって誇りそのもので、見習い――とくにドルー――にとっては、いつも話題にする特別なものだった。ウーナは一瞬、自分の制服についたバッジを想像した。控えめだが、きらりと光っている。ウーナが出会う人々に与える、希望の光。人々を救い癒やすことができる女性だという証拠。正義の味方。賢い女性。信頼できる女性。

パーキンズ校長が座り直し、ウーナは我に返った。契約書の下に署名し、インクが乾くのを慎重に待ってから校長に手渡した。二年間は警察の目を欺くのに充分な期間だった――所詮、それがウーナの目的だ。しばらくのあいだ温かい食事と、雨漏りの心配のない屋根、そして珍妙な室内トイレが保証されたわけだ。しかも、二年間丸々ここにいたら、看護師の資格がもらえる。あのちっぽけなバッジは希望の象徴なんかじゃない。東海岸のどこの家にでも入り込むことができる入場券だ。もう駅の人混みでスリをしなくていい。上流階級専門の泥棒に鞍替えするのだ。銀のスプーンや真珠のネックレスがなくなったとしても、親切で優しい看護師を疑う人がいるだろうか？　アメリカで特に名高い看護学校出身の看護師だとしたら、なおさらだ。

パーキンズ校長が立ち上がり、ウーナをドアへと促した。一階の会議室で、入学が確定した学生のためにささやかな歓迎会が開かれるので、ウーナも出席するよう言われた。

ウーナは入口で立ち止まった。「わたしを信じてくださり、ありがとうございます」

パーキンズ校長はまた微笑んだ。「信じて正解だったか、引き続きしっかりやって見せてごらんなさい」

一階の会議室では、オーク材の長いテーブルが壁に寄せられていた。レースで縁取りされたモスリンの布が敷かれたその上には、中央に磁器製のお茶のセット、その周りにクッキーや小さなケーキのトレーが置かれていた。新入生は少人数のグループになって会議室に散らばり、小さな声で、でも元気よくお喋りをしていた。六人の看護師長も揃って出席していて、ウーナが部屋に入ると、ハットフィールド看護師長は口を引き結んだまま、冷酷な一瞥を投げてよこした。女性に混じって、医者も数人いた。ありがたいことに、ドクター・ピングリーとドクター・ウェスターヴェルトは出席を求められていなかった。理事会メンバーの女性たちも出席していて、フリルのドレスに羽根飾りのついた帽子を身につけ、周りを見渡している。病院長のミスター・オルークさえ出席していた。

ドルーが駆け寄ってきて、ウーナの手を握った。「信じられる？　やったわね！　もちろん、あなたが受かることは疑ったことはなかったけど、わたしは……ほら、以前まであった弱点のせいで……退学を命じられるとばかり思ってた。でもあなたのおかげで……」ウーナの手を引っ張ってテーブルに行くと、お茶を注いでくれて、それからずっとぺちゃくちゃ喋り続けた。ふたりはお皿にクッキーをのせると長窓の側に行き、前庭を眺めているグループに加わった。パッチワークのような雲の隙間から太陽の光が射し、イーストリバーのさざ波がきらきらと光っている。

そのグループの女性たちのなかに、ウーナが面接で会ったミセス・ホブソンもいた。襟に、真珠が埋められた光沢のあるブローチをつけている。ウーナはつい、スラムで売ったらいくらになるだろうと考えた。二十五ドル？ ピンの部分まで銀だったら、三十はいくだろう。

「皆さん、合格してとても嬉しいでしょうね」ミセス・ホブソンが言った。

他の訓練生は控えめにうなずいたり、礼儀正しく「はい、ありがとうございます」と答えたりしていたが、ウーナはブローチに見とれていて、うっかり口を滑らせた。「銀行の金庫破りに成功したくらい嬉しいです」

みんなお茶を飲むのをやめて、困惑したようにウーナを見つめた。

「いえ……あのう……昔の知人がよくこういう言い回しを使っていて。つまり、ええ、とても嬉しいです。ありがとうございます」その気持ちは本当だった。日々の心配がなくなった。数週間ぶりに気持ちが軽くなった。トラベリング・マイクの殺人容疑という重しがついに取り除かれた気がする。ウーナはお茶を飲み、ショートブレッドの角をかじった。今のウーナを見たら、マーム・ブライは何て言うだろう。

正真正銘の看護学生として医者や上流階級の女性たちと親しく言葉を交わしている。ウーナのことを路上のごみ同然に見下していた、あの卑怯《ひきょう》な刑事は？ ウーナが自分の目と鼻の先にずっといたと知ったら仰天するだろう。その顔を見てみたかった。もちろん知らせるつもりはない。だがいつか、成功して金持ちになったら、住所も署名もない手紙を送り、マーム・ブライと刑事にウーナを低く見積もっていたことを思い知らせてやる。

ミセス・ホブソンが部屋にいる他の学生におめでとうを言うためにその場を離れていくと、ドルーたちはこの先の数週間、どの病室に配属になりたいかという話を始めた。一階の病室はドブネズミを追い払うために徹底的に掃除をしなくてはならないが、上の階はこれから夏に向けて蒸し暑くて汗だくになる。地下への配属は誰も望んでいなかった。アルコール依存症患者が酒を断つための、刑務所のような病室だ。

ウーナはハットフィールド看護師長が監督をする外科の病室以外なら、どこでもよかった。ちょっと失礼、と周りに声をかけて、お茶のおかわりを注ぎにいく。砂糖をかき混ぜていると、部屋の入口でおろおろしている病棟職員が目に入った。彼は部屋を見渡すと、オルーク病院長に駆け寄り、彼の耳に何かささやいた。病院長の顔がくもった。ティーカップを置き、手でスーツの前についたクッキーのかけらを払うと、職員について部屋を出ていった。

ウーナはふたりがいなくなるのを見届け、窓際のグループにまた加わった。話題は手術室はどうか、という考察に変わっていた。

「医学生たちに上からずっと見られるのって、嫌よね？」ひとりが言った。

「彼らの視線は完全に手術に集中してるから、スカートをめくってカンカンを踊ったって気づかれないわよ」ウーナは言った。

「手術室に行ったことがあるの？」

「あ、いや……わたしは……ただ……どんなか、話に聞いただけ」

他の学生が顔を寄せてきて言った。「それよりあなた、カンカンを見たことがあるの?」

「あるわけないわ」ウーナは、ハレンチよね！　と憤慨しているように言った。「でも、一度だけチラシを見たことがある」

「スカートを膝の上までめくりあげるって本当?」ドルーも顔を寄せて言った。

「膝の上がなんですって? ミス・ルイス」

全員がハットフィールド看護師長の声にびくっとした。ドルーの頬から血の気がひいた。

「ええと……」

「膝の上からの切断です」ウーナが言った。「そういう場合に最適な包帯について話をしていたんです」

看護師長が目を薄く開いた。「それで、結論は?」

「ええ、そういう場合に一番適切な包帯は……」

「皮膚を閉じるように石膏を一・五インチの厚さに塗り、柔らかなリント布の包帯で巻いてから、油に浸した絹で包みます」ドルーが言った。

ハットフィールド看護師長はわざとらしく小さな咳払いをしてウーナから離れた。ほかの学生たちもウーナに鋭い一瞥をくれると後に続いた。カンカンの話を持ち出すなんて、ウーナはなんて下品なのだろうと思っているようだ。

彼女たちがこちらの声が届かないところまで離れるとすぐ、ウーナとドルーは堪えきれず声をあげて笑った。

「ウーナ、あなたみたいな人に会ったことないわ。どうしてあんなにとっさの機転が利くの?」

「わたし? こっちこそききたいわ。ほんの数日前まで血を見るのもだめだった誰かさんが、どうして膝の上から切断した場合に使う包帯を知っているのかしら」

ドルーは肩をすくめた。「本よ、もちろん」ドルーがクッキーのおかわりを取りに行ったので、ウーナはひとり感慨にふけった。ドルーは友だちじゃない——友だちなんか、ウーナのルールに反している——でも、いっしょに笑う誰かがそばにいるというのは、いいものだった。

お茶を飲み干すと、ウーナは窓の外を眺めた。太陽は雲の陰に隠れ、先ほどまで輝いていた川の水面は灰色で、のっぺりしている。ふと、目の前のいつもと違う様子に気がついた。事態をはっきりと認識すると、ウーナの手から力が抜け、ティーカップと受け皿が滑り落ち、床に当たって割れた。ウーナは足元に散ったかけらを見て、それから窓の外に視線を戻した。オルーク病院長が精神科病棟の入口近くの芝生に立っている。病院長といっしょに青いウールの制服を着た男性がふたりいた。巡査だ。

26

精神科病棟は新しい煉瓦造りの平屋で、前庭の芝生の南側を川の方まで延びている。ウーナはなかに入ったことはなかった。入学初日の病院見学でも訪れなかった。病院のなかでも看護学生の受け入れをしていない数少ない病室だ。ミス・カディにこっそり教えてもらったところ、パーキンズ校長が看護師の派遣を断ったそうだ。医師の目が充分に行き届いていないというのがその理由だ。看護師の代わりに患者の世話をしているのは、下宿屋でスカウトされた半分酔っ払った女性たちで、彼女たちの看護技術は僅かな賃金に比例して乏しかった。住込みの医者がたったひとりで、増え続ける患者を診ている。彼は市が指名した精神障害者検査官といっしょに患者を診察し、精神科病棟に入院させたり、ブラックウェルズ島にある収容所へ送ったりする診断をしていた。

病院での勤務後、病院本館を出て暗い敷地を歩いていると、精神科病棟から叫び声が聞こえたり、鉄格子のある窓の向こうに人影が見えたりしたことがあった。守衛の付添いがなければ夜間に精神科病棟のそばを通りたくないと言い張る看護師もいた。ウーナはいわゆる精神障害を患っているという人をたくさん知っていたので、精神障害とは、診断が簡単につかない人たちにつける便利な病名だと考えていた。とはいえ、真っ暗な夜にその病棟の前を通るときは、ウーナも胸の前で十字を切り、小さな声でアヴェ・マリアの祈りを唱えた。

だが今、壁の向こうにどんな痛々しい惨事が起きていようが、なかに入るしかない。ティーカップが落ちて割れた音を聞くと、ミセス・ホブソンと理事会の女性たちがウーナに群がって大騒ぎになった。ウーナの青ざめた顔色と焦点の合わない瞳を過剰に心配し、すぐに会議室を出てもう今日はゆっくり休むようにと申し渡した。

ウーナは休むために寮に戻るつもりはなかった。その代わり、ウーナは院長室に近い階段に隠れ、病院長が院長室に戻る音が聞こえるのを待って外へ忍び出た。それから、巡査が帰ったと確信できるまで、アーチ状の入口の暗がりのなかでじっとしていた。

何の用で来ていたのだろう？　ウーナを捜しにここに来たわけではないのは確かだった。心臓の鼓動が速くなり、胸を内側から叩いている。煙突にはまった小鳥が暴れているみたいだ。巡査は様々な理由でベルビュー病院にやってくる。ウーナは自分に思い出させた。酔っ払いやホームレスを連れてくるのはしょっちゅうだ。巡査の監視のもと、病室で治療を受ける病弱な囚人もいる。だがそれでは、職員の慌てぶりや、オルーク病院長の深刻な表情の説明にならない。理由を突き止めないと。

太陽は西に傾き、雲に覆われたまま、淡く長い光が庭を横切っている。暗闇ほど安全ではないが、巡査がウーナがここにいると疑っているのだとしたら、暗くなるまで待つわけにいかない。そっと階段を降り、病院の建物に沿って進むと、石造りの壁にサッカー生地のスカートがこすれる音がした。理事会の女性たちに、寮で休んでいるはずのウーナが芝生をこっそりうろつき回っているのを見られてはいけない。精神科病棟の入口にたどり着くと、ウーナは立ち止まり、背筋を伸ばした。それから、目的のある落ち着いた足取りで芝生を横切ってドアに向かった。ルールその五。その場に馴染むこと。

病棟に入ったとたん、鼻を刺すようなにおいに襲われた。ウーナがもうすっかり嗅ぎ慣れた、病院中に漂う消毒薬のにおいではなく、むしろ酒場の裏庭のにおいに近い。肉体から出る汗や尿やあらゆる排泄物のにおいが混ざって空気中に漂っているようなにおいだ。ハンカチで鼻を覆い、病棟を横切る幅の広い廊下を進み、先ほど会議室で見かけた病院職員を捜した。廊下の両側には粗削りのドアが並んでいる。覗き穴から中を見てみると、患者で混みあった病室の明かりは傾きかけた太陽の光だけだった。患者は寒さのあまり藁のベッドの上で縮こまり、吐く息は雲のように白い。狭い場所を行ったり来たりしている患者や、沈んだ様子で鉄格子のはまった窓の外を眺めている患者もいた。

ウーナは鳥肌が立った。ブラックウェルズ島にいる同じような患者の末路を知っていた。金持ちも貧乏人も同じだ。ザ・オクタゴン。その不潔さと病気が蔓延していることで悪名高い八角形の精神科病院では、患者は氷のような冷たい水に浸され、拘束服を着せられたうえにノミだらけのベッドにくくりつけられる。退院できる希望はほとんどない。

巡査に見つからないよう、もう少し待った方がいい。自分に言い聞かせる。それぞれの病室から漏れるうめき声や、突然響く金切り声を気にしないよう努める。やがて、ウーナは一番奥の病室で四つん這いになっている職員を見つけた。床の吐瀉物を雑巾で拭いている。彼は看護師の制服を疑いと驚きの目で見つめた。病室の他の患者もウーナを見つめている。それほど興味がなさそうに見る患者もいるが、骨まで切られそうな鋭い視線を送ってくる患者もいた。

「迷子かい？」職員がきいた。

「いくつか質問があって」

「患者が夕食に不満があるって？　それをぼくに言うのはお門違いだな」彼は汚れた雑巾をバケツに放り込んだ。泡立ってないので、石鹸水ではなくただの水のバケツのようだ。「ハムがなくなったのはぼくの仕業じゃない。きみがききたいなら言うけど、調理人がスープ鍋から盗んだに決まってる」

「いえ、そういうことじゃなくて」

「鎮痛薬のアヘンチンキがなくなったのも、ぼくのせいじゃないよ」

「いえあの、先ほどの巡査は何をしに来ていたのかと思って」

職員はバケツを持って立ち上がり病室から出てきた。乾いた吐瀉物の汚れが床に長い縞模様になって残っている。彼の顔はしわひとつなく若々しいが、足を引きずる歩き方は老人のようだった。「彼らを見たのかい？」それ以上何も言わずウーナの前を通り過ぎると、ドアに鍵をかけ、近くの屋内トイレにバケツの中身をあけた。

ウーナは彼のあとについていった。「オルーク病院長は警察が来て狼狽しているようでしたけど。なんの用で来たのか知っていますか？」

「きみになんの関係が？」

「パーキンズ校長にきいてくるよう言われたんです」嘘をつくときに人の名前を使うのは避けた方がいいが、もう一押しになるものが必要だった。「看護師に危害が及ぶようなことであれば、校長が事前に知っておきたいと」

彼はふんと鼻を鳴らした。「どんな危害であれ、もう終わったよ」

「どういうことです？」

「昨日の夜、患者が自殺したんだ。さっきの女性病室で」鉄格子のスライドドアの向こうに続く長い廊下と、その両側に並ぶ病室の方に向かってうなずいた。「死体保管所（モルグ）の医者は死因に問題はないと言っているんだが、警察はほら、分かるだろ？　少しでも現ナマを稼げそうな機会があると思えば、そこらじゅうを嗅ぎ回るんだ」

「現ナマって、お金のこと？」ウーナはできるだけうぶなふりをして尋ねた。

彼はうなずいた。「少しでも怪しい点があれば奴らは鼻を突っ込んでくる。場合によっては、こっちも金を払うことがある。病院長が新聞記事にされたくないと考えるような場合さ」

彼の言葉に、ウーナの胸のつかえがとれた。巡査が来たのはウーナと全く関係がなかった。いったい何度、そういう事態を想像したことだろう？　ウーナがここにいると知っているのはバーニーだけだ。それに、逃亡中の殺人犯の潜伏先として調べる最初の場所が、ベルビュー病院のはずがない。病院が隠れ場所とは、誰も思わないだろう。

ウーナの内側でくつくつと笑いが込み上げた。咳払いでごまかす。「それはよかったわ、ありがとうございます。校長にちゃんと報告します」

「よかった？」

「ああ、いえ、よくはないけど、少なくとも、看護師が心配することではないと分かったので」

ウーナは回れ右をしてドアへ向かった。早く外の空気が吸いたかった。

「今回の件で、どこが怪しいのか気にならないのかい？」

「なんの件？」

「自殺だよ」

仕方なく、ウーナは振り返って彼の顔を見た。「どうぞ、教えてくださいな」

「ぼくも分からない」

「分からない？」

「さっき言ったように、自殺があったのは女性の病室だ」彼は足を引きずって歩き、病室を隔てるドアを空のバケツで叩いた。「マッジ！」

通路の先の隅から女性がひとり顔を出した。「なんだよ、ばーか！」

「看護学校の看護師が震えあがっていて、首を吊って死んだ女のことを知りたいんだってさ」

ウーナはふたりの大声にびくっとした。ここの患者の頭がおかしくなる理由が分かる。こんな大声を聞かされ続けたらウーナもおかしくなりそうだ。

マッジと呼ばれた女性は背が低く、体格はがっしり、髪はもじゃもじゃ、前歯が一本抜けている。よたよたとドアまで歩いてきた。「で、なにを知りたいんだい？」

「いえ、別にもう――」

「なぜ巡査が来たのか知りたいんだって。だからぼくは教えてやったんだよ。奴らは黙っていてやるからって、手のひらを差し出しながらやってきたって」

「どっちにしても、現場を見たところで何もないし」マッジは言った。「自分で自分の首を吊った。単純にそれだけの話さ」

「なにを使って首を吊ったの？」ウーナは尋ねた。精神障害者の看護についても充分勉強していた。ロープや紐、似たようなものは病室に持ち込めないはずだ。

マッジは肩をすくめた。「長い布。それかベルト」親指と人差し指を一・五インチほど離して見せた。「あの子の首の痣から考えると、これくらいの幅の何かだね」

雪の積もった地面に手足を投げ出しているトラベリング・マイクの姿が、ウーナの頭に浮かんだ。「ベルトって言った？」

「たぶんね。何を使ったにしろ、あたしたちが今朝、彼女を見つけたときにはもうなかったから」

「なかった？　そんなはずないでしょう？」

「同じ部屋の誰かが盗んで、どこかに隠しているんだろうね」

「きいてみた？」

「無駄だよ。ひとりは自分を鳥だと思っていてピーピーとかガーガーって返事をするだけ。他の人はだんまりで、声も聞いたことがない」

「でも同じ部屋の人たちを調べたら、自殺に使った何かを見つけられたはずよ」ウーナの声はとがり、厳しかった。「ちゃんと捜したんでしょうね？　部屋のなかも捜した？」

マッジはうなずいた。「あたしと、巡査たちでね。なにも出てこなかった」

「それなのに、なぜ自殺という結論になったの？」

「なんだい、あんたは同じ部屋の誰かが殺したと思ってるのかい？　夜勤の警備員に気づかれることなく、首を絞めて殺したと？」

もしくは誰かが忍び込んで、彼女を殺した。だが、ウーナは口には出さなかった。湿っぽくて冷たい、嫌なにおいのする空気が重くなった。妄想だったらどんなにいいか。死んだ女性がトラベリング・マイクと同じように殺されたと信じる根拠はない。だからといって、この息苦しさが楽になることはなかった。ウーナはせめて服をゆるめようと襟をぐっと引っ張り、頭からキャップを外して、顔をあおいだ。マッジに視線を戻すと、彼女はしげしげとウーナを見ていた。

「ねえ、どっかで会ったことない？」

ウーナはすぐにキャップをかぶった。ピンで留めるとき、指が震えた。頭上にガスランプがともっているが、明かりはごく小さく、マッジの顔は細部までは見えなかった。だが一見したところ、知った顔ではなかった。「わたしはもう数週間ベルビューで働いているから、敷地で何度かすれ違っていると思うわ」

マッジは頭を振った。「もっと前だよ。ここじゃないところで」

「そんなはずないわ」ウーナの声はまだとがっていた。「わたしはメイン州から出てきたばかりだから」

彼女はまだウーナを見つめていた。ウーナはそわそわしたり逃げ出したりしないでいるだけで精一杯だった。ウーナはゆっくり規則正しくまばたきをして、マッジの針金のような髪を包む脂で汚れたスカーフを見据える。「教えてくださり、ありがとうございました。あなたがおっしゃるように、特に報告するような怪しいことはありませんね。パーキンズ校長も安心するでしょう」ウーナは踵(きびす)を返し、木の床を歩きながら足がむずむずしたが、ゆっくりと病棟から出ていった。

27

「ミス・ケリー。この患者を観察して分かることを詳しく報告して」

　ウーナははっとしてまばたきをした。ぼんやりしていた視界が鮮明になる。彼女のいる病室は静かで、朝日に照らされていた。厨房のオートミール粥（かゆ）のナッツのにおいが病室にも漂い、ストーブでは火がパチパチと音を立てている。それでも、ウーナは身震いした。ウーナは患者の顔と手を洗うのに使った布を下ろすと、看護師長に言った。「すみません、なんですって？」

「わたくしが朝の巡回に来た医者だと想像して。医者は初めてこの患者を診察する。あなたはどう報告しますか？」

「脈拍は正常。熱、悪寒はありません。呼吸は――」

「もう一度最初から。いいですか、医者が知っておくべき重要なことはたくさんあります。それは、注意深く患者を観察することができる看護師にしか、伝えることができません」

　ウーナはうなずいた。「こちらはミセス・ライカー。三十九歳で、夫は――」

「お立ちなさい、ミス・ケリー。座ったまま、お医者さまに報告するなんて、もってのほかですよ」

ウーナはため息をのみ込んで立ち上がった。ハットフィールド看護師長からスミス看護師長の病室に変わって本当によかったと思っているが、ウーナはすでにこの看護師長の厳格さに飽き飽きしていた。「こちらはミセス・ライカーで、彼女は――」

続く数分間、ウーナは患者について覚えていることを全て挙げた――体調と体重と飲酒習慣、既往症、そして家族の健康状態。皮膚の状態も伝えた。肌の色、汗、発疹の場所と期間、赤み、腫れ。脈拍の調子と回数。呼吸の頻度と規則性。

「胃腸など消化管については？」ウーナが話し終えると、スミス看護師長が尋ねた。「空腹感や喉の渇きについて、なんの説明もしていませんよ。普段の便通や排泄、胆石や寄生虫の有無も」

「特に気になるところはなかったので、わたしは――」

「気になるかならないかは、あなたが判断することではありません。看護師は全てをお医者さまに伝えて、判断を仰ぐのです」

ウーナは目を伏せてうなずいた。たいてい、医者はウーナの言うことなんか、ほとんど聞いていない。それどころか、早く報告を終えるよう、苛立たしそうに手振りでウーナを急かす。だがウーナはそんなことを言って、スミス看護師長と対決するつもりはなかった。

早くこの尋問が終わればいいのに。だが看護師長がよそを向いたところで、ミセス・ライカーが小さな咳をした。そしてまた、次の尋問が始まった。この〈気がかりな兆候〉の特徴と頻度、いつから始まったのか。ウーナは答えに窮した。今朝のウーナは気がそぞろで、この患者が以前からこんな咳をしていたかどうか分からなかった。

適切な観察の重要性についてたっぷり講義を聞かされたあと、ウーナはバルコニーで毛布を干すよう命じられた。ウーナが新しく配属された病室は第十二病室、二階にある女性の内科病室だった。病室の一辺には縦に細長い窓が五つあり、そこから狭い練鉄製のバルコニーに出ることができた。

ウーナは窓のひとつを押し上げ、腕いっぱいに毛布を抱えて窓枠を乗り越えた。朝の冷たい空気が頬を刺す。川から霧が渦を巻き、芝生の上へと流れてくる。精神科病棟での不審な自殺を調べに、巡査がベルビュー病院に訪れてから五日が経っていた。ウーナは巡査がまた来るのではないかと気にかけていたが、今までのところ彼らがまた来ることはなかった。新聞を確認することも忘れなかった。オルーク病院長が巡査にいくらかお金を渡していたとしても、新聞に情報がもれないほどの効力はなかった。〈ニューヨーク・ワールド〉紙は二日前にショッキングな題で記事を出した——謎に満ちた自殺。ベルビュー病院精神科病棟——だが、警察の捜査については何も書かれていなかった。そのかわり、革のベルトで女性患者が自分で首を吊ったと書いてあり、そのベルトは同じ病室の女性、例の鳥の鳴き声女が、虫と間違えて食べてしまったとほのめかしていた。

病院内で流れている噂はもっと馬鹿げていた。洗濯室の女性たちは病室の窓の鉄格子に引っかけた毛布で首を吊ったと考えていた。そして同室の患者が死体を床におろし、寒さをしのぐために毛布をねこばばした。病室は隙間風でとても寒いからさもありなん、ということだ。別の説を考える人もいた。自殺に使われたものがなんであれ、死体を見つけた夜勤の職員が、自然死に見せかけるために片付けた。いずれにしろ、その職員は勤務の怠慢を理由に、まさにその翌日にクビになっていた。

ウーナは汚れやシラミをはたき落とすと、鉄の手すりに毛布をかけた。ベルビュー病院のゴシップはおさまりつつあった。それなのになぜ、ウーナはまだ気持ちが落ち着かないのだろう？　巡査が病院に来たのはウーナを捜しに来たわけではなかったし、自殺についてもっと調べるために戻ってくることもなさそうだ。ただの自殺。〈ニューヨーク・ワールド〉紙でさえそう考え、しかも最初に馬鹿げた説を唱えた。ウーナの身は安全だ。看護学校に隠れるという計画は完全にうまくいっている。誰もがウーナをメイン州から出てきた情け深い女性だと思っていた。

精神科病棟の日中担当の世話人以外は。ウーナはここ数日、巡査のことと同じくらいマッジのことを考えた。毛布を全て手すりにかけ終わったが、ウーナは病室に戻らず冷たい霧のなかでぐずぐずしていた。初めて会う人を知り合いと勘違いするのはよくあることだ。だからこそ詐欺がうまくいく。誰かの名前とちょっとした情報——育った場所や、通った学校、家族が住んでいる場所——さえ手に入れれば、長らく連絡を取り合っていなかった友だちのふりができる。誰だか思い出せないと正直に言う勇気のない憐れなカモは、微笑んで飲み物を一杯ごちそうしてくれるだろう。夜が明けるまでに、カモはみんな、詐欺師を昔の友だちだと確信する。そして実際、心を通わせ、病気の子どもに薬を買うためのお金を、快く十、十五、二十ドルと貸してくれる。明日すぐに返すからと約束したそのお金は、もちろん、決して戻ってこない。

ウーナがそんな詐欺のカモにされるところだった？　ウーナにどこかで会ったことがあると言って、マッジに得るものがあるだろうか？　本当にただの勘違いだろう。いつまでもマッジのことを心配している場合じゃない。授業と仕事に集中しないと、自分が看護学校にいられるかどうか心配するはめになる。

それに、マッジが言っているだけのことだ。マッジはウーナを完全に誰だと分かったわけじゃない。粗野で、髪の毛がもじゃもじゃの女性がウーナを知っていると言ったところで、誰が信じる？

ウーナはまた窓枠によじ登って病室に戻り、薪ストーブで凍えた手を温めた。あれこれ気に病むのはもうやめよう。病室の掃除をし、それぞれの患者が何を食べ、どれだけ排泄したか、どのくらいの頻度で咳をしたかを記憶しなくてはならない。やることは山ほどある。仕事に戻ろうとして、薪ストーブの揺れる炎に目が留まった。トラベリング・マイクが死んだ夜が蘇（よみがえ）った。デイドラがつけたマッチの火。ウーナはどうしても首を絞められて死んだマイクと、自殺した女性の共通点を無視することができなかった。ベルト。マッジはそう言っていた。まさに、ウーナがトラベリング・マイクの首に巻きついていると思ったものだ。もしくは、ウーナが見たと思ったもの。あっという間の出来事だった。ふたりの死につながりはあるのだろうか？

ウーナは弱々しく笑うとストーブから離れ、手でエプロンを払って、彼女の世話を待っている患者が横たわるベッドの列を見つめた。ウーナがこれまで思い浮かべたことがある馬鹿げた考えのなかでも、これはとびきり馬鹿げている。自分は何が起きたと思っているのだろう？　あのだらしのないマッジがトラベリング・マイクを殺し、それから精神科病棟の女性を同じ方法で殺したと？　そうだとしたら、マッジがウーナを見たことがあると言った説明がつく。だがマッジは女性が死んだときは勤務時間外だ。それに、ウーナが見た、あの路地でトラベリング・マイクの体の横でしゃがんでいた人物は男だった。

そうだろうか？

ウーナはつぶった両目を指で押さえると、また小さく笑った。ここ数日、心配事ばかりで、過去の記憶まで疑わしく思えた。ウーナは馬鹿な考えを振り払い、肌の下に居座る悪寒を無視して仕事に戻った。

28

その晩、ウーナが他の訓練生といっしょに病院を出ようとすると、エドウィンが医者専用の食堂のドア枠にもたれているのが見えた。ほんの一瞬、ふたりの目が合った。エドウィンが廊下の奥の階段の方へ頭を傾けた。注意深く観察する訓練をしたことがない人なら見逃すような、かすかな動きだ。ウーナは患者の咳の特徴と頻度を見極める技量はないかもしれないが、人の行動は確実に読み取ることができた。そうでなければ、大勢のなかから特に扱いやすいカモを選び出すことなどできないでしょう？

もちろん、エドウィンをカモだと思っているわけではない。この状況で愚かなカモがいるとしたら——ウーナだ。こんなふうに——誰かに偶然見られる可能性がある病院内で——彼に会おうとするなんて、どうかしている。だが合図に気づかないふりをするかわりに、ウーナはさっと彼にうなずいた。

「夜勤の看護師に大切なことを伝えるのを忘れちゃった」ウーナは言った。「ちょっと病室に行ってくる」

「待ってるわ」ドルーは陽気にそう言ったが、他の訓練生は不満そうだった。当然だ。寮では温かい食事が待っているのだから。

「先に帰ってて。向こうが忙しくて、手が空くのを待って時間がかかるかもしれないから。だいじょうぶ、ひとりで帰れるわ」

ドルーは納得できないようだった。通りを渡って半ブロックを歩くだけなのに、真夜中のスラムを一人歩きするのと同じくらい危険だと思っている。ウーナはドルーの手をぎゅっと握った。ドルーの心配は見当外れだが、ウーナの身を案じてくれていると思うとありがたかった。「守衛さんに寮まで送ってもらうから」

ドルーはうなずくと、みんなと寮へ向かい、ウーナは踵を返して中央階段をのぼっていった。二階にあがると廊下を進み、一番端にある狭い階段までいくと、またそっと一階へ降りた。一番下の段に腰をおろして待つ。巨人がお尻を動かしたように、病院の古い煉瓦の骨組みがウーナの周りで軋んだ音を立てた気がした。もちろんそれは気のせいで、辺りは静まりかえっている。

ウーナはついまた精神科病棟のことを考えた――死んだ女性、マッジ、そしてトラベリング・マイク。三人は本当に関係があるのだろうか？　キャップを取ると、うなじの位置で丸く束ねていた髪をほどいた。深く考え込んでいたので、ウーナはエドウィンが近づいてくる足音に気づかず、彼が階段に通じるドアを開けると、驚いて飛び上がった。

「ごめん、ミス・ケリー。驚かすつもりはなかったんだけど」

彼に関わるとウーナの潜伏計画が台無しになる危険はあるものの、ウーナが恐れているのはエドウィンではなかった。「あなたのせいじゃないの。ちょっと考えごとをしていて」

エドウィンは何か言おうとしたが、上の階から誰かが降りてくる足音がした。彼はウーナの手をつかむと、階段から廊下へ連れ出した。廊下へ出るとすぐに手を離した。彼の手の温もりをもっと感じていたかった、ウーナは自分がそう思っていることに気づいた。エドウィンは隣り合ったふたつの病室を通り抜け、短い階段を降り、そして鉄板で覆われた重いドアを抜けて外の暗闇に出た。ウーナは誰かに見られても怪しまれない距離を保って、後ろをついていった。病院の北翼と二十八丁目の間に出た。右側には救急馬車の厩舎がある。左側には、初めて見る低い煉瓦造りの建物があった。窓は全て暗く、煙突からうっすらとした煙が出ているだけだ。

エドウィンはその建物のドアを開け、ウーナを待っていた。ウーナは周りに誰もいないことを確かめると、彼に続いてなかに入った。エドウィンはドアを閉めてマッチを擦った。広い部屋が弱々しい明かりをのみ込む。

「ここは？」

エドウィンが壁の掛け釘からオイルランプを取って、芯に火をつけた。火はぱっと大きくなったあと、穏やかな明るさに落ち着き、室内を照らした。瓶がずらりと置かれた棚が壁沿いに並んでいる。近くのシンクにはスープ鍋ほどの大きさの石臼があり、その横には椅子の横木ほどの太さの木製のすりこぎがあった。部屋のあちこちにある鉄製の台の上には、銅製の大桶がいくつもぶら下がっている。そして金属製の煮沸器と大きなガラス製のビーカー。

鼻を刺すような、かすかな金属のにおいがした。

「薬剤部の調剤室だ。ニューヨークで使われる薬のほとんどと言っていいくらいのたくさんの量をここで調合しているんだよ」

「それなのに鍵をかけてないの？」

エドウィンが上着のポケットを軽く叩いた。「合鍵さ。医者はみんな持ってるんだ」

ウーナはさらに部屋のなかを見て回った。天井から下がるロープと滑車。部屋の奥の床にある、跳ね上げ戸の出入口は地下室に続いていて、そこにはたくさんのブランデーの樽が保管されていた。酒好きがここに来たら大喜びするだろう。ついでに言えば、泥棒も。もしくは、人目を忍ぶ恋人たち。ウーナは振り向いてエドウィンを見た。「またキスをしてわたしの貞操を脅かそうと、ここに連れてきたの？」

軽く、からかうように言ったが、エドウィンは真っ赤になった。「そんな、ぼくは……」ポケットに両手を突っ込み、困っている。お茶のお盆から砂糖をこっそり取ったのを見つかった男の子みたいだ。「ごめん。湖でのぼくの早まった行為をきみが怒っているなら、申し訳ない」

「じゃあ、謝るために連れてきたの？」

「ちがう。いや、そう。いや、ちがう。そういうわけじゃ、そんなんじゃない。ぼくはただ……きみにまた会いたかったんだ」

ウーナは彼がはにかんで慌てる様子ににっこりした。相手が他の男性だったら狡猾な演技を疑うところだが、エドウィンはちがう。「病室で毎日会ってるじゃない」

「そうだけど、病室ではお互い、自分の決められた役割を演じているだけだろ」

ウーナはうまく言い当てている彼の言葉をあえて無視して、快活に言った。「あなたはどんな役割を演じているの？　従順な研修医？」

エドウィンの表情が固まったので、ウーナは自分の軽率な見解を反省した。彼はポケットから手を出すと上着を引っ張った。頭の固いドクター・ピングリーと同じ仕草だ。「研究熱心な、というのが、もっとふさわしい言葉で、ぼくはそれを目指すべきなんだろうな。結局、祖父の名声に恥じないようにしないといけない」

「そしてお父さまのことを忘れようとしている」

彼は顔をしかめ、近くのテーブルに置いたランプをちらっと見た。ランプをつかんで出ていこうと考えているみたいだ。

「批判してるんじゃないの。わたしたちは誰だって、なにかを時間に委ねて、忘れようとするものよ」

エドウィンはなにも言わなかったが、出ていこうともしなかった。ウーナがエドウィンから金品を巻き上げるつもりなら、もっと軽い話題に変えるところだ。あなたは看護師に人気があるとか、（ドクター・ピングリーと一緒ではないときの）巡回では受け答えが才気にあふれているとか、お世辞を言うだろう。だがウーナの目的は、彼の気をそらしたり、狼狽させて財布を頂戴したりすることではなかった。ウーナは彼も同じことを願っていると感じていた——湖の時と同じように打ち解け、医者と訓練生ではなく、ただのふたりの人間として一緒にいる時間を楽しみたい。部屋を横切り、彼の横のカウンターの上に体を持ち上げ、腰をおろした。お行儀が悪いが、一日働いたあとで足が痛かった。

「ちょっとくらいお父さまみたいになっても、そう悪いことじゃないかもよ」

エドウィンはウーナの向かい側のカウンターに背中を預けた。彼の背後で薬の入った瓶が揺れて音を立てた。明らかに、これは彼が心に描いていた密会とはちがうはずだ。「ぼくの父に会ったことがないくせに」

「ないけど、わたしはたくさんの男性を知ってるわ。女性もね。アレ・マイレス・イン・アイネム、イズ・ニット・バイ・ケイネム」

エドウィンが困惑した顔をしているので、ウーナは言い足した。「昔馴染みの人が言ってたわ。全ての美徳を持つ完璧な人はいないって意味」

「そうだね」

「お父さまにも、あなたが尊敬するべきところがあったはずよ」

エドウィンはしばらく考え込み、それから片手で顔を撫でるとため息をついた。「そうだな、父は……父は自分を偽り、自分じゃない誰かのふりはしなかった。そこは尊敬できると思う」

彼の言葉は巡査の警棒のようにウーナの腹を打った。ウーナは人生の半分を誰かのふりをするか、自分じゃないふりをして生きてきた。それでも、どうにか小さくうなずいて見せた。

「人を表面だけで判断する、世間の言うもっともな意見なんか、くそくらえだ」彼は顔をしかめた。「ええと──失礼」

「わたしの繊細な耳は、すぐに回復すると思うわ」

彼の硬い表情にかすかな微笑みが浮かんだ。「時々ぼくは……」

「ぼくは？」

「ぼくは自分に、自分の思うままに生きる勇気があればいいのにと思うんだ」

「あなたはお医者さんになりたくないの？」

「なりたいよ。心から。でも祖父やドクター・ピングリーがぼくに望んでいるものとは違うタイプの医者になりたい。来月、フィラデルフィアでドクター・リスターの無菌手術についてのシンポジウムがあるんだ。ぼくは──」彼は黙り込んで頭を振った。「ごめん、こんな話、聞きたくないよね」

「とんでもない。聞きたいわ」エドウィンはドクター・リスターと彼が提唱する無菌手術法について詳しく説明してくれた。シンポジウムの開催と、ドクター・ピングリーに参加を反対されていることも。話すにつれて彼の表情は生き生きとして、ウーナも気がついたら熱心に耳を傾けていた。

「ぜひとも出席しなきゃ」彼が話し終えると、ウーナは言った。「ドクター・ピングリーのもっともな意見なんて、くそくらえよ」

「ぼくがフィラデルフィアへ行っても、きみは寂しがっちゃいけないよ」

「寂しがる！」ウーナははっと息をのむふりをした。「それはまたずいぶんおこがましいわ、先生。わたしはあなたがいないことにも気がつかないと思う」

エドウィンはドラマチックに自分の胸を片手でつかんだ。「ああ、ミス・ケリー。きみはぼくに致命的な傷を与えたよ」

これにはウーナも笑った。彼といっしょにいると、その日の心配も疲れも吹き飛んでしまう。ハットフィールド看護師長もトラベリング・マイクも警察も——ほんの一瞬だとしても。なんて簡単で、そしてなんて危険なんだろう。

彼は真顔になると一歩ウーナに近づいた。彼はそわそわしていた両手を、またズボンのポケットに突っ込んだ。彼の視線がまた一段とはにかんだ。またキスをしようとしている？でもウーナはそれを許すほど馬鹿じゃない。湖での出来事は過ちだ。幸せで、愚かな過ちだった。またそれを望むなんて許されない。それなのに、なぜ、唇が期待でぞくぞくするんだろう？

がっかりしたのと、ほっとしたことに、エドウィンはそれ以上近づいてこなかった。「冗談はさておき、ミス・ケリー。また会ってほしいんだ。ぼくと付き合ってください。もちろん、秘密で。きみの看護学校での立場をあやうくするつもりはない」

ウーナはまばたきをした。キスの準備はしていた。でも交際？　彼女はカウンターから降りて、エドウィンから少し離れた。「なぜ？」

「きみがとても魅力的だから。きみみたいな人に会ったことないよ。ウィットがあって、思いやりがあって、芯が強い。ぼくの言葉に作り笑いをしたりうなずいたりする代わりに、言い返す」

さらに少しずつ彼から離れると、ウーナはカウンターときついにおいのする液体の入った大桶の隙間に入ってしまった。「わたしはそんなんじゃない」

エドウィンはくすくす笑った。「ほら、今だってぼくに言い返した」

「できないわ」何も考えられず、ウーナは言った。

「それは相手がぼくではだめということ？　それとも周りに秘密で付き合おうとしてもばれてしまうから？」

「あなたがだめなんじゃない」冷静になる前に、ウーナはつい口走った。「あなたは……とても魅力的。でもわたしは……」

彼はぐっとウーナに近寄った。失いかけた自信を取り戻している。「それならぜひ、ぼくにチャンスをくれ。きみがこの秘密に耐えられるなら」

ウーナの手のひらが急に汗ばみ、口のなかが乾いた。泥棒の最中に現行犯で逮捕されたみたいだ。彼女のなかの一部は、エドウィンの向こう脛を蹴って逃げ出したいと思っている。でも大部分はふたりの距離を縮めたいと望んでいる。彼のミント味の息を味わいたい。自分が思うままの女性でいたかった。

あと二歩近づけば、エドウィンはウーナにキスができる。ウーナは体に電気が走った気がした。だがキスの代わりに手を握られた。「お願いだ。イエスと言って、ミス・ケリー」

「ウーナよ」

「ウーナ」甘いワインを舌でじっくり楽しんでから飲み干すように、エドウィンは言った。

「それってイエスってこと？」

これ以上、気を散らすわけにいかない。巡査が病院に来たことで、自分に言い聞かせたたじゃないか。それにエドウィンに関することは全て――彼の颯爽とした笑顔から、完璧すぎる歯、親しみやすい率直さ、ウーナをドキドキさせる手まで――ウーナの心をかき乱す。ウーナは握られた手をそっと引き抜くと、おぼつかない足取りで彼の横を通り、ドアへ向かった。

「できないわ、先生。ごめんなさい。わたしの人生は秘密だらけなの」

29

ウーナは分かっていた。精神科病棟の世話人がトラベリング・マイクを殺した犯人だという考えには無理がある。ありえない話だ。ふたりの死に関連はない。

翌日、訓練生たちが実習室でぎゅう詰めになって包帯の巻き方や副木の固定の仕方を習っているあいだ、ウーナは後ろのドアから抜け出して病院へ向かった。講義を聴けなかった分は、ドルーにその晩のふたりの自習時間に教えてもらう約束を取り付けていた。

「看護師長のひとりがあなたがいないことに気づいて、どこにいるかきかれたらなんて答えればいい？」

「具合が悪くてベッドから出られなかったって言って」

「わたし、嘘はつけない」

「嘘なんかじゃないわ。本当じゃないだけ。しかも、全部が本当ってわけじゃないだけ。ひどい頭痛がするのは本当なの。それに、自分がついた嘘になるのは、自分で考えた嘘だけ」

ドルーは胸の前で腕を組み、首をかしげている。

「お願い。患者さんと約束しちゃったの。退院するときは、必ずさよならの挨拶に行くって。

ここ数週間本当によく頑張った患者さんなのよ」ウーナの口は乾き、珍しく、うまく嘘がつけない。「腎臓結石と胆石と……それから……前立腺結石だったの」

「前立腺結石？　あなたの言ってる患者さんって女性だと思ってた」

「そ、そうよ、女性。実際は、男と女の両方っていうか」ウーナは唇をなめ、もごもご言った。「それで、なおさら大変な入院生活だったのよ。わたしが見送りに行かなかったら、きっとショックでまた病気がぶり返してしまう」

しぶしぶ、ドルーはうなずいた。

そして今、ウーナは新しいゲートハウスを築くために石を据えている職人たちの前をゆっくりと通り過ぎ、芝生を横切った。喉がからからで、寮を出るまえに水を飲むか、コーヒーを少し飲んでくればよかったと後悔した。昔は嘘をつくのが下手だった。最初の数回は、口の中が小麦粉でいっぱいになっているみたいに口ごもり、つっかえながら嘘をついたものだ。でもそれは、十年以上前の子どものころの話だ。いまのウーナはプロの嘘つきだ。プロならうまく嘘をつかなくては。そもそも会ったときからウーナはドルーに嘘をついている。もうひとつ増えたところでなんだというの？

落葉した木々と針金のような植込みが、芝生のあちこちに点在している。枯れた芝生を交差するように、小道が病院本館、病棟、そして救急馬車の駐車場へと続いている。松葉杖をついて歩く患者や、小道に沿って等間隔に置かれた木製のベンチで休んでいる患者もいる。だが冬の寒さのせいで、ほとんどの患者は病室に残っていた。ウーナは精神科病棟の近くにベンチを見つけた。伸び放題になった植込みがベンチを周囲の視線から隠してくれる。左に体を少し傾けて首を曲げれば、精神科病棟の女性病室の裏にある階段を見渡すことができた。ウーナはポケットから本を出すと、読んでいるふりをした。ここ数日、巡査が戻ってくるのを警戒して、ウーナは仕事に一区切りがつくたびに、第十二病室から注意深くこの建物を見張っていた。だから、あの昼間の世話人がしょっちゅう階段に忍び出てきて、スカートのポケットに隠したフラスコからお酒を飲むと分かっていた。ウーナがするのは待つことだけ。昼間の明かりでマッジの顔を近くで見ることができれば、以前どこかで会ったことがあるかどうか——スラムか、トラベリング・マイクが殺された路地で会ったのか見極めることができると確信していた。

数分後、ドアの蝶番が軋む音が聞こえ、ウーナは本から顔をあげた。願っていたとおり、マッジが階段の上に出てきた。ウーナは体を傾けて首を曲げ、植込みの小さな隙間から覗いた。今日のマッジはいつもの脂っぽいスカーフではなく、看護師の青いキャップをかぶり、白髪交じりの髪を、うなじの位置でいい加減に丸めて留めていた。辺りを見回すと、そっとフラスコを出してぐっと飲んだ。その顔のどこかに——眉毛だろうか？——見覚えがあった。色は薄いが毛深い眉毛で、弓形というよりほぼまっすぐだ。右の眉毛は細い傷跡で途切れていた。

ちがう、眉毛じゃない。だが顔のどこかに見覚えがある気がした。ウーナは本を置くと、しゃがんで植込みの端へと進んだ。見覚えがあるのは歯の抜けた口だろうか？　ちがう。二ューヨークに住む人の半分は、笑えばあちこちの歯が抜けているのが見えるものだ。葉が落ちてむき出しになった枝で服が破れ、肌に切り傷ができたが、ウーナは構わず前へ進んだ。あともう少し。マッジはもう一度ぐっとあおると、フラスコの蓋を締めた。拳はごつごつして腫れていた。

「なにかなくしたんですか？」真後ろから声がした。

ウーナはぎょっとしてバランスを崩し、植込みに顔から突っ込んだ。絡まった枝に苦労していると、がっしりした手が彼女の腕をつかんで立ち上がらせた。

「すみません、ミス・ケリー。びっくりさせるつもりはなかったんですが」コナーはそう言って、彼女をまっすぐに立たせてから、腕をつかんでいた手を離した。

ウーナはスカートから泥と折れた小枝を払い落とすと、キャップをまっすぐに直した。肩越しに振り向くと、マッジはもういなかった。ちくしょう！

「切り傷が」コナーはポケットからハンカチを出すとウーナの頬に押し当てた。彼が触れた肌がずきずき痛んで、離したハンカチには血がついていた。

「ちょっと引っ掻いただけ」

彼がまた彼女の顔を拭こうとするので、ウーナは体を引き、今さらながら病院の建物を見上げた。こんなに親しそうにしているところを見られたら、パーキンズ校長に長々と言い訳をしなくてはいけない。親しいどころか、彼に頬を触られて首の後ろに鳥肌が立っているというのに。

ウーナは本を置いたベンチに戻った。コナーが隣に腰をおろす。ふたりは同時に話し出した。

「わたしはただ――」

「おれにできることが――」

コナーは微笑んで、ウーナに先に言うよう促した。

「わたしはただ、捜し物をしていたの……ええと……ミトンの片っぽをなくしちゃって」

「おれも手伝います。最後に見たのはどこです？」

コナーは立ち上がったが、ウーナは彼の袖をつかんでとめた。「気にしないで。寮に忘れてきたに決まってる」

居心地の悪い沈黙のなか、ふたりはしばらく座っていた。ウーナは動揺しているのを悟られないよう気をつけた。さっきはしゃがんで覗き見しているところを邪魔されたし、今は今でマッジがまたお酒を飲みに外へ出てくるかもしれないと思うと落ち着かなかった。

教会のミサでコナーの隣に座って神父の話を聞いているときや、ミサのあとで見物する物に事欠かない賑やかな通りを一緒に歩いて寮まで送ってもらうときの方が、気が楽だった。コナーは悪い人間ではないし、普段は一緒にいても気にならない。ふたりで、寮の人には分からないことで笑い合うこともできた。だがコナーは妙なことに腹を立てることがあった――路上で暮らす少年、行商人、娼婦。彼らがニューヨークを汚していると急に怒り出し、我に返って、ウーナに謝るという繰り返しだ。彼女の本当の天職を知ったら、コナーは同じように腹を立てるだろう。とはいえ、ウーナがここで出会った人たちはみんな、彼女の正体を知ったらひとり残らず腹を立てるだろう。

ドルーとエドウィンはウーナの特殊な事情を知っても理解してくれるかもしれない。そう想像するのは楽しかった。だが理解してくれるのと、変わらずウーナといっしょにいたいと思ってくれるかどうかは別の話だ。

ついに、コナーが咳払いをして、精神科病棟の方に向かってうなずいた。「数日前に自殺があったそうです」

「わたしも聞いたわ」

「なんてことを」

「ねえ……こういうのはどう――」ウーナはためらった。世話人を疑っていると話したら、コナーはウーナの頭がおかしいと思い、彼女自身を精神科病棟に閉じ込めた方がいいと考えるかもしれない。だがコナー以外の誰に話すことができる？「なにかがその女性の死に関わっている可能性はあると思う？」

「例えばどんな？」

ウーナは無意識に頬を触った。血は止まったが、傷はまだ痛かった。「わからない。ただ……警察が来たのに、彼女が自分の首を吊るのに使ったロープもベルトも見つからなかったそうだから」

「だからここでうろついていたんですか？」

ウーナはためらいながら、うなずいた。

「店をうかがう泥棒みたいだった」

「わたしはただ思っただけで――」

「あの年寄りの世話人が病室に忍び込んで、患者の首を吊ったと?」

ウーナはうつむいて膝を見つめた。彼が言うのを聞いていると、全く馬鹿げた話に思える。

「なんで世話人がそんなことを?」

「わからない。彼女がやったと思うのは馬鹿げてる。でも、気の毒な女性が自殺をしたというのが、わたしには少し納得ができないの」

コナーはウーナにぐっと近づいた。「そう思うのはあなただけじゃありません。病院の仕事はむなしいものです。病気から回復する患者もいる。そうじゃない患者もいる。自分で命を絶ったのはあの女が最初じゃないし、最後でもないと思いますよ」彼は手を伸ばしてウーナの頬にまた触れ、親指の腹で切り傷の線をなぞった。「あんな女に、あなたが同情する価値はありません。頭のおかしい女でしょう。悪魔を迎え入れて、それで今ごろ――」

ウーナは足音が近づいてくるのに気づいて、体を引いた。ふたりに向かって小道を大股で歩いてくるのはエドウィンだった。「ミスター・マクレディ、ぼくは――」ウーナに気づくと、彼は黙った。ぽかんと口を開け、続けざまにまばたきをして、殴られたばかりの人みたいだ。「ぼくは――あのう――」彼は胸を張ると、コナーの方を見た。「失礼。ぼくはドクター・ウェスターヴェルト。ドクター・スコットがインフルエンザで休んでいるあいだ、ぼくが代わりに救急馬車に乗ることになりました。それで、実際に出動する前に一度、馬車を見せてもらえたらと思って」

「もちろんです」コナーは立ち上がり、振り返ってウーナに言った。「じゃあこれで。おれが言ったこと、よく考えて」

ウーナはうなずいた。悪魔を迎え入れて云々などは別にして、彼が言ったことはもっともだ。病院では死は厳しい現実だ。人が死ぬたびに殺人だと叫んで回ることはできない。それに、彼女が横を通り過ぎたときのエドウィンの頑なな眼差しから判断すると、ウーナにまた新しい悩みができたのは間違いなかった。

30

ウーナはふたりの背中を見つめた。エドウィンが振り向いてくれたらいいのに。だが彼はそのまま行ってしまった。体のなかで奇妙なパニックに似た感情が膨らんだ。生きたウナギを呑み込んで、それがまだ彼女のお腹のなかでのたうっているみたいだ。

コナーとは偶然会っただけなのに、エドウィンはそれを秘密のデートと勘違いしたに決まっている。普段のウーナは、他人に自分の行動をどう思われようが全く気にならない。だが自分でも思いがけないことに、相手がエドウィンだと、気になって仕方がなかった。ウーナはエドウィンの交際の申し込みをはねつけた。ウーナとコナーが密会していたと、エドウィンがパーキンズ校長に言いつけることはないだろう。だがそれでも、ウーナは自分とコナーの間に何かがあると、エドウィンに思われたくなかった。

いまするべき最も賢い行動はエドウィンのことは忘れて、看護学校に戻ることだ。運がよければ朝の実習の終わりに間に合って、他の訓練生といっしょに病院に移動することができる。誰も、ドルーを除いて、ウーナがいなかったことに気づかないだろう。だが門に向かう代わりに、ウーナは芝生を横切って救急馬車の駐車場に向かった。

入口の横の壁に体を寄せて耳を澄ます。馬のいななきや、鼻を鳴らす音に交じって、コナーの声が聞こえた。アイルランド訛りを完全に隠している。エドウィンは淡々と簡潔に相槌を打っている。ふたりの会話は全て仕事に関することだった——どの備品が元から馬車に搭載されていて、どこに収納されているのか、電信受信機に届いた出動の要請は、担当医師にどうやって伝えられるのか。

ウーナはふたりの会話が終わり、コナーの大きな足音が厩舎へ向かうのを待ってから、そっと中に入った。いつでも出発できるように整備された黒い救急馬車がずらりと並び、一番目の馬車には既に馬がつながれていた。馬は目を半分閉じ、うたた寝をしているように片方の後ろ脚を軽く上げている。ウーナが近づくと尻尾を揺らしたが、興奮して暴れたりすることはなかった。

エドウィンは馬車の後ろに立ち、救急馬車で出動する医者が持っていく救急セットの入った医療鞄の中身を確認している。ウーナは何を言えばいいのか分からず、馬の横で彼のことをしばらく眺めていた。ウーナの賢明な方の半分は、このまま引き返すべきだと訴えている。昨夜、ウーナは既にしゃべりすぎていた。

だがウーナのひねくれている方の半分が勝った。病院内を闊歩して人の会話に割り込み、勝手に誤解するなんて許せない。馬がまた尻尾を揺らし、物憂げに瞼を上げた。こう言っているようだ。さあ、急いで！　返事の代わりに馬をにらんでから——だが、もちろん、馬の言うことは正しい——ウーナは胸を張った。後ろを振り向いてコナーがまだ厩舎で作業をしているのを確認してから、勇気を出して一歩踏み出した。

ウーナが近づくとエドウィンは顔をあげ、それからまた医療鞄に視線を戻した。「なにかお手伝いしましょうか、ミス・ケリー。それともミスター・マクカサノヴァを捜しているのかな？」

「ミスター・マクレディよ。それと、いいえ、ちがうわ。わたしはあなたに会いに来たの」

彼は鞄のなかをくまなく探り、ひとつひとつ手に取って調べていた。今までガーゼもピンセットも見たことがなかったような熱心さだ。「うん、なんだい？」

「わたしはただ……さっきのは……ちがうのよ。転んで植込みにはまって、ミスター・マクレディはわたしがだいじょうぶかどうか、傷を見てくれたの」

「どうして転んで植込みにはまったの？」

ウーナはためらった。精神科病棟の世話人は酒好きなだけでなく、殺人犯かもしれないから見張っていたとは言いづらい。エドウィンは彼女の沈黙を罪の意識によるものだと受け取ったようで、小さく鼻を鳴らして頭を振った。

「エドウィン、わたし――」電信受信機の上の鐘が鳴り、ウーナの声をかき消した。「わたし――」ウーナは鐘の音に負けないよう声を張り上げたが、鐘の音が駐車場いっぱいに鳴り響いた。うとうとしていた馬がさっと頭をあげ、耳をぴんと立て、目を見開く。コナーが御者台に飛び乗った。

「先生、出発できますか？」前を向いたまま言う。

エドウィンは医療鞄を無理やり閉めると、救急馬車によじ登った。最後の鐘が鳴り響いた。ウーナはまた話しかけようとしたがエドウィンに遮られた。「ぼくは仕事に行かないと。きみも病室に戻った方がいいんじゃないか」

心臓がポンプで火を送り出しているみたいに、ウーナの手が熱くなった。ウーナは馬車が動き出す瞬間、馬車に乗り込んだ。「わたしに指図しないで」

「ぼくは医者だ。きみは看護師。いや、看護師でもない。訓練生だ。指図しない方がどうかしてる」

馬車が大きく傾き、エドウィンはバランスを崩して両膝をついた。ウーナは馬車鉄道でスリを働いたこともあったので揺れに慣れていて、さっと頭上のつり革を両手でつかんだ。

「つかまって！」コナーが御者台から叫んだ。「門を出たらもっとスピードを上げるから！」

エドウィンは倒れ込むようにベンチに座った。少し顔色が悪い。傾いた帽子や汚れたズボンを気にする余裕もなく、救命いかだにつかまるように、ベンチにしがみついている。

馬車の前半分は木のパネルで覆われているが、大きく開いた後ろ半分を覆うフラップは巻き上げられていて、遠ざかる病院がよく見えた。いまなら飛び降りても、自分の足で着地できそうだ。馬車がスピードを上げたら、飛び降りるのは難しくなるだろう。もちろん、ウーナはいつも軟らかそうなごみの山や堆肥が積まれたところが来るまで待つし、頭をかばい、着地するときは上手に転がるようにしている。財布を盗んだら、次の駅に停まるのを待つ時間があるとは限らないから、慣れたものだ。だがウーナが看護師の制服を馬糞や泥だらけにして寮に帰ったら、ミセス・ブキャナンはヒステリーを起こすだろう。

それに、ウーナのひねくれている方の半分は、まだ気が済んでなかった。つり革から片手を離して、病院を指差す。「いい？ あなたがわたしに指図していいのは、あそこにいるときだけ。一歩出たら、わたしのボスはわたしよ」硬い土の道を見下ろし、馬車のスピードをはかる。飛び降りるのはなかなかしんどそうだ。だがウーナは背筋を伸ばした。「では、失礼。わたしにも仕事がありますから」

ウーナはくるりと彼に背を向けて飛び降りようとした瞬間、ゲートハウスを造っている石工たちの間を縫って進んでいた救急馬車がまたがくんと揺れた。馬車が二十六丁目へと曲がる衝撃で、ウーナの手がつり革から離れた。彼女は馬車の側面へとよろけ、外へ転げ落ちないよう、何かにつかまろうと両手を伸ばした。道がすぐ目の前に迫ってきた。すでに上半身が外に投げ出されている。何かがウーナのスカートをつかんだ。

手。エドウィンの手だ。馬車の外に身を乗り出して彼女の腰に腕を回し、ウーナを馬車の内側へと引き戻した。ふたりは崩れるようにベンチに並んで座り込んだ。

「勘弁してよ、ウーナ、頭がおかしくなったのか？」彼の帽子はさらに傾き、ネクタイがほどけている。

「飛び降りる時間があると思ったの」

「飛び降りる？ 動いている馬車から？」

エドウィンに両手を握られて初めて、ウーナは自分の手が震えていることに気づいた。このスピードで走っている馬車から頭を下にして落ちたら、制服が汚れるだけで済むはずがない。「あんなに急に曲がるとは思っていなかったから」

エドウィンは頭を振ったが、ウーナがほっとしたことに、彼は微笑んでいた。「きみはどうかしてるよ」

彼は握っていたウーナの手を離そうとしたが、ウーナが離さなかった。さっきまでは火のように熱かった手が嘘みたいだ。代わりに、自分の内側にこれまでとはまた違う熱さが沸き立つのを感じた。「コ――ミスター・マクレディと私は何でもないの。誓うわ。わたしは……わたし、精神科病棟の周りを探っていたの。彼がわたしを驚かせて、わたし、本当に植込みに突っ込んじゃって」ウーナは顔を動かして、反対側の頬の傷を見せた。「ね、証拠のすり傷があるでしょ」

エドウィンはウーナに握られている両手の片方をそっと外すと、コナーがしたように、親指の腹でウーナの傷をなぞった。ウーナは体を引くかわりに、頬に触れるエドウィンの指に顔を寄せた。車輪が路上の穴にはまって馬車が大きく揺れると、エドウィンはまたベンチにすがりついた。

「馬車に乗るのが怖いんじゃないでしょうね？」ウーナがきいた。

「怖いっていうのは、また極端な言葉だね」彼はそう言ったが、強くベンチの端をつかんでいて、彼の拳は真っ白だった。「ぼくは単純に、自分で手綱を握る方が好きなんだ」

「ミスター・マクレディが自分はニューヨークで一番腕のいい御者だって言ってたわ」

「彼ならきっとそう言うだろうね」

「気に入るか気に入らないかはともかく、エドウィン、ミスター・マクレディとわたしは知り合いなの。同じ教会のミサに行っていて、一回か二回、寮まで送ってもらったことがある。でも、それだけ」

「あの男には何かがある……ぼくは彼を信用できないな」

ウーナはエドウィンの額に垂れた髪を後ろへ撫でつけ、帽子をまっすぐに直した。「彼を信用しなくてもいいの。わたしを信用して」

そう言って、罪の意識で胸が痛んだ。今まで嘘しか言っていないくせに、信用してなんて、よく言えたものだ。だが彼女が自分の言葉を撤回する前に、エドウィンの唇がウーナの唇をふさいだ。ふたりの初めてのキスと違って、情熱的かつ落ち着いたキスだった。ウーナは抵抗しようとするのをあきらめ、彼の情熱と同じ激しさで応えた。ふたり以外の全てが消えていく気がする——馬車の揺れ、ベンチ下の箱の中から聞こえる薬瓶がぶつかり合う音、ふたりをかすめて通り過ぎる冷たい冬の空気——それと共に、彼女のこれまでの人生、慣れ親しみ、いずれ戻らなくてはならない生活も消えていく気がした。自分の肺が空気を求めて叫んでいても、誰かに見られる危険でさえも、この瞬間をとめることはできない。

ようやく体を離したときには、ウーナの唇はひりひりして、心臓はばくばくしていた。

「もう二度と走っている馬車から飛び降りようとしないでくれ」

ウーナはにっこりして彼にキスをした。嘘をつかないで済んだ。

31

ウーナの頭は初めは怒りで、それから愛しさでいっぱいで、救急馬車が目的地に着いたらどうするかまで考えていなかった。だが馬車のスピードが緩やかになるにつれて冷静さが戻ってきた。普段、看護師は救急馬車で出動しない。コナーに何か言われるかもしれない。患者は看護師が同行していることを不思議に思わないとしても、パーキンズ校長の耳に入ったらなんて言い訳すればいい？

救急馬車はごみだらけの通りの木造のテネメントの前で停まった。ここはどこだろう。風の向きが変わって血とはらわたのにおいがした。ヘルズキッチン地区だ。

エドウィンが顔をしかめた。「なんのにおい？」

「食肉処理場よ」ウーナはさらりと言ったあとで急いでつけ加えた。「実家のオーガスタにもあったから」

ヘルズキッチンはウーナの縄張りではなかった。ここの酒場や賭博場、売春宿にはニューヨーク中からカモが集まってくる。スリをするには絶好の場所だ。だが通りで目を光らせているアイルランド系のごろつき集団に分け前を要求される。奴らとマーム・ブライの両方にスリの成果を吸い取られたら、ウーナの儲けはゼロどころかマイナスだ。だから基本的にことは距離を取っていた。ルールその二十一、二重払いはしないこと。

馬車の前方の板をノックする音がして、コナーの声がした。「先生、着きました！　必要なものがあるときのために、おれは馬車ごとここで待ってます」

エドウィンは医療鞄をつかんだ。「まずはこのにおいに慣れないといけないな」彼は馬車の後ろの扉を開けて飛び降りると、ウーナに手を差し出した。

ウーナはためらった。

「きみも来るだろう？」

ウーナは彼の手を取って馬車から降りた。救急馬車のなかで待っていた方がずっと人目につく。通行人はひとり残らず、殴られたり血まみれになったりした怪我人を期待して馬車のなかを覗いて行くだろう。すでに小さな人だかりができていた。

エドウィンは野次馬を掻き分けてテネメントの前階段へと向かった。ウーナは彼のすぐ後ろをついていった。アパートの前に巡査がひとり彼らを待っていることに気づいたときは、もう引き返すわけにいかなくなっていた。

「状況は？」エドウィンがきいた。

「三階。三〇一号室です。男が階段から落ちて、脚をひどくねじった」巡査には強いアイルランド訛りがあり、コナーと違って、全く隠そうとはしていなかった。肌は青白く、濃い口髭は伸び放題だ。ジャケットの真鍮のバッジには〈第二十分署〉と刻まれている。

緊張できゅっとなっていたウーナの胸が緩み、呼吸が楽になった。この巡査に見覚えはなかったし、彼が所属する管轄区は、この五十七丁目周辺でも、ウーナが捕まったことのない地区だった。とはいえ、彼女はエドウィンの陰に隠れ、不審に思われない程度に下を向いて顔を見られないようにした。

「脚は折れてます？」エドウィンがきいた。

「さあ。じっくり見たわけじゃないですから」

「わかりました。案内してください」

「あなたと……ええと……このレディを？」

「そうだ。ケリー看護師は、ぼくの手伝いをしてくれる」

巡査は片足からもう一方の足へと体重を移動させたので、ウーナの胸はまた緊張できゅっとなった。気づかれた？　逃げた方がいい？

ウーナは呼吸を整えると、思いきって顔をあげて巡査と目を合わせた。いま駆け出すのはまずい。この辺りの地理に詳しくないし、捕まる確率の方が高い。捕まらなかったとしても、もう看護学校には戻れないだろう。そんなの嫌だ、今するべきことは看護師になりきることだ。

巡査の視線がウーナからエドウィンへと移った。「ただ……スラムってのは、先生、小綺麗なところじゃない。わたしらが暮らしているところとは違うんです。レディには見るに堪えないんじゃないかと思って」

ウーナは安堵のあまり声をあげて笑いそうになった。巡査はウーナに気づかないどころか、デリケートなレディをスラム街の家に案内していいものか心配していただけだった。「お巡りさん、どんな状況であれ」彼女は言った。「わたしは仕事を全うするための訓練を受けてますから、どうぞ安心してください」

「覚悟してくださいよ、お嬢さん」巡査はそう言ってふたりをなかへ案内した。

ドアが閉まると、暗闇に包まれた。巡査はベルトからランタンを外すとマッチで火をつけた。

「このアパートにランプはついてないのかな？」エドウィンがきいた。

「こういう古い建物にはまずないですね」巡査が言った。

「じゃあ住民はどうしてるんだ？　あなたのようにベルトにランタンをぶら下げているわけではないだろうし」

巡査はくすくす笑った。「まさか、ランタンは下げてませんよ。マッチか蠟燭を使ってるのでしょう」

「それじゃあ、階段を踏み外すわけだ」エドウィンがつぶやいた。あきれたような声だった。

エドウィンはテネメントの中になど入ったことがないのだろう。彼の愛情が本物だったとしても、ウーナとエドウィンは全く違う世界に属している。

巡査はランタンに火をつけるのに使った、まだくすぶっているマッチを床に放り、階段をのぼり始めた。「さあ、足元に気をつけてください」

巡査とエドウィンの後に続いて埃だらけの階段をのぼる前に、ウーナはブーツの踵でくすぶるマッチを踏みつけて火を消した。これほど古いテネメントには火事に備えた非常口もないだろう。ウーナは火事のことを考えないようにしたが、脈拍はどんどん速くなった。

三人がのぼっていくと狭い階段が軋んだ音を立てた。野菜の皮、ネズミの糞、割れたグラスのかけらが散らばっている。食肉処理場からのにおいが腐敗物や汚物のにおいと混ざる。二階の踊り場まで来たところで、エドウィンが立ち止まって片足を上げた。高価なエナメルの靴底に何やらべたべたしたものが張りついている。立派なことに、エドウィンは黙って階段の縁でこすり落とすと、さらに階段をのぼっていった。

ようやく三階まで上がると、くぐもった泣き声が聞こえた。巡査が軽くノックをしてからドアを開けた。目の前には十二平方フィートほどの乱雑な部屋があった。コンロの上では錆びたケトルがかたかた音を立てている。木箱と樽が数少ない家具だ。裏庭を見下ろすふたつの窓から、かろうじてわずかな光が部屋に射し込んでいた。

ウーナはここよりもひどい部屋に住んでいたのに、ここ数週間を清潔で居心地のいい看護学生寮で過ごしたせいで、すっかり耐性を失っていた。エドウィンがひるんで吸い込んだ鋭い息の音を聞きながら、ウーナも自分自身の嫌悪感をどうにか隠そうとした。ミセス・ブキャナンに口うるさく整理整頓を注意されてうんざりしたものだが、今はまさに神聖な教えだと思える。

部屋の隅に子どもが三人、目を見開いて縮こまっていた。ひっくり返した木箱を椅子がわりに、老婆が腰をおろしている。窓辺では中年の女性がふたり、シャツが積まれたバスケットに囲まれて背中を丸め、細く節くれだった指で針仕事をしていた。そのうちのひとりが、すすり泣きが漏れ聞こえてくる部屋を指差した。

ぼろ切れの山と灰を集めた手桶、錆びたバケツをよけながら、その部屋へ向かう。怪我人の男は細長いマットレスに横たわり、その妻が横でむせび泣いていた。窓のない部屋に明かりは一本の蠟燭だけ。汚れたズボンに血の染みが広がっている。そのかすかな明かりでも、ひどい怪我だと分かった。膝から下が妙な方向にねじれ、

巡査は中に入るのをためらったが、エドウィンは巡査のランタンをつかむと患者に駆け寄った。ウーナも後に続く。エドウィンは医療鞄をおろすと、上着を脱いでそこらに放った。汚れやノミを気にする様子もない。シャツの袖をめくりながら、ウーナに指示をする。「鞄から鋏を出して。ズボンを切るから」

ほんの一瞬、ウーナは身じろぎもできず、怪我人とその妻、そしてエドウィンを見つめた。ひどい怪我にひるんだわけじゃない。もっとひどい怪我をベルビュー病院やスラムで見たことがあった。いま必要なのは看護師だ。看護師のふりをしている逃亡中の泥棒じゃない。

余計なことを考えるのをやめてエドウィンの隣にひざまずいた。看護師だろうが泥棒だろうが、自分にもできることがある。手が震えて、鞄の留め金を外すのに三回失敗した。ようやく開いた鞄のなかから、慣れ親しんだ冷たい金属の感触を探す。エドウィンに鋏を渡し、彼がズボンを切り裂くのを見つめた。脚は赤紫色になって、普通の二倍の太さに腫れ上がっ

ていた。折れた頸骨が皮膚を突き破り、傷口から血が流れている。

男性の妻ははっと息をのむと、またすすり泣いた。彼はゲール語で妻をなだめると、エドウィンに向き直って英語で言った。「切ってくれ、先生。覚悟はできてる」

「切断する必要はないよ。あったとしてもここじゃできないな。応急処置をして脚を固定して、ベルビュー病院に搬送してから治療しよう」

エドウィンが鋏を男のブーツに向けると、男はぱっと上半身を起こして叫んだ。「ブーツは切らないでくれ！　一足しかないんだ」

「足がすごく腫れてるんだ。ブーツを脱がすには切るしかない。そうしないと治療ができないから」

「脂で試してみません？」ウーナが言った。ブーツがどれほど貴重かは、身に染みて分かっていた。

「ああ、それでうまくいくかもしれない」

ウーナは立ち上がった。「ついでにきれいな水を持ってきます」泣いている妻に声をかける。「手伝ってくれますか？」

女性はうなずき、よろよろと立ち上がった。ウーナは彼女の腰に腕を回して支え、最初の部屋へと連れていった。ゲール語はほとんど忘れていたが、母が病人や貧しい人々を慰めるときによく言っていた言葉を思い出した。「ノー・カイル・ド・クリー」ウーナは言った。心配しないで、という意味のはずだ。「ドクター・ウェスターヴェルトとわたしが約束するわ。最善の治療をするって」

脂を少し塗っただけでブーツをすんなりと脱がすことができた。患者は痛がりもしなかった。エドウィンが施した麻酔のおかげだろうが、自分の機転も多少は役に立ったのではないだろうか。凍えそうに寒いテネメントでは、沸騰させたお湯も数分で冷めていった。ちょうどいい温度になると、ウーナは患者の脚についた血を洗い流した。皮膚から突き出ているのは頸骨だけだったが、腓骨も折れていることが分かった。ドルーとの夜の自習で骨についてうんざりするほど勉強した成果だ。エドウィンが患者の脚に副木をあてるのを手伝うと、指示される前に、脚と副木の隙間を埋めるためにほぐした麻と、木綿の包帯を用意した。

救急馬車に担架を取りに行く巡査と一緒に、ウーナも毛布を取りに行った。「スラムの住人相手にたいしたものだ」ふたりで暗い階段を慎重に降りていると、巡査が言った。ウーナはその言葉に嫌みや疑いが含まれていないか警戒したが、純粋に感嘆している声だった。「ベルビュー病院の看護師は今までの看護師とは別物だと聞いていたけど、いやまったくその通りだ」

ウーナは急になんと言えばいいか分からなくなった。石灰の塊で喉が塞がれているみたいだったが、ウーナはかろうじて言った。「ありがとうございます」

暗く狭い寝室に戻ると、患者を慎重に細長いキャンバス地の布に寝かせ、両側で筒状に縫った穴に木の棒を差し込んだ。ウーナは患者を赤ん坊のように毛布でしっかり包んだ。エドウィンと巡査が担架を持ち上げると患者は少し顔をしかめたが、麻酔で落ち着いていた。

担架を運ぶふたりの後ろに続いて、医療鞄を手に部屋を出る。ウーナは担架を運びながら急な階段を降りる仕事をまぬがれたことに感謝しつつ、ランタンを掲げて彼らの足元を照らした。

救急馬車の後部に患者を乗せて出発しようとしたところ、患者の妻がテネメントから飛び出して来た。馬車に駆け寄って、ウーナに何かを差し出した。「ゴ・レヴ・ミーラ・マハ・アガット」

はっきりと覚えてはいないが、あなたにたくさんの、よいことがありますようにという、心のこもった感謝の言葉だ。ウーナは受け取ったものを見つめた――小さな、楕円形のメダル――手のひらの上で引っくり返してみる。片面は平らで、もう片面には聖母マリアのレリーフがあった。

「ご主人にちゃんと渡すわね」ウーナは言った。

女性が首を振った。「ちがう、それはあなた、わたしの友だちに」

ウーナが受け取れないと断ろうとしたが、その前に救急馬車が動き出してスピードを上げた。メダルはニッケルシルバーで、本物の銀ではない。故買人に売ったところで二十五セントにもならないだろう。だがそんなことはどうでもよかった。ウーナはぎゅっとメダルを握ると、ポケットに大切にしまった。

32

それからの数週間は何事もなく過ぎた。植込みの陰から精神科病棟をうかがっているのをコナーに咎められることもなかった。救急馬車で予定外の出動をすることもなかった。ハットフィールド看護師長に出くわして嫌みを言われることもなかった。例の脚を骨折した患者は、ウーナが担当する病室に近い病室に入った。日に日に増える仕事のなか、ウーナは時間をつくっては毎日、彼の顔を見に行った。脚は牽引するために持ち上げられているが、骨が突き出ていた皮膚は感染症になることもなく、予後は順調だった。ウーナは新しい茶葉でいれたお茶を届け、枕を叩いて膨らませ、時間があるときは新聞を読んであげた。彼は〈アイリッシュ・アメリカン〉紙の方がいいと言ったが、〈ワールド〉紙しか手に入らなかった。

ウーナはエドウィンにも毎日会った。彼がウーナの病室に新しい救急患者を連れてくるわずかな時間でさえ無駄にしなかった。ドクター・スコットのインフルエンザが治り、救急担当の外科医としての任務に戻ると、ウーナとエドウィンは階段、物品庫、ウーナがまだ乗るのに慣れていないエレベーターのなかでさえ短い言葉とキスを交わした。休みが重なった貴重な日曜日にはセントラルパークで落ち合い、ベルビュー病院の関係者に見られないよう、あえて泥でぬかるんだ、あまりロマンチックでない小道を散歩したりした。

ウーナはふたりの関係に未来はないと分かっていた。エドウィンから彼のこれまでのこと——子どもの頃に飼っていて大好きだったオイスターという名前の猟犬のこと、九歳のときに馬車の事故にあい御者が死んで自分は頭蓋骨を折ったこと、ニューオーリンズで会った異母兄弟とはそれから一度も話をしていないこと——を聞けば聞くほど、彼を騙している自分が嫌になった。だが、もう終わりにしましょうと告げる決心をするたびに、その決心はもろくも崩れてしまうのだ。

エドウィンは彼女がこれまで何となく接してきた男たちとは違った。彼らはウーナと同じように——気安く軽口をたたく半面、心の奥底の本当の気持ちは決して見せない。堅気の仕事をしている男性で唯一ウーナに心からの気遣いを見せてくれたバーニーでさえ、その好意は父親的温情主義（パターナリズム）の範疇（はんちゅう）だった。エドウィンは彼女に対等に話しかけてくれる（病棟にいるときは、彼が言ったように、ふたりとも医師と看護師の立場を演じていた）。エドウィンも他の男たちと同じようにウーナを褒めそやすが、彼はキスを通じて彼女の気持ちを知ろうとしているようだった。

ありがたいことに病院でも寮でも、ふたりの関係は怪しむ人はいなかった。少なくとも、ウーナはそう思っていた。

三月初めのある晩、図書室で並んで本を読んでいたドルーが、ウーナに顔を寄せて尋ねた。

「ね、本当は日曜日の礼拝のあと、どこへ行ってるの？」

ウーナは教科書から顔をあげ、動揺が顔に出ないよう気をつけた。実際は心臓が口から飛び出そうだった。おっとりした田舎娘のわりに、ドルーは驚くほど勘が鋭い。ウーナはさりげなく図書室のなかを見回して他の生徒たちに聞こえていないか確認すると、ドルーと目を合わせ、作り笑いを浮かべた。「前に言った通り、いとこの家で夕食をごちそうになってるの」

「でも寮に帰ってきて、いつも普通に夕食を食べるでしょ」

「いとこは……えっと……料理が得意じゃなくって」それは本当だ。ウーナはホットミルクのカップに手を伸ばして一口飲むと、教科書に視線を戻した。これでこの話が終わるといいのだけど。

「いとこの旦那さんと不倫をしてる?」

ウーナはミルクが変なところに入ってむせ、何度も咳き込んだ。ようやく気管が通ったときは目に涙がにじんでいた。ドルーがランドルフに会ったことがあれば、不倫なんてありえないと分かるだろう。「まさか、とんでもない！　してないわ」

ドルーは首を赤くして、うつむいた。「ごめんなさい。不愉快な思いをさせて。母にいつも言われてた。お口にチャックよって」

そのアドバイスはドルーの耳の右から左へ抜けていったに違いない。

「ただ……ううん、なんでもない。母の言う通りね」ドルーは全ての葛藤を絞り出すように両手を握りしめた。「まだわたしと友だちでいてくれる？」

ウーナは手を伸ばして、ドルーの固く結んだ両手を優しくたたいた。「馬鹿ね、当たり前じゃない。不倫女よりもっとひどい呼び方をされたこともあるし」

「もっとひどい呼び方なんてある？」

売女。悪党。盗人。くず。アイルランド女。厄介者。ドブネズミ。スラムで何年も浴びてきた侮辱の言葉は何十個でもすぐに挙げられるが、詳しく話すつもりはなかった。ウーナはまた教科書に視線を戻したが集中できず、大量出血の場合の止血のやり方を説明する段落を三度読んだところであきらめた。「なぜわたしが不倫をしていると思ったの？」

今度はドルーが図書室のなかを見回し、ウーナに体を寄せてささやいた。「あのね、『忘れられた部屋』という小説があるんだけど、レディ・シャトルコックは愛人のウィカビー伯爵にこっそり会いに行くとき、何時間もかけてお洒落をするの。それで不倫をしていることがばれるわけ。メイドがおかしいって感づいてコックに言って、コックが——」

「『忘れられた部屋』？　ミセス・ブキャナンが消灯したあと、夜中に蠟燭を何本も使って熱心に読んでたのは小説なの？　血管の名前を暗記しようとしてるんだと、ずっと思ってた」

「内緒にしてくれる？」ドルーがうなだれて言った。「ハットフィールド看護師長やみんなに知られたら、きっとはしたないと思われる」

ウーナは首を振った。聖書以外の本を読むことは全てはしたないと思う人もいるだろう。だがハットフィールド看護師長がそういった類いの小説をコレクションして部屋に隠し持っていたとしても不思議はない。「で、わたしをレディ・スカトルバグみたいだと思ったわけ？」

「そう。シャトルコックだけど」

「で、あなたが……メイド？」

「以前より身だしなみを気にするようになったなって、思ったの。髪もピンできちんと留めるし、ボタンがまっすぐになっているか確認するし、袖もふんわり膨らませるようになったでしょ。出かけるときはわたしのマフと帽子を借りていくし」

ウーナは顔をしかめた。ドルーが言う通り、以前は確かにだらしなかった。髪を百回もとかしたり、鏡の前であれこれ悩んだりする意味がさっぱり分からなかった。ウーナは部屋に鏡を置いたことさえなかった。スプーンの裏で充分だったから。

「本当にいとこの旦那さんと不倫をしていると思ったわけじゃないの」ドルーが続けた。「でも非番の日曜日のたびにいとこの家へ行くなんて、あやしいなと思って。いずれにしろ、ドクター・ウエスターヴェルトは安心すると思うわ」

「ドクター・ウエスターヴェルト？」思いがけず甲高い声が出てしまって、ウーナは慌てた。ウーナは背筋を伸ばしてごくさりげなく尋ねた。「どういう意味？」

「気づいてないの？　先生はあなたに気があるの」

ウーナは笑い飛ばそうとしたが、変な咳が出た。「思い違いよ」

「だってそうでなきゃ、輸血をこっそり見学させてくれるはずないでしょ？」

「親切にしてくれただけ」

「でも、先生は輸血なんか見てなかった。あなたに釘付けだったもの」「ほかに気づいている人がいるかしら？」

ウーナはミルクを飲み干した。でもまだ口のなかがからからだ。「小説好きでなければ気づかないと思う。他の小説でも――」

ドルーは妙に時間をかけて考えたあと、首を振った。

「このこと、誰にも言わないわよね？」

「なぜ？　ハットフィールド看護師長だってあなたを責めることはできないわ。あなたが先生にそう仕向けたわけじゃないもの」

ウーナはこれまで百万回しらを切ってきた。銀行勤めのカモ、鉄道馬車の車掌、巡査や裁判官にも。でも今、どうしても頬が緩んでしまう。唇の端が震え、つい半分微笑んだ。

ドルーはそれを見逃さず、きゃっと小さく叫んだ。ウーナがしーっと合図する。

「やっぱりいとこの家に夕食を食べに行ってたわけじゃないのね」

「でも本当になんでもないの。ただ……お互い、いっしょにいると楽しいと思ってる。それだけ」

本当になんでもない。そうでしょ？　実際のところ彼の求愛を受け入れたわけじゃない。それに、彼の将来は立派な医者で、自分は潜伏中の泥棒だ。ドルーが愛読する小説のなかにしか存在しない、とんでもない設定のカップルだ。

ドルーは教科書をぱたんと閉じた。ふたりの自習時間で初めて、しおりを挟んだり、ちらりと時計を見て残りの数ページを慌てて読んだりすることもなかった。「全部白状して」

ウーナは白状した。生まれて初めて。全部。彼に初めて病室で会ったときから、今朝、洗濯室へ行く途中にある北西の端の階段でこっそり会ったことまで。

「病院にいるときみたいに、先生っていつも真面目なの？」ドルーがきいた。

ウーナは首を振った。ウーナが好きなのは――彼がやわらかく、穏やかに笑うところだ。ウーナを笑わせてくれるのも好き、思慮深く好奇心が旺盛なところも好きだ。ウーナの話を遮って間違いを指摘したり、言いくるめたりしようとしないで、最後まで聞いてくれる。確かに頑固なところもある。だが多くの人と違って、とても柔軟だ。ドクター・ピングリーに立ち向かう勇気があるところも好きだ。患者の信頼を勝ち取る気概もある。だが、ウーナとふたりきりのときは、もろく、自信のない面も見せてくれる。ウーナが彼の弱みにつけ込んだりしないと、信用しているからだ。

そして今のウーナはスリをしていた頃と違って、人の弱みにつけ込んだりしなかった。人に意地悪な採点をすることもない。弱点を探したりもしない。相手より優位に立とうとしたりもしなかった。すると、自分の弱さもさらけ出すことができた。

ウーナとドルーはミセス・ブキャナンにベッドへ追いたてられるまで、ずっとお喋りをした。消灯時間になって部屋に戻ってからも、ウーナは横になったものの眠れずにいた。後悔の波に襲われるのをじっと待った。ウィスキーを飲みすぎたあとや、一日の儲けを賭けトランプで全て失ったときのような後悔を。でもそんな気持ちは湧いてこなかった。そのかわり、とても気持ちが軽かった。浮かれていると言ってもいい。その気持ちの方が、ドルーにエドウィンのことを打ち明けたのは失敗だったという思いよりも強かった。

問題は、ウーナの浮かれた頭がそれを失敗だと思っていないことだ。頭の冷静な部分も、失敗だと思っていなかった。ウーナは自分のルールを破った。ドルーの隣に座ってささやき合って笑うのは、エドウィンと過ごすのと同じくらい楽しかった。もっと、もっと長くそうしていたいと思うくらいだった。誰だって、嘘つきの、スラムの泥棒にだって、そんな幸せな時間が一度や二度あってもいいじゃない？

どうせすぐに現実を突きつけられる。いつもそうだ。

33

浮かれ気分の後遺症のように、翌日も陽気な気分が残っていた。ふと気づくと、にっこり微笑みながら患者の髪からシラミを駆除していたり、鼻歌を歌いながら――まさかの鼻歌！――おまるを洗ったりしているのだ。いま必要なのは、頭から冷たい水をかぶることだ。そうしないと、浮かれ気分はますますひどくなるだろう。

午後になってすぐ、ウーナは看護師長に一階の診察室へ行くよう命じられた。新しい患者を診て、どの病室に入院させるかを決める部屋だ。近くのブリキ工場で事故があって、これから大勢の怪我人が運ばれてくるので、その受け入れの手伝いをするのだ。

診察室担当の看護師がウーナに包帯や薬がどこにあるかを説明してすぐ、最初の救急馬車が怪我人を乗せて戻ってきた。馬車の後ろから三人の怪我人がよろけながら降りてきた。出血と打撲があるが、自力で歩くことができる。その数分後に次の救急馬車の鐘が聞こえ、担架に乗せられた怪我人がふたり運ばれてきた。ウーナと他の看護師は、ふたりのためにベッドを用意し、最初に到着した三人は簡易寝台へ移動してもらう。三台目の救急馬車で到着した怪我人は床に座るしかなかった。

他の二年生の看護師が重篤な怪我人の手当てをしているあいだ、ウーナは軽い怪我の患者の手当てに取りかかった。医者とふたりの研修医が看護師のあいだを縫って動き回り、誰の怪我が深刻ですぐに処置が必要か、入院させる患者はどの病室へ送るかの判断をしている。狭い診察室は音楽酒場のように騒がしく、人で混み合ってきた。ウーナは床に横たわる患者をまたぎ、三、四人ずつ患者を無理に詰めて寝かせているベッドをよけながら、戸棚に包帯やらを取りに行った。洗面器からこぼれた水で制服が濡れ、エプロンが血で汚れた。怪我をした男性たちの傷を洗い包帯を巻いていく。火傷（やけど）に軟膏を塗る。医者が折れた骨を固定し副木を当てる手伝いをする。意識のある患者から名前、年齢、住所、近親者の名前を聞き取り、受付票に書き込んで患者のシャツにピンで留める。それが済んだ患者から、病棟職員が病室へと連れていった。意識のない患者にはただ不明と記入した。

次から次へと患者の手当てをしていると、ウーナは自分の母のことを想わずにはいられなかった。母が火事で病院に運ばれたときも、診察室は同じように混沌とした状況だっただろうか。誰かに名前を尋ねられ、声はかすれ、切れ切れの息しか出ないと、ため息をつかれ、受付票に不明と書かれたのだろうか？　他の大勢の人と同じように灰と瓦礫（がれき）に埋もれ、現場で死んでいた方がよかったのだろうか？

ウーナは余計な物思いをやめ、患者の世話に専念した。怪我がひどくて自分の名前を言うことができない患者には、手で優しく触れ、安心させるように微笑んだ。

途中で、エドウィンも加わった。手術が必要な患者と、それぞれどんな手術が必要かを判断する手伝いをしているのだろう。彼がそばにいると、いつものように心地よい温かさがウーナを満たした。だが彼の笑顔をうかがったり、今度はいつ会えるだろうと考えたりする余裕はなかった。まだまだたくさんの患者がウーナの手当てを待っていた。

とても忙しかったので、ウーナはコナーと医者が新しい患者を引きずってくるまで、次の救急馬車が到着したことに気づかなかった。簡易寝台がひとつ空いたが、ウーナには煤と血で汚れたシーツを取り替える暇がなかった。だが他に場所もなく、コナーと医者は患者を空いたばかりの簡易寝台にどさっと降ろした。ウーナは火傷用の軟膏を作り終わったら、新しいシーツを取りに行き、着いたばかりの患者に他に何が必要か確認することにした。

コナーが部屋を出るとき、ウーナのそばを通った。

「工場の人？」ウーナは尋ねた。

「いや、よくいるただの飲んだくれです」彼は患者をうんざりしたように見た。いや、うんざりとも違う。強い嫌悪だ。共同トイレのあふれた便器を目にした時の顔だ。「こいつらがいなければ、ニューヨークはもっとましになるのに」

「体をきれいにしてから、彼をアルコール依存症患者の病室に連れていくわ」

「彼じゃないです」コナーはそう言って、床に唾を吐いた。「彼女はスラムの住人です」彼は頭を振ると、診察室から出ていった。ウーナは彼の背中を見送り、その言葉の辛辣さに不安になった。以前にもコナーがひどく腹を立てるのを見たことがある。聖書を振りかざす宗教改革者のように、極端なことを言う。だが結局、ここは病院だ。必要とする全ての人に開かれている。絶対禁酒主義のアイルランド人ほど厄介な人間はいない。父親がよく言っていた。それに関しては、ウーナも同意するしかなかった。

ウーナは亜麻仁油とライム水を混ぜた軟膏を、床でうめいている患者の手当てをしている研修医のひとりに持っていった。患者の顔と両腕は火傷で赤くただれていた。ウーナは患者の火傷の傷に空気が触れないよう軟膏に浸した布で覆い、研修医が包帯を巻くのを手伝った。それが終わると、病棟職員が彼を第九病室へ運んでいった。その男性が回復するかどうか、きくまでもなかった。医者の重苦しい、唇を引き結んだ顔を見れば、その確率が分かる。

だが忙しさのあまり、また母への想いに引き戻されることもなく、ウーナはありがたく思った。手を洗い、戸棚から最後の清潔なシーツを取る。酔っ払いの女性は簡易寝台に降ろされてから、ぴくりとも動かなかった。大きな、周囲を揺らすようないびきが聞こえなかったら、ウーナは彼女が死んでいると心配になっただろう。汚れた、虫食いだらけのマントを体に巻きつけ、顔を伏せ、手足を縮めているので、女性というよりはぼろ雑巾の山みたいだ。布の間から赤毛の束と、裸足の片足だけが出ている。

ウーナは女性を脇腹が下になるよう動かし、片手で彼女の体を持ち上げて汚れたシーツを畳んで引き抜いた。それから新しいシーツを敷いて、今度は女性の体を反対側に向け、また同じ作業を繰り返した。女性のいびきが途切れたかと思うと、またひときわ大きくなった。気を失うまでお酒を飲んだのだろう。だが少なくとも今は、清潔なシーツの上で眠っている。

ウーナが不明と書き込んだ受付票を持って戻ってくると、その女性は目を覚ましていた。

「お嬢さん？　目が覚めました？」ウーナは簡易寝台の横に膝をつき、女性の肩をそっと揺らした。

女性はびくっとして飛び起きようとしたが、体に巻きついたマントですぐに動けず、続けざまに悪態をついた。その声は、かすれてくぐもっていたけれど聞き覚えがあった。ウーナが手を貸す前に、その女性は自分でマントをはぎ取った。

顔を見てウーナは息をのんだ。デイドラ？　名前を叫びそうになるのを堪えた。頭の中がぐるぐるする。錆びたバケツの中で活発に泳ぐボウフラみたいだ。デイドラはきっと看護師のキャップと制服しか目に入っていないだろう。所詮、酔っ払いだ。彼女の息と汗から、安いブランデーのにおいがした。

ウーナは立ち上がろうとしたが、完全に立ち上がる前に腕をつかまれた。「ウーナ？　あんたなの？」

「お嬢さん、酔いのせいで、自分が何を言っているのか分かってないみたい」ウーナは腕をほどこうとした。だが、デイドラはそれが銀行の地下金庫の鍵だと考えているように、しがみついて離さなかった。顎を一発殴れば、この場はおさまる。だがそれは看護師としてあるまじき行為だ。「お嬢さん、離してください。わたし――」

「あんたを見逃すくらいならあたしは死んだ方がましよ、ウーナ・ケリー」

押し問答しているうちにシャツの袖が破れたり、事が大きくなったりするのは嫌だった。ウーナはまた膝をついた。「しーっ」歯を食いしばったまま小さな声で言う。「じゃないと後悔するわよ」

デイドラはげらげら笑って喋り出した。「あんたったら、すごい変装ね。看護師に化けてるなんて、誰も思いつかない。それにほら、医者ってのは頭がいいと思ってたけど、みんな騙されてるの？」

「わたしは看護師よ」

そう言うと、デイドラはさらに激しく笑った。

「訓練生だけど。ほかの訓練生と同じように応募して、採用されたの。あなたたちがやる、いかさまとは違うわ」

デイドラは体を起こして座った。手はまだウーナの腕をつかんでいる。「あんたが殺人罪で指名手配されてるって、みんな知ってるの？　そのこと、応募用紙に書いた？」

ウーナは肩越しに診察室の様子をうかがった。数人の怪我人は上の階の病室へ、ひとりは遺体安置所へと運ばれていったが、診察室はまだ慌ただしく騒がしかった。二年生がひとり、雑巾と水の入った洗面器を抱えてよろけながら、部屋の反対側の隅にいる頭から血を流している男性のところへ向かっている。診察室の医者が研修医に大声で指示を飛ばしている。エドウィンは患者の滅茶苦茶になった手を調べていた。ウーナはデイドラに向き直った。「わたしは誰も殺してない。それはあなたも知ってるでしょう」

「さあね。でも警察はあんたがここにいるって知りたいと思う。警察ったら、懸賞金までかけてるの。居場所を教えるって言ったら、マーム・ブライもお金を出すんじゃないかな」

ウーナの心臓は数回鼓動を打つのを忘れ、戻ったと思うと、また不規則に動き始めた。氷のように冷たい雨が肌を伝うように、じわじわとパニックに包まれる。「まさかそんな……デイドラ、わたしたち友だちでしょ」

「ハ！　あんたがトラベリング・マイクの死をあたしのせいにしようとしたこと、知らないとでも思ってるの？　独房であんたを見て、すぐに分かった。あたしのせいにするって」彼女は吐き捨てるように言って、それからにっこり笑った。「だから、あんたのせいにしてやったの」

冷たいパニックがウーナの骨まで染み込み、体を動かすことができなかった。頭の中はまだぐるぐるしている。背後では騒ぎの真っ最中で、エドウィンは患者に手を切断しないで残すために今すぐ手術をする必要があると言っていた。彼の声の調子は——落ち着きと確信に満ちていて——ウーナの心を静めた。「聞いて。わたし……黙っていてくれるなら、あなたにいくらか払ってもいいわ」

デイドラがウーナの腕をつかんでいた手を離した。「いくら？」

「ひと月に五ドル」

「五！　あたしはスリで一日にその倍を稼ぐよ」

「まさか。あなたがそれだけ稼いだのって、いつの話よ——」ウーナは口をつぐんだ。デイドラのお粗末なスリの腕前について言い合ってもどうしようもない。「七」

「ひと月に？」

「ひと月に」十ドルの給料の残りの三ドルでひと月のやりくりをするのは大変だろうが、ウーナは言った。

デイドラは下唇を噛んだ。一生懸命考えているときの彼女の癖だ。「それって、一年で百十ドルの臨時収入になるってことだよね」

「まぁ、それくらいね」

「警察の懸賞金は五十ドルだけなんだよね」

「差額でどれだけミートパイとブランデーが買えるか考えてみて」ウーナはまた肩越しに室内を見た。新しい怪我人がまた到着した。二年生が血を吸ったスポンジを集め、部屋中に散らばったガーゼを拾っている。医者たちは診察室の隅で話し合っている。じきに、医者はウーナに酔っ払いの女性について報告を求めるか、自らデイドラを診察するために近づいてくるだろう。「取引成立?」

「あとウィスキーとアヘンチンキを一瓶ずつ。そしたら手を打つ」

「なんですって?」

「だって、ここにいっぱいあるじゃない。あんたもちょいちょい飲んでるんでしょ?」

「まさか。そんなことをしたら退学処分になる」

「警察に指名手配されているって知ったら、学校があんたをどうするか考えてみて」

「わかったわ。今回だけアヘンチンキを渡すけど――」

「だめ、毎月よ。七ドルといっしょにね。あとウィスキーも忘れないで」

「わたし——」近づいてくる足音に気づいて、ウーナは急いで立ち上がった。エドウィンだった。彼は顔をしかめてデイドラを見て、それからウーナに言った。「患者の様子は？」

「バイタルは安定しています。酩酊していること以外、怪我や病気はありません」

エドウィンは屈んで、デイドラの瞼をめくって強膜を調べようとしたが、手を払われた。

「あたしに触らないで、藪医者のくせに——」

「肝硬変の兆候はありませんでした」ウーナが言った。

「わかった。病棟職員にアルコール依存症患者の病室に連れて行くよう伝えて」

「はい、先生」

エドウィンはほんの一瞬、ウーナに微笑むと踵を返した。

「ああ、ドクター」デイドラが呼びとめた。猫なで声だ。「ここにいる看護師さんについて、ちょっと伝えたいことがあるんだけど」

ウーナはデイドラを見つめ、目で懇願した。

「この人は……あたしにほんとに親切にしてくれて。必要なものを全部くれたんです」デイドラはエドウィンからウーナに視線を移した。「いつここに戻ってきても、同じようにしてもらえると思っていいんだよね？」

ウーナはうなずくしかなかった。

34

ウーナは夜明け前のかすかな明かりを待ち、ベッドを抜け出した。肌に冷気を感じながら着替えをする。ミセス・ブキャナンがガスをつけ地下のボイラーに火をたくのは数分後だろう。寒く暗い部屋のなかをドルーを起こさないように静かに移動し、髪を簡単に丸くまとめてキャップをピンで留める。

不安で神経が過敏になり、一睡もできなかった。旅行鞄に保管している薄い貴重品入れから七ドルを取り出してポケットに入れた。デイドラはウィスキーも期待しているだろう。そして、職員が病室へ連れていく前にウーナが彼女の手に滑り込ませた、ほとんど空のアヘンチンキの補充も。ウーナが薬剤部に忍び込んで補充分をくすねるまで、デイドラがとりあえずお金で満足してくれるといいのだけれど。

夜が完全に明ける少し前に、寮を出て通りを渡り、病院へ急ぐ。階段をあがって第十二病室へ向かう代わりに、そっと地下に降りた。地下は外よりも暖かいが、吐く息はまだ白かった。壁は湿り、床にはゴキブリが這い回っている。

貧しい人たちが夜を過ごすことができるよう開放されている広いスペースを通り抜ける。

ほとんどの人は既にベッド――ほぼ木の板に過ぎない――を出て、街角での物乞いやくず拾いに精を出すために出かけている。それでも、彼らの汗のにおいがまだ残っていた。ウーナ自身も公共の宿泊施設で夜を過ごしたことがある。並んでいる粗末なベッドを見ると、その時のみじめさを思い出して身震いした。ここより劣悪な場所は、ブラックウェルズ島の矯正院しかないだろう。

どんなことがあっても、あそこへは二度と行きたくない。だがいったいいつまで、病院に見つかることなく盗みを続けることができるだろう？　いつまでデイドラは一瓶で満足していてくれるだろう。一瓶がふたつ、三つ、四つと増えるかもしれない。いっそアヘンチンキかウィスキーに砒素を混ぜた方が話が早いかもしれない。

ウーナは立ち止まって頭を振った。なんてむごい思いつきだろう。ウーナは散々悪さをしてきたが、人を殺すなんてもってのほかだ。デイドラの要求に応えるための方法をなんとかして考えなくては。吸い上げ管でウィスキーを少しずつ、あちこちでアヘンチンキを一滴、二滴と集めていけば、誰にも知られることなく、月末までにデイドラが望む量をためることができるかもしれない。どうしても足りなければ、エドウィンが持っている合鍵がある。だが彼のポケットから鍵を盗み取ることを想像すると、ウーナは胸が悪くなった。デイドラと住んでいたテネメントの隠し場所を彼女に教えて、置きっぱなしになっている貴重品を全て渡してもいい。ウーナが住んでいたテネメントとベルビュー病院は離れている。誰も、詮索好きなハットフィールド看護師長でさえ、ウーナがいたとは思わない場所だ。

いずれにしても、宝石店にいる泥棒を信用できないのと同じくらい、ウーナはデイドラを信用できなかった。ウーナが毎月、デイドラが要求したお金と品を渡したとしても、もう二度と心の平安は保てない。損失が少ないうちに手を引いて、病院から逃げた方がいいかもしれない。寮には盗めるような物はほとんどない。だが装飾品――ネックレス、羽毛、フリルの飾り――は病室で働くときに身につけるのを禁止されているので、ほとんどの学生は寮に置いている。ニューヨークを出る鉄道の切符を買うくらいのお金にはなるだろう。そう考えると胃が裏返りそうだった。朝食を抜いてきて正解だ。

宿泊場の先に、アルコール依存症患者の病室がある。汗のにおいは薄くなるが、今度は嘔吐物のにおいがきつくなった。廊下の両側に個室が並んでいる。精神科病棟と同じように、それぞれ硬い木製のドアの中央に小さな覗き窓がついていた。ウーナは覗き窓をひとつずつ覗いて行った。たいてい一部屋にひとりだが、次々に覗いていくうちに、三人、四人、時には五人が詰め込まれている部屋もあった。板に藁が敷かれたベッドの上で丸まって眠っている人もいれば、うろうろ歩き回ったり、膝を抱えて座り込んだりしている人もいた。

ウーナは昨日の診察室でコナーが見せた憤りについて考えた。酔っ払いに対して容赦のない意見を持つのは彼だけじゃない。だが苦労を経験してきたはずの、謙虚な人間の口から冷酷な言葉が出てくることに、ウーナはショックを受けていた。ここにいる女性たちは、ウーナの父親と同じように、南北戦争の犠牲者だ。ウーナだってそうだ。寒くてひもじくて、暖かな火が恋しいとき、ウィスキーはお腹のなかに火をともしてくれた。夫に殴られた痛みを薄めるためにお酒を飲む女性を、スラムで山ほど見てきた。デイドラが苦労して生きてきたのは確かだ。

デイドラに対してさえ、心の奥では同情していた。だが、看護学校での潜伏計画を台無しにされるわけにはいかなかった。ウーナは全てをかけて必死に働き、今の居場所を手に入れた。顎をあげ、胸を張り、最後の個室に近づく。昨日はデイドラが優勢だった。今日はウーナの番だ。ルールその八。優勢に転じれば、再交渉のチャンスはまだある。

だが最後の個室は、ドアが開いていた。矯正院から来ている下働きの女性が四つん這いになって床を掃除している。その人以外に人はいなかった。デイドラの個室を飛ばしたか、見過ごしたのだろうか？　もう一度、全ての個室を確認したが、デイドラはいなかった。

もう帰ったのだろうか？　そんなに早く帰されるとは思えなかった。それでも、デイドラがうまいこと言って警察からまんまと釈放されたことを考えると、もうすっかり酔いはさめたから出してくれと説得したのかもしれない。

昨日ウーナを捕らえて離さなかった、重く、冷たい感覚が戻ってきた。おびえている場合じゃない。湿った、酸っぱい空気がウーナの気持ちを落ち着かせた。デイドラは病室にウーナを捜しに行ったのだろうか？　寮に？　捜すのをあきらめて警察に？　どこへ向かったにしろ、先に彼女を見つけなくては。

踵を返したとたん、エドウィンにぶつかった。

「エド――いえ……ドクター・ウェスターヴェルト」後ろによろけながら言う。「ここでなにを？」

彼が手を伸ばしてウーナを支えた。彼の手の感触は、ふだんはとても好ましいのに、ウーナはさらにおびえ、縮こまって体を引いた。

「昨日の患者の様子を見に来たんだ」

「でも夜が明けたばかりなのに」

「眠れなくて」彼は声をひそめた。「きみがここにいると知ってたら、ぼくは――」

「いないんです。その患者が。酔いがさめて出ていったみたいで」ウーナは一歩下がって、後ろを振り返った。デイドラがうろうろして誰かに姿を見られていないか、確認しないといけない。「わたし……あのう……では、ごきげんよう」

ウーナが走り出す前に、エドウィンに手をつかまれた。「あとでエレベーターで会おう。二時に」

「いいえ。今日はちょっと。たぶん、ええと、来週」手を離そうとしたが、彼はそうさせなかった。

「来週だなんて！」近くの個室から物音がして、エドウィンはまた声をひそめて言った。「ウーナ、いったいどうしたんだ？　今朝は様子がおかしいよ」

ウーナは口を開いたが、なんと言えばいいのか分からなかった。彼に嘘をつきたくない。それに、長い言い訳をしている時間はない。早くデイドラを見つけないと。「わたしはだいじょうぶ。本当よ。ただ……すごく疲れてしまって」

「こんなふうにこそこそ会ってることにだろ？　ぼくも、もううんざりなんだ。父と同じような男になった気がする。校長室に直行して、ミス・ケリーを愛していると言ってしまおうかと、半分思っていたところなんだ。その方が話が早い」

ウーナの焦る気持ちが、ふいにとまった。「いまなんて？」

エドウィンはうつむき、髭を剃ったばかりの頬が真っ赤になる。またウーナと目を合わせた。ウーナは彼の瞳に偽善のしるしを探した。口で言うのは簡単だが、瞳でも嘘をつくのはテクニックがいる「愛してる、ウーナ・ケリー」彼は言った。瞳がその言葉を裏付けていた。

ウーナは驚いて立ちすくんだ。そっと手を引き抜く。愛してると言われたことはあった。酔っ払って。ふざけて。節をつけて歌った男もいた。だが彼らのとろんとした、きょときょと動く瞳には、誠実さのかけらもなかった。今回はなにかが違う、なんだか、怖かった。

騒がしい足音が近づいてきて、ウーナは何も言わずに済んだ。ウーナとエドウィンは反射的にそれぞれ一歩下がった。病室担当の世話人だろう、綿のドレスとエプロンを着けた女性が慌ててやってくる。

「すみません。おふたりが入ってきたのに気づかなくて」起きたばかりなのだろう、世話人は目やにを拭き、一番奥の個室からバケツを片手に出てきた下働きの女性にうなずいた。「そこにいるサリーが、誰かが来たら大きな声で教えてくれることになっているんですけど、彼女も気づかなかったみたいですね」

「わたしたちは……ええと……うるさくしないように気をつけていたので」ウーナは言った。

「まだ休んでいる患者さんたちを起こさないように」

世話人はふんと鼻を鳴らした。「ここにいる女性たちは騒がしいパレードのなかでも眠れますよ。アルコール依存症の治療を始めるまでは、ずっとそんな感じです。治療が始まると、墓地の静けさでもうるさいみたいですけど」

ウーナはサリーが十字架を切って急いで帰っていくのを見送った。エドウィンとふたりきりでいたときは、地下のこの病室がどれほど陰気な場所か忘れていた。今は冷たく鼻をつく空気が四方から迫り、肌を刺し、喉を締めつけた。

「昨日救急馬車で運ばれてきて、あなたの病室に移った女性がいたんですが」エドウィンが言った。彼の背筋が伸び、目が真剣になる。「赤毛。背は低い。酔っ払っていたが、意識を失うほどではない。様子を見に来たんですが、もういないと言われて。退院したのか、他の病室に移ったんでしょうか？」

世話人はそわそわとエプロンをいじった。「どちらでもありません。診察室の先生から聞いていませんか？」

「今日はまだ会ってなくて」

「彼女は亡くなりました」

その言葉は川を渡る一陣の冷たい風のようにウーナを打った。

「いったい何が原因で？」エドウィンが言った。「アルコールの大量摂取以外、病気の兆候はなかった」ウーナを振り返る。「ミス・ケリー、きみは昨日、念入りに彼女を観察していたね。何か気がついたかい？」

だがウーナは何も言えなかった。ただ頭を振って小さくつぶやいた。「死んだ？　本当に？」

「はい。アヘンチンキのせいです」

「ぼくはアヘンチンキなんか処方していない」エドウィンが言った。

世話人は小走りで廊下の端の机まで行くと、小さなガラス瓶を持って戻ってきた。「夜の十二時を過ぎてすぐ、死んでいるのを見つけたんです。ポケットにこれが入ってました。中身は空っぽです」

ウーナは小瓶をひったくった。ラベルにアヘンチンキ、アルコール四十七パーセント、一オンスあたりアヘン六十グレーンと赤い文字で書かれ、続いてベルビュー病院薬剤部と記してあった。だがウーナがデイドラのためにくすねた瓶はほとんど空っぽだった。デイドラがあんな少量で過剰摂取になるはずがない。

エドウィンと世話人が自分を見つめていることに気づくとウーナは言った。「わたしが他の患者さんの面倒を見ているときに、どこかから盗んだんでしょう。診察室は大混乱だったし、そもそも彼女がいつ到着したのかも、わたしは覚えていません」

「もちろんきみのせいじゃないよ」エドウィンはウーナにそう言うと、それから世話人に言った。「病室に患者が来たとき、患者の持ち物を調べて目録を作りますよね？」

「はい、作ります。でも目録に書くようなものは何もなかったんです」

「こんなに小さな瓶、簡単に隠せるわ」ウーナはそう言って、世話人に瓶を返した。「でもわたし、まさかそんなことに……なぜ死んでいると分かったんです？　ただ眠っているようには見えなかったんですか？」

「目です。かっと目を見開いて、悪魔みたいに真っ赤でした。ぞっとしました。急いで中に入ったら、息をしていませんでした。そのとき、ポケットにアヘンチンキの瓶を見つけたんです」

「勘違いということは？　アヘンチンキは患者の呼吸を遅くするわ。心拍数も」ウーナの声はかすれ、小さくなっていった。「眠っているだけなのに、あなたが間違って――」

「診察室の先生が確認して、死んでいると言いました」

医者も間違えた可能性がある。真夜中に叩き起こされて、この暗く、陰気な、薄汚い地下の病室に連れてこられたのだから。脈を取ろうとして手首の反対側を触ったのだろう。聴診器がデイドラの胸のうんと上とか下とか左右に大きくずれていたのかもしれない。いずれにしても、自分の目で確かめなくては。「彼女は今どこに？」

「遺体安置所です」

35

ウーナが地下室から地上に出ると、朝靄(あさもや)がゆっくりと川へ戻り始めたところだった。だが芝生の端にある古い平屋の遺体安置所は、まだ所々白い靄に覆われている。背後から階段をあがってくるエドウィンの足音が聞こえたがウーナは歩を緩めず、彼が砂利の小道の先まではついて来なかったことをありがたく思った。今はエドウィンのこと、彼が言ったこと、自分がなんの返事もできなかったことなど考えられない。ただデイドラのことを考えていた。

遺体安置所に入るために、ウーナは芝生の外れにある舗装された小さな中庭を横切った。片側の川へ突き出した細長い木造の建物には、予備の棺が置かれていると聞いたことがある。もう片側が遺体安置所だ。その先に二十六丁目の通りに面した門がある。中庭の隅に十数個の棺がでたらめに置かれていた——大きな棺もあれば、赤ん坊しか納まらないようなごく小さな棺もあった。

チェックの帽子をかぶった口髭のある男性が中庭に立ち、凍った敷石にホースで水をまいていた。凍えるような霧のなかだというのに上着を脱ぎ、綿のシャツにサスペンダーで吊ったただぶだぶの毛織のズボン姿だった。

「あんたは看護学校の看護師かい？」

「ああ、ちょうどよかった。「管理人です」

彼は首を振った。「管理人です」

「なにかご用で？」

「遺体安置所のお医者さまですか？」

「ああ、ちょうどよかった。患者を捜しにきたんです――つまり、亡くなった患者を」

彼は胸の前で腕を組み、積み上げた棺に背中を預けて寄りかかった。「あんたは看護学校の看護師かい？」

ウーナはうなずいた。

「制服でわかったよ。ぱっとしない服だ。言っちゃ悪いけど」彼はそう言ってから慌ててつけ加えた。「でも、あんたが着るとすごく可愛いよ」

「可愛いかどうかはどうでもいいんですよ。仕事をするための服なんですから。で、患者さんのことですが」

「死んだ患者？」

ウーナはたじろいだ。「はい。どこに行けば見つけることができるかしら……そのう……遺体を？」

「遺体の引き取り希望者がいるかどうかによるんだ」棺の蓋をこつこつ叩きながら言った。「三日経っても引き取り希望がなければ、身元不明者の集団墓地に送られるんだ」

「彼女は昨日の夜に死んだばかりなの」

「だったら、まだ中にあるはずだ」彼は棺に手をついて体を起こすとウーナの右側にある石造りの建物を指し示した。「レディファーストだ」

ドアの向こうは長い回廊だった。ウーナはためらい、それから中に入った。管理人が彼女の後ろに続く。湿った空気に、奇妙なにおいが垂れ込めている。きつく目に染みて涙が出そうになる消毒薬のにおいと、その奥からは刺すような、甘いとも言えるような、腐敗のにおいだ。ウーナは真夏になるとここはどれほど激しい悪臭がするのだろうと想像してぞっとした。

最初に入った部屋には外よりもたくさんの棺があった。蓋にまだ釘が打ちつけられていない。ウーナが中を覗けるよう、管理人が一つひとつ蓋を持ち上げてくれた。白髪が交じり始めた、ハンサムな黒人男性。こめかみに黒くぽっかりと銃弾が撃ち込まれた穴のあるドイツ人らしき男性。なめし革のような肌の、歯が一本もない年配の女性。イタリア人らしき褐色の肌の女の子は凍った唇で穏やかに、少なくとも、穏やかそうに微笑んでいる。どの遺体も、狭い箱にきちんと納めるためか、両手と両足は紐で縛られていた。

管理人が靴箱よりほんの少し大きな棺の蓋を持ち上げたときは、ウーナは思わず目をそらした。

「この子は道で凍ってたんだ」つらそうなウーナを見て、管理人は満足そうだ。「どんなひどい母親が――」

「わたしが捜しているのは大人の女性で、赤ん坊じゃありません。それに、病院に来たときは生きていました」管理人が棺の蓋を元の位置に戻すまで、ウーナは彼をにらみつけた。

それから、ふたりは遺体の公示をする部屋に向かった。通りに面した大きな窓の前に、均等に間をあけて、四つの石のテーブルが並んでいる。中を覗く人たちの後ろから、朝日が部屋に射し込んでいた。テーブルの上には遺体が横たえられている。裸の体はゴムのシートに覆われ、元々着ていた服は、遺体の後ろの壁にだらりと掛けられている。首は角材で支えて持ち上げられ、外から顔がよく見えるようになっていた。天井からぶら下がったパイプの先から、遺体の胸の上に水が噴射されている。その水はゴムのシートを伝い、敷石へと滴り落ちていた。

この部屋で身元の確認を待っている遺体のなかに、デイドラの遺体はなかった。だが、四人のうちのひとりは、昨日の事故で亡くなった人だった。煤で汚れたシャツとズボンが、後ろの壁の掛け釘にぶら下がっている。ウーナは考えずにはいられなかった。ほんの数日前、彼の妻はそのシャツとズボンを洗い桶に浸して洗い、しわにならないよう丁寧に干したのだろう。あんなに汚れてずたずたに裂けた服を、妻は見分けることができるだろうか？

「引き取り手が現れなかった遺体の服はどうなるの？」ウーナはつい声に出していた。

「三十日間、保管する。外の壁に貼られた死人の写真を見て、あとから申し出る人がいるかもしれないから」管理人が言った。「そのあとは、病院で洗濯して、服を必要とする患者に提供する。もう着られない服はブラックウェルズ島へ送られて、そこの工場で敷物に作り替えられるはずだ」

ウーナはうなずいた。その工場はよく覚えている。パイプから噴き出すあの煙、あの蒸気。

ウーナは島で刑期を過ごすあいだ一日のほとんどをその工場で働いていたが、敷物の材料になるぼろ布がどこから来るかなんて考えたこともなかった。ウーナの胸のどこかがちくりと痛んだ。母の服は燃えて、敷物の材料になるどころじゃなかった。溶けた肉に張りついた、焼け残った繊維が数本だけ。ウーナは母のやわらかなギンガムチェックのドレス、レース飾りのついた襟、控えめなバッスルを思い出した。

頭を振って部屋から出る。母のドレスが繊維だけでなくもっと残っていたら、ウーナは何か作っただろうか？　枕カバー？　針刺し？　そんなものがあったとして、その後続くウーナの暗くわびしい年月の役に立っただろうか？　当時はそんな馬鹿げた感傷どころじゃなかったし、今だってデイドラに何が起きたかを知るのに、何の役にも立たない。

遺体安置所の管理人は倉庫と事務所を通り過ぎて、建物の一番奥、検死を行う場所へウーナを案内した。だが入口で立ち止まると、ウーナの視界を遮った。

「ここは本当に、レディは入らない方がいい」

「わたしはレディじゃないわ。看護師です」

管理人はサスペンダーの下に親指を入れて下を向いた。

「わたしにたくさんの遺体を見せたくせに。ここの遺体はそんなに違うの？」

「それは……うーん……遺体そのものがまずいわけじゃない。裸なんだよ」

ウーナは管理人の横に回り込んで中に入ろうとしたが、通せんぼされた。

「言っておきますけど、その部屋に、わたしが今まで見たことがないものはないわ」

彼は口髭の根元をこすった。ウーナはため息をついた。積んだ棺に寄りかかり、縮こまった赤ん坊の凍った遺体を彼女に見せた粗野な男でも、ウーナが男性の遺体の性器を見ると思うと困惑してもじもじしてしまうのだ。

「看護師は仕事中に全部見てますから。さあ、通してください」

「好きにしな」

彼は脇に寄って、ウーナは横をすり抜けた。昨日の事故で亡くなった他の数人の遺体が、天板が金属製のテーブルの上に横たえられ、解剖を待っていた。遺体の胸には、上から水が噴射されている。産科の病室から運ばれたのだろう、大きなお腹に、肌が灰色になった女性がいた。そして、一番奥に、デイドラがいた。赤い髪はテーブルの端から垂れ、濡れそぼり束になって絡まっている。腕は両脇にぴったりついている。

ウーナは一瞬固まり、それからひとつ深く息を吸って部屋を横切った。濡れた床にブーツの音が響き、静寂を破る。デイドラの傍らに立ち、生きているしるしが表れるのを待った。手や瞼がぴくりと動いたらいいのに。なんのしるしも表れないので、ウーナは手を伸ばしてデイドラの胸においた。肌は冷たく、胸は上下していない。ウーナは後ずさった。

自分は本当にデイドラは生きている、遺体ばかりの部屋ですやすや眠っているとでも思っていたのだろうか？　しかも、また手を伸ばし、もしかしたら生き返るかもしれないと揺さぶってみたい衝動と戦っていた。

「彼女が捜していた人かい？」管理人が言った。

「これからどうなるの？　本当に――」ウーナは言葉に詰まり唾を飲んだ――「切り開いて臓器を全部取り出すの？」

管理人はゆっくりと寄ってきて言った。「死因がはっきりとしない場合はな」

「でも、アヘンチンキの過剰摂取だって病室の世話人が言ってたわ」

「だったら解剖はしないだろう」

「そうすると、誰かが引き取りに来るまで遺体を公示する部屋に置かれることになるのかしら」

「家族がいることが分かれば、病院が人を使いに出して知らせるんだ」

ウーナは首を振った。「彼女に家族はいないわ」

「だったら誰も引き取りに来ないんだろうな」

マーム・ブライが遺体の引き取りに名乗り出るかもしれない。昔馴染みの仲間の誰かが、行方不明のままで済ませることなく、病院に遺体がないか確認に来るだろう。だが遺体の引き取り料と埋葬のお金はどうする？　誰が払う？　長年デイドラの儲けを吸い上げてきたことを考えれば、マーム・ブライが払うのが当然な気がする。だがきっとそんなことはしないだろう。

「誰も来なかったら、集団墓地に埋葬されるの？」

「場合による」管理人の視線がデイドラの遺体の上をさまよった。泥棒がダイヤモンドの指輪を見るような目だ。「医科大学の解剖用に選ばれるかもしれない」

「なんですって?」

「引き取り手のいない遺体を、解剖用にとっておくことがある。ニューヨーク市の決まりだかで」

ウーナは最初に受けた解剖学の講義でドルーが言っていたことを思い出した。墓地荒らしを防ぐために、身寄りがなく引き取り手のいない路上生活者などの遺体は解剖用に医学校に提供されるという法律、いわゆるボーン・ビル法だ。ウーナは手を伸ばし、デイドラの顔から濡れた髪の束をそっとどかし、乱れた髪を整えた。ふたりで一緒にしたいたずらや愉快な思い出が次々と蘇ってくる——音楽酒場で騒いだ夜、蠟燭の明かりの下で勝負をしたトランプ。マーム・ブライがフランスの絹のドレスをいくつか手に入れたときは、こっそり拝借して上流階級の女性になりすまし、洒落た店が集まるレディス・マイル地区に出かけて高級なランチを楽しんだ。もちろん支払いをする前に逃げ出した。マーム・ブライにばれて、それから三ヵ月ふだんより十パーセント余計にピンはねされるはめになったが、それだけの価値はあった。

「遺体を取っておくと、あなたはいくらもらえるの?」

「は?」

「遺体の取り置きよ。大学はあなたにいくら払うの?」

管理人はまた自分のサスペンダーを引っ張り、ちらりとドアの方を見た。「担いでいったり、荷馬車で運んだりして届けたら、いろんな大学がいくらかの金をくれる。それだけだ。

わたしだって荷馬車の車夫らに金を払わないといけないからな」

「遺体一体につきいくら?」

「そういう計算はしたことない。大学は一回運ぶごとに金をくれるんだ」

「一回で遺体をいくつ運ぶの?」

彼は肩をすくめ、静寂のなか水の滴る音だけが響く。「一体のときもあれば、二体のときもあるし、八とか十とかのときもある」

「一体運んだときはいくら?」

「一体だけ運ぶことはほとんどない。学校が休みに入る春は別だが。それに――」

ウーナは管理人に一歩近づくと、彼の目を見据えた。「いくら?」

「一ドルか二ドル」

「わたしがあなたに倍のお金を払う。この遺体を――解剖に回さないと約束してくれたら」

「なんで死んだ患者ひとりにそこまでこだわるんだ? 知り合いか何かなのかい?」

ウーナはもう一度デイドラを見下ろした。アルコール依存症患者の病室の世話人が言っていた通りだ。デイドラの目は恐ろしいほど真っ赤だった。「いいえ、ちがうわ。でもこの遺体がどこかの解剖台の上で、医学生の好奇の目にさらされながら切り刻まれるのは嫌なの」

「六」

「わかったわ」ウーナはポケットから三ドル出した。「いま半分払う。残りは三日後。彼女の引き取り手が現れなかったら」管理人は手のひらを上にして差し出し、ウーナはそこにお金を押しつけた。「もし約束を破ったら、あんたが遺体の横流しをしていると市に訴えるから」

「くそ、あんた、看護師のくせに強気だな」彼がお金をポケットにしまうと同時に、解剖室のドアが開いて数人の男性が入ってきた。先頭の、曲がった鼻に分厚い眼鏡の小柄な男性が病理医だろう。彼以外は研修医で、初々しい顔をした若い男性たちだ。ウーナは彼らがアヒルのひなのように、診察室の医者や巡回の外科医の後ろにくっついて歩いているのを見たことがあった。この中に、エドウィンが交ざっていなくてよかった。

「バートレット、何をしているんだ?」鼻の曲がった病理医が管理人に言った。「なぜここに女がいる?」

「彼女は看護師で、患者の確認に来ました」

医者はぽかんとして眼鏡の縁越しにウーナを見た。「患者? ここに患者なんかいない。死体だけだ」

「先生、わたしは確認したかっただけで」ウーナは言った。「もう終わって……あのう……ミスター・バートレットに外へ送ってもらうところでした」

「そうか?」医者はにやにやしながら近くの遺体に近づいた。腕を持ち上げて、それから手を離して落とした。腕は金属製の天板に当たり、大きな音を立てた。ウーナはその音に縮こまったが、身動きはしなかった。「完全に死んでいる。納得したか?」

ウーナはスラムで喧嘩をしたごろつきたちを思い出した——この医者はあいつらよりも年

配で身なりもいいが、底意地の悪さは同じだ。ルールその九、恐れたそぶりは一切見せずに両手の拳をあげ――必要なら――一発お見舞いすること。そうしたい衝動にかられたが、ウーナはそんなルールがここでは何の役にも立たないと分かっていた。パーキンズ校長に呼び出されても、解剖室に行った理由を言うわけにはいかない。

「ありがとうございます……確認してくださって、先生」彼女は言った。「納得しました。お邪魔して申し訳ありません」ウーナはデイドラに最後の一瞥を投げた。ライオンのたてがみのように顔にかかっていた髪を先ほど払ったので、このとき初めて、ウーナはデイドラの首回りの色が変わっていることに気がついた。近くに寄って見てみると、痣になっている。

「先生、患者の――いえ、遺体のこの部分、変じゃないですか」

病理医は天を仰いだ。数人の研修医がくすくす笑う。

「きみ、わたしは一時間以内に五人の検死をしなくちゃいけないんだ。きみの質問に答えている暇はない」

「でも彼女は首を絞められたんじゃないかと思うんです」言葉にするまで、ウーナははっきりとそう思っていたわけではなかった。だが、そうだ、そうとしか思えない。

病理医は頭を振りながら近づいてきた。ウーナはデイドラの首回りを帯状に囲む、紫色になった皮膚を指差した。「この痣が見えますか?」

彼はデイドラの遺体を一瞥しただけで、ウーナをにらんだ。「青黒くなっているだけだ。痣じゃない。この女が首を絞められて死んだとしたら、殺した人間の指先による小さな点状出血が見えるはずだ」

「犯人が手を使わないで首を絞めたとしたら？」

病理医は研修医の一団を振り返ると、骨ばった指をウーナに突きつけて言った。「だから女は医者になれないんだ。ちょっとした死斑を見つけただけで、殺人鬼やら幽霊やらが病院をふらふら歩き回って、気の向くままに患者を殺しているという突飛なことを思いつく」

研修医たちがげらげら笑った。

「幽霊だなんて一言も言ってません。ただ彼女の首に――」

「診察室の医者から、この女はアヘンチンキの過剰摂取で死んだと聞いた。わたしにはこの遺体から、その診断を否定するような点があるようには見えない。問題があると思うなら、きみの校長に報告するんだな。だが、安心しろ。その場合は、わたしからも校長に話をつけてやるから」

ウーナはスカートのひだに隠して、ぐっと拳をにぎった。「生意気なことを申し上げて申し訳ありません。先生の熟慮の末のご診断に異存はありません」

「よろしい。ではさっさと出ていけ」

36

三日後、ウーナは小さな黒いタグボートが波止場に近づいてくるのを見ていた。舳先に希望とペンキでかかれている。皮肉に満ちた嫌な名前だ。ウーナは遺体安置所の管理人に残りの三ドルを払ってデイドラの亡骸を解剖から守り、さらに一ドル払ってタグボートに乗せてもらう手筈を整えた。

「本気で行きたいのか？」管理人はそう言って、お金をポケットにしまった。「見て愉快なもんじゃないよ」

ウーナはうなずき、スカーフをきつく結ぶと、ボートに飛び乗った。川岸に寄せたボートは、遺体安置所の隣の長い木造の建物に船尾を向けている。船長が建物と甲板の間に長い板をかけわたす。その板の上を、遺体安置所の職員が次々に棺を滑らせて甲板に移していく。棺は甲板に到着するとタグボートの側面に音を立ててぶつかった。

この三日間、夜になるとウーナは二十六丁目の通りに面した遺体公示室に出かけ、通行人に交じって立っていた。例の鼻の曲がった病理医に鉢合わせしないよう、部屋のなかに入ることはしなかった。ただの野次馬根性で窓から中を覗く人と、真剣な人の違いはすぐに分かる。野次馬はにやにやした顔を窓ガラスに押しつけ、鼻水と手垢を残していく。もしくは、どこかへ行く途中にたまたま珍しいものが見られる場所に通りかかったからというふうを装って、顔は正面を向いているものの、精一杯の横目をつかって中を覗きながら、足早に歩いていく。

野次馬ではない人はいつまでもぐずぐず居座っている。壁の写真、窓ガラス越しの遺体、掛け釘にかかった服を丹念に見つめ、なにか見覚えがあるものはないかと願い、それでいて、もしあったらどうしようと恐れている。夫のシャツ。娘の顔。かつての仲間の明るい色の赤い髪。

毎晩、ウーナはデイドラの遺体がなくなっているよう祈った。遠い親戚か、マーム・ブライの手下が引き取りに来ていますようにと。だがデイドラはそのままだった。

ウーナはデイドラに口止め料を要求されたこと、警察にウーナが犯人だと嘘をつかれたことを忘れたわけではない。だが、胸のなかがしぼんだような、空虚な痛みを振り払うことができなかった。デイドラを石の台の上に寝かせ、腐敗を防ぐために規則正しく滴る水を胸に浴びせたままにしておくのは簡単だ。引き取り手がなく放置されたままの、ならず者たちと同じように。でもそれはできなかった。

四日目の朝、タグボートが到着する前に、ウーナはデイドラの遺体を見たいと言い張った。酒瓶をぶら下げた酔っ払い同様、管理人が約束を守るとは思えない。彼は積み込み前の遺体の仮置き場で、以前より悪臭がひどくなった棺を五つ、六つ開けてから、ようやくデイドラの棺を見つけた。デイドラの充血した目は開いたままで、肌は灰色っぽく変色している。この数日、ウーナはデイドラの首の痣が徐々にくっきりと浮かびあがり、それから広がって、今度は色が薄くなっていくのを見てきた。今朝の最後の観察では、すでに始まった自然な腐敗と区別をつけるのが難しく、デイドラは首を絞められて死んだというウーナの確信は揺らいだ。

管理人は棺にもう一度蓋をして釘を打ちつけると、チョークで蓋にXとかいて印をつけた。いま、ウーナは希望号の甲板に立って、斜めに渡された板の上を滑ってくる棺が、でたらめに積まれていくのを見ていた。棺の積み方で彼らが気をつけているのは、棺の重さのバランスだけのようだった。Xと印をつけられたデイドラの棺は最後に積み込まれた。船長の助手がデイドラの棺を他の棺の上に積んだとき、ウーナは顔をゆがめた。カブの入った木箱のような扱いだった。

蒸気をひとつ吐き出すと、タグボートは病院を出発し、冬の氷が浮かんだイーストリバーの真ん中をポッポと音を立てて上流へと進んだ。ボートはブラックウェルズ島に寄ってまた棺を——伝染病患者隔離病院からのチフスの犠牲者、そして刑務所に収容されているうちに死亡した人の棺を——積み込むと、その先へと向かった。

空はよく晴れ、太陽が眩しい。頭上では海鳥が円を描き、やかましく鳴いている。ウーナは今まで胃がむかむかしたことなどなかったが、ボートの揺れで、食べた朝食が胃の中でかき回されて気持ちが悪くなった。揺れのせいではなく、積んだ棺からのにおいのせいかもしれない。

じっと川を見つめながら、ウーナはかつての軽口を思い出した。「集団墓地のあるハート島へ行きたいなら、脚の骨を折って病院に行けばいい。医者がすぐに島送りにしてくれる」この軽口の面白さはもう通用しない。本当にそうなったから。デイドラは五体満足で、酔ってはいたものの何の病気もない状態でベルビュー病院にやってきた。それが今は死んでしまった。殺された。ウーナの疑いが正しければ。

頭を振って、遠くの小さな島に目をこらす。ウーナのなかのある部分は今でもデイドラを憎んでいるが、埋葬を見届けるつもりだった。裏切り者の詐欺師だって、自分の最期を誰かに見届けてもらいたいはずだ。自分にもそうしてくれる人がいたらいいのに。ウーナは思った。このひどい一日を終えたら、デイドラの首の痣のことをよく考えてみよう。痣は何を意味していて、自分はどうするべきだったのか。

ハート島に着くと、タグボートは粗末な波止場に近づき、棺が次々に降ろされた。ハート島の労働者たちが、駅の忙しいポーターのように棺をどんどん荷車に乗せて墓地へ運んでいく。ウーナはタグボートの船長といっしょに彼らの後についていった。慌ただしい荷下ろし作業のなかで、ウーナはデイドラの棺を見失っていた。だが墓地に着けば、必ず見つけることができると自分に言い聞かせた。

ウーナは彫刻が施された墓石や花がいっぱいの壺があると思っていたわけではないが、集団墓地の全く何もない荒地に狼狽した。芝生などの緑どころか木の一本さえない。なんの目印も、簡単に作った十字架もない。皮膚病で毛の抜けた犬――大きさから考えると大型の番犬用のマスティフ犬――がそこらを自由に歩いている。

「囲いもないのね」ウーナは小さな声で言った。

「ああ」船長が言った。「だが、問題ないだろ？　この島の外にいる人はここに来ようとは思わないし、島の中にいる人はもう死んでいるから出られない。それに、犬たちがいつもパトロールしてくれる」

ふたりは深さ十五フィート、幅六フィートに掘られた、ふたつの深く長い溝の手前で足をとめた。ウーナの消化途中だった朝食が喉元までせりあがった。こんな溝で安らかに眠れるはずがない。

それに応えるように、労働者たちがその穴に棺を放った。蒸気機関車の火室に石炭を放り込むみたいだ。ひとつめの溝がいっぱいになると、棺の上に手押し車数台分の砂利がばらまかれた。それから次の溝に棺を放り込む作業がまた始まる。棺がぶつかり合う音と、砂利の軽く響く音が耳をつんざいた。一頭の犬がぶらぶら歩いてきて、くわえていた棒を地面に置くと、溝の縁でにおいを嗅ぎ始めた。そこに他の犬が寄ってきて、棒を横取りしようとしたが、吠えられて逃げていった。最初の犬はしばらく溝の砂利のにおいを嗅いでいたが、それからまた棒をくわえた。

ちがう。棒じゃない。犬がいなくなってから、ウーナは気づいた。人間の骨だ。

ウーナは船長から離れるとビスケット、コーヒー、そして苦い胃液を吐いた。ハンカチで口をぬぐって溝に戻ると、ちょうど白くXとかかれたデイドラの棺が投げ落とされるところだった。砂利が木製の棺にかけられ、雪あられが当たるような音を立てる。ウーナは棺に置く花かリボンを用意してこなかった自分を呪ったが、そんな感傷的なものは次の棺につぶされるだけだ。ウーナにできることは短い祈りの言葉をつぶやき、十字を切り、そしてタグボートに急いで戻ることだけだった。

37

二日後の夜、ウーナはシフトの終わりに、夜勤の看護師に引継ぎをした。患者に与える薬、経過観察が必要な患者、補充するべき衛生用品を伝えて玄関ホールに向かうと、ドルーが待っていた。ドルーがウーナの腕に自分の腕を絡ませ、ふたりで寮へ帰る。

「すぐに着替えてね。夕食のことは忘れて」

ウーナはうめいた。夕食を食べる時間もないほど勉強しなくてはいけないなんて、どんな重要な項目だろう？　どっちにしろ、自分は用語ひとつ覚えられないだろう。スラムで散々ひどい光景を見てきたが、ハート島のぞっとする光景が、まだウーナを苦しませていた。目を閉じても、音が蘇ってくる――棺がどさりと落ちる音、砂利が棺を打つ音、人の骨を奪い合う犬のうなり声。デイドラのような最期を迎え、墓碑もない集団墓地で朽ちていくだけだとしたら――看護学校に入学し、ドルーと自習に励むという、手の込んだ計画を立てたところで、いったい何になるだろう。

「今夜は勉強する気分じゃないの」

「よかった。今夜は勉強しないから」

「だったらなぜ――」

「質問禁止。わたしを信用して」ふたりは寮に戻ると、ドルーはウーナをなかへ急かした。

「さあ、お洒落をして」

部屋に入ると、ドルーはすごい勢いで看護師の制服を脱ぎ、飾り気はないが仕立てのいいドレスに着替えた。それからウーナに向き直り、まだ制服のボタンをいくつか外しただけのウーナの手を払いのけ、子どもにするように制服を脱がした。普段のウーナなら抵抗し、こんな差し出がましく強引なドルーをひっぱたいたかもしれないが、今夜のウーナは何をする気にもならなかった。ドルーを信用するほど自分は馬鹿じゃないだろうと自問する気力もなかった。

着替えが終わると、ドルーはウーナの手を引いて部屋を出て階段を降りた。厨房からバターたっぷりのパンと、ローストした羊肉のにおいがする。食欲のなかったウーナの胃が目覚め、お腹が鳴った。ウーナは今日、朝食を抜き、昼食は少しつまんだだけだった。いや、昨日の昼食だったろうか？　たぶん今日は何も食べていない。ドルーはそのままウーナを引っ張って、美味しそうなにおいの届かない外へ出た。ウーナのお腹はまだ鳴っていて、胃が胃を食べてしまいそうな勢いだ。だが――路上で暮らし始めたころによく覚えた感覚だった。

ふたりは寮から半ブロックほど先で、西へ向かう出発寸前の鉄道馬車に飛び乗った。ドルーが運賃を払い、港湾労働者ふたりが譲ってくれた席に並んで座る。ウーナに気づく人がいるかもしれないところへ出かけるのは危険だという思いが頭をかすめたが、通り過ぎる街灯の明かりに顔を照らされないよう、帽子のつばを傾けて顔を隠す以上のことをする気力もなかった。

ドルーは鉄道馬車に揺られながら快活にずっと喋っている。ドルーの病室にきた新しい患者はとても複雑な病気で、何度もカッピングとブリーディングをしても症状が改善しないそうだ。ウーナは話の内容よりも、生き生きと際限なく繰り出されるドルーの元気いっぱいの声に耳を傾けていた。そうしていると気鬱を多少忘れることができて、ありがたかった。血を見るのが苦手だったドルーが、自信たっぷりに血液と様々な処置について話すのを聞いて、ウーナの胸にぽっと火がともった。ドクター・ウェスターヴェルトの名前を聞くと、その火はもっと大きくなった。患者にアスピリンを与えるという、エドウィンの賢明な判断が回復につながったそうだ。だが彼をアルコール依存症患者の病室に置き去りにして、デイドラの遺体を探しに駆け出したことを思うと、胸に灯った火は、罪の意識と絶望によって消えてしまいそうだった。

マディソンスクエア・パークで鉄道馬車を降りると、ドルーが公園の角の露店でふたり分のプレッツエルを買った。ウーナはウィスキーの方がよかったが、やわらかく塩気のあるパンのおかげで、お腹が鳴るのはおさまった。

「プレッツエルのために、わざわざここまで?」

「まさか。こっちよ」

ふたりは公園沿いを歩き、フィフス・アヴェニュー・ホテルまで来ると二十三丁目へと曲がった。ホテルの前面の大理石が街灯のやわらかな明かりを反射してきらきら光っていた。

「なかはヨーロッパのお城みたいなんですって」ドルーがホテルの方へうなずきながら言った。「図書室とレストランと客室はすべてフランス様式で、理髪店と電信局も入ってるそうよ」

ウーナはこの地区で数えきれないほどの午後を過ごしてきた――きれいに草木が刈り込まれた公園と、五番街の南側に連なる洒落た店は、スリにとって最高の狩場だった――がホテルのなかに入ったことはなかった。一番小綺麗な変装をしても、ドアマンは彼女をなかに通してくれないだろう。だが時おり日よけの下の陰に足をとめ、窓から中の豪華なしつらえを覗いて思ったものだ。いつか、ここに見合うようなお金持ちになる。今ではその考えは馬鹿馬鹿しいと同時に無意味に思えた。世界中のお金を集めたって、デイドラよりもましな死に方をすると保証してくれるわけじゃない。

ふたりはもう半ブロック歩き、それからアーチ形の切妻壁に美しい装飾のある、背の高い石造りの建物の前で立ち止まった。両開きのドアのうえにはエデン・ミュゼと大きなブロック体で彫刻されている。

「着いたわ」ドルーはそう言って、ウーナの手をぎゅっと握った。子どもみたいに興奮して、ドルーの顔は真っ赤になっている。

「なんの施設？」

ドルーは答えなかった。ウーナを引っ張って階段をあがり、ドアマンに入場料を払うあいだ、ずっとにこにこしている。シャンデリアの下がった広いロビーに入ると、係員がふたりのコートを預かり、隣接する部屋へ案内してくれた。数十人の人が気ままに歩き回っては、赤いカーテンの下がったいくつもの小部屋の前で立ち止まっている。それぞれの小部屋には劇的な場面のポーズをとる俳優たちがいた。うまい俳優たちだ。遠くから見ても、ウーナには分かった。スラムの音楽酒場で芝居を演じる下品な遊び人たちとは違う。目の前で見物人たちが小さな声で話をしているというのに、彼らはぴくりとも動かず、目は一点を見据えたままで、息をしているのも分からないほどだ。マディソンスクエア・パークの落葉した寂しい木立とは対照的に、部屋のあちこちで熱帯地方の植物の花が咲いていて、つやのある緑の葉っぱがはるか遠くの国々を表現していた。

ウーナは壮麗さにすっかり感心して、どこに集中すればいいのか分からないまま、小部屋から小部屋へ、植物から植物へと、次々に見て回った。この数日で初めて、ウーナは空虚以外のものを感じていた。

「きっと気に入ると思ったの」ドルーはそう言って、ウーナを部屋の中央にある大きな舞台へと引っ張っていった。そこには王室や宗教家の精密な衣装を着た俳優たちがいた。「二年生のグループが昨日見ていたチラシを、そのまま図書室に置いていったの。この美術館は先週オープンしたばかりなんですって」

ウーナは周りの人を肘で押しのけて、もっと舞台の近くに行きたかったが、ドルーの横でレディらしく辛抱した。前にいた見物人が次の展示へと移動していった。もっと近づくと、俳優たちの衣装の複雑な刺繡や、光沢のある生地、きらきら光る装飾品まで見ることができた。金の縁取りがついた青い制服を着ている男性はドイツのヴィルヘルム皇帝だと、ドルーが説明してくれた。彼の隣に立っているのがヴィクトリア女王とローマ教皇だそうだ。だが彼らの顔はとても奇妙だった。みんな表情が乏しく、肌は青白く、顔の色つやが悪い。遺体安置所で見た死体みたいだ。

ウーナは息をのみ、他の人の肩にぶつかったり、爪先を踏みつけたりしながら、よろよろと後ずさった。息が速く、浅くなる。景色がぐらぐらして、青々した草花と豪華なカーテンが、はっきり見えたりぼやけたりする。誰か——何か——がウーナに手を伸ばしてきた。ウーナは体を引いた。

「死んでる。死んでるわ」そう言う声が聞こえる。その通り。誰かが集団墓地から遺体を掘り起こして俳優のように衣装を着せたのだ。ウーナはゆっくりと周囲を見渡し、デイドラを捜した。両手で反射的に喉を押さえる。

誰かがまたウーナに手を伸ばしてきた。悲鳴が喉からほとばしりそうになる。その寸前、霧が晴れたように、ドルーの声がはっきりと聞こえた。「死んでないわ、ウーナ。よく聞いて。あれは蠟人形なの」

ドルーがウーナの手をとった。

「本物の人間に見えるように衣装を着せられた、ただの蠟人形よ」

「蠟？」

ドルーはうなずいた。

ウーナは振り返って舞台をもう一度見た。耳の奥でどくどくと脈の音が聞こえる。ただの蠟？　意識してゆっくりと呼吸をする。ふいに合点がいった。もちろんそうだ、彼らは絞首刑になった犯罪者の死体ではない。巧みに作られてはいるが、顔はなめらかすぎるし、本物の人間にしては完璧すぎる。瞳は色のついたガラス玉で、髪はかつらだった。

ウーナの頬に血の気が戻ってきて、呼吸もゆっくりになってきた。部屋中の人がウーナに注目している。係員が駆け寄ってきた。「外の新鮮な空気にあたった方がいいかもしれません」彼はドルーに言った。「もしくは音楽ホールで飲み物はいかがでしょう」

ドルーはウーナの腰に腕を回して支えた。「そうね、温かい飲み物がいいわ」

ふたりは蠟人形の展示の第二会場を通り過ぎ、音楽ホールに入った。ブーツのかかとが磨かれたタイルの床の上でこつこつと音を立てたが、オーケストラの音に消されて聞こえなかった。係員はふたりを他の客とは離れた、部屋の後ろにあるテーブルに案内すると、あたふたとお茶を取りに行った。

「ごめんなさい」ウーナは言った。「何が起きたのか、自分でもわからない」手の甲で額を拭く。玉の汗をかいているだろうと思ったが、額は冷たく、乾いていた。

「わたしのせい。蠟人形だって、先に言っておくべきだった」

「それほど本物そっくりなわけでもなかったのに、わたしったらなんで……」途中で声が小さくなる。理由は分かっている。瞼を閉じると、いつも遺体が目に浮かぶようになっていた。

「ここに来たら、あなたが元気になると思ったの。わたしには、これくらいしか思いつかなかった」ドルーはうつむいてハンドバッグの紐をいじっている。

「わたしを元気づけようと思って？」

「ここ数日、ずっとふさぎ込んでいたでしょ。ドクター・ウェスターヴェルトと喧嘩をしたのかなと思ったの。でも、わたしが先生の名前を言っても、あなたはほとんど反応しなかった。だったら、あの気取ったハットフィールド看護師長と何かトラブルがあったのかなと思って。でも、師長は今週ずっとボルチモアの実家に帰ってるし。だったら――」

「知り合いの女性が死んだの。ほんの数日前」

「まあ、ウーナ、なんてこと！　とても大切な人だったのでしょうね」

ウーナは首を振った。「わたしたちは……いっしょに大人になった。でも、親しかったわけじゃない」

「お名前は？」

人目につく場所にいることに気づいたウーナは、ホールを見渡した。客の視線のほとんどはオーケストラに注がれている。音楽に興味のない人は同じテーブルの人と静かに話をしたり、二階へ移動したりしている。二階のギャラリーでは立体幻灯機が壁に映像を映し出しているようだ。誰もウーナとドルーに注意を向けていない。

「デイドラ」

「お葬式に間に合うんじゃないかしら。パーキンズ校長はきっと――」

「もう済んだの」ウーナは少しぞんざいに言った。「それに、さっき言ったように、それほど親しかったわけじゃないの」

ウェイターがお茶を運んできて、仰々しい手つきで磁器製の茶器をテーブルに並べた。

「ブランデーをグラスでふたつ、いただけますか？」ドルーが尋ねた。

ドルーの言葉にウーナは仰天した。ウェイターも仰天して、そわそわと左右の足に交互に体重をかけ、お盆を盾のように体の前で掲げている。「あのう……それは……申し訳ありません、お嬢さん。わたしどもは男性がお連れの女性にしか、お酒をお出ししないのです」

「酔っ払うためではなく薬として欲しいの。わたしたちはベルビュー病院の看護師です。病院では一杯のブランデーがよく処方されて、患者の神経を落ち着かせるのに、とても効果があるの」

「そういう問題ではありません、お嬢さん。ここは一流の施設です。ブランデーをお望みなら、どうぞ酒場へ行ってください」

「酒場！」ドルーが目を見開き、顔全体が真っ赤になった。「わたしたちを何だと思ってるの？」

ウーナは笑い出すのをこらえた。ドルーが怒るのを見るのは初めてだった。

「申し訳ありません、お嬢さん。わたしは別になにも……ただ……上の方針でして、あのう――」

「上の方々はどう思うかしら。彼らに伝えるわ。あなたが遠回しに、わたしたちを悪い評判の女性だと言ったって」

「わたしはそんなことは言っておりません。わたしはただ……どうか、ご無礼をお許しください」

ドルーはさらに数秒、彼に身もだえさせてから、ため息をついて言った。「わかった。お茶だけでいいわ。ありがとう」

ウェイターがそそくさといなくなると、ドルーは何事もなかったかのようにお茶を注いだ。

「あなたって、怒ると暴れ馬よりおっかないわ」

「だって、ニューヨーカーって、ほんと細かくて面倒よ。ブランデーを少し欲しかっただけなのに」

今度ばかりは、ウーナは声を出して笑った。近くのテーブルの人たちの視線を集めるくらいの大きな笑い声だった。ウーナはナプキンで口をふさいだが、込み上げる笑い声を抑えることができなかった。ずっと使っていなかったかのようにこわばっていた肺と腹筋が、徐々に緩んできた。ダンゴ虫のように縮こまっていたウーナの残りの部分も、ゆっくりとほぐれてきた。ウーナは脇腹が痛くなるまで、涙がにじむまで笑った。ドルーも笑い出し、笑いながら息継ぎをしては、また笑った。

ふたりして笑い疲れて、ようやく落ち着くと、ウーナは手を伸ばしてテーブルの上のドルーの手を握った。「ありがとう」

「都会にいると、時々しんどくなるものよ。ニューヨークは都会すぎて、呑み込まれそうな気がするの。わたしたち、お互いの存在に感謝しなくちゃ」

生き生きとしたオーケストラの曲が終わった。ウーナとドルーもお上品な拍手に加わった。次の曲はバイオリニストのソロで、彼は弦の上でゆったりと弓を動かした。バイオリンの調べがウーナにハート島を思い出させた――灰色の空、掘られたばかりの大きくて深い溝、棺にかかる砂利。ウーナは震え、またドルーの手をにぎった。「亡くなったデイドラは、ベルビューの患者だったの。わたしは……」ウーナは唾を飲み込んだ。「わたしは、彼女は殺されたと思ってる」

38

エデン・ミュゼから寮までの帰り道、ドルーは押し黙ったままだった。ウーナは自分がなぜドルーにデイドラの死についての疑惑を打ち明けたのだろうと考えていた。きっと音楽のせいだ——あのゆったりとした、耳から離れない調べが、幽霊のようにウーナの内側にするりと入り込んだ。それを追い出すためには、ドルーに打ち明けるしかなかった。だがすっかり打ち明けたのは失敗だった。

「本当？」音楽ホールで、ドルーはそう言った。

「ええ、わたしはそう思ってる」

「犯人は？」

ウーナはうつむいて自分の膝を見つめた。「それは……わからない」

「警察に行くべきよ」

「だめ」つい大きな声が出て、近くのテーブルにいた数人が振り向き、顔をしかめてウーナを見た。ウーナはテーブル越しにドルーの方へ身を乗り出し、小声で言った。「警察はだめ。もし間違っていたら、わたし……学校を退学になるかもしれない」

「パーキンズ校長に言った？」

ウーナは首を振った。

ドルーは椅子の背もたれに体を預け、唇をきゅっと結んだ。視線はオーケストラの方へ向かい、まだ耳から離れない曲が終わるまで、そこで漂っていた。それから、殺人については何も言わず、ウェイターを呼んで支払いを済ませた。

今、寮の階段をあがりながら、ウーナは打ち明け話をなかったことにする方法を必死に考えていた。ドルーらしくない沈黙がウーナをとまどわせ、考えに集中することができない。ドルーはきっと、ウーナの頭がおかしくなったと思っているだろう。頭のネジが外れた。働きすぎで、ヒステリーを起こしていると。

ミセス・ブキャナンがドアを開けて、ふたりを中へ招き入れた。「もう少しで閉め出すところでしたよ」ふたりの後ろでドアに鍵をかけて言った。「さあ、まっすぐ部屋へ行って」

「はい」ウーナは小さな声で言って、コートを脱いだ。

「わたしは急いで図書室へ寄って本を取ってきます」ドルーが言った。

「もう消灯だから、勉強する時間はありませんよ」ミセス・ブキャナンが言った。「ガスを消して、わたしも寝ますから」

「すぐですから」ドルーが言った。

ウーナはひとりで階段をあがった。こんな遅い時間に必要な教科書とは何だろう？　精神科の薬と関連する神経病の手引き？　ドルーはウーナを診断して、夜が明けたらすぐに精神科病棟に連れていく気だろうか？

部屋に入ると、ウーナは寝間着に着替えた。冗談よ。ちょっと思いついただけで、何の証拠もないの。ドルーが戻ってきたら、そう言おう。しばらくして、ドルーは戻ってくるなり、自分のベッドの上に一冊の本を放った。まだコートを着たままだ。

「さっき言ったことだけど、わたし、まだ神経が過敏になっていて、だから――」

「心配しないで。誰にも言わないから」ドルーはドレスのボタンを外しながら、肩越しに言った。ウーナの首と両手の緊張がゆるむ。「わたしたちが真実をつかむまでは、ね」

「何をつかむって？」

「誰が犯人か、よ」ドルーが両隣の部屋の学生に聞かれるのを警戒するように、声をひそめて言った。小さな声だったが、ウーナはドルーがすごく興奮していることに気づいた。

「信じてくれてるの？」

「もちろん」

「でもわたし、そもそも殺人事件の解決の仕方なんて知らないわ。あなたは知ってるの？」

ドルーは足元で輪になっているドレスと馬の毛でできたバッスルから一歩出ると、ベッドの上の本の方にうなずいた。ウーナは立ち上がって、本を取り上げる。ウーナが小型の教科書だと思っていたものは、小説だった。表紙には金のレタリングで、こうかいてあった。エドガー・アラン・ポー全集、第一集、小説。

ウーナは顔をしかめた。作者の名前を聞いたことがなかったし、ドルーが大好きなくだらない恋愛小説の類いかもしれないと思った。それがデイドラを殺した犯人を見つけるなんの役に立つのだろう？「この話のなかに、答えがあると思ってるの？」

ドルーは寝間着をはおると、本をつかんだ。「『モルグ街の殺人』を読んだことない？　わたしのお気に入りの話なんだけど」

ウーナは首を振った。

「読んであげる」

部屋のガスランプが消える音がしたので、ウーナは蠟燭をつけた。ドルーのベッドに入れてもらい、ふたりで体をくっつけて座ると、ドルーが小説を読み始め、ウーナは耳を傾けた。

「セイレーンが歌ったのは何の歌か、アキレスがどんな名前を……」

ドルーの朗読する声はとても耳に心地よく、安定した読み方で、滑舌がよく、生き生きと物語を伝えた。ウーナは枕に背中を預け、向こうの壁を見つめた。ゆらゆらする蠟燭の火と、その影のなかで、物語が展開していくのが目に浮かんだ――風変わりなミスター・デュパン、パリの曲がりくねった道、恐ろしいことばかり起こるモルグ街のアパルトマン。しばらくの間、ウーナの考えはさまよい、ウーナは不思議に思った――ドルーの隣で枕に寄りかかっている今の自分は――そうなるかもしれなかった、別バージョンの人生の自分かもしれない。妹がいたら。母が死ななかったら。飲んだくれの父のもとに残らず、クレアの家族と暮らしていたら。

ウーナはドルーの肩に自分の頭をもたせかけた。ドルーの寝間着はラベンダーとスミレのにおゐがした。ドルーの声の調子が上がり、ウーナは物語に引き戻された。ドルーが読み終えると、ウーナは体を起こして、ドルーから本を奪った。最後の方のページをめくって、自分が聞き間違いをしたわけではないことを確認した。「なにそれ？　あなたは、こんなことがデイドラに起きたと思ってるの？」

「まさか、馬鹿ね」ドルーは本を奪い返して、物語の最初のページをめくった。「誰であれ、彼女を殺した人を見つけるには、わたしたちもミスター・デュパンのように考えなきゃいけないってこと」ドルーは指先で文字を追い、ページの途中で指をとめた。『彼は、黙ったまま、数知れずの観察と推理を行った』これこそ、わたしたちがしなくちゃいけないことなの。デュパンはひとつの推理にこだわらず、あらゆる可能性を検討するの。殺人現場にも足を運ぶ。わたしたちもそうしなきゃ」

「アルコール依存症患者の病室？　そこで何が見つかると思うの？　遺体はもう埋葬されているのに」

「ほら、あなたはもうすでに思考が狭くなってる。現場に行ってみたら、何か分かるかもしれない。それに、あなたは遺体を見たんでしょ？」

「ええ、遺体安置所で」

「思い出すと動揺してしまうならやめた方がいいけど、もしつらくなければ、あなたが見たことを教えて。わたしも想像してみる。病理医の診断書もこっそり見なきゃ。検死を受けたって言ったわよね？」

「でも、病理医は遺体をちゃんと調べる前に、もう死因を決めつけていた」

「病理医が出した結論を信じる必要はないの。彼の所見からわたしたちの推理を導き出せばいいんだから」

「パーキンズ校長とハットフィールド看護師長に見つかったら、どんな面倒に巻き込まれるか分からないのよ」

「あなたとドクター・ウェスターヴェルトは、誰にもばれずに会ってるわけでしょ」ドルーはおどけてウーナに肘鉄砲を食らわせた。「だから、平気よ」

ウーナはエドウィンのことを言われて顔をしかめた。アルコール依存症患者の病室から飛び出してから、彼と話をしていなかった。愛してる。彼はウーナに言った。愛してる。今までウーナに真剣にそう言った男性はいないし、言おうとした男性もいなかった。ウーナは頭を振った。エドウィンのこともどうにかしなくては。でも今夜じゃない。

ドルーは本を閉じて、ナイトテーブルに置いた。長い一日だったから疲れていることだろう。だがドルーの瞳はきらきら輝いていて、ケーキ屋さんに来た子どもみたいだ。「この謎が解けたら――解くべき謎があったら――いっしょにパーキンズ校長に報告に行きましょ」

ウーナはドルーのベッドから降りて、自分のベッドに潜り込み、やわらかなマットレスに体を預けた。たしかにいい計画だ。ウーナひとりでは思いつくことができなかった。ミスター・ポーはすごい作家なのだろう。だが計画には危険が潜んでいる。それに、ドルーはウーナを手伝うと言ってくれたが、それは自分のことだけを考えるという、ウーナの一番重要なルールに相反していた。

ウーナは起き上がって、蠟燭の火を吹き消そうとしているドルーに言った。「なぜ手伝ってくれるの？」

「わたしたち友だちでしょ、お馬鹿さん」ウーナがドルーの言い間違いを訂正する前に、ドルーはにっこり笑って、蠟燭の火を吹き消した。

39

翌朝はようやく春が訪れたかのように暖かく、明るかった。ベルビュー病院の木々は一晩で芽吹いたみたいだ。芝生の上にも小さな緑の芽が点々と見える。デイドラの死はたくさんの疑問と共にウーナにのしかかっているが、ドルーの手助けがあれば、きっと解決することができるだろう。とりあえず、今は仕事に集中しなくては。落第して退学になったら、デイドラを殺した犯人を突き止めることができなくなる――殺人だとしたら。それに、看護学校にいられなくなったら刑務所に近づいてしまう。自分の行動に気をつけて、校長室に呼び出されないようにしなくては。失敗も間違いも許されない。講義をサボるのも、こそこそ嗅ぎまわっているのを見つかるのもだめだ。

残る問題はエドウィンをどうするかということだった。彼はウーナにはもったいない、本来、手の届かない存在だ。少なくともウーナの頭はそう言っている。だがウーナの心はちがうことを言っていた。ウーナはそんな気まぐれな臓器の言葉に耳を傾けるほど馬鹿じゃない。それに、ウーナがアルコール依存症患者の病室から一言もなしに走り出してから、エドウィンはウーナに会いたいとは思っていないだろう。そんなふうに自分を説得しながら、病院の階段をあがる。メインホールのエドウィンのお祖父さんの肖像画に目が留まって、ウーナの決心がまた揺らいだ。とがった鼻と広い額はよく似ているが、エドウィンの目はもっと優しく、唇の曲線はいたずらっ子みたいだ。ウーナの言うことを聞かない心が、ぎゅっとなる。でも、エドウィンには泥棒で詐欺師のウーナより、もっと善良で上流階級の女性がふさわしい。

これまで、ウーナは男性に好意を寄せられても、そっけなく肘鉄砲を食らわせてきた。「あんたにするくらいなら、ドブネズミにキスをした方がましよ、パトリック・オヘア」とか、「歌なら娼婦に歌ってやって、タファティ」とか。それでもあきらめない男性には、顔を合わせないようにする。すると彼らは他の女性に熱を上げるようになり——そちらも長くは続かないようだった。真面目に好意を寄せてくれていたように見えたバーニーでさえ、今ではウーナを忘れているだろう。

だが、顔を合わせないようにする作戦は、エドウィンには使えない。スラムには身を隠す場所がたくさんあるが、病院はそうじゃない。それに、また訓練生の配置換えがあり、ウーナは不運にも外科の第十五病室に配属になった。ハットフィールド看護師長の絶え間ない監視に加え、毎朝の巡回ではエドウィンだけでなく、あの嫌なドクター・ピングリーにも会わなくてはいけなくなった。

ウーナにできるのは自分の心に背を向け、エドウィンが病室に来たら無視することだけだった。

その機会は、まさにその朝やってきた。ビーフティーを作っていたウーナはドクター・ピングリーに呼ばれた。

彼と、ドクター・アレン、そしてエドウィンが男性患者のベッドを囲んでいる。患者はバワリー地区のバーで喧嘩をして銃で二発撃たれ、運ばれてきた。一発は手首を砕き、ドクター・ピングリーが手術室で〈このうえなく素晴らしく〉修復したそうだ。もう一発は背中に打ち込まれ、肋骨を二本ばらばらにしたあと、腹腔のどこかに留まっている。

「探り針と、摘出に使うピンセット、モルヒネを一・五グレーン持ってきなさい」ドクター・ピングリーは患者から目を離さないままウーナに言った。医者の三人は患者を脇腹が下になるよう動かし、背中の包帯を外す。昨日撃たれたばかりで、傷はまだ新しく、少ないが出血があり、傷の周りは青っぽく変色し、赤い痣になっているところもあった。ドクター・ピングリーが銃弾の入った傷口に指を突っ込み、傷口の奥を覗くために、指をぐりぐり回して穴を広げると、患者はうめき声をあげた。

ウーナは物品庫と薬品庫へ急いだ。せめてウーナがモルヒネを取ってくるまで、ドクター・ピングリーは傷を調べるのを待てばいいのに。ウーナは患者に同情した。患者のことはよく知らないが、スラムでの生活がどんなものか――つらく、暴力に満ち、みじめなことを知っていた。ウーナはワゴンの縁つきのテーブルに探り針と薬瓶をのせ、横にきれいなガーゼと石炭酸水の入ったボウルを添えて運んでいった。

「差し出がましいとは思いましたが、先生が手を洗ったり、探り針を洗ったりしたくなった時のために、消毒水を用意しました。患者さんの処置をする前に――」

「石炭酸水が必要なら、石炭酸水を持ってこいと言う」ドクター・ピングリーがウーナをにらんで言った。

「おまえの仕事はな、看護師、差し出がましいことはしないで、医者の言うことを聞いて従うことだ」彼は探り針をつかむと、指先で磁器のボウルを指した。「おい、小娘、聞いてるか？」

エドウィンが顔をしかめた。ドクター・アレンはうんざりしている。

「はい、先生」ウーナは口ごもった。「ただ、ドクター・リスターは――」

「リスター！　リスターはペテン師だ」ウーナに向かって振っている探り針に唾が飛ぶ。

「わたしは何十年もベルビュー病院で患者に申し分のない治療をしてきた。きっちり銃弾を取り出してやるからな。そのあとで、この患者に必要なのは安静だけだ」

ドクター・ピングリーが患者に覆いかぶさって探り針を突っ込もうとすると、エドウィンが咳払いをした。「先生、モルヒネを先に与えてはどうでしょう」

「そうだな、だったらきみがやれ。きみたち研修医はわたしに処置を全部任せて、鳩みたいに周りでうろうろしてるつもりだったのか？　いい気なもんだ」

ウーナはエドウィンが注射器にモルヒネを吸い上げるのを見つめた。彼はドクター・ピングリーがウーナを呼びつけたとき以外、ウーナの目をまともに見なかった。愛してると言ったくせに、目を合わせようともしない男性がいるだろうか？　確かに、ウーナは愛の告白にきちんと応えることなく駆け出して、しかもこの数日、彼を避けていた。だったら、それは、それで、わたしに顔をしかめたり、にらんだり、なにかしたらいいのに！

　エドウィンは患者から視線を外さず、彼の腕にモルヒネを注射し、ドクター・ピングリーが処置をするのを見つめている。ウーナも、取り出された銃弾を受ける小さな金属製のボウルを持って処置を見つめた。

　ドクター・ピングリーは銃弾が入り込んだ穴に沿って手首を回し、角度を調節しながら探り針を数インチ差し込んだ。顔をゆがめ、集中している。手をとめて探り針を少し引き出し、また差し込む。患者はモルヒネでうつらうつらしながらも、うめき声をあげた。

　いつ終わるとも知れないほど長い時間をかけたあと、ドクター・ピングリーは探り針を引き抜いた。探り針は柄の部分まで血で染まっている。ウーナが広げて用意したガーゼは使わず、ドクター・ピングリーは自分のポケットから出したハンカチで針の先をぬぐった。銃弾の通り道をたどれば、探り針が銃弾に届くはずだが、ドクター・ピングリーはぶつぶつ文句を言っている。銃弾の位置が分からないようだ。なんの当てもないまま、彼は探り針を置くと細いピンセットを手に取った。人差し指で血のかたまりを掻き出し、ピンセットを突っ込んだ。

　それからまた数分間かけてつつき回したあと、ドクター・ピングリーはピンセットを引き抜いてトレーに放り投げた。血と組織片がそこらじゅうに飛び散った。「弾丸は摘出不能」ハンカチで手を拭くと、血まみれのハンカチをウーナに投げた。「洗濯しておけ。それからドクター・ウェスターヴェルトが傷に包帯を巻くのを手伝うんだ」

ドクター・ピングリーが病室からぶらりと出ていくと、ドクター・アレンもすぐにあとについて出て行った。ウーナはハンカチを丸めて、ドクター・ピングリーの傲慢な頭に投げつけてやりたかった。だが水の音に注意を引き戻され、ベッドサイドを見ると、エドウィンが石炭酸水にガーゼを浸し、それから自分の手を洗って、患者の傷口を洗い始めていた。

「よくあんな奴に我慢できるわね」くしゃくしゃになったハンカチを床に置いて、手を洗ってから彼の隣に立つ。

「彼は素晴らしい外科医だ」

「いま話をしてるのはあなた？　それともあなたのお祖父さん？」

エドウィンは狼狽した目でウーナをちらりと見ると、また傷口に視線を戻した。少なくとも、なにかはしてくれたわけだ。

「もっとガーゼを」

ウーナはガーゼを濡らして彼に渡した。ほんの少し手が触れ合っただけで、電信線にスタッカートの信号音が伝うように、かすかな衝撃がびりびりとウーナの腕に這い上がった。ドルーだったらこの感覚を医学用語か何かで説明することができるだろうか。そうでなければ、エドウィンが言ったように、愛だ。ウーナはその感覚をもう一度味わいたいと願っていた。

「探り針かピンセットを持ってきましょうか？」治療に集中しようとして、ウーナは尋ねた。

「いらない」彼は屈んで、傷を間近に見た。「化膿しないよう、しばらくこのままにしておくつもりだ。でも消毒したガーゼをあてよう」

「それで……」エドウィンがドクター・リスターの研究について教えてくれた時に使っていた言葉は何だっただろう。「……ドクター・ピングリーの指から患者さんの傷口についたかもしれない病原菌を殺すのね？」

「そうじゃなくて、これ以上の汚染を防ぐんだ」

彼はしばらく注意深く処置をして、石炭酸水につけたガーゼを何重にも重ねて傷口を覆った。ウーナはエドウィンの辛抱強く、確かな手つきに感嘆するしかなかった。見れば見るほど、彼に肘鉄砲を食らわせるという決意がくじけていく。

「あなただってそう悪い外科医じゃないわ」処置が終わると、ウーナは言った。

エドウィンは他人のようによそよそしくウーナを見ると、立ち上がって手を洗った。「この上から油に浸した絹の包帯をあてて。目が覚めたらビーフティーとお粥を。痛がったらアヘンチンキを与えて」

ウーナは彼が行ってしまう前に腕をつかんだ。「なんなのよ、エドウィン。わたしに何て言ってほしいの？」病室の向こう側で二年生が立ち働いているのを見て、ウーナは彼の腕を離し、小さな声で続けた。「わたしも愛してるって言ってほしい？　上等よ。言ってあげる。愛してる」

そんな馬鹿げたことを言うつもりはなかった。今まで男性にその言葉を言ったことはなかった。ふざけてでも、本気でも言ったことはなかった。だがエドウィンがウーナを置いていってしまう、ふたりの関係が終わってしまうと思ったら、パニックになった。いま、その言葉はふたりの間で宙に浮いていた。愛してる。馬鹿げているが、まったくの真実だった。

「だからって何も変わらないけど」ウーナは慌てて言った。エドウィンにだけでなく、自分自身にも。

エドウィンは何度かまばたきをした。顔がぱっと明るくなる。「いや、なにもかもが変わるよ」

「そんなことない」

二年生の方をちらりと見ると、エドウィンはウーナの手をつかんで、近くの物品庫へ引っ張っていった。狭い部屋は暗く、消毒薬のにおいがした。ウーナが頭上のランプにマッチで火をつけようとすると、エドウィンが彼女を抱き締めてキスをした。ウーナの決意は彼女を裏切り、キスを返す。両手をエドウィンの髪に絡ませ、ポマードで撫でつけたくせ毛をくしゃくしゃにする。彼をむさぼり、お返しに同じことをしてほしかった。棚にぶつかってスポンジがひっくり返り、洗ったばかりのおまるが揺れてがたがた音を立てた。ふたりは固まり、耳をすまし、それから子どものようにくすくす笑って、またキスをした。

やがて、ウーナが正気に返って、そっと体を引いた。「仕事に戻らなくちゃ」

「もう一度、愛してるって言って」

ウーナはためらったが、その言葉は舌から転がり出た。「愛してる」

その言葉の真実さに、ウーナは怖くなった。むきだしで、傷つきやすい、不自由な片腕だけで相手に対峙するボクサーみたいな気分だ。「でも、エドウィン、わたしたちには無理——」

「結婚してほしい」

「馬鹿なこと言わないで」

「今すぐじゃない。きみが訓練を終えたら」

「一年半後よ」

エドウィンがウーナの頬から首へそっと指を滑らせると、快い震えが肌に走った。「ぼくは辛抱強い男だ。待つよ」

ウーナはエドウィンの胸に頭をもたせかけ、彼の心臓の音を聞いていると、なんだか不可能ではない気がしてきた——こっそり付き合って、訓練を終えて資格を取って、病院で彼の傍らで働く。だがそこに現実が割って入った。わたしは泥棒だ。殺人罪で指名手配されている泥棒。嘘だらけの毎日。エドウィンのにおい——石鹸と髭剃り後のローションと、かすかなミントの香り——を吸い込むと、ウーナは彼から一歩下がり、エプロンをまっすぐに直し、髪を撫でつけた。「無理よ」

「なぜ?」

「あなたは……あなたはカトリックじゃないわ」

エドウィンはくすくす笑った。「で?」

「わたしはカトリックなの」神が認めてくれればだけど。「それに、あなたは病院勤めで、妻を持つには忙しすぎる」

「きみが卒業する頃には、ぼくは開業するから、きみは好きなだけぼくの時間を使えるよ」彼は片方の腕を伸ばしてウーナの腰に回して、また彼女を引き寄せ、耳にささやいた。「もう一回」

エドウィンの息が首をくすぐる。「エドウィン、わたし、もう行かないと」そう言ったが、腕から逃げようとはしなかった。彼はもう一度ウーナにキスをした――初めは唇に、それから耳の下の柔らかな肌に、それから鎖骨のほんの少し上の首に。「エドウィン……」

「ん?」

「わたしたちほんとに――」

すぐそばの廊下からドクター・ピングリーの声がした。「ウェスターヴェルト!」

ウーナとエドウィンはぱっと離れた。

「おい、看護師! ドクター・ウェスターヴェルトはどこだ?」

「わかりません、先生」二年生の声が聞こえた。

ドクター・ピングリーはうなり声をあげて、大きな足音を立てて廊下を去っていった。

「あなた、絶対呼び出されるわよ」

エドウィンはため息をついた。上着をまっすぐに直して、慌ててドアへ向かう。ドアを開ける前に戻ってきて、もう一度キスをする。「明日、ドクター・リスターの無菌手術法のシンポジウムに参加するためにフィラデルフィアに行く。ぼくがいない間に、プロポーズの返事を考えてくれる？」

「エドウィン、理由はわたしがカトリックで、あなたが忙しいからだけじゃないの。わたし……」だがウーナは本当のことを言えなかった。

「理由が何であれ、約束するよ。ぼくは気にしない」ドアの下から射し込むかすかな明かりが、彼の真剣な表情を照らした。「ぼくを信じて、頼りにしてほしい」

ウーナのどこもかしこも、彼を信じたいと願っていた。ウーナは何か言おうとしたが、廊下の先で怒鳴るドクター・ピングリーの声が遮った。

エドウィンは自分がすり抜けられるだけドアを開けた。「考えるってことだけ、約束して」

「わかったわ」ウーナは嘘をついた。

40

しばらく続いた暖かい陽気に誘われたのか、ミスター・P・T・バーナムと彼の有名な演者たちが慰問で訪れ、即興のサーカスを見せてくれることになった。

「充分回復している患者には、外の芝生でショーを楽しんでもらいましょう」ハットフィールド看護師長が朝食の席でウーナや他の訓練生に言った。「回復してはいるものの、階段を降りるのがまだ難しい患者にはバルコニーに座ってもらいます。川からの冷たい風に直接当たらないよう、どの患者にも毛布を持たせるように。肺炎の患者と、入院で心身が弱っている患者は見物させてはいけません。判断に迷ったら、お医者さまに相談してください」

学生たちは大喜びでお喋りをしながら、急いで朝食をとった。ベルビュー病院の日常業務がこんな楽しい催しで休みになることは滅多にない。多くの女性は——ウーナも含め——ミスター・バーナムのサーカスを見たことがなかった。大人気のサーカスを見物するために集まる人の群れは、スリにとっては大きな儲けが期待できる。だがミスター・バーナムはスリを見つけたら、警察に突き出す手間をはぶき、ライオンに食わせるという噂があった。ウーナは噂を信じてはいなかったが、それでもサーカスには近づかないようにしていた。

「完璧よ」ほかの訓練生のあとについて病院に向かいながら、ドルーがささやいた。今朝は初めて、ウーナではなくドルーが寝坊をして、ふたりして朝食の席にぎりぎり滑り込んだ。ドルーはハットフィールド看護師長の発表に何も言わなかった——特に何の反応もしなかった——この時まで。

「何が完璧？」ウーナは尋ねた。

「アルコール依存症患者の病室に忍び込むのに、よ」

ドルーが『モルグ街の殺人』を読み聞かせてくれた晩から、ふたりは何度か自分たちの計画について話し合った。そのたびにドルーはますます興奮して、ふたりの観察力と推理力を試したがった。一方、ウーナはますます不安になった。ベルビュー病院の壁の裏に殺人鬼がうろついているとしたら、そいつを捜し回るのは賢いことだろうか？　ウーナは身を隠しているべきでは？　それに、ドルーをこんな邪悪で不快なことに巻き込んでいると思うと、胃のなかが嫌な感じにぞわぞわした——腐ったミルクを飲んだ時みたいだ。ウーナはデイドラが殺されたことに苦しんでいる。だが、ドルーには殺人犯を見つけるという計画を忘れ、ウーナに観帯やら骨についてうるさく教える元のドルーに戻ってほしい。ウーナはなかばそう願っていた。

「患者さんをショーの見物に連れていったあと、メインホールで待ち合わせをして、地下へ行きましょう。みんなショーに夢中になっているから、わたしたちがいないのに気づかないはず」

「地下に行って、世話人になんて言うの？　わたしたちがこそこそ調べているところを見られたら、すぐに怪しいと思われる」

「そこまで考えてなかった」

「それに、あなたの病室の二年生に、どこへ行くのかきかれたら何て答えるの？　メインホールでうろうろしているのを、オルーク病院長に見つかったら？」

「そうね、わたし……わたしは……」

ウーナはゲートハウスの建築作業をしている職人たちの横を過ぎると、ドルーを脇へ引っ張っていった。川の向こうから射し込む朝日が眩しい。ウーナは片手をかざして光を遮った。

「これは現実なの。小説の登場人物みたいに当てもなくほっつき歩くわけにいかない。計画は延期した方がいいわ」

「それで、犯人は分からないままにするの？　もしあなたの言うとおりで、犯人がまた人を殺したら？　自分はそれを防げたかもしれないって思いながら生きていくなんて、わたしにはできない。あなただってそうでしょ、ウーナ・ケリー」

ウーナはうつむいて足元の砂利道を見つめた。ドルーは間違ってる。わたしは平気で生きていける、おあいにくさま。だがなぜか、ウーナはそう言ってドルーの純粋な思いを傷つけたくなかった。それに、ドルーを説得することができないのは明らかだ。「わかったわ。病室に残る患者さんのお世話が終わったら、毛布を持って、芝生にいる患者さんの確認をしに行ってきますって二年生に言うの。患者さんのひとりが毛布を忘れたみたいで、寒いといけないからって。途中で誰かに呼び止められたときも、同じことを言うのよ。それから、メインホールでわたしを待つのはだめ。目立ちすぎる。車回しに近い方の階段を降りて地下に着いたら、無料宿泊所でわたしを待って。昼間のその時間には、もう誰もいないはずだから。いい？」

ドルーは勢いよくうなずいた——やる気満々だ——それからふたりはそれぞれの病室へ急いだ。

正午になると、太陽の光が芝生に降り注ぎ、ミスター・バーナムのサーカス団の軽業師と見世物師がショーを始めるためにやってきた。新しく生え始めた芝生のうえに長い敷物が広げられた。その横には支柱で支えたテーブルがひとつ。間に合わせのステージを囲むように椅子が並べられ、病室を出ることができる患者たちが座っている。その後ろには病院スタッフが立っている。ほとんど全員がショーを見に来ていた——病棟職員、看護師、医者、洗濯室の女性たち、厨房スタッフ。オルーク病院長とパーキンズ校長でさえ来ている。

芝生を見下ろすバルコニーも混み合っていた。みんながよく見えるよう、手すりに身を乗り出している。

「宙を飛ぶのは軽業師だけにしてくださいな」ウーナは自分の病室の患者に、手すりから離れるよう促した。全員が毛布を持ち、疲れたときに座れるように丸椅子も用意されていることを確認する。患者の嬉しそうな顔——痛みや退屈に耐える表情とまったく違う——をウーナはいつまでも見ていたかった。ショーが始まってもウーナは患者から目を離さず、軽業師の大胆不敵な離れ業にではなく、患者たちが上機嫌でいることに満足して微笑んだ。きっとショーにも何らかの薬効があるのだろう。

すぐに、ウーナは我に返った。予備の毛布を持ってその場を離れ、芝生にいる患者が寒がっていないか確認してくると二年生に伝える。廊下と階段は空っぽで、病室はどこも気味が悪いほど静かだった。畏怖に満ちた静けさのなか、外の喝采と拍手がいっそう大きく聞こえる。

ウーナはメインホールを抜けてドアの外に出ると、ひとりの軽業師が仲間の肩によじ登るところだった。そこへもうひとり、そしてまたひとりがよじ登り、人間の四階建てが完成した。芝生の境になる車回しへ続く階段を降りながら、ウーナは他の観客と同じように拍手をした。みんなの視線がアクロバットに釘付けになっている今は、地下に行く絶好のチャンスだった。だが一番上の男が胸を張り、それから下の男の肩から飛び降りるのを見て、ウーナは立ちすくんだ。彼は空中で膝を抱えて二度前転し、よろめきもせず着地した。見物人から大喝采と拍手が沸き起こる。

「たいしたものですね」

軽業師からしぶしぶ目を離すと、隣にコナーが立っていた。「こんなの初めて見たわ」

「初めて？　メイン州にはサーカスがないんですか？」

ウーナは視線をまたショーに戻した。今度は上から二番目の男が同じように飛び降りて、真っ逆さまに落ちながら二度体をねじり、尻で着地した。「え？……ううん……あのう……ええ、もちろんあるけど、わたしは見に行ったことがなくて」

「マンハッタンは島全体がサーカスみたいなものですよ。波止場やスラムに行ってみれば、あなたにも分かる。見世物になるような奇形や異様な奴らがそこら中にいますから」

ウーナは毛布をぎゅっとつかんだ。アイルランド系として侮蔑された経験もあるだろうに、彼の考えは実に傲慢だ。「満腹で住む家もある人が、貧しい人を批判するのは簡単だわ。あなただって、アイルランドからこっちに来たばかりのときは大変だったはずよ」

「いや、一日だって、そんな日はなかったです。おれたちが罪を犯していないように、ほかのアイルランド系の人間だってそうできるはずですよ」

ウーナがスリを生業にする罪人だと知ったら、コナーのウーナに対する評価は一気に下がるだろう。そう思ったのは今回が初めてではなかった。正体がばれないように、彼と話すのはやめておいた方がいい。ウーナは毛布を握っていた手をゆるめ、コナーにとっておきの笑顔を見せた。「そうね、あなたの言うとおり」

コナーもウーナに笑顔を見せ――彼みたいな男性はおだてに乗りやすい――ふたりはまたショーに視線を戻した。

しばらくして、ウーナの目の端で、ドルーが病院の正面ドアから出てきて、忍び足で階段を降りてくるのが見えた。ウーナと同じように毛布を持っているが、さりげなく持つどころか、まるで盾のように胸の前でがっちり抱えている。体はこわばり、目はぎらぎらしている。

「わたしのことは気にしないで！　患者さんに毛布を持っていくだけだから！」どこへ行くのか尋ねられたわけでもないのに、ドルーが大きな声で言っているのが、少し離れたところにいるウーナにも聞こえた。

ウーナは顔をしかめ、頭を振った。

「どうしたんです？　ミス・ケリー」コナーが尋ねた。

「ええ、まあ……ちょっと歯が痛くて」

「甘いものを食べすぎましたか？」

ウーナは微笑もうとし、ちょうどそこにドルーがぎこちなく通りかかった。

「ごきげんよう、ミス・ルイス」コナーが帽子をちょっと持ち上げて挨拶した。

「どうぞ気にしないで！　患者さんに毛布を持っていく――」

「見て！」ウーナはドルーの言葉を遮って言った。「蛇遣いよ」

コナーが蛇遣いの方を見た隙に、ウーナはドルーをにらんで、地下への階段を顎で指した。

「病室に戻らなきゃ」ウーナはコナーに言った。

「ここでいっしょに見物できたらいいのに。おれの腕くらいの長さのナイフを呑み込む人がいるって聞きましたよ」

「わたしはバルコニーから見物できると思うわ」

「日曜日のミサで会えますか？」

ウーナはうなずいて、病院の方へ数歩下がった。蛇遣いが観客の目を引きつけている。フルートのような楽器を吹き、その美しい音色に観客が静かになる。ウーナはそのタイミングで踵を返し、正面玄関から地下へと通じる細い階段へ向かった。

地下に着くと肩越しに後ろを振り返り、誰もついてきていないことを確認すると、無料宿泊所のドアを開けて、中に滑り込んだ。ドアを閉めると蛇遣いの曲が途絶えた。明かりも届かない。ウーナは壁づたいに手探りでガスランプを探し、途中で小さなテーブルにぶつかった。ガスのバルブを回し、ポケットに入れているマッチで火をつける。部屋が明るくなると、ウーナは毛布を置いて周りを見回した。汗と尿のにおいが鼻につんときた。前回よりましだが、それでもにおいがきつい。まだ誰もいないのかと思ったら、向こう側の隅に置いてある椅子の後ろからドルーがひょっこり顔を出した。ウーナは悲鳴をあげそうになった。

「なぜ暗闇に隠れていたの?」

「誰かに見られたらいけないと思って」

「この部屋は夜が更けてからじゃないと利用できないこと、あなただって知ってるでしょ」ウーナはドルーに近づくと、彼女の肩から蜘蛛の巣を払った。「それに、隠れるのは最後の手段。人混みに紛れた方がいいの。いつもそこにいるみたいに」

「なるほどね」まだ毛布を握りながらドルーは言った。

「毛布はここに置いて。さあ、行きましょ。時間がないわ」

ウーナは嫌なにおいのする部屋を出て、薄暗い廊下の先に向かった。石の壁は湿っていて、苔(こけ)やどろどろしたもので変色している。ウーナの後ろからドルーの息遣いが聞こえ、初めは短くなったり長くなったりしたが、やがて安定した。

「地下はひどいところね」職員用の仮眠室の前を通りながらドルーが言った。「ここも公に開放している無料宿泊所よりほんの少しにおいがましになっただけだ。「ミス・ナイチンゲールが知ったらただじゃおかないと思う」

「ブラックウェルズ島の矯正院並みに……ええと、ひどいって言ってる人がいたわ」

アルコール依存症患者の病室に着くと、ウーナの筋肉が緊張した。湿った空気、個室から聞こえる低い叫び声、わずかな明かり——まるで時が戻ったようで、これからまたデイドラの死を知らされる気がした。温かな手が伸びてきて、ウーナの手を取り、ぎゅっと握った。ドルーの手だ。

「どの個室にいたの？」

ウーナは廊下の一番奥の個室に向かってうなずいた。喉がきゅっとなって、声を出すことができない。

手をつないで、ふたりは奥へ進んだ。ウーナの足は個室まで駆け出したくてたまらなかった。早く行けば、早くここを離れることができる。だがドルーはゆっくり歩き、視線を床から天井、そして背後へとさまよわせ、個室のドア——鍵、蝶番、そして覗き穴——をしげしげと眺めている。

長い廊下の一番奥、デイドラがいた個室に着いた。いまは他の女性が中にいて、藁の敷かれた床でいびきをかいて眠っている。ドルーは覗き穴からなかの設備を見つめ、ドアの錆びついた南京錠を指先でなぞった。

「鍵は誰が持ってるんだろう？」ドルーが尋ねた。

「病室の世話人だと思う」

「出くわさなかったのは奇妙ね。絶対に怪しまれない、ここに来た言い訳をばっちり考えてきたのに」

ウーナはこらえきれずに、くすっと笑った。「それって、ちょっとよろしいですか？　から始まる？」

「なんで分かるの？　その通り。それで、詳しく説明するの。なぜ――」

「そんなの、すぐに怪しまれる」

ドルーが顔をしかめた。

「真相はわたしとあなたの胸だけにおさめておきましょ」ウーナは個室に向き直った。「さて、何を捜せばいいの？」

「証拠よ」

「どんな――」

だがウーナが言い終わる前に、ドルーは既に廊下のもっと先へと進んでいた。つきあたりを曲がると、廊下は小さな部屋の前で終わっていた。世話人――ウーナがデイドラを捜しにきた時に会ったのと同じ女性だった――が重ねた木箱の上で不安定に立ち、高窓の隙間から外を覗いていた。芝生の上で繰り広げられているサーカスを見ているのだろう。地下からではほんの少ししか見られないだろうに、すっかり夢中になっていて、ふたりの足音にも気がついていなかった。近くには書類が散らばった机があり、重ねられた汚れた朝食の皿、コーヒーの入ったマグカップ、そして鍵の束があった。部屋の奥のドアは開いていて、非常階段に続いていた。

驚かせて不安定な踏み台から落ちては大変なので、ウーナはそっと部屋から出た。だが、ドルーは大胆にも机に近づくと、どういうわけか音も立てずに鍵の束をつかんで戻ってきた。

「すごい。泥棒みたい」廊下の角を曲がり、個室が並ぶ長い廊下まで引き返してくると、ウーナはドルーにささやいた。「どこで覚えたの?」

「ミス・ナイチンゲールは、不必要な音は看護にとって最大の敵で、病人にも健康な人にも悪影響を与えると言ってるわ」ドルーは同じように音を立てずに、デイドラがいた個室の南京錠を開けた。眠っている女性は目を覚ましていない。

ウーナは中に入って周りを見回した。自分がここで何を見つけるつもりだったのか分からない——何らかの証拠——だが、個室は覗き穴から見たときと同じだった。汗と吐瀉物のにおいは、中に入るとさらにきつかった。石壁に染みついて、洗い流しても消すことができないのだろう。女性のいびきの音は、廊下で聞いた時よりも大きかった。空気ももっと冷たい。ひどい湿気だ。ウーナの肌に震えが走った。

デイドラはここで死んだ。まさにこの個室で。殺人犯とふたりきりになって。

だが個室には犯人を示すようなものはなかった。ウーナは廊下に出てドルーを待ちながら、腕をさすって温めた。殺されてからこれだけ日数が経っているのだから、デイドラに何が起きたのかを突き止められる見込みはない。あれから何人もの女性がこの個室に入れられたはずだ。犯人が何か手がかりを残していたとしても、今ではとっくになくなっているだろう。

ドルーはしばらくしてから個室から出てきて、ドアを閉めて南京錠をかけた。ふたりは静かに廊下の角を曲がって、世話人のいる部屋に戻った。彼女はまだ積んだ木箱の上にいて、首を伸ばして曇りガラス越しに外を見ていた。ドルーが机の上に鍵を戻そうと忍び込み、床の浮いた石につまずいてバケツにぶつかった。バケツが倒れて床に音を立てて転がった。

世話人は叫び声をあげ、振り向いた瞬間、床に落ちた。「いったいここで何をしているの？」腰をさすりながら、ふたりをにらんで言う。

「ど、どうぞ気にしないで」ドルーが口ごもった。「わたしたちはただ――」

「迷子になってしまって」ウーナはドルーの隣に駆け寄り、世話人に気づかれる前にドルーの手から鍵の束を回収した。「そこの階段から、病院の一階に出ることはできますか？」

「ええ」

ウーナは彼女に手を差し出し、立ち上がるのを手伝った。鍵はもう片方の手に隠し持っている。「剣呑み男を見ました？」

「剣呑み男？」

「二フィートもある剣を、束の根元まで呑み込むんですって」

「本当？」世話人は急いで崩れた木箱を積み直した。ウーナはその間に鍵の束を机に戻し、ドルーの腕をつかんで階段に引っ張っていく。

「びっくりさせてごめんなさい」ドルーは肩越しに謝ったが、世話人は木箱の上にのり、剣呑み男を見ようと必死で、ふたりにはもう何の興味も示さなかった。

階段の一番上までくると、メインホールそばの院長室に続く短い廊下に出たことが分かった。ドルーはドアを閉めると漆喰の壁に寄りかかって、目をぎゅっとつぶった。今朝、朝食に間に合うよう急いだ時みたいに、ぐったりしている。「危なかった」

本当に間一髪だった。ウーナは思った。それで結果は？　なんの収穫もなかった。

ドルーは目を開けるとにっこりした。「でも、愉快だった。そう思わない？」

「馬鹿なことをした、というのがわたしの感想。完全に時間の無駄だった」

「でもいろんなことが分かったわ」

「いろんなことって？　寒くて暗くて、くさいってこと？　早く病室に戻りましょう。じゃないと本当に面倒なことになるわ」

歩き出そうとすると、ドルーがウーナの手をつかんだ。ドルーの手は冷たく湿っていたが、確信に満ちていた。「違うわよ、お馬鹿さん。とても重要なことがふたつ分かったでしょ。ひとつめは、世話人に気づかれることなく簡単に忍び込めること。鍵は机に置きっぱなしだから拝借しやすい。個室のドアは軋んだ音を立てずに開け閉めできる。壁は分厚くて、揉み合っても音が外に漏れない」

「でも殺人犯については何も分からなかった」

「そうね。でも、犯人がどうやって誰にも気づかれずに出入りできたかを説明できるわ」

「ふたつめは？」

ドルーは声をひそめた。「本当に殺人だとしたら、犯人は病院で働いている可能性が高い。あの病室は、偶然見つけるような場所じゃないもの。どこからどう出入りすればいいか分かっていたから、誰にも見られなかった」

「医者とか？　まさか、あなた本気で——」

「デュパンはこう言ってるの。思考を限定してはいけない。あらゆる可能性を考えること。医者、職員、病院長だって除外できないわ」

41

以前のウーナが疑い深いとすると、今のウーナはまともに考えることさえできなかった。ベルビュー病院の廊下ですれ違う誰もが犯人に思える。

「殺人と決まったわけじゃないのよ」その晩、ドルーは図書室でウーナに念を押した。他の訓練生が暖炉を囲んでアクロバットや蛇遣いや剣呑み男の話で盛り上がっている一方で、ふたりはまだ証拠ひとつない人殺しについて小声で話していた。「ミスター・デュパンが言うには――」

「はいはい」ウーナは椅子の背に寄りかかって、うなじでまとめている髪をほどいた。「物事の全体を見失い結論に飛びついてはならない、でしょ」ドルーのおかげで、ウーナは例の小説全体をすっかり暗唱できた。

ドルーがあくびをして、テーブルの上の、ふたりの間で開きっぱなしの教科書に頭をのせた。ウーナは注意力が散漫だし、ドルーは体がだるそうで、自習はほんの数ページしか進んでいない。「明日、なんとかして病理医の報告書を手に入れる方法を見つけましょ」

「それはわたしに任せて」ウーナは言った。ひとりで解剖室に行くのは嫌だったが、盗みを働くなら、自分ひとりの方がいい。出しっぱなしの鍵の束をくすねるのと、病院の一番ぞっとする部屋のどこかにしまい込まれた報告書を盗み出すのは、まったく別の話だ。

翌朝、ウーナは朝早く、朝食前に寮を出て、遺体安置所に向かった。棺を積むのに忙しい管理人に見つからないよう通り抜け、奥の解剖室へ向かう。中は暗く、遺体がシャワーの水を浴びながら解剖を待っている。ぽた、ぽた、ぽた、という水の音がウーナの神経を苛立たせた。引き出しや棚をくまなく捜したが、何も見つからない。

徐々に朝日が射し込み、病院の外から人々が忙しく行き交う音が聞こえてくるころ、ウーナはついに、並んだ標本の瓶の間に革の紙挟みが無造作に差し込まれているのを見つけた。病理医の正式な報告書ではないが、最近の解剖のスケッチとメモがかかれている。目を通す前に、廊下からこちらに近づいてくる足音が聞こえた。ざっと紙をめくり、日付だけ確認する。デイドラが死んだ日付は、ウーナの頭に焼きついている。同じ日付のページを全て抜き取ると、エプロンのウエストの下に挟んで隠した。

ドアが開いた瞬間、その裏に隠れる。数人の男がなかに入ってきた。彼らの靴音と会話に耳を澄ます――マーム・ブライが教えてくれたトリックだ――こちらを見ていないことを確認し、ドアを回って部屋の外へ抜け出す。

小走りになるとエプロンの下に隠した紙がかさかさと音を立てるので、ゆっくり歩くしかなかったが、ウーナは朝の始業時間直前に病室に着いた。銃で撃たれた男性の傷はだいぶ良くなっていて、ウーナは嬉しかった。彼は複数の枕と砂袋を使って、半分座るような、半分横になるような姿勢になり、背中と、包帯を巻いた手に体重がかからないようにしている。怪我をしていない方の手で、〈デイリーポスト〉紙を掲げている。ベッドの横のテーブルには半分食べたオートミール粥のボウルがあった。エドウィンの丁寧な治療が効いているのだろう。

ウーナは彼の朝食を片付け、新聞のページをめくってあげると、ハットフィールド看護師長が巡回に来る前にと、仕事に精を出した。エプロンのリボンをきつく締め直したので、病室の掃除をしている間も、解剖室から盗んできたメモの紙の束は音を立てたり滑り落ちたりすることなく、しっかりとエプロンの下におさまっていた。

正午を回ってすぐ、内科の病室から新しい患者がひとりやってきた。付添いの看護師はドルーで、ウーナに彼の症状の引継ぎをした。ドルーは弱々しく微笑むと、こめかみを揉んで言った。「ミスター・ノフは既婚者で、三十三歳、十日前に馬車から落ちて下顎を骨折して、病院に運ばれてきました。お酒を飲む習慣はなく、既往症もありません……」

ドルーの報告はまどろっこしいくらい詳細で、ウーナは半分耳を傾けながら、早くドルーにメモを見せることができるよう、二年生が薬品庫に入るのを待った。

「……今朝の巡回で、ドクター・ローソンが、ミスター・ノフの更なる回復を促すために、石膏で固めるギプスを下顎に施す必要があると考えました。先生はドクター・ピングリーと相談して、患者を外科病棟に移し、ギプスの必要があるかどうか診断することにしました。

ミスター・ノフの便は正常で、今朝の尿の量は——」

「手に入れたわ」二年生がようやく視界からいなくなると、ウーナはドルーの引継ぎを遮って言った。

「なにを？」

「解剖室にあったメモ」エプロンの下から紙の束を取り出す。

「なんて書いてある？」

「まだ読んでないの。時間がなくて。病理医の正確な報告書じゃなくて、検死中にとったメモみたい」

ドルーは窓辺に寄ってページをざっとめくった。「このメモを使って、正式な報告書を書いたんでしょうね」

ウーナもドルーの横に立って、しわの寄った紙を見つめた。あの日ウーナが見たデイドラと他の患者たちが、わずかなスケッチと数行の走り書きにまとめられていると思うと、ウーナは落ち着かなくなった。

「これが彼女のかしら？」ドルーが指差した。女性、白人、二十代半ば。だがその数行下に、子宮におよそ妊娠八ヵ月の胎児。

「ちがう、この人じゃない」

ドルーは紙の表と裏の両方を確認しながら、病理医の読みにくい文字に目を通す。「この人？」

ウーナは顔を近づけた。デイドラの特徴によく似た女性だ。首の前後に死斑。まばら。喉とうなじの死斑は一定で同じ形状。「この人だ。間違いない。どう思う?」

「うーん」ドルーはまたこめかみを揉んだ。窓際の空いたベッドに腰をおろす。「今夜、ドクター・トーマスの検死と病理解剖学の手引きを調べてみましょう。死斑は通常、亡くなってから八時間から十時間後に皮膚に現れる紫色っぽい斑点なの。でも寒いところではもっと時間がかかることもある――丸一日とか――って、読んだことがある気がする」

「それのどこが重要なの?」

「一定の時間が過ぎる前に死斑が現れた皮膚を圧迫すると、色は消える。でも打撲や打ち身でできた痣は消えないの。病理医が死亡時間の計算を間違えたか、検死をした時に気温を考慮するのを忘れていたら、首の回りの痣を死斑と勘違いしたかもしれない。もっと興味深いのは――」ドルーは口ごもって顔をしかめ、シーツをつかんだ。

「だいじょうぶ?」ウーナは隣に座って尋ねた。

ドルーはかすかに微笑んだ。「ええ、もちろん。なんて言ったところだったかしら」

「もっと興味深いのは……」

「そう、もっと興味深いのは、彼女の爪の表現なの。いくつか割れて、ぼろぼろになってるってこと。先生が原因として……」ドルーはメモを拾って読んだ。「自堕落なアルコール依存症患者だからだろうと書いてるけど、もし――」

「ミス・ルイス、まだいるの?」

二年生の声に、ウーナとドルーは飛び上がった。

「わたし……わたしは……」

「ミスター・ノブの引継ぎがちょうど終わったところです」

「ノフ」ドルーがささやいた。

「ミスター・ノフの」

二年生は頭を振った。「あのね、他の患者さんが待ってると思うわよ」

ドルーが急いで出ていくと、ウーナはメモをまたエプロンの下にこっそりしまい、自分の仕事に戻った。ウーナは患者からおまる、毛布の追加、水を頼まれる合間に、二年生が午後の薬を準備をするのを手伝った。湿布の温め直しや、包帯の交換が必要な患者もいた。ウーナは忙しく働いていたので、数時間後、ドクター・アレンが来たことに気がつかなかった。彼は病室を移ってきたばかりの患者のベッドにまっすぐ行くと、ウーナの方に向かってギプスに必要な道具を揃えて持ってくるよう言った。彼の細く、鼻にかかった声は、病室の反対側にいるウーナにはほとんど聞こえなかった。既に三ヵ月以上も病院にいるのに、ウーナは彼が話すのを聞いたのはほぼ初めてだったことに気づいた。

ウーナは他の患者のために作っていた、からしと亜麻仁油を混ぜた湿布剤を仕上げると、物品庫へ急いだ。必要な道具をかき集め、石膏を混ぜるための水を入れたたらいを持ち、待っているドクター・アレンのもとに届ける。

ウーナが道具を並べる前に、ドクター・アレンは彼女の腕からタオルをひったくると、エーテル麻酔用にタオルを円錐形に整えた。

「ドクター・ピングリーはどちらに？」

「わたしひとりでは、こんな簡単な処置もできないと思っているのか？」

「いいえ、そんなことありません」彼のとがった声にウーナは驚いた。もともと神経質なのか、長く抑圧されていた自尊心のせいなのか分からなかった。

「よろしい。では脱脂綿をよこせ」

ドクター・アレンは近くの患者のベッド脇の机から新聞を取ると、それで巻いて円錐を作った。そのなかにウーナからひったくったタオルを入れ、脱脂綿を詰める。

「ではじっとして深く息を吸いなさい」患者にそう言って、円錐の広い方で鼻と口を塞ぐ。彼がエーテルの最初の一滴を垂らそうとしたとき、ウーナは患者のシャツに羊のシチューのような染みがついていることに気づいた。患者が最後に食事をしたのはいつか、ドルーは言っていただろうか？　もっとちゃんと聞いておけばよかった。

「ミスター・ノフ、食事はとってませんよね？」

ミスター・ノフは何か言ったが、円錐で口が塞がれていて聞き取れない。

「患者は絶食してないのか？」

「わかりません。内科の病室の看護師がなんと言ったか覚えていないんです。言っていたとしたら、ですけど」

「それはもっと早く、わたしに言うべきだろう」

あんたもきくべきでしょう、ウーナは思った。「申し訳ありません、ドクター・アレン。たったいま気づいたんです」

彼はドクター・ピングリーがウーナや他の訓練生にするのと同じように、口をとがらせて軽蔑するように彼女をにらみつけた。「石膏を混ぜるのを続けろ」

「だめです。もし何かあったら危険——」

「その可能性はほとんどない」

本当に？　ウーナはドクター・クラークソンの麻酔の基礎の講義をもっとちゃんと聴いておけばよかった、先週あったスミス看護師長の外科の手術を受ける患者のケアの実習をサボらなければよかったと後悔した。きっと単純な処置なのに。

「絶対ですか？」

「失礼。わたしの聞き間違いかな？　わたしに意見したのか？　パーキンズ校長のところへ行って、おまえを呼び出すよう言ってやろうか。そうすれば、わたしの指示に従わなかった理由を校長に直接言えるだろう」

ウーナは口を開き、そして閉じた。ドクター・アレンが無理に処置を続けようとするのは、ウーナ云々ではなく、彼のドクター・ピングリーへの恐れにもっと関係があるのだろう。だが今そんなことを言ったら、ウーナは校長室に一直線で、そこから路上にポイだ。ウーナはガラス瓶を傾けて、石膏の粉を水の入ったたらいに入れた。ドクター・アレンはふんと鼻を鳴らしてエーテルを垂らし続ける。

処置は十五分で終わった。ミスター・ノフが眠ると、ドクター・アレンは顎から頭頂部までを石膏で固めた。ふたりは黙って処置をした。終わると、ドクター・アレンは両手を拭き、指示を出し――これから四時間は食事を与えないこと、水分は許す、目が覚めてせん妄があれば芳香アンモニア精を与えること――そして病室から出ていった。

ウーナは道具とベッド周りを片付け、ミスター・ノフのバイタルを何度も確認した。予想していた通り、呼吸は浅くなり、いびきもとまっている。脈も安定して、頬に赤みが戻ってきた。じきに目が覚め、麻酔が完全に抜けるまで、少し混乱してひとしきり騒ぎ、それから自然の眠りにつくだろう。

ウーナは頭のなかで、今日の午後にする予定で、まだやっていない仕事リストを作った。吸血ヒルがふたり、カッピングがひとり、浣腸がひとり。だが忙しいおかげで、デイドラの死と、まだエプロンの下にある病理医のメモのことを忘れることができた。

処置から三十分後、ウーナがミスター・ノフの枕元を離れてヒルを取りに行こうとすると、ぜいぜいあえぐ声に気づいた。ミスター・ノフの口に耳を寄せる。落ち着いていた呼吸が、速く、荒くなっている。ウーナが大声を出して二年生を呼ぶと、彼女はすぐに飛んできて、ウーナの大声を叱責した。だがミスター・ノフの激しい息遣いに気がつくと、二年生は真っ青になった。

「先生を呼んでくる」

すぐにドクター・アレン、ドクター・ピングリー、ハットフィールド看護師長がベッドを囲んだ。ミスター・ノフの呼吸はさらに大きく、途切れ途切れになっていた。唇はピンク色から浅黒い紫になっている。石膏はすでに固まっていたので、鋏で切って外し、ドクター・ピングリーがミスター・ノフの口をこじ開けて中を調べた。喉になにも詰まっていないことを確認すると、ドクター・ピングリーは喉に穴を開けるからメスを取ってこいとウーナに命じた。気管にチューブが差し込まれる。全員が固唾（かたず）を呑んでミスター・ノフの呼吸に耳を澄ました。震えるような息が一度。それからもう一度。そしてとまった。

ドクター・ピングリーが心肺蘇生法を指示し、それからの二十分間――だがもっと長く感じた――ウーナ、ハットフィールド看護師長、ドクター・アレンが順番に、ミスター・ノフの前腕を彼の胸の上で交差させ、その上から心臓を圧迫し、それから交差させていた前腕を彼の頭の横に伸ばす、を繰り返した。ドクター・ピングリーがこれ以上の処置は無駄だと宣言したときには、ミスター・ノフの顔は真っ青になっていた。彼の目は、エーテルで眠ってから二度と開くことはなかった。

ウーナは校長室の前の階段に座り、爪の甘皮を嚙んでいた。初め、ミスター・ノフの死が信じられず、感覚が麻痺していた。自分も医者も亡くなったミスター・ノフも、エデン・ミュゼにあったような蠟人形で、何かの一場面を演じているような気がした。だが遺体をきれいにして遺体安置所へ運ぶために布で包むと、自分の肋骨の下に静かな悲しみが宿っているのを感じた。ドルーの引継ぎをきちんと聞いておけばよかった。処置を延期するよう、もっと言えばよかった。

遺体が運ばれてすぐにハットフィールド看護師長がやってきて、三階へ行くよう言った。「パーキンズ校長が今、ドクター・ピングリーとドクター・アレンと面会しています」取り澄ました態度を隠す気もないような言い方だ。「その後で、あなたの事情について申し開きを聞くそうです」

事情について申し開き？　わたしが裁判にかけられているような言い方じゃないか。

パーキンズ校長の部屋の中から、医者たちのくぐもった声が聞こえる。ウーナは緊張して吐きそうだった。血の味がする。爪の甘皮がむけていた。罠にかかって、自分の尻尾を嚙み切ったドブネズミみたいだ。ドアが開き、パーキンズ校長が中に入るよう手招きをした。ウーナは自分の足が信用できず、そろりと立ち上がった。

部屋から出てくるドクター・ピングリーとドクター・アレンとすれ違う。ドクター・ピングリーはひどく苛立っていて、校長との面会が、ただでさえ癪に障る日をいっそうひどいものにしたとでもいうようだった。ドクター・アレンの表情はさらに暗く、彼の灰色の瞳はウーナと目が合うのを拒んでいた。

パーキンズ校長は椅子を勧めなかったし、ウーナも足は痛いし空腹で頭がくらくらしていたが、座る気にはならなかった。「あなたの病室の患者が、思いもよらない死を迎えたと聞きました」

「その通りです」

「ドクター・ピングリーはエーテル吸入中の気管に蓄積していた粘液による呼吸停止だと推測しています」

ウーナはなんと答えればいいのか分からなかったので黙っていた。

「彼はさらに、そういうことは健康な患者にも起こり得ることだと言いました。エーテル麻酔をする前に食事をした場合などに」

「わたしは伝え――」

「ドクター・ピングリーはドクター・アレンが処置をするに問題なしと判断したことを問題だと考えるでしょう。ドクター・アレンが言うには、患者の状態について知ったのは、エーテルを与えた後だったそうです。わたくしは彼の言い分についてあれこれ言う立場にありません。ですが、看護に何らかの間違いがあったのなら、それを確認するのは、わたくしの責任です」

ウーナの口はからからだったが、自分に罪があると思われないように、唇をなめたり唾を飲み込んだりするのをこらえた。「わたしはミスター・ノフに食事を与えていません」

「では、彼は食事をしていないと？」

ウーナは答えに窮した。

「ミス・ケリー、事がどれほど重大か、あなたには分かっているはずですよ。全て、正直に言ってください」

ウーナはうなずいた。ここへ呼ばれる前に、ドルーと口裏を合わせることができたらよかったのに。「外科の病室に来る前に食事をしたかもしれません」

「ですがそのことは、付添いの看護師から引継ぎがあるはずでしょう」

「わたし……」舌がねばついて、言葉がうまく出ない。「患者さんが食事をしたのかどうか、言われたか覚えていないんです。ですが処置を受けるために外科の病室に来たのだから、今朝は食事をしていないだろうと思いました」

「言われたかどうかを覚えていないのですか、それとも言われなかったのですか？」ウーナが黙っていると、パーキンズ校長はペンに手を伸ばした。「そういうことなら、わたくしに選択肢はありません。残念ですが――」

「言われていません。言われませんでした」

「なるほど。では、その不充分な引継ぎをしたのは誰です？」

ウーナはうつむいた。口を開き、また閉じて、それから最終的に口にした。「ミス・ルイスです」

42

ウーナは残りのシフトをやきもきして過ごし、どの患者の役にも立たなかった。パーキンズ校長の部屋を出ると、ドルーも呼ばれていた。ドルーはウーナがミスター・ノフの死を自分のせいにしたと知ったら、ウーナのせいだと言ってやり返すだろうか。結局、悪いのはウーナだ。ドルーの引継ぎを途中で遮って、病理医のメモを見せたのだから。

メモ！　ウーナはまだエプロンの下に紙を隠していた。誰かにウーナがメモを持っているところを見られたら、とくにドルーがふたりでベルビュー病院にいるかどうかも分からない殺人犯を見つけようとしていたと校長に話したら、間違いなく退学だ。二年生が患者の包帯を交換している隙に、ウーナは薪ストーブに紙を押し込み、燃えて灰になるのを見つめた。

火格子の隙間から中を覗いていると、熱で頬がひりひりした。ドルーはパーキンズ校長に全てを話すだろう。ウーナと同じように、ドルーにも他に選択肢はない。ドルーが看護学校に残りたければ。パーキンズ校長はふたりのうち、どちらを信じるだろう？　ウーナはドルーより先に、校長に証言をした。それだけでどれほど優位に立つことができるか、ウーナは経験からよく知っていた。

夜勤のシフトの看護師が来ると、ウーナは意識を集中して、夜間に特別な看護を必要とする重篤な患者について、必要充分な引継ぎをした。正直、校長室に呼ばれて退学を突きつけられることなく、シフトの終わりを迎えるとは思っていなかった。ウーナが病室でぐずぐずしているうちに、病室の明かりが就寝時間用にほの暗くなる。罪悪感で息が苦しかった。ミスター・ノフの死への罪悪感。ドルーへの罪悪感。ドルーは看護学校で、最初からウーナに親切だったのに。

病院から寮までの短い距離をひとりで歩いて帰る。中に入るとハムと煮キャベツのにおいが漂ってきたが、まったく食欲がなかった。ドルーに会うのが怖かった。ウーナのこの裏切りを、いつか許してくれるだろうか？

玄関ホールでコートを脱いでいると、図書室からささやき声が聞こえた。ウーナはそっと近づいた。

「まさか！」ひとりが言った。

「ミス・ルーが絶対そうだって」もうひとりの訓練生が言う。「彼女はミス・ルイスと同じ第十病室なの。ミス・ルイスは今日の午後遅い時間に校長室に呼ばれて、それから戻ってこなかったんですって」

「でも、なぜそれで退学になったって分かるの？」

退学！　ウーナは大声を出さないよう片手で口を覆った。ドルーが何らかの処分を受けたとしても――パーキンズ校長がウーナの言葉を信じたとして――一番ひどい処分でも見習いへの降格がせいぜいだろうと考えていた。ドルーは今まで一度もトラブルを起こしたことがないし、試験の点数だっていつもほぼ満点だ。

「ショックのあまり気を失ったそうよ。職員が呼ばれて彼女を床から椅子へ抱え上げて、それから気付け薬を取りに行ったって。彼が厨房のルーラに話して、ルーラは……」

ウーナはコートをまた着て、玄関ドアに駆け戻った。ドルーが本当に気を失ったのなら、もう回復したのかどうか、どうしても知りたかった。ドアを開けると、ハットフィールド看護師長とぶつかりそうになった。

「ミス・ケリー、こんな遅い時間にどこへ行こうとしているんです？」

「病院です。ドルーの具合が悪いと聞いて」ハットフィールド看護師長をよけて外へ出ようとすると、通せんぼされた。

「ミス・ルイスには会えませんよ。少なくとも今夜は」

「では、本当に気を失ったんですね？」

ハットフィールド看護師長はうなずいた。ウーナは後ろに下がり、ハットフィールド看護師長は中へ入ると、ドアを閉めた。

「退学になったからですか？」ウーナは尋ねた。声が震えている。

「それも、なんらかの関係はあるでしょう。でも主な原因は熱です」

「熱？」

「ええ。チフスでしょう」

ウーナの四肢が冷たくなった。チフス患者の生存率は五十パーセントだ。「でも、どうして――」

「ここ数週間、市内で急激に感染者が増えていました。あなたみたいに愚鈍な訓練生だって、それくらい聞いたことがあるでしょう」

「はい、でもチフス患者は島の隔離病院へ直接送られるはずです。なぜドルーが――」

「二週間前、誤診された患者がひとり、ベルビュー病院に運ばれてきました」ハットフィールド看護師長はコートを脱ぎ、手袋を外した。疲れた声だが不親切ではなかった。「ミス・ルイスが担当看護師として彼の世話をしているうちに、隠れていた本当の病気が判明したのです。もちろん、わたしたちはすぐに彼をリバーサイド病院へ送りました。でも、遅かったようです」ウーナに向き直って顔をしかめる。「ミス・ルイスがあなたにこの件を話していなかったとは、驚きました」

ウーナは込み上げる怒りを呑み込んだ。ハットフィールド看護師長をひっぱたいて、彼女の歯をぐらぐらにしてやったら気分がよくなるだろうが、そんなことをしても仕方がない。それに看護師長の言うことは正しい。なぜドルーはウーナに言わなかったのだろう？チフスにかかったかもしれないという恐怖は、ドルーの心に重くのしかかっていたはずだ。わたしはなぜ気づかなかったんだろう？

怒りに代わって恥ずかしさで真っ赤になった頰を隠すためにうつむく。自分の悩みにどっぷり浸かり、デイドラの死は殺人だという馬鹿げた妄想に取りつかれていなければ、ドルーの体調不良に気づけたはずだ。ドルーは最近いつになく元気がなかった。顔色も悪く、集中力もなかった。

「彼女もリバーサイド病院へ送られるんですか？」

「いいえ。ベルビュー病院のスタージェス病棟で看護します」

「わたしに――」

「いいえ。彼女を看護できるのは、熟練した看護師だけです」そう言うと、ハットフィールド看護師長は大股で歩き出した。だが廊下の途中で立ち止まり、肩越しに振り返って言った。「ああそうだ、あなたは今夜のうちに旅行鞄に荷物をまとめておいた方がいいわ。パーキンズ校長が、明日の朝一番にあなたに会いたいそうです。わたしにはそれが良い話とは思えません」

ウーナは眠れない夜を過ごし、翌朝の食事はほんの少ししか喉を通らなかった。調理人のプリンが淹れてくれた湯気の立つコーヒーでさえ、ウーナの冷たくよじれた体を、温め、ほぐすことはできなかった。パーキンズ校長の部屋に遅れて到着したくはなかったが、病院までの道のりと校長室までの階段を行くウーナの足取りは重かった。ドルーは退学処分になり、しかも病に臥せっている――おそらく死ぬだろう。ウーナも退学になるのだろうか？最初の小さなノックで、すぐにパーキンズ校長から中に入るように言われた。昨日と同じように、校長はウーナに椅子を勧めなかった。

「昨日の悲劇について、細心の注意を払って検討しました」校長の表情は深刻で、睡眠不足なのだろう、目は潤み、充血していた。

ウーナはうなずいた。なにも言うことができなかった。

「自分でも分かっているでしょうが、あなたの看護師としての適性が問われるのは、これが初めてではありません」

「どうか、校長先生、お約束します。わたし、もっと――」

校長は片手を上げてウーナを制した。机の後ろの椅子から立ち上がると窓辺へ向かう。ガラスの縁についた霜が、朝日を受けてきらきら光っている。「ミス・ケリー、わたくしはこの数週間、ずっとあなたを見ていました。今回の件はともかく、あなたの患者への対応が素晴らしいということに、疑問の余地はありません。患者に過剰に干渉することもなければ、無関心でいることもない。非常事態にも落ち着いていて、講義にも真面目に参加している。わたくしが思うに、ミス・ルイスの個人指導にも大いに助けられているのでしょう」

「はい、その通りです」

「あなたはいつか必ず、素晴らしい看護師になるでしょう。ですが、わたくしはどうしても、あなたの心根を完全に信じることができないのです」

心根？　どういうこと？

パーキンズ校長はため息をついて、窓辺からこちらを見た。「昨日、具合が悪くなる前に、ミス・ルイスとわたくしは、充分に話をしました」

ウーナは顔をしかめた。ドルーが何を言ったにしろ、良いことのはずがない。ウーナはミスター・ノフの死をドルーのせいにしたのだから、ドルーを責めることはできない。ルールその一、自分のことだけを考えること。ウーナはその言葉通り生きてきた。なぜ今になって、その言葉がむなしく思えるのだろう。

「どうか、校長先生。ご説明します。わたし……いえ……わたしたち、ドルーとわたしは――ミス・ルイスは――、つまり、わたしたち――」

「説明してもらうことは、もうありません。ミスター・ノフの死という不幸な事故については、ミス・ルイスが全面的に非を認めました」

ウーナはまばたきをした。「認めた？」

「彼女はミスター・ノフの処置は外科病室に移った日の午後ではなく、翌朝に行うと思っていたので、あなたの病室へ連れていく前に食事を与えてしまったと認めました。患者をあなたに引き継いだときに、その一番重要な情報をあなたに伝えなかったのも自分の責任だと認めました。気が散っていたそうです」

「彼女はなぜ……その……気が散っていたか言いましたか？」

パーキンズ校長はまた窓の外を見た。ウーナも校長の視線を追った。朝靄が芝生から少しずつ引いて、スタージェス病棟――精神科病棟の向かいにある、長い平屋の煉瓦造りの建物――があらわになった。

「彼女は言おうとしませんでしたが、病気のせいでしょう。わたくしには推測することしかできませんが、病気のときはぼんやりするものですから」

「それなのに、退学処分にならなくてはいけないのですか？」

パーキンズ校長がウーナに向き直った。疲れた目が険しくなる。「あなたが口出しすることではありませんよ、ミス・ケリー。今日はミス・ルイスではなく、あなたの運命について話し合うために来てもらいました。あなたにとって幸運なことに、彼女は昨日の悲劇の責任を取っただけでなく、あなたと、あなたの技術をとても高く評価していました」

「彼女が？」

「とてつもなく勇敢で、誠実だと。そう言っていたと思います。ですから、わたくし自身のあなたに対する不信の念はさておき、あなたがここに残ることを認めましょう」

朝食で飲んだコーヒーが胆汁といっしょに喉元にせりあがってきた。ドルーは退学になるかもしれないのに、デイドラと、彼女の死についてふたりで調べているという秘密を守り通した。そう思うと、ウーナは罪悪感で吐きそうだった。しかも、ドルーはウーナを褒めてくれた。ウーナがその褒め言葉を受けるに値しない時に――勇敢さも誠実さもまったくない時に。

その日の夕方、ウーナは病室での仕事が終わり次第、ドルーに会いに行く決心をした。他の訓練生が病院を出るまで待ち、それからスタージェス病棟へと芝生を横切った。建物の中は、照明が淡く絞られていた。夜勤の看護師が仕事をしていたが、ウーナになんの注意も払わなかった。ドルーのベッドは他の患者たちと離され、病室の一番奥にあった。ウーナは枕元に椅子を持ってきて座り、ドルーの手をにぎった。ドルーはかすかに身じろぎして、小さなうめき声をあげたが、目を覚まさなかった。肌は熱く汗ばんでいた。汗でぐっしょり濡れた寝間着の首回りに、炎症を起こした発疹がぽつぽつ広がっている。

今日一日、ウーナの喉にはずっと憂鬱がつかえていた。いまは、なにか違うものがつかえている気がする――すすり泣きに変わってしまいそうな、震え、逼迫（ひっぱく）したものが。だが、ウーナには自分のルールがあった――その三、泣かないこと。その十七、弱さを見せないこと――そして、厄介な感情をどうにか押し殺した。

ドルーが病気になったのはウーナのせいじゃない。チフス、コレラ、天然痘――ベルビュー病院は伝染病に対応する病院ではないが、職員が感染するリスクは常にあった。看護師も例外ではない。なのになぜ、ウーナはこんなに大きな罪悪感に悩まされるのだろう？

ウーナはドルーの手をぎゅっとにぎり、汗で顔に張りついた髪をそっと払うと、また明日来ると誓った。

「わたしがどうにかするから」ささやいて、立ち上がる。「絶対、なんとかする」

43

翌日からの一週間は、記憶が曖昧になるほど長く、つらい日々だった。眠れない夜は、もっと長く感じた。ドルーの存在がどれほど自分を照らし、どれほど自分の心の支えになっていたか、ウーナは初めて気づいた。朝になるとドルーの陽気な笑顔が恋しかった。毎晩の蜂蜜入りのホットミルクが恋しかった。終わりのない自習時間と、途切れることのないドルーのお喋りさえ恋しかった。

病室では、ハットフィールド看護師長がまたウーナの一挙一動をじろじろ見るようになった。シーツにしわが寄っている、からし入りの湿布薬が水っぽい、ビーフティーが薄い。

ドルーの容態は予断を許さず、エドウィンはシンポジウムから帰ってこない。ウーナは今までにない感情を覚えていた。孤独だ。乾いたパンの塊のように、喉の奥に詰まって居座っている。無視しようとした。飲み込むか、吐き出そうとした。だが厄介な感情が消えることはなかった。ウーナはもう何年も自分ひとりで生きてきた。それなのになぜ、今になって孤独が自分を苦しめるのだろう？

さらに悪いことに、バワリー地区で銃に撃たれて運ばれてきた男性が、初めは回復に向かっているように見えたのに、容態がゆるやかに悪くなっていた。包帯を替えると、傷口から膿が出るようになった。食べ物も飲み物も——アヘンチンキさえも——飲み下すことができなくなり、栄養剤と鎮痛剤を肛門から注入するよう命じられた。ドクター・ピングリーは男性の容態は安定していて回復の見込みは充分あると、まだ言い張っている。石炭酸水に浸したガーゼで傷を洗って覆う代わりに、彼は外気療法を指示した。傷をむき出しにして、自然に治るまで膿と病気の原因の毒をそのままにしておくのだ。

病院にやってきたときはボクサーのように逞しかった男性が、今では骸骨のようにげっそり痩せ、手足はマッチ棒のようだし、肋骨が浮いている。いつもはドクター・ピングリーにへこへこしているドクター・アレンでさえ、もっと衛生的な治療を進言しようとしたほどだった。だがドクター・ピングリーは聞く耳を持たず、ウーナをにらみつけ、患者がどんな病気にかかっているにしろ、それは病室から適切に外へ排出されていない悪臭と有害な湿気のせいだと言った。

エドウィンがフィラデルフィアから帰ってきて、ほかの医者といっしょに朝の巡回に来ると、その患者の容態を見て、彼はショックで真っ青になった。「石炭酸水で傷を洗いましたか？」

「外気療法が一番の治療だ」ドクター・ピングリーがはっきりと言った。「体が自然に毒を排出するからな」

エドウィンの顔に赤みと表情が戻った。「外気療法！　馬鹿馬鹿しい。まだなってないとしても、確実に敗血症になりますよ」エドウィンは援護射撃を期待してドクター・アレンを見たが、肩をすくめられただけだった。

「ドクター・ウェスターヴェルト、ここの責任者は誰か忘れたのか？　例のシンポジウムから帰ってきたら、えらく気が大きくなってるじゃないか。きみも今では病原菌ハンターか？」ドクター・ピングリーは床を指差した。「ほら、ばい菌だ！　つかまえろ！」

ドクター・ピングリーは高笑いをして次の患者のベッドへ移動した。エドウィンは深く息を吸い込んで、歯を食いしばり、あとに続いた。ウーナの前を通り過ぎるとき、彼はそっと彼女と目を合わせた。穏やかな目をしていたが、瞳の奥は怒りで燃えているのがウーナには分かった。

午後になって、その患者は亡くなった。

遺体を洗いながら、ウーナは彼のことをあまり知らないことに改めて思い至った。バワリー地区のごろつき以下の存在があるだろうか？　だからドクター・ピングリーはあんな態度をとるのだ。毎晩、妻と幼い娘が見舞いに来るのも知らないで。ウーナは今夜、ふたりが夫であり父親でもある彼の容態が少しでも良くなっていますようにと祈りながら、病室への階段を苦労してあがってきたところで、遺体安置所へ行くよう追い返されるところを思い浮かべた。

目の縁に涙が込み上げてきた。悪態を呑み込んで、まばたきをする。父親とふたりで遺体安置所へ行ったときのことを思い出した。父はさっと見て妻だと認めたが、ウーナは自分の手を握っていた父の手を振り払い、遺体に近づいて目をこらした。汚れたテーブルを一周して、焦げた肉以外の体、母だと分かるところがないか目を皿にした。手指の先が一部、焼けずに残っていた。きれいに切り揃えた爪の先。美しい黒髪が少し。青いワンピースの繊維が数本。並びのいい歯の上にゆがんで張りついている、いつも微笑んでいた唇。

母だ。だがウーナは信じたくなかった。それから葬儀までの数日間、父はキッチンで浴びるほどブランデーを飲み、ウーナはソファーで丸まり、母が帰ってくるのを待ちながら、窓の外を見つめていた。遺体安置所で見たのは母の遺体ではなかったという一縷（いちる）の望みにしがみついて。

やがて、その望みは憎しみへと変わっていった。母はウーナを捨てたのだ。あの日、今にも倒れそうなテネメントになんか行くべきじゃなかった。父はいつも、母にあんな貧しい人がひしめく荒廃した地区に近づくなと言っていた。おまえの慈善活動が必要な場所は他にいくらでもあるだろう。

「それでこのざまだ、おれの宝物」日が暮れて、帰らない母を待つウーナに、父は酔ってろれつの回らない舌で言った。「家族を、自分をかえりみずに人の世話をしたあげくが、これだ」そう言って、父はウーナに二十五セントを与え、通りの先にある雑貨店でブランデーを買ってくるよう命じた。帰り道にウーナはそのブランデーを一口飲み、それ以降、窓辺での寝ずの番をやめた。

ウーナは男性の遺体をきれいにしてから、自分の手についた水滴を乱暴に払うと、たらいに残った泡だらけの水がエプロンにかかった。スカートからペチコートまでぐっしょりだ。病棟職員がふたりやってきて、遺体を担架にのせて運んでいった。ウーナは二年生に声をかけて、数分仕事を代わってもらい、高窓をよじ登ってバルコニーへ出た。ブランデーの盗み飲みをするつもりだったが、お茶にした。まだ両手が震えていて、カップが受け皿に当たって細かな音を立てている。まもなく日が暮れて、眼下の庭に影がさすだろう。空気はまだ暖かく、かすかにクロッカスとマンサクの香りがした。弱々しい日差しがイーストリバーの川面できらきらと光っている。川は南へ、まもなく完成するブルックリン・ブリッジへと流れていく。ウーナはお茶を一口飲むと、涙をこらえるのをあきらめた。

ルールを破り、自分に泣くのを許したのは数年ぶりだった。泣くと弱いと思われる。弱いと思われたらつけ入られる。だが涙を流し、瞳をくもらせ、頰を伝うに任せていると、悲しい気持ちも流れていく気がした。自分が誰のために、何に対して泣いているのか分からなかった。死んだ男性のためだろうか？　彼の妻と娘のため？　ミスター・ノフのエーテルによる事故に？　デイドラ？　ドルー？　涙がもっと出てきて、喉が詰まった。ウーナはしゃがみ込んで、お茶のカップを置き、両腕で膝をかかえた。母を想った。そして自分自身を。

母といっしょにワシントン・マーケットに牡蠣と野菜を買いに行ったことがある。たまに母は買い物籠にオレンジも追加し、帰り道に皮をむいてウーナに食べさせてくれた。暖炉のそばでウーナを膝にのせ、滅多に送られてくることのない戦場からの父の手紙を読んでくれた。父の脚がミニエ式銃弾でずたずたになったという知らせにも、母の声は動揺することはなかった。だがその晩、母はウーナが彼女のベッドに潜り込むのを許し、夜明けまで抱き締めてくれた。

戦争前のことを、ウーナは断片でしか覚えていなかった――母の笑い声、父が快活に奏でるバイオリン、キッチンから漂う煮込みや焼きたてのパンのにおい。日曜日になると三人で手をつないで教会へ行った。真ん中はウーナで、ふたりの腕にぶら下がってブランコのように揺らしてもらった。

父が戦争から帰ってきてから数年後に、母が異常に慈善活動に情熱を注ぎ始めたのは事実だ。だがそれまでに、家はすでに陰気な場所になっていた。母はほとんど笑わなくなった。父がバイオリンを弾くこともなくなった。食事をしながらのお喋りもなくなった。

ウーナは気づいた。戦争で怪我をして帰ってきた父を責めることができないように、父から離れている時間が必要だった母を責めることはできない。そして、傷ついた心を憎しみにすり替えて、母の死を心から悼むことをしなかった、九歳の自分を責めることもできない。

バルコニーに降りる足音が聞こえるまで、ウーナはすすり泣いていた。顔をあげると、エドウィンが近づいてくるのが見えた。慌てて立ち上がり、顔をそむけてシャツの袖で涙をぬぐう。エドウィンが駆け寄る。

「ウーナ、いったいどうしたの」

一歩下がると、足がカップに引っかかった。お茶がこぼれて、バルコニーの手すりを伝って、下の階へこぼれた。ありがたいことに、カップと受け皿は無事だった。ウーナとエドウィンは拾おうとして屈み、受け皿に手を伸ばしたとき、ふたりの指先が触れた。

「わたしがやります、先生、すみません」

エドウィンは顔をしかめて立ち上がり、前腕を手すりにのせた。「そういうの、嫌だな。きみに先生って呼ばれるの。知らない人みたいじゃないか。ぼくがきみに——」

「しーっ。聞こえるわ」

「ぼくは、世界中が聞いてたってかまわない」

ウーナはカップを受け皿にのせると立ち上がった。「言うのは簡単よ。あなたには失うものが何もないもの」

「ごめん。きみがだいじょうぶか見に来ただけなんだ」

「わたしはだいじょうぶ」

エドウィンは頭を振った。「それも嫌だな。きみに嘘をつかれるの」

ウーナも手すりに寄りかかった。エドウィンの息遣いが聞こえる距離だが、誰かに怪しまれない程度に間をあけている。

「患者さんが亡くなったとき、あなたはどう気持ちを整理しているの？」

「そうだな、生きている患者のことを考える。治療をして、元気になった人のことを考えるんだ」彼の声が和らいだ。「それで泣いていたの？」

「ううん」ウーナは地上の芝生を見下ろした。つぼみをつけ始めた花壇の間の小道を、患者が松葉杖をついてぎこちなく歩いている。付添人が川沿いのベンチに座って煙草を吸っている。下の階のバルコニーに看護師がひとり出てきて、シーツを広げてはたくと、手すりにかけた。その看護師が病室に戻ってから、ウーナは続けた。「さっき言ったこと、本当？　わたしが何を打ち明けても平気なの？」

「もちろん。隠し事をしないで、お互い正直でいたいんだ」

「でも人は求めてないはずよ——正直なんて。みんな本心では、真実は半分で充分って思ってる。耳に心地よい言葉と、砂糖で包んだ嘘が好きなのよ」

「でもぼくは正直な方がいいな」

ウーナは目の端で彼を見つめた。いつもどおりの、あきれるほど誠実な表情だ。

「お父さまの遺体をニューオーリンズから運んで帰ってきたとき、どういう死に方をしたか、お母さまに話した？　そこで会った、異母兄弟のことは？」

　エドウィンは一瞬押し黙った。「話してない」

「わたしが言っているのは、そういうこと」

「ぼくは母を傷つけたくなかっただけだ。母はずっと父の暴力に耐えてきたんだから」

「傷つけないための嘘もあるのね」

「そういうことだ。それで？　何であれ、ぼくに打ち明けたくないことがあるんだね。ぼくの手に負えないと思って、ひとりで悩んでいるの？」

　ひとり。自分は本当にそれを望んでいるんだろうか？　ウーナは冷たい鉄の手すりにかけた手をそっと滑らせた。ふたりのちょうど間でとめる。エドウィンも手を滑らせ、ふたりの小指が触れた。

「ううん、ひとりはもういや」ウーナは深く息を吸った。「約束して。わたしがどんなことを——」

「ミス・ケリー」

ウーナは飛び上がった。急いで手を引っ込めて振り返ると、二年生が開いた窓から顔を出している。

「パーキンズ校長があなたを捜しているそうよ」

ウーナの体の中がすっと冷たくなった。「行かなくちゃ」喋りすぎたと、自分を戒める。

「校長室へ？」

二年生はうなずいた。深刻そうな顔をしているので、ウーナは不安になった。

「なんの用事か、おっしゃってました？」

「いいえ。でも絶対にいい話ではないと思う」

校長室に着くと、ドアが開いていた。パーキンズ校長は幅広の机の後ろにいて、ハットフィールド看護師長と話をしている。不思議なことに、ミセス・ブキャナンもいた。ドアの枠を軽く叩くと、三人が押し黙った。パーキンズ校長がウーナを手招きする。なかに入ると、ウーナは自分がティーカップを持ったままでいることに気がついた。

「今日亡くなった男性の死に、わたしは関わっていません。ドクター・ピングリーに手を洗い、清潔な道具を使うようお願いしました。本当です。研修医の先生もそうです。ドクター・ピングリーはそれを拒否して――」

「ミス・ケリー、そのことで来てもらったわけではありません」パーキンズ校長が言った。

ウーナはほっとして息を吐いた。

「来てもらったのは、ミス・ハットフィールドがあなたに対して、とても由々しい告発をしたのです」

ウーナはハットフィールド看護師長を見て、それからパーキンズ校長に視線を戻した。病室で何かへまをしただろうか？　窓を閉めるのを忘れたか、掃除をするのを忘れた場所が？あったとしても、とても由々しいことではないだろう。エドウィンのこと？　いっしょにいるところを見られたのだろうか？　それがなんであれ、ウーナは余計なことを話すほど馬鹿じゃない。「何ですか？」

「窃盗です、ミス・ケリー。あなたがシルクのスカーフを盗んだと」

「は？　そんな馬鹿な。真っ赤な嘘です！」

「でしたら、寮のあなたの部屋を調べさせてもらってかまいませんね？」

「もちろん、かまいません」ウーナは言った。

ウーナは三人の後ろについて、病院を出て通りを渡り、寮へ戻った。部屋の前に来ると、ウーナはドアを開け、三人をなかに入れた。ドルーがいないので、ベッドメイクは適当だった。ウーナはしわくちゃのキルトとつぶれた枕に顔をしかめた。だがすぐに、三人はウーナのベッドメイクの技量を確かめに来たわけではないと、自分に言い聞かせる。

まずキルトから。ミセス・ブキャナンは申し訳なさそうにウーナを見てからキルトをはがし、シーツの間を調べた。それからマットレスの下と、ベッドの木枠の下も調べた。その間、残りのふたりがウーナのスカートやコートのポケットを全て裏返して調べた。

ウーナはドアの横でその様子を眺めていた。この女性たちは三人とも、腕の悪い探偵だ。ウーナは思わず笑い出しそうになった。隙間に何かが詰め込まれていないか、棚の上をなでてみようともしない。不自然な継ぎ目の向こうに秘密の空間がないか、棚の奥行を調べることもしない。絨毯をめくりあげ、ゆるんだ床板がないか調べることもしない。壁を叩いて音の違いに耳を澄まし、空洞を捜そうともしない。

「お分かりになりましたか？　わたしは何も盗んでいません」ウーナは言った。

ミセス・ブキャナンがウーナをなだめるようにうなずいた。「すまなかったのね。もう終わるから」彼女は膝をついて、ウーナの木製の荷物入れの蓋を開けた。

「そこには下着しか入れてません」

ミセス・ブキャナンはウーナの寝間着を広げ、替えのストッキングを裏返した。荷物入れの底に、ウーナはバーニーからもらった擦り切れた雑誌と、彼の曲がったネクタイピン、そしてヘルズキッチン地区の女性からもらった聖母マリアのメダルをしまっていた。ミセス・ブキャナンはその下も調べ、それからウーナの旅行鞄に取りかかった。

「雑誌のページの間も調べて」ハットフィールド看護師長が言った。声が悔しそうだ。

ウーナは看護師長をにらみつけ、ミセス・ブキャナンの手から雑誌を奪うと、看護師長の手に押し込んだ。「さあ、自分で調べてください。自分で全部のページを調べないと、気が済まないでしょう」

ハットフィールド看護師長は慎重にページをめくっていった。最後のページが近づくと、顔がゆがみ、頬が赤くなってきた。「わたし……あのう……こんなはずは。わたしのスカーフがここ数日見当たらなくて、あなたしか盗る人はいないのに」

ウーナは雑誌をひったくると、旅行鞄の中に放り込んだ。鞄の底に当たって、カチンという音がした。「そうですか、でもご覧のとおり、わたしは盗ってません」

「ここのどこかにあるはずよ。ミス・ルイスの持ち物に交ぜているのかもしれない」ハットフィールド看護師長がドルーの旅行鞄に近づこうとするのを、ウーナは阻んだ。

「彼女の物に触らないで」ウーナはわざと全てを――ドルーのベッドサイドの机の上の半分溶けた蠟燭から、掛け釘にかかったマフと看護師のキャップまで――ドルーが残したままにしていた。

「どっちにしろ、全部ここにあるべきものじゃないわ」ハットフィールド看護師長が言った。「ミス・ルイスはもう訓練生じゃないんだから」

今まで黙っていたパーキンズ校長が、ふたりの間に割って入った。「もうたくさん！　ユージニア、あなたの告発は、単なる言いがかりでした。あなたの言うことに耳を貸したことを後悔しています。ミス・ケリーに謝るべきではないですか」

ハットフィールド看護師長は胸の前で腕を組んでそっぽを向いた。しばらくむっつりしていたが、大きく息を吐くと言った。「すみま――」

ミセス・ブキャナンが咳払いをしたので、ハットフィールド看護師長は最後まで言わずに済んだ。「ミス・ユージニアの疑いは、あながち間違いではなかったようです」彼女は手を差し出した。手のひらに、銀の懐中時計がのっている。「これは、ドクター・ピングリーが講義のあとになくしたと言っていた時計ではないでしょうか」ひっくり返して裏に刻まれた文字を見せた。「ほら、ここに彼のイニシャルが」

44

ウーナは旅行鞄を手に、行く当てもなく、看護学校の外でたたずんでいた。以前住んでいたスラム街のファイブポインツに戻るわけにはいかないし、クレアはもう二度となかに入れてくれないだろう。トラベリング・マイクの死から三ヵ月経ったが、警察はまだ捜査を続け、ウーナを捜しているはずだ。数年間身を隠してからニューヨークに戻ってきた泥棒を知っているが、彼はすぐに警察に捕まってしまった。看護師という見せかけがなければ、ウーナも同じ運命をたどることになるだろう。

三ヵ月――ほんのそれだけ？　もっとずっと長く感じた。どこに行くとも分からないまま、ウーナは二十六丁目の通りを歩いていった。日が暮れて、ガス灯の明かりと影がウーナを隠してくれる。だがまだ、女性が外をひとりで歩いていても怪しまれるほどの遅い時間ではなかった。鉄道馬車が追い越していき、車輪が敷石を削る軋んだ音を立てる。ウーナはまだ熱で意識が混濁しているドルーのことを考えた。ふたりとも学校を追い出されてしまった。今までの努力が全て水の泡だ。

当てもなくぶらぶら歩きながらマディソンスクエア・パークを通り過ぎ、ブロードウェイの眩しい光に足をとめた。ふたり乗りの二輪馬車が何台もウーナを追い越していく。ホテルから音楽ホール、劇場、オペラハウスへと客を送り届けに行くところなのだろう。歩道は娯楽を求める人々であふれ、みんな夜用の服装をしている。旅行鞄を持ち、昼用の綿のドレスを着ているウーナは、ここでは浮いて目立つ気がした。馬車が行き交う通りと、馬鹿騒ぎの声は、静かな病院で何日も過ごしてきたウーナの気力を奪った。それでも、歓楽街のテンダーロイン地区は夜のあいだ身を隠すのにちょうどいい場所だった。

ブロードウェイから数ブロック進んだところで、テネメントの地下に二セントレストランを見つけた。小さくて汚い店で、オイルランプの明かりが弱々しく光っている。上下を逆さまにした樽がテーブルの代わりに置かれ、床にはおがくずが散っていて、クリスマスの前からずっと掃除をしていないようだ。だが二セントでコーヒーか気の抜けたビールを買えば、一晩中座っていることができる。ウーナはビールを選んだ。

飲み物を手に、薄暗い奥の他の客がいない樽に向かった。他の客と相席にならないよう、ぐらぐらする丸椅子をひとつ残して、他の椅子は全て遠くへどかした。ビールは薄く、生ぬるく、しかも酸っぱくて、ウーナは一口飲んだだけで吐きそうになった。どこか近くでドブネズミが地面を引っ掻く音がする。壁のあちこちでゴキブリが這い回っていた。

看護学校の暖かく明るい図書室に帰りたい。数日前の誰かの嘔吐物ではなく、本のにおいを嗅ぎたかった。腐りかけのビールではなく、蜂蜜で甘くしたホットミルクを飲みたかった。

「やわになったわね、ウーナ・ケリー」そうつぶやくと、そばを通る男が噛み煙草のねっとりした唾を床に吐き出したので、顔をしかめた。男はウーナに向かってにっと笑い、ヤニで染まった不揃いな歯を隠そうともしなかった。笑い返す代わりに、にらみつける。

エドウィンの歯は真っ白で、歯並びも揃っていた。キスをするとクローブとミントの味がした。今日、彼に本当の過去と正体を告げるところだった。そうならなくて本当によかった。彼が分かってくれると思ったなんて、頭がどうかしている。懐中時計が見つかったときのハットフィールド看護師長の勝ち誇った顔を思い出すと、自分の居場所は看護学校にはないと改めて思った。

ミセス・ブキャナンはあきれたようにウーナを見つめ、壊れた人形のように首を振っていた。パーキンズ校長は表立った反応は見せなかった。驚きもせず、ウーナを非難することもなく、ただ、失望していた。しどろもどろに弁解するウーナを、片手を上げて制し、すぐに荷物をまとめて出ていくよう命じた。

パーキンズ校長の失望した顔が、ウーナには何よりもつらかった。これまでのどんな男性よりもウーナを愛しそうに見つめてくれたエドウィンの瞳に、同じ失望が浮かぶと思うと耐えられない。

ウーナはエドウィンのことを頭から追い出した。これからどうするか考えなくてはいけない。ポケットに七ドルしかないので、選択肢はほとんどない。ウーナが盗んできたものを買ってくれる故買屋はいないだろうから、もうスリに戻ることはできない。マーム・ブライが必ず、そう手を回すはずだ。マーム・ブライに歯向かう愚かで捨て鉢な故買屋がいたとしても、ウーナにははした金しか渡さないだろう。

工場の仕事はたくさんあるが、過酷な労働ばかりだというのに、食べるものに困って仕事を求める人の数の方がずっと多く、欠員はすぐに埋まってしまう。ニワトリの羽根をむしったり、ピクルスを瓶に詰めたりするだけの仕事でも、賄賂を払わないと仕事につくことができなかった。ニューヨークの腐敗政治団体、タマニー派の男たちが役に立つかもしれない。ウーナの脚の間で数分過ごせば、お返しに便宜を図ってくれるだろう。

ウーナは顔をしかめて、もう一口ビールを飲んだ。騒音のひどいコンベアーに向かい、一日十時間も汗まみれになって働く。ニワトリの血のにおいを吸い込み、羽根まみれになって働くことを思うと、ぞっとした。ベルビュー病院の一番ひどい日でさえ比べものにならない。今は、工場の現場監督の失敬な手や、タマニー派の男たちのことを考えるのをやめよう。

最初は病院が嫌で仕方なかったが、時間が経つにつれて仕事が好きになった。ドルーと違って、癇に障るラテン語で骨や筋肉の名前を覚えたりはしなかったが、ウーナは患者との触れ合いを楽しんだ――温かい湿布で患者の痛みを鎮め、新鮮な空気と太陽の光で落ち込んだ気持ちを元気づけ、傷が治っていくのを見て、自分がその役に立ったことを実感した。

その日の仕事が終わると、いつも足が痛かった。頭と背中が痛くなる日もあった。それでもウーナは自分が……人の役に立っていると実感できた。自分にはその能力がある。自分はひとりぼっちではなく、もっと大きな何かとつながっていると思えた。

それが、まずかったのかもしれない。自分のルールをないがしろにしてしまった。人と深く付き合っては生き残っていけないということを忘れていた。それでも、ウーナはエドウィンと湖の上でスケートをした午後や、ドルーと図書室で勉強して過ごした夜を後悔してはいなかった。ウーナの唯一の後悔は、ふたりを傷つけてしまったことだ。

汚れた歯の男が、ウーナがどかした椅子を引きずってきて、隣に座った。呼んでもいないのに図々しい男だ。

「あんたみたいに可愛い娘が、こんなところでひとりでどうしたんだ？」

ウーナは天を仰いだ。この男は、型通りの言葉しか言えないのだろう。「ひとりになりたくて」

「ひとりになりたい奴なんかいない。飲み物を買ってやろうか？」

「まだ入ってる」

「じゃあ、おかわりはどうだ？　一杯より二杯がいい、そういうもんだろ」

「わたしがあなたの鼻にパンチをお見舞いしたらどうする？」

男はにやにやして、ぐっと顔を寄せてきた。

「本気で言ってんのよ、だんな」ウーナは拳をにぎった。「ここの傷が見える？　わたしのお尻をつまんだら楽しいと思った不届き者のイタリア人を殴ったときの傷。こっちはわたしにキスをしようとしたアイルランド人。それからこれは――」

「わかった、わかった。もういいよ」男は後ろに下がったが、立ち去ろうとはしなかった。

「なあ、しばらくここに座っていてもいいだろ、で、ゆっくり事を進めるんだ」

「ゆっくりだろうが、早くだろうが、あなたと何かを始めるつもりはないの。静かに自分のビールを飲みたいだけ」

救急馬車の鐘の音が、何かを言い返した男の声をかき消した。ふいにエドウィンと救急馬車でヘルズキッチンに行った日の記憶が蘇ってきた。ぐんぐん後ろへ飛び去っていく道。エドウィンの熱いキス。馬車が到着して、慌てて体を離したこと。また鐘が聞こえた。今度はもっと近い。そしてもっと以前の記憶が戻ってくる。ここことは違う、薄暗い酒場だ。トラベリング・マイクがブランデーを飲みながら、ウーナに意味ありげな視線を送った。彼が店を出ると、すぐ近くで救急馬車の鐘の音がやんだ。

横で男がまだべらべら喋っていたが、ウーナは彼にしーっと言って、それから手をひらひらさせて追い払った。引っかかっていた歯車が急に回り出したように、思い出せなかった記憶が戻ってくる。頭のなかで、路地へと向かう。デイドラがつけたマッチの火。トラベリング・マイクの首の回りのベルト。制服を着た男が横にしゃがみ込んでいる。ベルトでもロープでもない。あれは止血帯だ。濃い色の上着と、つばの短い帽子。救急馬車の御者の制服だ。

ウーナは目をつぶり、デイドラの手からマッチが落ちる直前に見たものを思い浮かべた。凍りそうに冷たい空気。降りしきる雪。尿と腐った残飯が混ざったにおい。殺人犯は驚いて顔をあげ、こちらを見た。

ウーナははっとして目を開けた。

コナー。

45

ウーナはゲートハウスのアーチの陰に立った。石造りのゲートハウスは、もうほとんど出来上がっていた。昨日も、一昨日も、三日前も、病院の行きと帰りにアーチの下を通っていたのに、どうして気がつかなかったのだろう。仕事時間が終わって作業員たちが道具をまとめている傍らで、守衛が石積みに腰かけて夕食を食べていた。

ウーナは慎重にこの時間を選んでいた。作業員と同じように、医者もじきに家へ帰るだろう。看護師と病棟職員は患者の食事の世話で忙しい。日が暮れるにつれ、暗闇がウーナを隠してくれるだろう。

それでも、ウーナは躊躇した。ここでハットフィールド看護師長やパーキンズ校長に見つかったら、警察に通報されるだろう。もうニューヨークにはいられない。だが今のうちに逃げれば、ボストンかフィラデルフィアで詐欺師として再出発ができるかもしれない。今のウーナにとって、そんな人生は避けたく、うら寂しいものだったが、ブラックウェルズ島行きはまぬがれることができるだろう。だがその前に、誰かにコナーのことを伝えなくては。彼がトラベリング・マイクを殺した犯人だとしたら、デイドラと精神科病棟の女性も殺した可能性がある。ベルビュー病院の他の人たちにも危険が及ぶかもしれない。ドルーとエドウィンにも。

胸がぎゅっとなる。パーキンズ校長はウーナになんと言った？　尊敬に値する人物だとウーナを評価した、ドルーの言葉に恥じない生き方をしようとしなくてはいけないと？　ドルーはいつもウーナの良い面ばかりに注目し、実際よりも高く評価してくれた。ウーナの以前の思考回路では、そんなドルーはちょろいカモだった。だが良い面を見てくれるという存在が、友だちなのかもしれない。

ウーナは深呼吸をすると、アーチの陰から一歩踏み出した。いつものように、ウーナは作業員に親しげにハローと挨拶して敷地のなかへ入った。いつも通りにするのが最善の策だ。

「ミス・ケリー、今日は仕事じゃないのかい？」作業員のひとりが尋ねた。

「今日は休みなの」そう言って微笑み、そのまま守衛に視線を向ける。パーキンズ校長からウーナは退学したと連絡が来ているはずだ。ありがたいことに、守衛はバターを塗ったパンとミルクに夢中で、ウーナを気にも留めなかった。

ウーナは一階の物品庫から院内に入ろうとしたが、あいにく鍵がかかっていた。次のドア、南翼の建物へのふたつ目の入口も、鍵がかかっていた。正面玄関を使うつもりはなかった。どれだけ空元気を集めたところで、メインホールに面したオルーク病院長の部屋の前を無事に通り過ぎることができるとは思えなかった。病院長はウーナが退学になったことを知っているはずだし、ウーナを見つけたら自ら捕まえて、警察署に引っ張っていくだろう。

他に選択肢はなく、ウーナは地下への階段を降りていった。分厚い木のドアは鍵がかかっておらず、ぐっと引っ張ると蝶番が軋んだ音を立てた。ウーナは病院の他の場所と比べ、地下はあまり詳しくなかった。ほの暗い明かりを頼りに湿った通路を進んでいると、腕に鳥肌が立った。殺人犯はこの通路に精通していると、ドルーは推理していた。デイドラの個室の位置を把握し、なかへ忍び込み、止血帯で首を絞めた。そう考えると、背中に悪寒が走った。コナーも今ここに潜み、ウーナを見ているとしたら？

なにか冷たくて固いものにつまずき、ガタガタいう音に驚いて、悲鳴をあげた。パニックになり、モップと箒が置かれた壁の横のくぼみにしゃがみ込み、目をつぶった。音が壁に響き、そしてまた静かになった。ウーナは深呼吸をして、無理やり目を開けた。廊下にはバケツが転がっているだけで、誰もいなかった。「とんだ腰抜けじゃないの」ウーナは自分につぶやいて、先へ進んだ。

じきに、ウーナは本館に続く階段を見つけた。心臓はまだばくばくしていた。階段をあがりながら思う。この辺りの場所についてはよく分かっているが、それだけ見つかる可能性も大きくなる。

ウーナはドアの陰に隠れて、医者用の食堂と会議室のなかを覗いた。エドウィンはどちらにもいなかった。また階段に戻り、そっと二階へあがった。エドウィンと何度も忍び込んだので、ウーナはあまり使われていない部屋や廊下に詳しかった。どの病室がつながっていて、どこを通れば病室から病室まで人に見られることなく移動できるかも分かっていた。もちろん、看護師の制服を着ていれば、他の看護師に紛れて、もっと簡単に動き回ることができる。だが食事の時間は面会人が多く訪れるので、ウーナは気づかれずに済むよう願った。

第九病室まで来ると、ウーナは大胆にも病室に入り、眠っている男性患者の枕元の椅子に座って、妻のふりをして毛布を掛け直したりした。病室の中央にあるメインテーブルで、ミス・カディが患者の夕食の皿を並べている。隣にはハットフィールド看護師長が立っていた。

ウーナは深くうつむいた。どうかこっちを見ませんように。ウーナは念じた。どうかこっちを見ませんように。

「温度に注意して、ミス・カディ」ハットフィールド看護師長が言うのが聞こえた。「食事は熱いうちに配るように。生ぬるくなった食べ物を出すと、患者の食欲がなくなって、一口も食べなくなることがありますから」

「わかりました、ハットフィールド看護師長。すぐにやります」

ハットフィールド看護師長は不満そうに鼻を鳴らした——すっかり聞きなれた、いつもの鼻の音だ。ウーナは彼女の靴音も聞き分けることができた。いま、その靴音がこちらに近づいてくる。ウーナは顔をしかめた。眠っている男性の手をにぎり、頭を深く垂れて、聖母マリアの祈りを小さな声で唱える。ベッドの横で、足音がとまった。

「奥さん、何か必要なものはありますか?」

ウーナはうつむいたまま首を振り、祈りを唱え続けた。緊張のあまり頭が混乱して、言葉をいくつか間違えたが、ハットフィールド看護師長がそれに気づくほどラテン語に精通していませんようにと願った。ウーナは最後のアーメンをつぶやくと、聖母マリアの祈りをまた初めから唱え始めた。ようやくハットフィールド看護師長がベッドの横から離れた。

ウーナは看護師長の足音が隣の病室に移って聞こえなくなるのを待って、顔をあげた。ハットフィールド看護師長はウーナに気づかなかったのか、それとも気づいてパーキンズ校長に知らせに行ったのか、ウーナには分からなかった。だがもう引き返せない。ウーナはミス・カディの視線をとらえ、手招きをした。

「あの……ええと……ミス・ケリー、退学になったと聞いたけど」

「しーっ」ウーナは肩越しに振り返って、ハットフィールド看護師長が戻ってこないのを確認した。「その通りです」

「じゃあ、本当にミス・高慢ちきのスカーフを盗んだの？」

「いいえ、そうじゃなくて……盗んだのは、ドクター・ピングリーの時計です」

ミス・カディは目を丸くして、それからふふっと笑った。「あの意地悪じじい、いい気味だわ」

「ミス・ルイスの具合はどうです？」

「今日また少し悪くなったの。わたしも心配してる。でも彼女はガッツがある。きっとだいじょうぶ」

ウーナは息を呑み、そしてうなずいた。「ドクター・ウェスターヴェルトを捜してるんです。どこにいるか分かります？」

「手術室にいると思う。今日最後の手術。頭蓋骨にひびが入った患者さんの」

ウーナは立ち上がった。

「わたしがあなただったら、手術室には行かないわ」ミス・カディが言った。「ドクター・ピングリーや他の医学生もたくさんいるから」

そこまで考えていなかった。ウーナの姿を他の人に見られずにエドウィンに会うのは至難の業だ。「彼に伝言をお願いできますか？」

「食事が冷めないうちに配膳するよう、ハットフィールド看護師長に見張られてるの。彼女が戻ってくるまでに終わっていないと怒られてしまう。それに、ドクター・ピングリーは手術室に看護師がいるのを嫌がるって、あなたも知っているでしょ。ドクター・ピングリーに決める権限があったら、看護師なんかひとりも手術室に入れなかったでしょうよ」

ウーナはミス・カディのお腹をちらりと見た。ペチコートをふくらませて、エプロンを数インチ上にずらし、大きくなってきたお腹をうまいこと隠している。ウーナは秘密をばらすと脅して、ミス・カディにエドウィンのところへ行ってもらうこともできるだろう。だがそもそも、ウーナがここにいるのは、小細工と脅しと盗みの日々の果てではないか？

「聞いて、わたしたちが友だちってわけじゃないのは分かってるし、それにわたしは……確かにちょっとした面倒を起こした。でも、どうしても彼に会わなくてはいけないんです。今夜。患者さんが危険な目にあうかもしれないから」

ミス・カディは難しい顔をして、テーブルの上でどんどん冷めていく食事の方を見た。

「ああ、もう！　わかった、なんて伝えればいい？」

「手術が終わったら手術室で待っていて、七時に会いに行くと。重要な話だと伝えてください」

聖ステファン教会の鐘が七時を告げるまで、ウーナは物品庫に隠れていた。それからそっと階段をあがった。階段状の観覧席から手術台を見つめる騒がしい医学生はいなくなり、頭上の眩しいガスランプも消え、手術室は遺体安置室と同じ不気味な静寂に包まれていた。中央の金属製の手術台は空っぽで、その下の床にあったであろう血を吸ったおがくずも掃き清められていた。アーチ状の高窓から薄明かりが射し込み、室内を薄いオレンジ色に染めていた。

ドアの陰にたたずみ、エドウィンを捜した。少しずつ中に進み、観覧席の一番上まであがる。サンドイッチのかけらや、煙草の吸殻が階段に散らばっていたが、手術室の他の場所と同じように、観覧席も空っぽだった。ウーナは下唇を噛んだ。ミス・カディは伝言をしてくれたが、エドウィンは帰ってしまったに違いない。

すると、手術室の物品庫のドアが軋んだ音を立てて開いた。エドウィンが火のついていない蠟燭を持って現れた。朝からずっと体の内で固く絡まっていたものがほどけた。駆け寄りたい気持ちを抑え、おぼろな明かりのなか、少しずつ進み出る。「帰ってしまったと思った」

エドウィンは顔を上げたが、ウーナに近づいてこようとはしなかった。驚くことではない。

売春宿と同じように、病院でも噂はあっという間に広まるだろう。エドウィンが噂を信じたのか信じていないのか、彼の瞳から読み取ろうとしたが、辺りは暗く、ウーナに分かるのは彼の瞳に以前はなかった冷たさが宿っていることだけだった。

彼はポケットからマッチを出して蠟燭に火をつけた。

「エドウィン、わたし――」

「本当なのか？　本当にドクター・ピングリーの時計を盗んだの？」

ウーナはもう数歩近づいたが、エドウィンが一歩も動かないのを見て、立ち止まった。

「わたし……わたしは……」握りしめた拳をほどき、深呼吸をする。「これまでたくさんの物を盗んできた。ドクター・ピングリーの時計も含めて」

「それがきみがずっと悩んでいたものなのか？　窃盗症（クレプトマニア）。そういう強迫神経症があるって、精神科医に聞いたことがある」

「ちがう。生き残るために、食べていくためにやってたの」

彼の顔の前で蠟燭の火が揺れる。つらそうな表情だ。迷っている。「わからないな。きみはメイン州の良い家の出だ。きみのお父さんは――」

「父はアヘン中毒の酔っ払いだった。わたしはメイン州出身じゃなくて、ここ、ニューヨークで生まれ育った。わたしは――」口の中がからからだった。唾を飲み込んで、次の言葉を絞り出す。「人生の半分以上を、スリと盗みをして生きてきた」

「それで？」エドウィンの声は小さく、緊張している。「盗人から足を洗って、看護師になろうと決めたのか?」

ウーナはうつむいて頭を振った。「仲間とちょっとしたトラブルに巻き込まれたの。看護学校は……しばらく身を隠すのに、ちょうどいい場所だと思った」

「つまり看護師になるつもりなんかなかったってこと? 全部、ただの」——彼は片手を大きく振った——「嘘、策略だったんだな。そしてここにいる間、きみはあちこちで盗みを働いたんだ」

「ちがう。ドクター・ピングリーの時計だけ。彼は……そうされても仕方がない、尊大で嫌なやつだったから」

「ミス・ハットフィールドのスカーフは?」

「あれは彼女の嘘」

「嘘!」彼は声をあげて笑った。鋭い声が天井の高い手術室に響く。蠟燭の火が激しく揺れた。「ウーナ、きみがぼくに言ったことも全部嘘だったんだな」

「全部じゃない。本当よ……あなたを愛してるのは、本当」

「ぼくを愛しているなら、本当のことを言ってくれたはずだ」

「わたしを盗人と呼んで、嘘つきだと笑ったくせに?」

「だって、盗人じゃないか」

ウーナは頭を振った。「わたしは思ってたの……お父さまのことがあるから、あなたなら分かってくれるかもしれないって」

「ぼくの父？　父は今回の件にはまったく関係がないじゃないか」

「関係ない。あなたの言う通り」ウーナは一歩進み出た。ブーツかかとが鳴る高い音が、梁に響く彼の笑い声に重なる。「あなたのお父さまは放蕩者だったかもしれない。あなたを辱め裏切った。でもあなたは本当の空腹を知らない。ようやく火の前にたどり着いたとき、指と爪先の水ぶくれがどれほど冷たくなっているか知らないでしょ。路上で野良犬といっしょに眠るのはどんな気持ちかも知らないわよね。襲いかかってくる男たちから身を守るために、自分の拳と爪と歯で戦ったことがある？」

ウーナは仰天しているエドウィンに背中を向けた。真実ほど人を傷つけるものはない。窓の外の空は夜の色に変わりつつあった。明かりが消えたと同時に気温も下がってきたかのように、ふいに手術室のなかが寒くなった気がした。ウーナは自分の両腕をさすった。「こんなことを言うために来たんじゃないの。でもまあ、覚えておいて」

「じゃあ、なにを言うために来たんだ？」しばらくして、エドウィンが口を開いた。

ウーナは彼に向き直った。「ベルビュー病院に殺人犯がいると思う」

エドウィンは半分笑いそうな、半分息を呑むような顔だった。「殺人犯！」

「そう。コナーよ。救急馬車の御者の。彼が男性を殺すのを見たの」

「病院で？」

「ファイブポインツ近くの路地で。止血帯で首を絞めていたわ」

エドウィンは鼻を鳴らした。蠟のしずくが彼の手に落ちた。驚いて蠟燭を落とし、悪態をつく。火が消えて、ふたりは暗闇に包まれた。

ウーナは屈んで蠟燭を捜した。なにか温かいものに触れた――エドウィンの手だ――彼はさっと手を引っ込めた。

「自分で捜すから」そう言って、エドウィンはマッチを擦った。

蠟燭は手術台の足元に転がっていた。腹ばいになって蠟燭を拾い、芯に火をつける。また蠟のしずくが指に垂れないよう、ゆっくりと立ち上がる。ズボンの汚れを払うと、手を伸ばしてウーナが立ち上がるのを手伝った。ウーナが立ち上がっても、エドウィンは彼女の腕をしばらくつかんでいた。ウーナを抱き寄せればいいのか、押しやればいいのか、どうすればいいのか決めかねているようだった。結局は、そのどちらもしないで、ただ手を離した。

「それだけじゃない。わたしは彼がベルビュー病院の患者ふたりも殺したと考えてるの。ひとりは精神科病棟の入院患者。もうひとりは酔っ払い。工場の事故での怪我人といっしょに運ばれてきた人」

「あの人はアヘンチンキの過剰摂取で死んだはずだ。彼女のポケットに空き瓶が入っていた。そう聞いただろ?」

「あの瓶にアヘンチンキは四分の一も入ってなかった。致死量にはとても足りないわ」

「なぜきみがそれを知ってる?」

「わたしが診察室で渡したからよ。彼女が病室へ運ばれる前に。彼女はスラムにいた時の知り合いなの。渡さないと、わたしの正体をばらすと脅された。彼女もコナーが人殺しをした晩に、わたしといっしょに路地にいたの」ウーナは急に不安を覚えた。コナーはわたしがあの場にいたと気づいているのだろうか。マッチを擦ったのはデイドラだ。ウーナよりデイドラの顔の方がはっきりと見えただろう。

「とんでもない話だよ」エドウィンは頭を振って言った。「きみは泥棒で、友だちに渡すためにアヘンチンキを盗んだ。それで今度は他の男を、その友だちを殺した犯人だと告発している」

「お願い、エドウィン。わたしを信じて。だって彼はまた人を殺すかもしれない」

「彼はなぜそんなことを？」

「それこそ、さっきあなたが言った強迫神経症よ。窃盗じゃなくて殺人の。コナーはスラムの人を人間のくずだと思っている。虫けらだと。街にはびこる、罰するべき存在だと。実際に、彼はわたしにそう言ったの」

「人を殺したと言ったのか？」

「そうは言ってない。どれほど嫌悪しているか言っただけ——貧しい人、物乞い、娼婦のことを」

エドウィンは手で髪を掻いて、くしゃくしゃにした。「彼がそんなに危険な人間なら、警察に教えればいいじゃないか」

「それは……それは……できない。わたしは指名手配されているの」

エドウィンはウーナを見つめた。なにを言われたのか理解できないようだ。

「コナーが殺した男性。警察は、わたしがその男性を殺したと考えている」

「そうなのか？」

「いいえ。それをあなたに言いたかったの。コナーは彼を殺し、そして――」ウーナは黙り込み、彼の顔をじっと見た。「あなた、わたしが男性を殺せると思ってるの？」

「今は、きみが何を言っても驚かない」

ウーナはまたエドウィンに背中を向けると、壁で揺らめく蠟燭の火の影を見つめた。鋭く、刺すような痛みがウーナの胸に広がった。ナイフであちこち刺されているみたいだ。

「きみが警察に知らせるつもりがないなら、ぼくにはきみにどうしてあげればいいのか分からない」

胸の痛みは治まらなかったが、ウーナは息を吐くと、振り返った。「わたしはコナーと対決するつもり。彼に自白させることができると思う。でも協力者が必要なの。証人として。ぼくを信じて、頼りにしていいと言ったわよね」喉が詰まった。「わたしがあなたと結婚できない理由がなんであれ気にしないって」

エドウィンは顔をゆがめたが、すぐにまた難しい表情に戻った。ウーナの手に蠟燭を持たせる。熱い蠟のしずくがふたりの手にかかった。「すまない、ウーナ。だめだ……できない……さようなら」

46

翌朝、ウーナは二十三丁目から高架鉄道の六号線に乗り南へ向かった。歩いた方が安全だろうが、時間がかかりすぎる。ブーツをなくしたから。目的地に到着したときには、爪先は凍傷にかかっているだろう。季節外れに寒い日で、雲が低く垂れ込め、水分の多い雪が降っている。だが雪のおかげでパトロールをする巡査は少なく、すっぽりスカーフをかぶっていても怪しまれることがないだろう。

それでも、凍えた手の震えは止まらず、頭も回らなかった。昨夜のエドウィンを思うと、まだ胸が痛かった。狭苦しく嫌なにおいのする安宿に戻り服を脱いで脇の汗をぬぐったとき、胸の下にぱっくりと傷があいているのではないかと半ば本気で思ったほどだ。そのひりひりして、じくじくする傷は、どんな手当てをしても決して癒えることはないだろう。

さらに悪いことに、その架空の傷のせいで、ウーナは不覚にも快適な寮にいるときのようにブーツを脱いで眠ってしまった。朝になるとブーツはもうなかった。

濡れそぼったぼろ布を巻いただけの足を、目立たないよう座席の下のできるだけ奥に置き、ウーナは寒さで震えないようこらえていた。窓の外のぼんやりとした灰色の町並みは、後ろへと流れていく。雪は煤で汚れた屋根や薄汚い通りを覆うほどではなく、ただ埃、灰、堆肥を泥に変えるだけだった。わずかな所持品の入ったポケットに手を入れる——うまくいくことを願って聖母マリアのメダルをなで、それからバーニーの少し曲がったネクタイピンを触った。エドウィンと同じようにバーニーにも断られたら、ウーナにはもう頼れる人がいなかった。

ブリーカー通り駅で、ドアが閉まる寸前にひとりの巡査が乗り込んできた。ウーナは驚かなかった。裁判所や市庁舎へ行くために警察官がよく使う路線だ。それでもやはり息は詰まり、脈も速くなった。ウーナはうつむいた。車両の両側に並んだ座席はほとんど埋まっていたが、巡査はウーナの真正面、ふたりの紳士の間に無理やり尻を押し込んで座った。

「とんでもなく寒いな。なあ？」鉄道がまたスピードをあげると、彼は言った。

ウーナは誰かが返事をするのを待った。誰も反応しないので、ウーナはほんの少し顔をあげ、微笑み、うなずいた。これで巡査のお喋りが終わるといいのだけど。だがウーナがうつむくと、彼はまた話し出した。

「かといって、夏の暑さも参るがね。そう思わないか？」

ウーナはまたうなずき、足をもっと奥へずらした。巡査のくぼんだ目と薄茶色の髪になんとなく見覚えがあった。特徴ある声にも聞き覚えがあり、記憶をたどる。速度を増した脈が鼓膜を叩き、揺れる鉄道の音をかき消した。

グランドセントラル駅。警察に捕まる前日だ。三十八丁目までウーナを延々と追いかけてきた巡査だった。彼が見たのは裏返しにしたコートを着て、くず拾いのふりをしたウーナだ。顔まで覚えているだろうか？　あの日、彼をからかって不必要に時間を引き延ばしたのは失敗だった。

彼の頭越しに窓の外を眺める。ウーナが降りる駅まで、まだ十数ブロックもある。次の駅で降りて他の汽車に乗ったら怪しまれる。降りるときにぼろ布を巻いただけの足を見られたら一発だ。だめだ。彼が降りるのを待ち、気づかれないよう祈るしかない。

「こんな天気の日は、クレア州で過ごしたガキの頃を思い出すよ」彼は言った。

巡査がうるさいお喋りをやめるまで、ウーナは何度うなずけばいいのだろう。だがその一方で、お喋りを続けてくれたら、彼は路地の共同トイレでウーナと会ったことを思い出す暇はないということだ。

「わたしの父もクレア州の出身なんです」

巡査の顔がぱっと明るくなった。「いまもクレアにいるのか？　どの辺りだ？」

「ラヒンチです」

「本当か？　おれの地元と近いじゃないか」

そこから彼は故郷アイルランドについて熱狂的に語り続け、チェンバーズ通りで降りていった。巡査は帽子を少し持ち上げ、また同じ車両に乗り合わせたらいいなと言った。巡査の背中の後ろで扉が閉じると、三十分ぶりにようやく深い息がつけた。ウーナは次の駅で降り、泥だらけの歩道を通って新聞社通りを〈ヘラルド〉紙の建物に向かった。

ロビーの案内係はひょろりと背が高く、面長な顔に不釣り合いなもじゃもじゃの口髭をはやしていた。彼は靴を履いていないウーナの入館を認めず、バーニーが上の階から迎えにくるまで、彼女を外で待たせた。

「なんてこった、ウーナ。ブーツはどうしたんだい？」

「話せば長い話なのよ」

バーニーがウーナを連れて戻ってくると、案内係はもう文句を言わず、彼女を中へ通した。だがバーニーがウーナを階段へと連れていくと、磨き上げた石の床に泥まみれの足跡がぺたぺたとついて、案内係は顔をしかめた。

前回ここへ来たときとは打って変わり、編集室は記者とタイピストで混み合っていた。天井からぶら下がるガスランプの周りに、煙草の煙が雲のように渦巻いている。

「ほかに話ができる場所はない？」タイプライターを打つ音と騒々しい話し声に負けないよう尋ねた。

「ミスター・ハドリーが彼のオフィスを貸してくれるかもしれない。それか——」

「屋上はどう？」

バーニーはウーナの足元を見て顔をしかめた。「きっと凍えてしまうよ——」

「わたしはだいじょうぶ。人に聞かれないところの方が安心だわ」

「頼むから、以前よりもひどいトラブルに巻き込まれているとか言わないでくれよ」

しぶしぶ、バーニーはウーナを連れて編集部を出るとまた階段をあがり、重い鉄の扉を通って、屋上へ出た。冷たい、水分を含んだ空気がウーナの肌を刺した。解けた雪が足元で水たまりになる。近くにある聖ポール教会とトリニティ教会の尖塔が、低く垂れ込めた雲に突き立っているのが見えた。

「ここは寒すぎるよ」バーニーが言った。「下に戻ろう。きっと部屋を――」

「ベルビュー病院に人殺しがいるの」

「は?」

「数ヵ月前に、故買屋が首を絞められて死んだのを覚えてる?」

「もちろん。ぼくはスラムで調べていたふたつの殺人事件と関連があると思っていた。でも警察は、その事件の犯人を特定したんだ。スラム街の女スリらしいよ」彼はここで口を閉じて、首をかしげた。生真面目な表情が、目を見開いた驚きの表情に変わった。「ちょっと待って。きみのことか!」

バーニーは一歩下がると、凍った水たまりで足を滑らせた。屋上から落ちる前に、ウーナは彼がぐるぐる回す腕をつかんだ。

「わたしじゃないわ。つまり、わたしは現場にいたけど、彼を殺してはいない。でも、誰がやったか分かったの」ウーナはバーニーの腕を離すと、地面が乾いている場所を求めて、爪先歩きで煙突の陰まで行った。バーニーもついてくる。下界の音がかすかに聞こえ、空からはまだ雪のかけらが落ちてくる。ウーナは彼に全てを話した。

「信じてくれる?」全てを語り終えると、ウーナは尋ねた。

「わからない。でも興味深い憶測なのは確かだ」

「憶測！　少なくとも三人が亡くなっているのよ。もっといるかもしれない」

「言葉が悪くて申し訳ない」バーニーは煙草に火をつけ、彼女にも一本進めた。ウーナは手を伸ばしたが、少し考えて手を振って断った。バーニーは煙草ケースを上着のポケットにしまい、話を続けた。「でも、きみは向こう見ずの考えなしだよ。ぼくらがぶらりと行って、さあ本当のことを白状しろと迫ったところで、彼が罪を告白すると思うかい？」

「ぼくら？　手伝ってくれるの？」

「きっとすごい記事になる」バーニーは深々と煙草を吸うと、地面に灰を落とした。「どうやって自白に追い込むか、だ」

ウーナはドルーがここにいてくれたらいいのに、と思った。ドルーは人目を忍んで行動するのはうまくないとしても、策略を考える知性と推理力がある。ウーナは『モルグ街の殺人』を思い返した。ミスター・デュパンはどうやって自白させた？

「こういうのはどうかしら」しばらくして、ウーナは言った。「まず、彼をベルビュー病院の外へ誘い出すの。彼の欲しいものを、わたしたちが持っていると嘘をついて」

「どんな？」

ウーナは頭を振った。そこまで考えていなかった。ミスター・デュパンがやったように、新聞広告を出すわけにもいかない。考えながら、ウーナは街を見下ろした。この高さからだと、南側はバッテリー公園まで見渡せる。公園の木々の枝には、寒さにもかかわらず、新芽の緑色がちらほら見えた。ハドソン川沿いに停泊した船は、風で帆をはらませ、錨を下ろしている。不規則に変わる流れのなかを行き交う他の船は、煙を吐く蒸気船やタグボートを避けて進んでいた。内側の陸地を見ると、ファイブポインツ交差点が見える。交差点を呑み込むように、周りにはテネメントが集まっている。そこからマルベリー通りからマルベリーベンドまで目でなぞり、北の方へと目線をあげた。不格好に広がる、要塞のようなベルビュー病院が見えたらいいのに。だが教会の尖塔と煙突の煙が邪魔で見えなかった。

ミスター・ポーは彼のどうしようもない小説でなんと言っていた？　冒頭からすぐの文章が頭に蘇ってきた。通常の判断材料が少ない場合、分析家は相手の心に入り込み、見渡すことで、相手に失敗や計算違いをさせる唯一の方法（それは時に本当に単純な方法）を見つけることができる。

「犯行が暴露されそうだと、彼に思わせるの」ウーナは言った。「そうすれば焦って、もっと簡単に騙されるはず」

バーニーはゆっくりとうなずいた。「きみが言おうとしていることは分かるよ」バーニーは煙草の火を消すと、いたずらっぽく笑った。「彼と親しいって言ったね？」

「いちおうね」

「彼はきみを気に入っている。きみを信用していると思うかい？」

「そうね、彼がわたしに危害を加えることはないと思う。あなたが言おうとしていることが、そういうことなら」

「精神障害の女性が殺されたあと、精神科病棟をこっそり嗅ぎまわっているときに、彼に見つかったと言ったね？」

ウーナはうなずいた。

「よし、いいぞ」

それのどこがいいのか、ウーナには分からなかった。もし何かあれば、コナーはもっとウーナを警戒するはずだ。それに、ウーナは自分に人殺しの友だちがいると思うのは嫌だった。

「ベルビュー病院で最近亡くなった女性ふたりについて、きみと同じ疑惑を抱いている人に会ったと、信じ込ませるというのはどうだろう。しかもその人は犯人を知っていると言っているとしたら？　その女性は——ミス・ビーンということにしておこう——きみに犯人の正体を教えると言ってきた。きみが日没後にワシントン・スクエア公園まで会いに来るのが条件だ」

「それでどうしてミスター・マクレディを誘い出すことができるのか、分からないんだけど」

「彼に……そうだな、ひとりで行くのは怖いから、いっしょに来てと頼むんだ。公園に着いたときには相当神経質になっているだろうから、騙して自白に追い込むんだ。それと同時に、ぼくは茂みの後ろで聞き耳を立てる。彼が犯行を認めるようなことを言ったら、ぼくが飛び出していって、捕まえる」

ウーナは顔をしかめた。この計画は、願っていたほど単純じゃない。「あなたがどこの茂みに隠れているか、どうやってわたしに教えてくれるの？」

「事前に決めておこう」

「風が強くて、わたしたちの会話が聞こえなかったら？　パトロール中の巡査がいて、わたしたちが日没後にふたりでいることを注意してきたら？　もっとまずいことに、巡査がわたしに気づくかもしれない」

「きみにもっといい考えがあるかい？」

ウーナは両手をこすり合わせて温めた。「泥棒が使う秘密の小部屋はどうかしら」

「秘密の？」

「安宿にある、泥棒にぴったりの部屋なの。女性が男性を部屋のなかに誘って、その女性の恋人が――クローゼットのなかの秘密の小部屋に隠れて――女性と男性が……ええと、わかるでしょ……取り乱している間に、こっそりクローゼットから出てきて、男性の金目のものを盗むの」

バーニーの耳がラディッシュみたいに赤くなった。

「わたしがコナーを騙して自白させるあいだ、あなたが隠れて聞き耳を立てるのにぴったりよ」

「そうかな……」バーニーがネクタイをいじると、しわが寄って斜めになった。「ぼくがクローゼットから出てくるのが遅れて、きみになにかあったら」

ウーナはポケットから銀のネクタイピンを取り出した。バーニーのネクタイをまっすぐに直し、ピンでシャツに留めた。「だいじょうぶ。言ったでしょ？　コナーがわたしを傷つけるとは思えない」

バーニーは指先でピンに触った。「どこへ行ったか不思議に思っていたんだ」

「そのネクタイピンのおかげで自由になれたの。少し曲げてしまってごめんなさい」

「で、どうやって自白を促すんだい？」

「あなたがそれを考えてくれるのを期待していたんだけど」

ふたりはしばらく黙ったまま、ニューヨークの町並みを眺めていた。雪はやみ、空が晴れてきた。

「何をきっかけに彼が感情的になるか知っていると言ったね」最後にバーニーが口を開いた。「それを使うんだ。彼を苛々させて、爆発させるんだ。インタビューをするときに、記事になる言葉を言わせるために、ぼくがいつも使う手だ」

「でも彼は疑うと思うわ。部屋に着いて、誰もいなかったら」

「彼には……遅刻だろうと言うんだ。彼にとって、きみは優しい、無邪気な看護師だ。そうだろ？　きみを疑う理由がない」

ウーナはその言葉について考えた。この計画は危険だらけだ。やる気だけの新聞記者と、絶望している女のコンビ以外、こんな馬鹿げた計画は立てない。だがウーナはまさに絶望していた。これは自分の汚名をそそぐ、最後のチャンスだった。自分の無実を証明しなければ、このまま逃げ、隠れ、そして永遠に詐欺師として生きていくはめになる。ウーナは遠くの景色に目をこらした。イーストリバー沿いのぼんやりした灰色のなかに、ベルビュー病院が見えないだろうか。そして、自分の汚名をそそぐよりも重要なのは、ドルーとベルビュー病院にいる人々を、コナーから守ることだった。

「どう思う?」バーニーが尋ねた。「全部なしにして、警察へ行ってもいい。もし——」

「やるわ」すっかり感覚のなくなった爪先に血液を送るために、ウーナは足踏みをした。「ひとつ走りして新しいブーツを買ってきてくれる?」

47

日曜日のミサで、ウーナは緊張のあまりひざまずくべき時に立ち、そして座るべき時にひざまずいた。ラテン語の〈主の祈り〉と賛歌〈グロリア・パトリ〉の文言を間違え、聖体拝領の列に並ぶときには、新しいブーツの紐を踏んでつまずいた。だがコナーは、一列後ろの会衆席に座っているウーナに気づいていないようだった。ステンドグラス越しに教会に射し込む太陽のほの暗い明かりのなかでコナーを見ていると、ウーナはますます彼が人殺しだと確信した。ミサが終わると、いつも通り、ウーナを寮まで送るために教会の階段の一番下で彼女を待っていた。

「今日は会えないかもしれないと心配していたんです。誰かがあなたは退学になったと言っていたから」

そうきかれることを予想して返事を練習してきたが、ウーナの声は小さかった。「退学になったのはミス・マッキンリー。生粋のアルスター・スコットランド人なんだけど、みんな彼女はアイルランド人だと思っていて、わたしと間違えるの」

「じゃあ、あなたは退学にはなっていないんですね」

ウーナは大げさに首を振って否定し、それからにっこり笑ってごまかした。落ち着け、わたし。こんなの、今まで何度もついてきた嘘と同じでしょ。罠をかけるチャンスは一度しかないということを意識しすぎちゃだめよ。

「そうですか、よかった」

ふたりはしばらく無言で歩き、それから同時に口を開いた。

「コナー、わたし――」

「いい天気ですね、もし――」

ウーナは無理にくすくす笑った。「お先にどうぞ」

「この前の寒の戻りから、今日はとてもいい天気になりましたね、と言おうとしたんです。もしよかったら川沿いを遠回りして帰りませんか」

「そうね、素敵」お腹の奥は不安でいっぱいだったが、ウーナは言った。

ふたりは高架鉄道の線路の下の陰で立ち止まり、馬車を先に通してから、川へ向かった。

「あなたは？」

「え？　……ああ、そうだ……わたしは……あなたにお願いがあって」

彼はぱっと笑顔になった。「もちろん、なんだってしますよ、ミス・ケリー」

「精神科病棟の患者を殺したのは、あのだらしない年配の世話人じゃないかって、わたしが考えていたのを覚えてる？」

彼の表情がすっと冷めた。「そんなおかしな考え、あなたはもう捨てたと思ってましたよ」

「もちろん、そうよ。でも、ある女性に会ったの。入院患者なんだけど、夜、眠るのが怖いと言うの。睡眠導入剤のクロラールも、少量のブランデーも飲もうとしないの。何が怖いのか尋ねたら、他の女性から聞いたそうなんだけど、彼女の友だちの話でね、その人はお酒を飲みすぎてベルビュー病院に運ばれ、夜中、眠っている最中に首を絞められたそうなの。そう、絞められたって。それって、精神科病棟の女性と同じじゃない？」

「精神科病棟の女性は、自分で首を吊ったんですよね」

「まあね。でも、首を吊るのに使ったはずのロープや、シーツで作った紐も見つからなかった。そうでしょ？　それにその女性——眠りたくないという患者さん——が言うには、彼女の友だちを殺そうとした犯人は、ファイブポインツの近くでも三人目の人殺しをしたそうなのよ」

コナーはウーナの腕を取って、歩道に並ぶ露店の日よけの下を歩くよう促した。彼の指が腕に食い込んでいる。痛みを感じるほど強くつかまれているわけではないが、礼儀や親しみという範囲を明らかに超えたつかみ方だ。彼はふたりの後ろを振り向き、歩道がそれほど込み合ってないことを確認すると、ウーナの腕をつかんでいる手の力を緩めた。「ミス・ケリー、そんなくだらないことに気をとられていたらだめです。看護師になれないかもしれませんよ。レディにも」

「でもその女性は犯人を見たそうなのよ、コナー。顔を見れば分かるって」

コナーはウーナの腕を離し、一歩後ろに下がった。「その人はあなたに犯人を教えたんですか？」

ウーナは首を振った。

「なぜその人は警察へ行かないんです？」

「怖がっているのよ」

「怖がるって何を？」

「彼女にはちょっとした過去があるの。はっきりと聞いたわけじゃないけど。窃盗とかじゃないかしら。浮浪罪かもしれない。でも、もし彼女の言うとおりだったら、わたしは彼女のかわりに警察に行ってもいいと思ってるの」

コナーは頭を振って、また川沿いへ向かった。ウーナは意識して規則正しく呼吸をし、彼から遅れないようについていった。「お願い。わたしだって、彼女は情報源として、あまり信用できない人だと分かってる。でも少なくとも話だけは聞いておかないと。だって彼女の言うことが本当で、その犯人がまた誰かを傷つけたら？」思い切って、ウーナは彼の腕に自分の腕を絡め、彼の肘に手を置いた。危険な、親しすぎるそぶりだが、彼は腕を引っ込めなかった。「わたしだったら生きていけないわ、コナー。誰かが死んだ理由を知っているのに黙っているなんて」

川まで来ると、コナーの足取りが遅くなった。水が波止場に打ち寄せ、頭上ではカモメが鳴いている。「おれには全く関係ないと思うんですが」彼は言った。

「彼女は病院ではこれ以上は話せないと言うの。それで、退院してから、今夜、バクスター通りの宿屋で会う約束をしたの。そこで全部話してくれるって」ウーナは彼の腕にすがりついたまま、メス鹿のように無邪気な目で彼を見上げた。「わたしはその辺りの地理に詳しくなくて。だから、いっしょに来てくれたら嬉しいんだけど。彼女の真意が全くの善意じゃなかった時のために」

コナーはウーナから目をそむけて、川を見つめ、それから一ブロックほど先に見えるベルビュー病院の要塞のように大きな建物を見つめた。ウーナも彼の視線を追った。ミサで口に入れたワインと聖パンが、空っぽの胃に重く居座っている。初めて来たとき、ベルビュー病院はとても陰鬱に見えたものだ。眠っている巨大な石の怪獣のようで、いつ目を覚ますとも知れず、覚醒したらウーナを丸ごと呑み込んでしまうだろうと思った。だが今は〈ホーム〉だと感じる。母親が死んでから初めて知ったホーム。この高い煉瓦の塀はまたウーナを歓迎してくれるだろうか?

コナーが急に彼の手をウーナの手の上に重ねたので、ウーナはびっくりした。「バクスター通り、そう言いました?」

ウーナはうなずいた。「ええ、グランドセントラル駅の近く」

「今夜?」

「そう、暗くなってから」彼女は言った。

「人殺しに襲われたという女性は、ひとりで来るんですか?」

「そうだと思う、ええ、そうよ。いっしょに行ってくれる?」

「ああ、いいですよ」彼はウーナの手を優しく叩いた。彼の遠くを見るような目つきにウーナの肌がぞくぞくした。「あなたは人を信じすぎる、ミス・ケリー。信じすぎですよ」

48

ふたりはその晩、日が暮れたらベルビュー病院の門を出たところで待ち合わせをすることにした。ウーナは狭い路地の、看護学校の隣の建物の陰に隠れて待った。病院の私道から馬のいななきと蹄（ひづめ）の音が聞こえるとすぐに、ウーナは陰から飛び出した。門を開ける守衛と、救急馬車で出てくるコナーに、ウーナは看護学校の前で待っていたと思わせるためだ。寮の一階の窓から、繊細なカーテン越しに柔らかな明かりが見えた。学生たちがトランプをしているのだろうか？ ウーナは思った。朝の講義の復習？ ドルーを思い出して胸が苦しくなった。今夜ウーナがしようとしていることで、病院がウーナになんらかの恩義を感じてくれたら、ドルーの看護学校への再入学を許してくれるよう頼むつもりだった。

コナーは門の前で救急馬車の歩を緩めた。鉄道馬車ではなく、救急馬車で出かけようと提案したのはコナーだった。御者は非番の時でも自由に救急馬車を使っていいことになっていると請け合った。「その方が、行きたいところに一番早く着きますから」彼はそう言って微笑んだが、ウーナは信用できなかった。だが、そのことで言い争うつもりはなかった。

ウーナはゆっくり深呼吸をすると、道を渡った。コナーが御者台から飛び降りる。彼の表情は暗く、周りを落ち着かない目で見回した。「このことをパーキンズ校長や他の訓練生に言いましたか？」

ウーナは首を振った。「不必要に怖がらせたくないから」

「それがいい」彼はまた周囲を見渡した。空から日の光が徐々に消えていくが、通りのガス灯はまだついていないので、ふたりは深まりつつある夕闇に包まれていた。コナーの肩から緊張が抜け、ウーナが馬車の後ろに乗るのを手伝った。側面を覆う垂れ幕が下ろされ、車体の両側の胴に結びつけられているので、馬車のなかはいっそう暗かった。ベンチを見つけて座る前に、ウーナは医療鞄につまずいたが、後部座席の扉を閉めるコナーの前で、びくびくしないよう気をつけた。

両手でベンチの縁をつかみ、馬車が動くのに備える。今ならまだ計画をやめることができる。ここから飛び降りて、そして……そして、なに？　スラムに戻り、ドルーと、ベルビュー病院の人たちを危険にさらしたまま放っておく？　看護師訓練プログラムは、生き延びることだけが目的だったウーナの人生に、かすかな光を与えてくれた。自分のことよりも人々を思いやるのはどんなことかを教えてくれた。結果的に、また元のひとりぼっちになって終わったが、それはウーナ自身の責任だ。ハットフィールド看護師長のせいでも、エドウィンのせいでもない。

ウーナは後悔の念を、不安と一緒にしまい込んだ。今夜これからやるべきことに集中する必要がある。川から離れるにつれ、通りは混雑してきた。コナーは四輪馬車や鉄道馬車、ラバが引く荷車などを次々によけながら救急馬車を走らせ、道を開けさせるために、頻繁に鐘を鳴らした。三番街から少し静かな通りへ曲がる。よく磨かれたブルーム型馬車と、くたびれた辻馬車も同じ角で曲がったが、どちらもコナーのスピードにはついてくることができなかった。それから数回、角を曲がったが、ウーナは辻馬車がまだついてきていることに気づいた。今は数ブロック後ろにいる。つけられているのだろうか？

ウーナはベンチの一番後ろに行き、後部扉の上から外を覗いた。辻馬車の客席に乗っているのは何者だろう？　今では街灯の明かりがつき、光が通りに降り注いでいる。だが明るい光をもってしても、数ブロック後ろの辻馬車はぼんやりとした輪郭しか分からなかった。

救急馬車は道のくぼみにはまり、ウーナはベンチから跳ね上がって後部扉まで飛ばされた。

「すみません、ミス・ケリー」コナーが御者台から叫んだ。「だいじょうぶですか？」

「だいじょうぶ！」馬車本体の下で猛烈な勢いで回る車輪の振動を感じながら、ウーナは叫び返した。また外を覗いてみると、辻馬車は見えなかった。誰かにつけられているなんて、馬鹿な妄想だ。彼女の目的地を知っているのはバーニーだけ。無事に部屋に到着して、クローゼットのなかの偽の羽目板の後ろに隠れることはできただろうか。

数分後、ふたりは宿に着いた。古い木造の四階建てで、両側をもっと背の高い煉瓦造りの建物に挟まれている。地下には騒々しい酒場が入っていた。

「ここで間違いないですか？」馬車の後部扉を開ける前に、コナーが尋ねた。

「バクスター通り一四四。彼女がくれた住所に間違いないわ」

コナーが酒場の方に顔を向けると、エプロンをつけたバーテンダーが、ドアの横の歩道の上に、ぞんざいに痰壺の中身を捨てていた。「レディが来るべき場所には思えません」

「忘れたの？　わたしは病院で、いつももっとひどい場面を見てるのよ」

「おれがひとりで行ってきます。怪しいものがないか確認しないと。あなたがこんな場所で冷静に対処できるか分からないですから」

「それで、わたしを馬車にひとりきりにしておくの？　あなたといっしょにいた方が安心だわ」ウーナはわざと可愛らしく微笑むと、馬車から降ろしてくれるよう、コナーに手を差し出した。「それに、わたしが行かないと、その女性が話をしてくれないと思う」

ウーナを地面に降ろすと、コナーは馬車のなかによじ登り、棚の鍵を確認した。「救急馬車から物を盗む人は滅多にいません」彼は肩越しにウーナに言った。「ただ、側溝のドブネズミが中に入り込んだらいけないから」コナーは馬車から這い降りようとして、ウーナがつまずいた医療鞄に気づいた。「しまった。病院に戻してきたと思っていたのに」

「でも病院は特に困らないでしょ？」

「ええ、まあ。たくさんありますから。でも馬車に置いていけないな。おれたちが待ち合わせの部屋のドアにたどり着く前に、ごろつきが持っていってしまうだろうから。仕方ない、持って上がりましょう」彼は鞄を持って馬車から降りてきた。

手足に震えが走った。コナーが医療鞄をうっかり返し忘れただなんて、ウーナは少しも信じていなかった。他の医療道具といっしょに、中に何が入っているか分かってる。止血帯だ。

ふたりは酒場の入口の前を、嚙み煙草の唾を慎重によけながら通り過ぎ、建物の正面玄関に続く木製の階段をあがった。中に入ると小さなロビーがあり、ロビーを挟んで一方は長く薄暗い廊下が続き、もう一方は暗い階段になっていた。ロビーの机の奥には、中年の女性が座っていた。

「こんばんは」ウーナは女性に声をかけた。「ここで待ち合わせをしているのですが。ミス・ビーンという若い女性です」

蠟燭の明かりで靴下のほころびを繕っていた女性が顔をあげ、激しいしゃっくりをした。

「ビーン？　そう言った？」またしゃっくりをする。

ウーナはうなずいた。バーニーはこの女性にたっぷり謝礼を払ったはずだ――見せかけの羽目板を取り付けるだけでなく、ウーナとコナーが到着したら部屋に案内する約束で。だが彼女のぼんやりした、ガラス玉のような瞳と、酒くさい息に、ウーナは不安になった。女性はウーナと、その少し後ろに立っているコナーを交互に見つめた。「みんなに言ってることを言わなきゃいけないね。なにかを壊したり汚したりしたら、弁償してもらうから。それからもし巡査が来たら」――ここでまたしゃっくりをひとつ――「それぞれ自分でどうにかするように」

ウーナの頰が熱くなった。パニックではなく、恥じらいのせいだと、コナーが思ってくれますように。「わたしたち、女性に会いに来たんです。男性ではなく。名前はミス・ビーン」

受付の女性はしわの寄った唇を引き結んだ。「相手が女でも同じルールだよ。三階、右からふたつ目のドア」

ウーナは女性がこれ以上余計なことを言う前にと、急いで階段に向かった。コナーが後ろからついてくる。階段の最初の踊り場で、ウーナは立ち止まり、ポケットからマッチを取り出した。階段は暗く、以前住んでいたテネメントの階段と同じくらい狭かった。マッチを擦って、コナーに渡す。

コナーは眩しさに一瞬、目を薄く閉じ、それからマッチを受け取った。ウーナは自分用にもう一本マッチを擦り、三階まであがった。部屋の前に着くと、ウーナが大きくノックをして、数分待った。部屋に入る前に、バーニーに体勢を整える時間を与えるためだ。それからドアノブに手をかけた。予定通り、鍵はかかっていない。ほんの少しドアを開けて、なかに向かって声をかける。「こんばんは」

返事はない。

ウーナはドアを大きく開けて中を覗いた。壁にひとつあるランプが部屋を照らし、ランプの笠にはひびが入り、煤で汚れている。設備は片側に木の枠のベッドがひとつ、擦り切れた絨毯、背もたれが梯子状になっている椅子、そして大きな飾り気のないクローゼットだけだった。ドアの向かい側には、通りを見下ろす小さな窓があった。

「ミス・ビーンはきっと少し出かけてるのね」ウーナはそう言って、一歩横にずれて、コナーに中を見せた。「すぐに戻ってくると思う。なかで待っていましょう」

コナーはうなずき、ウーナに続いて部屋に入るとドアを閉めた。ウーナに椅子に座るよう促し、医療鞄をベッドの上に置き、自分は立ったままでいる。その姿はものすごく暗示的だ。ジェントルマンな殺人犯。ウーナは思った。だがウーナは気を緩めはしなかった。

ウーナは彼が部屋を調べるのを見ていた。窓へ行き、外を眺め、それからクローゼットに行く。彼が扉を開けて中を覗いたとき、ウーナは息を吞んだ。クローゼットの半分は棚と引き出しになっていて、もう半分はドレスやコートをかけるための空間になっていて、錆びついた掛け釘以外、何もなかった。他の普通のクローゼットとの違いが分からず、受付の女性に違う部屋を言われたのではないかと、ウーナは不安になり始めた。その時、かすかな音がした。それからもっと大きな音が続いた——バーニーの膝か肘が偽の羽目板にぶつかったのだろう。ウーナは縮こまった。きっとバーニーは瓶に詰まったピクルスみたいになっているんだろう。それにバーニーは器用なタイプじゃない。

「ネズミね——ニューヨークはネズミだらけだから」ウーナはそう言って、妙に甲高い声で笑った。

コナーはクローゼットの扉を閉めた。「そうですね」彼は両手をズボンのポケットに入れて、壁に背中を預けた。ベルビュー病院を出た時のような狼狽した様子はもうなかった。白い肌にさしていた赤みは消え、態度も落ち着いている。「ミス・ビーンでしたっけ？　ここに来るという女性は」

「今夜の名前はそうだって言ってたわ。それが本当の名前だとは思えない」

彼はゆっくりうなずいた。

「ついてきてくれてありがとう」ウーナは言った。「あなたがいてくれて心強いわ。あなたが疑っていることは分かってる。ベルビュー病院に人殺しがいるなんて。口にしてみると、わたしも半分信じられないもの」スカートのしわを伸ばし、膝の上で上品に手を組み、そしてコナーを見上げる。さあ、自白に追い込む時間だ。ミスター・ポーの小説では簡単そうだった。だがあれは作り話だ。こうして、本物の殺人犯と向かい合っていると、怖くてたまらない。深く息を吸って続ける。「そんな人殺しがいるとしたら、どんな人だと思う?」

コナーは首をすくめた。「おれには分かりません」

「わたしはチビだと思う。そうね、小鬼みたいな。醜いというより憐れな感じの人。そうだわ」――ウーナはパチンと指を鳴らした――「あなたが見下して、その存在を認めていない人と同じような」

彼の顔がひきつった。うまくいきそうだ。

「たいした知性もないと思うの。だって、そうでしょ? その辺の女に正体を突き止められてしまうなんて」

「ミス・ビーンは自分で思っているほど分かっていないと思いますよ」コナーは言った。首と耳に赤みが差し、アイルランド訛りがきつくなっている。「彼女はなにも分かっていないんじゃないかな。その殺人犯は賢いはずです。だってもう長いこと隠し通してきているのだから」

「単に運がいいだけじゃないかしら」ウーナは立ち上がって窓辺へ行った。外は真っ暗で人通りもほとんどなく、酒場から次の酒場へとよろよろと移動する酔っ払い以外は、辻馬車が一台停まっているだけだった。部屋の反対側にいても、コナーが呼吸する音が聞こえた。息をするたびに、呼吸は速く、耳障りになっていく。爆発寸前のボイラーみたいだ。さあ、自白してもらおうじゃないの。バーニーも聞いているだろうか。「そうだとしても、下層階級の人に違いないわ。汚らしくて、育ちの悪い、下品な人のはず。ろくでなしよ」

怒りの爆発の代わりに、小さなカチンという音が聞こえた。ウーナが振り返ると、コナーがドアに鍵をかけたところだった。「ミス・ケリー、ずいぶん乱暴な口をきくじゃないですか」声は低く、落ち着いている。コナーは日曜日の散歩のように気楽な足取りでウーナに近づいてきた。

ウーナの喉がぎゅっと締まり、息ができない。よろけるように窓から離れ、無理に微笑もうとする。「鍵がかかっていたらミス・ビーンがびっくりしてしまうから」言葉をふりしぼる。「開けておいた方が――」

「ミス・ビーンは来ない」そう言って窓のカーテンを乱暴にしめる。

「来るわ」ウーナは背筋を伸ばしドアへ向かった。二歩も進まないうちにコナーに腕をつかまれた。熊を捕らえる罠の金属の歯のように、彼の指がウーナの肌に食い込んだ。強引に椅子に座らされる。

「放っておけばよかったのに、ミス・ケリー」ウーナから目を離さず言った。「芝生で会った時にも言ったのに、あなたは言うことをきかなかった」

恐怖で頭が回らない。前歯をあげてもいいから、武器が欲しい。ブラスナックル。棍棒。バーニーのちっぽけなネクタイピンでもいい。バーニー。今もクローゼットにいる。コナーに話を続けさせ、自白させないと。でも、どうやって？

「コナー、なにかしたのなら、誰かを傷つけたなら、告白して。わたしには分かってる。自分を抑えることができないんでしょ？」

「おれが？」ベッドに歩いていくと、医療鞄の留め金を外す。「おれが！　おれが何かやったと思ってるんですか？　ミス・ビーンがそう言ったんですか？」コナーは喉の奥で笑いながら、鞄のなかを探った。コナーはわたしを傷つけたりしない。ウーナは自分に言い聞かせた。それとも？

「きっと、あの赤毛の酔っ払いが言ったんでしょう」バッグからなにかを取り出す。止血帯じゃない。套管針（トロカール）だ。「会ったことがあるんだ。あの赤毛の女と。ここから数ブロック先の路地で」ぶらりと歩きながら、部屋の端から端まで、トロカールのとがった先端で壁を引っ掻いた。耳障りな高い音に、ウーナは鳥肌が立った。

「酔っ払いだから殺したの？」

「ただの酔っ払いじゃない！　泥棒で、娼婦だ！」大声でランプの笠を震えた。コナーは立ち止まり、トロカールの金属製の軸で指先をなぞった。「でもちがう、それが理由で殺したわけじゃない」

さっと二歩でクローゼットに行き、いきなり扉を開くと、奥の羽目板を蹴った。羽目板が回転する。ウーナが驚いて固まっているうちに、コナーはトロカールの先端を奥の暗闇に突き刺した。バーニーが悲鳴をあげる。コナーがまた刺した。そしてまた。バーニーのシャツと上着に、インクの染みのように血が広がった。バーニーは溺れた人のように胸を掻きむしってあえいでいる。

ウーナは立ち上がると、椅子をつかみ、コナーに投げつけた。椅子は背中に当たり、コナーは前へよろけ、トロカールが手から落ちる。崩れるようにクローゼットから出てきたバーニーはどさりと床に倒れた。彼の見開いた目には恐怖と混乱が入り交じっている。ウーナはバーニーに駆け寄ると、トロカールを部屋の向こう側へ蹴り飛ばし、それから彼の様子を調べた。

唇は黒ずみ、呼吸は速く不規則だ。咳をすると泡のような、血の混じった痰を吐く。上腕に一ヵ所、胸に二ヵ所刺し傷がある。胸の二ヵ所のうち、一ヵ所の傷は浅い。もう一ヵ所からは、呼吸をするたびに空気が漏れ出てくる。おそらくトロカールの先端で肺に穴があいたのだろう。

ウーナは片手を傷に押し当てた。油を引いた布（オイルクロス）で覆って、病院へ運ばないと。だが救急馬車が外で待っているにしても、その考えは不可能に思えた。どうやって下まで運ぼう？　コナーをどうすればいい？

コナー！

ウーナは顔をあげた。椅子が当たった勢いでコナーは壁の方へ倒れた。今は立ち上がって壁に寄りかかり、頭をさすっている。

ウーナはバーニーの手をつかむと、今まで自分がふさいでいた傷の上に押しつけた。「ここを圧迫し続けて」そう言って、ベッドの上の医療鞄に駆け寄る。なかにオイルクロスがあるはずだし、コナーがまた襲ってきたときに使える武器の代わりになるものが入っているかもしれない。ウーナは猛烈な勢いでなかを探った。茶色の小瓶が目に留まった。モルヒネ。他の衛生用品の下に埋まっている。注射器を見つけ、急いで瓶に突き刺した。モルヒネを吸い上げ、鞄をつかんだところで、髪をつかまれて後ろに引き倒された。擦り切れた絨毯は衝撃を和らげる役には立たなかった。後頭部を床に打ちつけ、目の前で光が飛ぶ。注射器が手から落ちた。

みぞおちに重いものが乗っている。コナーが馬乗りになってウーナを床に押しつけている。もがいて逃げ出そうとするが、コナーが膝でウーナの腰を両側からがっちり固定していて身動きがとれない。コナーは声をあげて笑った。

「たいした女ですよ、ミス・ケリー。おれはあなたが好きだった。本当に。でも、あなたは余計なことに鼻を突っ込むのをやめなかった」

ウーナは自分が擦り切れた革ひもを握っていることに気がついた。医療鞄の持ち手だ。注射器は落としてしまったのに、もう片方の手でまだ医療鞄を持っていた。指が革ひもに食い込んでいる。

「おれは一生かかっても分からなかったと思いますよ」彼は続けた。「あなたみたいに感じのいい人が、どうしてこんなことを。でも階段をあがってくるとき、マッチの明かりに照らされたあなたの顔を見て分かったんです」彼は手を伸ばして、両手でウーナの首を絞めた。「ずっとどこかで見た気がしていたんだ」

ウーナは全ての力をかき集めて片手を振り上げ、鞄で彼の頭を殴った。コナーの腰が浮き、ウーナは反転して四つん這いで彼の体の下から逃げ出すと、鞄を逆さにして振った。ガーゼ、針、ピンセット、薬瓶、鋏、そして他の道具や衛生用品が床に散らばった。ざっと見て、そのなかからメスをつかむと、コナーのうめき声が聞こえ、ウーナはよろよろと立ち上がった。襲いかかってくるコナーに、ウーナはメスを振りかざした。肩から顎にかけて深く切りつける。もう一、二インチ深かったら、頸動脈に届いていただろう。

それなのに、コナーはひるみもしなかった。ウーナはまたメスで切りかかろうとしたが、逆に手をつかまれ、メスを落とすまでひねりあげられる。ウーナはコナーを蹴り、爪で引っ搔いて応戦した。だが結局はコナーがまたウーナを床に引き倒し、馬乗りになった。ウーナが彼をどかそうとむなしい抵抗をしていると、コナーは散らばった医療鞄の中身から何かを拾い上げた。真鍮のバックルとネジ式のボルトのついたベルト。止血帯だ。ウーナは固まった。

コナーはベルトを伸ばし、ボルトを緩めた。「おれはもう何年もおまえたちのような、ブーツの底に張りついたごみみたいな連中をベルビュー病院に運んできた。泥棒と娼婦と酔っ払いだ。ごろつき、博打打ち、移民野郎、アヘン中毒」

「お願い、コナー、人殺しは大罪よ。あなたは自分の魂を――」

「強欲、肉欲、不正――全部、神が忌み嫌う罪だ！」甲高い声に、狂気に満ちた目。

ウーナは両手を伸ばし、メスを求めて絨毯の上を探った……ほぐした麻……フランネルの包帯……縫合糸……それからなにか鋭いものが指に当たった。横目で見る。メスとは違う。モルヒネの入った注射器！

思い切り手を伸ばしたが、注射器は向こう側へ転がった。首にベルトが巻かれる。ウーナはまた手を伸ばした。指先がガラスのシリンジに触れたが、うまくつかめない。コナーがベルトの端をバックルに通し、締め上げる。息が苦しい。肺まで、ごく細い空気の通り道しかない。

パニックが血管を駆け巡り、なにも考えられなくなった。ボルトをあと数回締められたら、完全に息ができなくなるだろう。もう一度手を伸ばす。筋肉と腱が燃えそうだ。指の一本がまた注射器に触れた。手をさらに伸ばし、なめらかなガラスの筒をそろりと転がし手のひらに収める。

コナーがボルトを四分の一回転、締めた。完全に息ができなくなった。肺が熱い。両手が震え、ぞくぞくする。ようやく注射器をしっかりつかむと、プランジャーの末端に親指を押し当て、腕を振り上げた。

コナーがウーナの手の動きに気づき、ボルトから手を放して注射器をはたき落とそうとする。ウーナはコナーの手をよけ、彼の腕に針を突き刺した。プランジャーを一気に押し下げる。

たところで、腕を払われた。

ウーナは待った。だが、なにも起こらない。コナーは注射器を抜くと、部屋の向こう側へ投げつけた。注射器は壁にぶつかって砕け散った。シリンジのガラスが割れる音が、ウーナの耳の奥でどんどん大きくなる脈の音と混ざる。視界が暗くなる。空気を求めてあえいでも、ほんの僅かしか入ってこない。コナーの手がまた止血帯に戻った。息は荒く、手が震えている。ボルトがどこにあるか分からなくなっているみたいだ。それから、いきなり、コナーはウーナの上に倒れ込んだ。体から力が抜け、重くなる。

ウーナはコナーの下から抜け出そうとした。だが空気が欠乏して、手足に力が入らない。何かを叩く音が部屋中に聞こえ、体の下の床が揺れている気がするのは、激しく脈打つ血管が脳で破裂しそうだからだろう。何かを叩く音が、何かが割れる鋭い音に変わった。コナーの体の重さがふいになくなり、首の周りの止血帯がゆるんだ。空気が肺になだれ込んで、気管が焼けるように痛い。まばたきをする。部屋のなかで動き回っているのは誰だろう。バーニー？　コナー？　体が重い。疲れた。もう一度まばたきをする。やがて瞼は開くのを拒んだ。そしてウーナは暗闇に身をゆだねた。

49

次に目を開けると、誰かがウーナの顔に光を当てていた。眩しい。顔をしかめ、向きを変えてみたが、どこもかしこも眩しかった。太陽？　どれくらい気を失っていたんだろう。頭はがんがんするし、息をするたびに喉が焼けるようだ。でも、息ができる！　吸って、吐いて。なんの妨害もない。深呼吸しようとして、すぐに後悔した。ひどい空咳がとまらない。

「はい、少しずつ飲んでみて」

ふっくらした白いキャップをかぶり、綿のドレスを着た女性が、ウーナの唇にそっと水の入ったカップを近づけた。看護師？　ミス・カディ？

ウーナは水を少し飲んだ。気管と同じように、食道も焼けるようだった。どうやって飲めばいいのか、忘れたみたい。また咳が出て、半分戻してしまった。でも次の一口はもっと楽に飲むことができた。

「ここはどこ？」ひどくしわがれた声で尋ねた。自分の声じゃないみたいだ。

「ベルビュー病院よ」

ウーナは辺りを眺めた。眩しい光のなか、並んだベッドと長いセンターテーブルが見えてきた。「わたし、どうやってここに？」

「昨日の夜、救急馬車で運ばれてきたの」

救急馬車？　ウーナはぱっと起き上がろうとした。がんがんする頭がそれを拒み、部屋が一瞬ぐるぐる回った。昨晩の出来事が一気に蘇って、鼓動が速くなる。慌てて首を触ってみる。止血帯はなくなっているが、肌が腫れてひりひりする。足にまとわりつく毛布を蹴って立ち上がろうとすると、足が床に着く前に吐き気に襲われた。

ミス・カディがウーナの肩にそっと手を置く。ウーナは顔をしかめた。

「だいじょうぶよ、ミス・ケリー。横になって」

「わたし、どうしても……コナーは……危険な人なの」

ミス・カディはウーナをそっとベッドに横たえた。「いま危険なのは、急に立ち上がろうとすることよ。横になっていて。パーキンズ校長を呼んでくる。意識が戻り次第、あなたに会いたいって」

「でも――」

「もう少し水を飲んでみて。すぐに戻ってくるから」

ウーナは枕に頭を預けて目を閉じ、吐き気がおさまるのを待った。いま一番したくないのは、水を飲むことだ。吐き気はおさまったが、心臓はまだ早鐘を打っていた。コナーはどこ？　バーニーは？　誰がわたしを見つけて、止血帯をほどいてくれたの？

慌ただしい足音が近づいてきて、目を開ける。パーキンズ校長が男性をふたり連れて、やってきた。ウーナの体がこわばった。知ってる。シムズ巡査と第六分署の刑事だ。

「意識が戻ってよかった」校長はそう言って微笑んだが、ウーナの緊張をやわらげる効果はなかった。立ち上がろうとするだけで吐き気とめまいに襲われるのだから、逃げ出すなんて至難の業だ。一番いいのは彼らに真実を訴え、あとは信じてもらえるのを祈るだけ。

校長がうなずくと、ふたりはウーナの枕元の椅子に座った。

「わたしは刑事のコリンズ。こちらはシムズ巡査。覚えてるか？」

シムズ巡査の鼻の怪我は治ったようで、抜け目なく光る目でこちらをにらんでいる。その目を見ていると、路地で壁に押しつけられ、体をまさぐられたのを思い出した。

「覚えています」

「では、自分にかけられた殺人容疑も覚えてるよな。さらに、巡査への暴行で」――刑事はここでシムズ巡査をちらりと見た――「きみは残りの人生をブラックウェルズ島で過ごすことになる」

「わたしは誰も殺してません」叫ぶというより、低いしわがれ声しか出ない。それからまた咳込んだ。「あなたたちがもっとましな刑事だったら、分かるはずよ。トラベリング・マイクを殺したのはコナー・マクレディ。そしてデイドラと――」

「全部で五人。わたしたちはそう考えている」刑事が言った。

シムズ巡査が両手を組み合わせ、太い指の関節をぼきぼき鳴らす。「口が利けるようになったら、もっと詳しく分かるだろう」

「なんですって？」

「きみが打ったモルヒネでまだ朦朧としていて」コリンズ刑事が言った。「あれはモルヒネだろう？」

ウーナはうなずいたが、まだ事情が呑み込めない。「コナーは牢屋にいるの？」

「医者の処置が終わり次第、そうなる」

「でもなぜ、コナーが犯人だと――」

「きみの友人の新聞記者が教えてくれたんだ。肺に怪我をして今は話ができないが、紙に書いて証言してくれた。足りない分はドクター・ウェスターヴェルトが補足してくれた」

エドウィンが？　ウーナはもっと混乱した。

「きみが我々に協力し、裁判に証人として出廷すると約束してくれたら、警察はきみにかけた殺人容疑を取り下げる」

「つまり、信じてくれたの？　わたしは逮捕されないの？」

「シムズ巡査はそれが気に入らないようだが、そうだ、きみは逮捕されない。勇敢な行為だ。きみがしたことは。ミス・ケリー、非常に危険――」

「無謀だ」シムズ巡査が遮った。

「だが、きみがいなかったらミスター・マクレディを捕まえることはできなかった」

ウーナは口を開いたが、また咳が出て何も言えなかった。

「夜にまた戻ってくる。その時に供述を取らせてもらう」刑事は立ち上がった。

シムズ巡査も立ち上がる。「逃げようなんて思うなよ。裁判に来なかったら、ニューヨーク中のスラムをひっくり返して、あんたを見つけるからな」

今まで見つけられなかったじゃないの。ウーナは言ってやりたかった、その代わり、うなずいた。

パーキンズ校長は病室の外まで彼らを見送ると、ウーナの枕元に戻ってきた。

「彼らに聞きました。あなたの……ええと……過去を。あなたはわたくしたちが考えていたミス・ケリーとは違うようですね」

ウーナは認めた。

「あなたがドクター・ピングリーの時計を盗んだと分かったとき、わたくしはもっと深く推測するべきでした。面接のとき、あなたが言ったことは全て嘘だったのでしょうか」

「一部は本当です」ウーナは自分の手を見つめた。昨日の格闘で、爪が割れてぼろぼろになっている。「でも、割合は問題じゃないですよね」

「そうですね」

「看護学校に応募したのは、警察から隠れる場所が必要だったからです」

パーキンズ校長が眉をひそめた――ふだんは感情を表に出さない校長の、唯一の感情表現だ。

「初めは学校が嫌でした」ウーナは病室を見渡して言った。「規則も、勉強も。医者の言うことに従うのも。でもなんというか……病気だった人が回復していくのを見て、自分がその役に立ったんだと思うと、不思議な気持ちになりました」

「看護は誰にでもできる仕事ではありません」パーキンズ校長は言った。「看護師は人生のあらゆる側面を目の当たりにします——生と死、病気と回復、気の病、トラウマ、絶望、喜び。その全てを受け止めるには、鋼の気質と、優しい心の両方が必要です。わたくしたちは、そういう女性を求めていました。重要なのは、そこです」

すぐにドルーを思い浮かべた。ウーナは手を伸ばし、パーキンズ校長の腕をつかんだ。

「ミス・ルイスですけど、彼女は……まさか……熱は?」

「昨晩、ようやく下がりました」パーキンズ校長はそう言って、ウーナの手を優しく叩いた。

「巡回に行った先生が、ずいぶんよくなったと言っていました」

ウーナは目をつぶって、ほっと深い息を吐いた。再び目を開けると、涙で視界がぼやけた。泣くなんてだらしないと、パーキンズ校長に思われてもかまわない。嬉しすぎて、そんなことどうでもよかった。「ミスター・ノフが亡くなったのは、わたしのせいなんです。どうかミス・ルイスを看護学校に戻してあげてください。彼女こそ、校長先生が求めているような女性です。彼女には二度目のチャンスを与えるべきだし、わたしなんかよりずっといい人と友だちになるべきです」

パーキンズ校長はウーナにハンカチを渡した。「ミスター・ノフの死は誰かひとりのせいではありません。ですが、あなたからも反省の言葉を聞けてよかったです。ほとんどの責任はドクター・アレンにあります。ミス・ルイスに関して言えば、病気のせいもあったのでしょう」

「では、看護学校に残れるんですね?」

校長はうなずいた。

ウーナは微笑んだ。ここ数日で久しぶりに心から微笑み、そしてまた次の涙の波に襲われた。「ありがとうございます」

「そしてあなたは? ミス・ケリー」

ウーナは肩をすくめた。そのことを考えるのは怖かった。お金がない。住む場所もない。身を寄せることができる友だちも親戚もいない。だが少なくとも、警察のお尋ね者ではなくなった。それに、ベルビュー病院の人たちを守ることができた。

「あなたを看護学校に戻すことはできません。お分かりですね」

ウーナはうなずいた。学校に戻してもらえるとは思っていなかった。ドルーが戻れるだけで充分だ。だが同時に、悲しくて胸が痛かった。

「正式には、です」パーキンズ校長が続けた。「ですから、わたくしは理事会に掛け合うつもりです。あなたは自らの命を危険にさらして、ベルビュー病院から殺人犯をおびき出してくれたと説明すれば、きっとあなたがここで勉強を続けることを認めてくれるでしょう。あなたは勉強を続け、看護の技術を磨くことができます。また寮で暮らせます。ただ、二年の訓練プログラムを終えても、正式な卒業生としては認められません。看護師の資格もなし。ベルビュー病院看護学校を卒業したというピンバッジもなし。ですが、資格とバッジがなくても、あなたには勤め先が山ほど待っていると思いますよ。真っ当な勤め先がね」

「本当ですか？　わたしのために？　理事会で話を？」

「わたくしの人を見る目は確かなのです、ミス・ケリー。結局のところ、心根の問題なのです。あなたの心根については、わたくしにはもうなんの疑いもありません。ですが、模範的な成績を維持しなくてはいけませんよ。嘘と盗みは今後いっさい、なし。分かりましたか？」

「はい、もちろん。ありがとうございます！」

「よろしい」またウーナの手を優しく叩く。「さあ、少し眠りなさい」

だがウーナはあまりにも嬉しくて眠れなかった。ミス・カディや他の一年生が病室で忙しく動き回り、包帯を替え、薬を運び、湿布剤や洗浄剤や消毒液を混ぜるのを見つめた。埃を雑巾で拭きとり、包帯を切り、おまるを洗う。ベッドから落ちそうな患者に駆け寄る。熱っぽい患者の皮膚に吸血ヒルをのせる。腫れの痛みに顔をゆがめ苦しむ患者には温湿布を貼ってあげる。看護師の仕事に終わりはなく、ウーナも早く仕事に加わりたかった。横になってぼんやりしているより、立って働く方がいい。母はよくウーナに言っていた。誰かが与えてくれるのを待つより、与える方がずっといい。母さんが言っていたことは本当だ。ウーナは初めてそう思った。

50

その日の夕方、ビーフティーを飲み、薄いオートミール粥を食べたあと、ウーナはミス・カディに頼み込んで、芝生までの短い散歩に出かけた。肺のためにも新鮮な空気を吸った方がいいと言い張ったのだ。最後は、ミス・カディが根負けした。ウーナは分厚い毛布で肩をくるまれ、一階まで連れていってもらった。先日の季節外れの雪のあと、春が一気に押し寄せてきた。芝生は瑞々(みずみず)しく、どこからか花の香りもした。

「三十分後に迎えに来るから」ウーナをベンチに座らせると、ミス・カディはそう言った。「疲れすぎないように気をつけて」

ウーナはうなずいたが、ミス・カディが建物のなかに入ったのを確認すると、ベンチから立ち上がり、すぐそばのスタージェス病棟にそっと入った。

ドルーのベッドは他の患者と離れた、病室の一番端のままだった。前回ここに来たときは熱にうなされて眠っていたが、今日のドルーはベッドの上で起き上がり、背中を枕の山に預け、肉や野菜を煮出したスープを飲んでいた。痩せて弱々しく見えるが、頬には本来のバラ色が戻ってきていた。

病室を横切ろうとして、ウーナは躊躇した。友だちに罪をなすりつけるような卑怯な自分を、ドルーは許してくれるだろうか？　病気で倒れた日のことだから、ミスター・ノフにまつわるあれこれを覚えていないかもしれない。なかったことにして、このままつき合っていけるかもしれない。

病室の真ん中にあるテーブルで立ち止まり、寄りかかって息を整える。いくら浅く息をしても、呼吸のたびに喉が痛かった。ドルーがスープをもう一口飲むのを見ながら、ウーナはどうするか決心した。何もなかったふりをするのは、嘘をつくのと同じだ。それに、ウーナはもう嘘にうんざりしていた。

近づいてくるウーナに気づくと、ドルーは目を丸くして口を開こうとしたが、すぐに顔をしかめた。「まあ、なんてこと！　ウーナ、いったい何があったの？」

ウーナは自分がどんなひどい見た目になっているか、すっかり忘れていた――首に青痣があり、目は充血で真っ赤だ。毛布を掻き寄せて体にしっかり巻きつけると、ドルーのベッドの端に座る。「他の病人仲間にも会った方がいいんじゃないかと思って」

ドルーは笑わず、ウーナを心配そうに見つめている。「でも、だいじょうぶなのね。そうでしょ？」

「わたしのことはどうでもいいの。だいじょうぶ。病気だったのは、あなたよ。ごめんなさい、休んで。また改めて来るから。回復に向かっているようで、よかった。ずっと心配していたの。本当に。それに、わたしはただ――」ウーナは黙った。馬鹿みたいにとりとめのない話をしている。

ドルーが手を伸ばしてウーナの手を握った。「続けて」

「ただ……本当にごめんなさい、ドルー。何から何まで。デイドラが殺された事件の調査に巻き込んだこと。ミスター・ノフの死はあなたに全く関係ないのに、パーキンズ校長にあなたのせいだと密告したこと。あなたはチフスにかかって具合が悪かったのに、わたしは自分のことしか考えてなかった」

ドルーはきっとウーナの手を振り払い、拒絶するだろう。顎をあげて、出ていってと言うはずだ。だがドルーはそうしなかった。

「謝らなくちゃいけないことが、もっとあるの。わたしは最初からあなたに嘘をついていた……」

ウーナは全て話した。ますます声がしわがれ、喉が痛くなった。それでもウーナは話し続けた。ドルーがどんな顔をしているか見るのが怖くて、足元の床を見つめたまま話し続けた。

話し終えると、ただ沈黙が待っていた。もう一度、ウーナは祈った。ドルーが何か言ってくれたらいいのに。なにも言ってくれない。ウーナはそっと顔をあげた。嫌悪ではなく、ドルーの瞳は思いやりに満ちていた。

「ああ、ウーナ」ドルーは感極まったように言った。「だからあなたは勇敢なのね」

勇敢？　ドルーはわたしのことを、そう思ってたの？　全部打ち明けたのに？　自分勝手とか狡猾とかでなく、勇敢？

ドルーはウーナの手を握ると、枕に頭をうずめた。瞼が震えるように閉じ、それからなかなか開かない。休ませてあげないと。いずれにしても、ミス・カディが迎えにくる時間だ。芝生に戻った方がいい。ドルーの手をぎゅっと握り返し、そっと立ち上がる。

「ミセス・ブキャナンが他のルームメイトを探してくれるわ。そうしたければ、かまわない」

「馬鹿なこと言わないで、ウーナ。覚悟しといてちょうだい。わたしたち、もう何週間分も勉強が遅れてる。消化器系か呼吸器系の本を読まないと……」眠りにつくまでの一分前、ドルーは元気だったころと同じように、よく喋った。ウーナはドルーの毛布を顎まで引き上げ、それからできるだけ急いで――まだ足元がふらふらする――芝生へ戻った。

ベンチに座り、川を眺める。弱まってきた太陽の光が川面に反射し、行き交う船の帆をオレンジ色に染めている。

「隣に座ってもいいかな」後ろから声がした。

振り返るとエドウィンがいた。最後のつらい別れを思うと、胸を刺すような痛みが蘇った。ウーナの返事を待たずに、彼はベンチの端に座った。エドウィンがウーナの喉を見つめた。

「なんてこった、ウーナ、昨日の夜より具合が悪そうじゃないか」

「わたしが運ばれてきたとき、あなたもいたの？」

エドウィンは首をかしげた。「覚えてないの？　ぼくがきみを見つけたんだ」

ウーナは昨晩のことを思い返した。止血帯が喉に食い込んで、コナーの全体重が体の上にかかって、何かを乱暴に叩く音が床板に反響していた。ウーナは震えた。「あそこにいたの？あの宿に？」

「病院から出て家に帰ろうとしたら、医者を呼ぶ鐘もベルも聞こえなかったのに、ミスター・マクレディが救急馬車で出かけるところだった。でも深く考えなかった。きみが言っていたことを思い出すまでは。慌てて辻馬車を拾って、あとを追いかけた」

ウーナは辻馬車が後ろについてきていたことを思い出した。「信じてくれてないと思ってた」

「信じてなかった。少なくとも、信じてないと思っていた。でも確かめたかったんだ。停まっている救急馬車を見つけたけど、とくに怪しいところはなかったから、コナーは酒場に飲みに出かけたのだろうと思った。帰ろうとしたら、三階の窓辺にきみがいた。それから今度はコナーが窓辺に来て、カーテンを閉めた。なにかまずいことが起きていると思った。すぐにきみのところへ行こうとした。でも、あのひどい受付がきみのいる部屋の番号を教えてくれなくて。きみを見つけるまで、ドアを端から叩かないといけなかったんだ」エドウィンは座ったまま体の向きを変えて、ウーナの顔を正面から見つめた。「よく彼にモルヒネを打てたね。あとほんの少し止血帯をきつく締められていたら、きみは殺されていた」エドウィンはウーナに触れようとするみたいに手を伸ばしかけて、途中でおろした。「ぼくが最初から信じていたら、こんなことにならなかったのに」

エドウィンがウーナを信じてくれなかったのは、自分が彼に散々ついてきた嘘のせいだ。

だが、だからといって、すぐに彼を許す気にはなれなかった。

しばらく黙って見つめ合ったあと、ウーナは視線を芝生に戻した。病院の影がさらに伸び、船着き場まで届きそうだ。そのとき、大きな、真っ白な尾羽を広げた黒っぽい鳥が、川面へ急降下した。

「あれは鷺？」その鳥は鏡のような水面をかすめ、ぴちぴち動く魚を足の爪でつかんで飛んでいった。

「たぶん。一年の今ごろになると、巣を作り替えるんだ」エドウィンは前屈みになって前腕を膝にのせ、きまり悪そうにウーナを見つめた。「日曜日にセントラルパークで待ち合わせて、見に行こうか」

「エドウィン、やめて。何もなかったふりはできないわ。わたしはあなたが恋をするような女性とは違うのよ」

「違うかもしれない。でもそれなら、本当のきみがどんな女性か知りたいんだ」

「手術室では、そう思わなかったはずよ。わたしと目を合わせようともしなかった。手伝ってもくれなかった」ウーナの視線は川面から暮れてきた空へ移った。「わたしの気持ちは変わらないわ」

「でもぼくは変わった。あの時は、きみに嘘をつかれて腹を立てていたんだ。そうさ。道化を演じたようで、ばつが悪かったんだ」

「わたし、そんなつもりは――」

「分かってる。でも、ぼくは傷ついた自分を乗り越えて、気づいたんだ。ぼくもきみに嘘をついていたって。ぼくを信じて、頼りにしてと言った。そしてついにきみがそうしてくれたのに、ぼくはきみに、ぼくはきみに背中を向けた」エドウィンは背筋を伸ばすと、手で髪をくしゃくしゃにした。「きみがもう一度チャンスをくれるなら、また新しく始めたい。約束する。二度とあんなふうに裏切ったりしない」

ウーナは横目で彼の様子をうかがった。どうしよう。だが彼は約束や承認を求めているわけじゃない。二度目のチャンスを求めているだけだ。「わたしが泥棒だってことを忘れたの？」

「もと泥棒だ」

「それに、わたしは気取った家の出身じゃない」

「忘れてないし、気にしてない」

「あなたのご家族が気にするでしょ」

「家族が気にしても、ぼくは気にしない。古い友だちが言ってくれたんだ。自分の思うままに生きればいいって。彼女の助言に従おうと思ってるんだ」

「パーキンズ校長に言われたの。看護学校で勉強を続けられるだろうって。覚えてる？　男性とお付き合いをするのは、厳しく禁じられているの」

エドウィンはいたずらっぽく微笑んだ。「ぼくは誰にも言わないよ。それに、人目につかない物品庫をたくさん見つけたんだ。ふたりきりになれる、すごく揺れるエレベーターも」

ウーナは頭を振って、声をあげて笑い、また喉に痛みを感じて顔をしかめた。「冗談言わないで。笑うと痛いんだから」

エドウィンは手を伸ばし、大胆にもウーナの手を握った。彼の手の感触に、ウーナの肌に火花が散った気がする。

「冗談で言ってるんじゃないよ」親指でそっとウーナの手の甲をなでる。「新しい始まりだ。ね？」

ウーナは病院の北翼からイーストリバー、そしてその向こうへと視線を移した。一番星が出ていた。ベルビュー病院で働くことになるとは夢にも思っていなかった。人から盗むのではなく、人を助けるなんて。殻にとじこもらず、人を受け入れるなんて。どれもこれも、ウーナのルールに反している。でもそろそろ、新しいルールを決めてもいい頃かもしれない。

ウーナはエドウィンにうなずき、指をからめた。「そうね、新しい始まり」

訳者あとがき

いつもお気に入りの飲み物とお菓子を用意してコージーブックスを楽しんでくださっている読者の皆さま、冒頭から〝汚物〟なんて言葉が出てきてごめんなさい。

舞台は一八八三年のニューヨーク。現在では高級なエリアとして知られるヘルズキッチン地区が正真正銘のスラム街だったころの物語です。点在するスラム街のなかでも、現在のロウアー・マンハッタンにある市庁舎とチャイナタウンの辺りは、当時ファイブポインツと呼ばれた、特に治安の悪いスラム街でした。

南北戦争が終わった一八六五年から一八九三年の経済不況を迎えるまでのアメリカは、ギルディッド・エイジ（金メッキ時代）と呼ばれ、資本主義が急速に発展しました。一部の実業家が鉄鋼や石油、鉄道事業などで莫大な財産を築く一方で、スラム街では貧困にあえぐ人々や急激に増えた移民たちが、不衛生で劣悪な環境のなか、極小の部屋に仕切られた棟割長屋（テネメント）に、ひしめきあって暮らしていたのです。

本書の主人公ウーナ・ケリーは、そんなスラム街に住む、二十五歳にしてキャリア十四年のスリです。

自ら定めた仕事のルールに従う腕のいいスリですが、元締めに稼ぎの大半を吸いとられ、貧しい暮らしから抜け出すことができません。不満を募らせていくなか、無実の殺人罪で警察に捕まってしまいます。

刑務所へ移送される直前に逃げ出したウーナは、なんと、ベルビュー病院看護学校に看護学生として入学し、ほとぼりが冷めるまで身を隠すことにします。場違いな場所に身を隠すというのは、映画『天使にラブソングを』みたいですね。看護師長の厳しい指導に、刑務所の方がましだとぼやくウーナですが、看護の仕事は意外と性に合っているようで、徐々にやりがいを見出していきます。やがて、スラム街で生き抜くために頑なになっていたウーナは、初めての友情と恋を覚えます。はたしてウーナは自分の無実を証明し、次の人生へと進むことができるのでしょうか。

ベルビュー病院はニューヨークのミッドタウン・イースト、地図で見るとエンパイア・ステート・ビルのちょうど南東、イーストリバー沿いにある実在の病院です。一八七〇年頃までのアメリカの病院では、下層階層の女性たちや元受刑者の女性たちが看護の知識もなく、なんの訓練も受けていないまま入院患者の面倒を見ていました。面倒を見るどころか、患者の持ち物を盗んだり、医療用のアルコールを盗み飲みしたりすることが日常茶飯事だったのです。お金持ちの病人は自宅に医者を招くので、病院の入院患者も貧しい人々でした。そのため、病室はとても不潔で、患者は入院したことでむしろ命を落とすことさえありました。一八七二年、ベルビュー病院はアメリカの他の病院に先駆けて、ナイチンゲールにアドバイスを仰ぎました。そして一八七三年、ロンドンのナイチンゲール看護学校のカリキュラムを取り入れた新しい看護を教える、ベルビュー病院看護学校が誕生しました。一八七五年、六人の卒業生が巣立ったそうです。

ナイチンゲールは徹底した清掃や換気の方法、日当たりの確保、栄養管理、そして看護師としての心構えなどについて明確に定めました。これまで教会の尼僧や貧しい女性が担っていた看護を、宗教や慈善事業から切り離し、専門的な教育を受けた看護師が正しい知識に基づいて看護を行うことを提唱したのです。

一八八〇年代の病院やニューヨークの様子を知ることができるのも、本書の読みどころのひとつです。イギリス人の外科医ジョセフ・リスターが確立した石炭酸を用いた無菌手術法が普及するまで、手術前に手を洗うことさえしない医師がいたこと。瀉血の処置に吸血ヒルを使ったこと。映画『グレーティスト・ショーマン』の主人公P・T・バーナムと彼のサーカス団がベルビュー病院に慰問に来たりもします。ちなみに、ウーナが二度と行きたくないと怯える刑務所があるブラックウェルズ島は、現在のルーズヴェルト島です。

著者のアマンダ・スケナンドールは、正看護師でもあります。原書のあとがきで、「新型コロナウィルス感染症が猛威を振るった時期、たとえ微力だとしても自分が確かに人の役に立っていること、看護という職業と、その一端を担っている自分に誇りを感じた」と述べています。

わたくし事ではありますが、高齢で糖尿病の持病がある父がコロナで入院した際、お医者さんに「合併症で様態が急変することもあるので覚悟をするように。延命治療はしますか？」といきなり聞かれました。ショックで号泣するわたしの背中をさすってくれたのは、わたしの半分ほどの年齢の看護師さんでした。父は幸運にも回復して退院しましたが、あのとき背中をさすってくれた手に、どれほど励まされたことでしょう。

二〇二四年、日本は令和六年能登半島地震で幕を開けました。日本各地から医療チームの一員として現地に駆けつけた看護師さん、そして、日々奮闘している看護師さんに感謝とエールの気持ちを込めて、本書を訳しました。

わたしの大好きなウーナの物語を読者の皆さまにお届けすることができ、嬉しい気持ちでいっぱいです。この場をお借りして、わが翻訳の師匠である加藤洋子先生と、原書房の皆さまに心よりお礼を申し上げます。ありがとうございました。

それではどうぞ、お仕事系ヒストリカル・コージーをお楽しみください。

二〇二四年四月　　佐藤満里子

コージーブックス

にせ者が看護師になる方法

著者　アマンダ・スケナンドール
訳者　佐藤満里子

2024年　6月20日　初版第1刷発行

発行人　成瀬雅人
発行所　株式会社　原書房
〒160-0022 東京都新宿区新宿1-25-13
電話・代表　03-3354-0685
振替・00150-6-151594
http://www.harashobo.co.jp
ブックデザイン　atmosphere ltd.
印刷所　中央精版印刷株式会社

落丁・乱丁本はお取り替えいたします。
定価は、カバーに表示してあります。
 ISBN978-4-562-06140-2 Printed in Japan